R.K. Lilley

Grounded
Nas alturas

Editora Charme

Grounded - Up In The Air Novel#3
Copyright© 2013 R.K.Lilley
Copyright da tradução© 2018 Editora Charme

Todos os direitos reservados.
Nenhuma parte deste livro pode ser reproduzida, digitalizada ou distribuída de qualquer forma, seja impressa ou eletrônica, sem permissão. Este livro é uma obra de ficção e qualquer semelhança com qualquer pessoa, viva ou morta, qualquer lugar, evento ou ocorrência é mera coincidência. Os personagens e enredos são criados a partir da imaginação da autora ou são usados ficticiamente. O assunto não é apropriado para menores de idade.

1ª Impressão 2018

Produção Editorial: Editora Charme
Capa e produção: Verônica Góes
Foto: ShutterStock e Depositphotos
Tradução: Bianca Carvalho
Revisão: Jamille Freitas
Revisão final: Sophia Paz

Esta obra foi negociada por Agência Literária Riff Ltda em nome de Dystel & Goderich Literary Management.

CIP-BRASIL, CATALOGAÇÃO NA PUBLICAÇÃO
SINDICATO NACIONAL DE EDITORES DE LIVROS, RJ

Lilley, R.K.
Grounded / R.K. Lilley
Titulo Original - Grounded
Série Nas Alturas - Livro 3
Editora Charme, 2018

ISBN:978-85-68056-62-2
1. Ficção erótica norte-americana

CDD 813
CDU 821.111(73)3

---

www.editoracharme.com.br

R.K. Lilley

Grounded

Nas alturas – livro 3

Tradução
Bianca Carvalho

Editora
Charme

*Este livro é dedicado a todos os blogueiros e
leitores maravilhosos que fizeram de tudo para divulgar esta série.
Sou eternamente grata.
Vocês mudaram a minha vida.*

I
Sr. Cavendish

Aceleramos em direção a Manhattan em um carro de luxo. Stephan e Javier estavam sentados juntos, de mãos dadas, com olhos cheios de preocupação fixos em mim. James me apertava contra si, enquanto suas mãos reconfortantes me acariciavam.

Eu havia descoberto, há poucos dias, que meu pai se casara novamente depois da morte da minha mãe. Acompanhando esta revelação, também descobri que tinha um meio-irmão, que era apenas um ano mais novo do que eu. Isso significava que meu pai começara a se relacionar com essa outra mulher anos antes de a minha mãe morrer. Antes que ele a matasse.

Eu não gostava muito de Sharon, a mulher com quem meu pai se casara. Na verdade, sentia um incômodo calafrio percorrer meu corpo só de pensar nela.

Porém, tinha acabado de descobrir que ela fora morta na noite anterior, com o mesmo método utilizado para matar minha mãe. Por mais que não gostasse daquela mulher, desde que descobri sua existência, senti a necessidade de alertá-la a respeito do meu pai. Imaginei que já deveria saber na pele quão abusivo e violento ele era, mas queria avisá-la do que era capaz, apenas para limpar minha consciência.

Tentei, várias vezes, falar com ela, mas não tive sorte. Fosse um pensamento lógico ou não, uma culpa esmagadora pelo meu fracasso me consumia. James parecia sentir o caos dentro de mim, pois procurou me consolar com seu toque.

Ele apenas me abraçou por vários minutos, antes de quebrar o pesado silêncio que recaíra entre nós quatro.

— Vocês preferem tomar café da manhã em um restaurante ou no nosso apartamento? — Seu tom era educado.

Stephan não hesitou.

— Seu apartamento. Vi algumas fotos dele em uma revista de design de interiores há algumas semanas. Estou ansioso para fazer um tour.

James assentiu.

— Ótimo. — Ele checou o relógio. — Infelizmente, só tenho mais ou menos uma hora antes de precisar voltar ao escritório.

Meu corpo se enrijeceu, assim que me vi irracionalmente desapontada ao ouvir isso, embora eu nem tivesse pensado que James estaria lá para nos encontrar no aeroporto. Ele mencionara que teria várias reuniões, mas não conseguia evitar lamentar que não pudéssemos ter mais tempo juntos antes que ele precisasse voltar ao trabalho.

Ele pareceu sentir a mudança em mim e começou a acariciar minhas costas para me confortar. Então, falou baixinho:

— Acho que vou conseguir encerrar meu dia mais cedo hoje e voltar para casa por volta das quatro, mas ainda quero que você venha ao meu escritório para almoçar comigo. Pode ser às onze? Eu...

— Estarei lá — disse rapidamente, querendo agarrar qualquer momento que pudesse ter com ele.

Sentia-me carente, como se tivéssemos passado semanas ou meses separados, ao invés de dias. Nunca me senti assim tão desesperada, nem mesmo durante o tempo em que o obriguei a ficar longe por quase um mês. Acho que me via mais desesperada agora porque me permiti começar a pensar em ter um futuro com ele. Este pensamento me excitava e fazia com que minhas entranhas se retorcessem com uma ansiedade aguda.

Ele beijou o topo da minha cabeça, mas não disse mais nada sobre isso. Deixamos Stephan e Javier conversarem animadamente sobre seus planos para o dia, que incluíam uma corrida no Central Park e um show da Broadway, embora eles não conseguissem decidir em qual iriam.

— Vocês se importam se eu fizer todas as reservas para o jantar? Escolherei um lugar bom, embora isso possa soar um pouco imparcial, já que muito provavelmente será em um dos meus restaurantes. — James sorriu daquele jeito malicioso que sempre me fazia querer desenhar seus lábios com a ponta dos dedos.

Stephan e Javier concordaram com entusiasmo. Achei gentil da parte dele pensar em incluí-los, mas me senti um pouco desapontada. Queria um tempo a sós com ele, e até mesmo algumas horas extras de espera pareciam torturantes.

Clark nos levou até o elevador da garagem subterrânea sem precisar ser mandado, lançando-me um sorriso muito amigável quando James me ajudou a sair do carro. Sorri de volta. O motorista/guarda-costas de James estava aparentemente satisfeito por estarmos novamente juntos. Achei legal o fato de ele parecer me aprovar.

Stephan estava inquieto de tanta ansiedade enquanto o elevador subia para a cobertura.

James fez um tour bastante apressado pelo apartamento opulento, fazendo questão de mostrar todos os espaços que agora ostentavam minhas pinturas. Eu corava toda vez que ele fazia isso, ainda desconfortável com elogios sobre o meu passatempo favorito.

O lugar todo era moderno e elegante, com o toque do designer Cavendish por toda parte. Até eu, que já o tinha visto antes, fiquei novamente impressionada.

Ele nos conduziu por um longo corredor com piso de madeira cinza moderna, terminando o tour na intimidante sala de jantar.

Stephan e Javier imediatamente se dirigiram à janela que cobria quase toda a parede da sala e observaram a vista espetacular do Central Park.

— Uau — disse Javier em voz baixa.

— Incrível — Stephan suspirou.

Fui até a janela ao lado de Stephan, sentindo-me igualmente impressionada com a vista agora familiar.

James envolveu-me por trás, inclinando-se na direção do meu ouvido.

— Preciso ir. Seu segurança estará esperando no elevador às dez e meia para levá-la ao meu escritório. Se precisar ir a qualquer lugar antes disso, basta ligar para o número da equipe de segurança salvo em seu telefone.

Uma porta se abriu, e uma Marion sorridente surgiu. Ela recebeu nossos pedidos de café da manhã e alegremente voltou à cozinha.

— Me leva até a porta? — James perguntou baixinho, a boca ainda no meu ouvido.

Estremeci, assentindo.

James se despediu de Stephan e Javier, afastando-me rapidamente da sala.

Ele pegou um atalho para o elevador. Ou melhor, eu pensei ser um atalho, até que me vi sendo puxada para uma pequena área de estar.

Mal pude dar uma espiada na sala vagamente familiar antes que ele fechasse a porta e me esmagasse contra ela, beijando-me como se sua vida dependesse disso. O beijo não tinha nada da sua elegância, e não era nem um pouco contido. Era áspero e contundente, e me deliciei com isso. Eu o teria beijado de volta, mas não era esse tipo de beijo. Tudo que pude fazer foi me submeter e deixar minha boca se abrandar para ele, enquanto todo o meu corpo suavizava.

Ele recuou abruptamente.

Eu gemi em protesto.

James colocou uma mão ao redor da minha garganta, apertando apenas o suficiente para me fazer ofegar, enquanto a outra mão foi parar na minha boca. Ele pressionou um dedo sobre os meus lábios.

— Tenho que ir. Mas preciso ter você. Prometa-me que irá ao meu escritório às onze.

Observei seus lindos olhos e os avaliei. Seu rosto e voz estavam cheios de necessidade. E medo.

— Eu disse que estarei lá — confirmei, não tendo certeza do que ele precisava de mim, ou de como tirar aquele olhar horrível dos seus olhos.

— Prometa-me — ele disse suavemente, com uma voz que era quase uma súplica e que fazia meu peito doer.

— Prometo — respondi suavemente.

Ele apenas balançou a cabeça, com o rosto extremamente solene. Puxou-me para segui-lo, e eu o acompanhei até o elevador.

James apertou o botão, puxando-me contra seu peito, enquanto esperava o elevador. Não foi uma coincidência ele ter pressionado minha bochecha em seu coração. Exatamente sobre o local onde ele havia tatuado meu nome em vermelho.

Não me beijou novamente. Na verdade, mal olhou para mim. Sua máscara profissional assumiu o lugar enquanto o elevador se fechava, concedendo-me um último vislumbre dele.

Voltei para a sala de jantar com os pés pesados.

Terminamos o café da manhã rapidamente, sentindo-nos prontos para uma soneca.

Stephan e Javier ocuparam o quarto logo abaixo do meu com James, com uma vista perfeita do Central Park. Eu os levei até a porta deles, dando um beijo rápido em Stephan, antes de ir para o quarto que eu compartilhava com James. Podia ouvir exclamações espantadas e excitadas, mesmo enquanto me afastava, o que me fez sorrir com carinho. Aquele era o maior benefício da riqueza, pensei. Fazer os outros felizes.

Segui em direção ao nosso quarto solitário.

Fiquei congelada na porta, parada por longos momentos, sentindo-me mal por estar lá sem James. Parecia tão vazio e estranho.

Fiz apenas o necessário para me arrumar para dormir, rastejando para a cama depois de definir cuidadosamente o alarme. Só teria tempo de tirar uma soneca, mas valeria a pena ver James em algumas horas.

Acordei grogue e desorientada, mas, quando a névoa desapareceu do meu cérebro e percebi em que cama estava, e quem veria dali a uma hora, a neblina sumiu completamente, e corri para o chuveiro, nervosa e animada.

Meu telefone apitou com uma mensagem quando estava voltando para o quarto, então, fui lê-la, ainda enrolada na toalha.

James: Venha de saia.

Seria um pedido bastante inocente para qualquer outra pessoa, porém, vindo de James, fez minha respiração ficar presa por conta da ofegante antecipação. Eu não sabia exatamente o que poderíamos fazer em seu escritório, então, preparei-me para um almoço inocente, embora, é claro, estivesse esperando por mais. Meu humor melhorou enquanto me aprontava, sentindo uma enorme excitação pulsar através de mim. Ele tinha planos para nós; eu sabia disso.

Tentei não me sentir intimidada pelo meu novo guarda-roupa, enquanto procurava por uma saia. As etiquetas me mostravam que eram peças que eu jamais poderia ter comprado com o meu dinheiro, então, era difícil, para mim, lidar com o fato de que estava deixando James gastar uma fortuna comigo. Passei muito tempo contando os mínimos centavos, e não podia evitar pensar que era um desperdício. Metade do seu colossal armário agora estava cheio de roupas femininas extravagantes. Sem dúvida, ele havia gasto dezenas de milhares de dólares naquilo tudo.

Eu sabia que era uma coisa boba de se pensar, mas, de alguma forma, a roupa me intimidava ainda mais do que todas as joias com diamantes que ele parecia precisar me dar. Sim, era bobo, mas o problema era que eu sabia o suficiente sobre roupas para ter uma ideia do quanto aquelas peças valiam, enquanto meu conhecimento sobre o preço das joias era quase nulo.

As roupas estavam todas organizadas em looks completos. Eu teria ficado mais grata por essa conveniência se não soubesse que fora trabalho de Jackie. E eu não era exatamente fã dela.

Rapidamente escolhi um vestido confortável de seda azul-celeste. Tentei não olhar, mas a etiqueta da Armani Collezioni praticamente pulou em cima de mim.

Vesti o sutiã e a calcinha, puxei o tecido macio sobre minha cabeça e me apaixonei instantaneamente.

Não era apenas confortável, mas parecia também ótimo para ser arrancado. Ele abraçava minhas curvas da maneira mais lisonjeira, sem ser apertado demais. E, ao contrário da maioria das roupas que eu costumava experimentar, era feito para a minha altura, as proporções eram perfeitas, não muito curtas no meu torso ou pernas. Aparentemente, havia alguma vantagem em gastar uma fortuna em roupas. E claro que a maioria das roupas que eu costumava comprar anteriormente nunca custava mais de vinte dólares.

Havia uma seção inteira do armário dedicada a sapatos, e fui para ela em seguida. Minha boca se curvou e meu coração se aqueceu quando vi o que James tinha feito ali.

Não havia nada além de sandálias anabela e tênis. De todas as coisas que ele havia colocado para mim naquela monstruosidade de armário, considerei aquelas as mais doces. Uma vez, mencionei a James que os únicos sapatos que eu gostava eram anabelas e tênis, e ele aparentemente tinha me ouvido.

Todos os sapatos femininos estavam dentro das caixas, e todas elas eram marcadas com etiquetas amarelas ostentando números em grandes letras vermelhas. Franzi o cenho. As etiquetas em todas as roupas tinham a mesma coisa. Recuei com um suspiro, tentando cuidadosamente arrancar a etiqueta nas minhas costas sem causar danos ao lindo vestido.

Minha testa franziu quando vi o número 543 na etiqueta. Estudei as fileiras de caixas de sapatos, e meus olhos finalmente encontraram o número correspondente. Suspirei, torcendo a boca ironicamente, quando vi o sistema que havia sido montado. Jackie aparentemente não confiava em mim para escolher meus sapatos e roupas sem ajuda.

Parte de mim queria ignorar suas sugestões não tão sutis e apenas usar o que eu quisesse, mas ela *era* uma stylist profissional, e eu quase nunca fazia compras.

Decidi dar uma chance para suas recomendações. *Por que não?* Se eu odiasse os sapatos que ela escolhera, usaria outro.

Abri a caixa e me deparei com um par de sandálias amarelas de verniz, Prada, peep toe, de salto anabela, e um pequeno laço de couro. Achei-as adoráveis.

Eu as coloquei e descobri que Jackie entendia das coisas. Como um bônus, eram confortáveis e fáceis de calçar.

Pesei um pouco na maquiagem dos olhos, decidindo por esfumar, mas achei que funcionou. Abusei do rímel preto e optei pelo meu brilho labial rosa suave. Fiquei satisfeita com o resultado final. Demorei mais do que o habitual com a maquiagem, mas ainda levei apenas dez minutos, o que me dava mais dez para o cabelo, que só precisava de uma rápida secagem. Dei uma rápida olhada em meu reflexo, notando que o novo corte fora uma boa ideia para mim. Uma franja loira e reta agora emoldurava meu rosto, chegando até meus olhos, destacando seu tom de água-marinha surpreendentemente pálido.

Já estava quase sem tempo quando ouvi uma batida na porta do quarto. Abri-a, pensando que poderia ser Marion. Fiquei menos animada ao olhar para Jackie. Ela sorriu para mim.

Olhou-me de cima a baixo, sorrindo como se já não tivesse expressado claramente o quanto não gostava de mim.

— Muito bom. Armani te cai muito bem. Vou anotar isso.

Meu rosto adquiriu uma expressão cuidadosamente vazia ao olhar para ela. Eu simplesmente não conseguia me fazer sorrir em retribuição, mas *podia* ser civilizada.

— Estou com pressa, se você me der licença...

Ela ergueu um dedo.

— Uma coisa. Eu organizei sua coleção de bolsas no quarto de hóspedes. James odeia desordem, e elas ocupam muito espaço, então, optei pelo que parecia ser a melhor opção. Venha por aqui.

Ela saiu sem esperar que eu assentisse.

Segui sem entusiasmo, determinada a ver sobre o que ela estava falando e continuar a me arrumar em tempo hábil.

Ela me levou para o quarto de hóspedes que eu tinha usado apenas alguns dias antes para experimentar vestidos. O grande closet agora tinha metade do seu espaço total somente dedicado a bolsas.

Eu gemi.

Jackie me lançou um olhar. Foi quase hostil.

— Você não gosta de bolsas? — ela perguntou, incrédula.

Fiz uma careta.

— Gosto de algumas, mas não sou fã de clutches. Não suporto ter que ficar segurando algo o tempo todo. Prefiro alças mais longas.

Ela fez um ruído de puro desgosto, mas nem perdeu tempo ao selecionar uma bolsa para mim. Apenas pegou uma grande de couro, na cor creme, e estendeu na minha direção.

— Pelo amor de Deus, pelo menos, a pendure em seu braço. Se eu te vir usando-a cruzada no corpo, vou gritar.

Peguei a bolsa da mão dela, lancei-lhe um olhar de poucos amigos e saí do cômodo. Precisei voltar para o quarto por um instante para guardar todas as minhas coisas na bolsa antes de descer correndo, atrasada.

2
Sr. Violento

Desci as escadas, correndo em direção aos elevadores. Uma equipe de segurança me esperava. Uma equipe...

Precisei piscar ao olhar para os três homens austeros de terno e para a única mulher, que conseguia ser a mais intimidante do grupo.

Blake acenou para mim, tomando a dianteira:

— Srta. Karlsson, deixe-me apresentá-la ao resto dos seus seguranças. — Ela apontou para o homem mais próximo. Ele era enorme, musculoso e obviamente estava armado sob o terno finamente costurado. Seu cabelo escuro era curto, e suas expressões eram severas, mas atraentes. — Este é Williams.

— Srta. Karlsson — ele disse, cumprimentando-me educadamente.

Cumprimentei-o de volta, tentando guardar seu nome na memória. Aparentemente, eu iria precisar aprender vários deles, já que eram muitos guarda-costas.

O elevador chegou, e Blake gesticulou para que eu prosseguisse. Entrei, então, tentando não me sentir intimidada pelas quatro pessoas que me rodeavam.

Blake pigarreou.

— Precisamos nos apressar. O Sr. Cavendish não vai gostar se a senhora se atrasar. — Ela rapidamente me apresentou aos outros dois homens.

Um era mais baixo do que os outros e pelo menos dois centímetros menor do que eu, sem os saltos. Ainda era intimidantemente inchado de músculos, e seu cabelo curto e loiro provava que, inquestionavelmente, era militar. Blake me apresentou-o como Henry.

O último era da minha altura naqueles saltos, com cabelos castanhos e sorridentes olhos da mesma cor. Era menos austero do que os outros e mais atraente, mas ainda se mantinha impassível, da mesma forma disciplinada, que mostrava que todos eles se tratavam de guarda-costas. Blake me apresentou-o como Johnny.

Achei estranho que alguns deles usassem os primeiros nomes, e outros, os sobrenomes, mas não perguntei nada sobre isso. Fui condicionada desde muito jovem a não me intrometer em certos assuntos.

Era final de junho, e Nova York estava quente como o inferno. Sentia-me grata pelas roupas leves que usava, já que o calor e a umidade pareceram se prender instantaneamente a mim no segundo em que saí. Os seguranças me acompanhavam de perto enquanto nos movíamos do elevador para uma limusine diretamente alinhada à entrada do saguão.

Tentei agir como se não me sentisse desconfortável com as instalações ricas e a superabundância de segurança, mas me senti muito rígida ao caminhar do elevador ao carro.

Eles se organizaram como se estivessem coreografados, o que supus ser verdade. Blake e Johnny se juntaram a mim na parte traseira, Henry empunhando uma arma, e Williams dirigindo. A curta viagem até a propriedade Cavendish foi estranha. Blake se manteve em completo e absoluto silêncio, enquanto Johnny parecia quase amigável demais para se encaixar no comportamento dos que conheci até agora.

— Então, Bianca, está gostando da mudança para Nova York?

Pisquei para ele, perplexa. Já tinha me acostumado com o profissionalismo dos outros seguranças e não estava preparada para uma conversa casual. E a pergunta...

— Não me mudei para cá de verdade. Tenho ido e vindo de Las Vegas. Mas gosto de Nova York. Tenho uma rota para cá há anos, sem planos de alterá-la.

Johnny me lançou um olhar chocado.

— Você ainda mantém seu emprego? Ainda é comissária?

Olhei para ele com desconfiança. Eu podia não ser intrometida, mas Johnny aparentemente era.

— Bem, sim. É o meu trabalho. Por que eu iria desistir dele?

— Hum, talvez porque o Sr. Cavendish esteja gastando em segurança em *cada* um dos seus voos quatro vezes o que você ganha em uma semana...

— Chega! — Blake o interrompeu asperamente. — Você sabe muito bem, Johnny, que, se perturbar a Srta. Karlsson, o Sr. Cavendish *vai* te demitir. Inferno, ele vai demitir todos nós.

O clima dentro do carro ficou muito estranho depois disso, porque eu não fazia ideia de como responder àquele comentário de um total estranho e, é claro, nem iria fazê-lo, já que não devia a ninguém explicações sobre a minha vida. *Que merda...*

Fiquei quieta durante todo o resto do caminho até o nosso destino, olhando para fora da janela, com o rosto impassível.

Nunca tinha estado dentro do Manhattan Cavendish Hotel, mas reconhecia o edifício colossal. As janelas de vidro azuis e modernas que cobriam todo o edifício faziam com que ele se destacasse como uma joia nova e brilhante entre os arranha-céus.

Minha equipe de segurança movimentou-se, colocando-se em sua formação coreografada, enquanto eu saltava do carro, e me escoltou até o saguão como se eu fosse uma chefe de estado ameaçada. Senti-me ridícula.

Não fazia ideia de para onde deveria ir, mas felizmente não precisei pensar. Blake me conduziu com precisão pelo átrio de mármore suntuoso.

Estávamos de frente para um rol de elevadores quando ouvi uma voz feminina chamar meu nome. Surpresa, virei-me para ver quem era, e meu corpo enrijeceu.

Jolene aproximou-se de nós com um sorriso exuberante nos lábios. Ela mal estava vestida, usando o menor short de lycra que eu já tinha visto, além de um top esportivo que era tão minúsculo que, por um segundo, imaginei que não seria capaz de exercer sua função. Não consegui adivinhar por que estava vestida daquela maneira. Quase pensei que poderia estar se exercitando, mas percebi que estava usando sandálias pretas muito sexy e seu cabelo estava solto, caindo em cachos por seus ombros e costas.

Johnny assobiou apreciativamente quando ela se aproximou. Ele estava bem à minha direita, mas não o olhei.

— Essa é a porra da mulher mais gostosa que já vi — ele murmurou, mal conseguindo se conter. Ok, eu não era muito fã de Johnny; era oficial.

Jolene tentou se aproximar de mim, mas Blake entrou na sua frente antes que a outra pudesse chegar a três passos de distância. Ela fez um biquinho, mas obviamente era pura afetação.

— Bianca! Como você está?

Sempre me considerei uma pessoa controlada. Palavras raramente saíam da minha boca a não ser que eu quisesse que saíssem. Mas eu sabia que aquele seria um dos raros momentos em que o meu cérebro não estaria no controle.

— O que você está fazendo aqui? E por que está vestida assim? — perguntei friamente.

Jolene me lançou um olhar que me fez enrijecer. Estava muito claro. Ela estava a fim de problemas.

— Acabei agora de malhar. Este lugar tem uma academia incrível. E estou vestida assim porque James ama olhar para a minha pele. Ele diz que tenho a barriga mais sexy do planeta. — Enquanto ela falava, passava uma mão muito bem manicurada pelo pescoço, até chegar ao cós baixo do short obsceno. Jolene realmente tinha um abdômen incrível, todo tonificado, pele bronzeada e uma cintura ridiculamente fina, especialmente em comparação com os seios enormes que quase explodiam dentro do top. Ela exalava sexo, e eu a odiava.

Minha respiração falhou ao ouvir sua afirmação. Ela tinha mesmo acabado de dizer que estava ali para ver James? Que ele ainda a encontrava? Será que era mentira ou apenas uma versão distorcida da verdade?

De qualquer maneira, sentia-me de saco cheio dela e só a tinha encontrado duas vezes...

— Você está dizendo que veio até aqui para ver James? Que ele te *convidou*? Só fale com clareza, porque eu não tenho absolutamente nenhuma paciência para esse tipo de joguinho — disse a ela em minha voz mais vazia e fria. Essa voz era um antigo mecanismo de defesa para mim.

Ela franziu os lábios, passando a língua sobre os dentes. Eu queria bater nela. Fiquei chocada com esta vontade, mas nem mesmo o meu choque pareceu diminuir minha raiva repentina.

— Não é da sua conta — respondeu com petulância, cruzando os braços, o que empinou ainda mais seus grandes seios falsos. Aquele top era tão inútil que eu consegui enxergar um pedaço dos seus mamilos enquanto ela os empurrava para cima.

Mal podia acreditar que James tivesse passado tanto tempo com aquela mulher, mesmo com todo o sex appeal que ela exalava. Na minha opinião, ele era o epítome da classe, com seu charme, suas boas maneiras e sua beleza utópica, enquanto ela parecia apreciar sua própria breguice.

— Sem dúvida, é da conta dela — uma voz que me fez querer derreter falou atrás de mim. Uma mão grande e quente pressionou minha nuca, gentilmente afastando meu longo cabelo para se acomodar ali possessivamente. Nem sequer olhei para James. Estava muito zangada e chateada, mas ao mesmo tempo faminta só de vê-lo. — Por que você ainda está aqui, Jolene? — ele perguntou friamente. — Eu a mandei embora hoje de manhã, quando você tentou entrar, sem ser convidada, no meu escritório. Precisa ser escoltada para fora da propriedade?

Uma expressão de raiva surgiu nas feições dela tão brevemente que achei que poderia ter sido impressão. Seus belos lábios rapidamente se curvaram em um sorriso satisfeito. Ela jogou o cabelo preto encaracolado para trás dos ombros, empinando os seios em uma exibição proeminente. Como se eles precisassem de ajuda para serem exibidos.

— Estou aqui com o Scott. Ele está hospedado na cobertura, e eu sou sua convidada. Você vai pedir que ele saia também?

James se aproximou das minhas costas, passando os braços em volta dos meus ombros. Eu poderia dizer, pela forma como ela nos olhou, que Jolene não apreciou a visão.

— Talvez eu conte a ele o que você tem feito. Quão tolerante acha que seu marido será se souber que a esposa retornou aos velhos hábitos?

Ela se empertigou, parecendo um pouco alarmada, antes de obrigar seu rosto a assumir uma expressão serena.

— Ele não vai acreditar em você. E mesmo que acreditasse, você nunca faria isso. Sabe o quanto isso iria magoá-lo.

— Está ficando muito claro para mim que a verdade não poderia magoar Scott tanto quanto você o faz, Jolene. Eu não tenho mais um único resquício de paciência com você. Tenha isso em mente.

Um movimento de esguelha chamou minha atenção e olhei para trás de Jolene, para o homem grande que caminhava decididamente em direção ao nosso grupo.

Ele era alto e magro, mas se movia com o ritmo de um atleta. Sua coloração era similar à de James, com cabelos castanho-claros e pele muito bronzeada, embora a sua, provavelmente, fosse proveniente do sol. Quando ele se aproximou, vi que seus olhos turbulentos eram castanho-escuros. De relance, ele poderia ter se parecido com James, mas, em uma inspeção mais próxima, sua boa aparência era mais robusta, menos refinada.

— Eu lhe disse para ficar longe da minha *esposa* — o homem rosnou assim que se aproximou. Percebi, com um pequeno sobressalto de surpresa, que ele parecia muito familiar. Não poderia precisar de onde, mas eu definitivamente já tinha visto o rosto dele em algum lugar. — Ainda assim, toda vez que viro as costas por cinco minutos, aqui está você. Precisa esquecê-la, James.

James enrijeceu contra mim, mas seu tom era surpreendentemente suave quando falou.

— Você precisa refletir sobre o que está dizendo, meu amigo. Ela não tem sido honesta com você, e, se eu pudesse, nunca mais a veria de novo. Sua *esposa* tem perseguido a mim e à minha namorada, e estou cansado disso. Estou em um relacionamento sério, e não quero nada com ela. Não toquei em Jolene quando descobri que era sua esposa, há três anos, e certamente não o faria agora. Se pudesse voltar no tempo e te poupar um pouco de dor, Scott, nunca a teria tocado, e certamente não a teria apresentado a você. Ela não é quem você pensa que é. Não é digna do pedestal no qual a colocou.

Scott não interpretou aquelas palavras do jeito que eu sabia que James pretendia. Podia apostar, pela sinceridade em sua voz, que James só estava falando a verdade nua e crua.

Scott zombou, e isso fez com que seu rosto ficasse feio.

— Meça suas palavras. Está falando da minha esposa. — Seu olhar de desdém voltou-se para mim. — Então James está em um relacionamento *sério* com você, hein? Deve saber que ele não conhece o significado dessas palavras. Vai te jogar para escanteio como fez com todas as outras. Se tiver sorte, ele te passará para um amigo rico quando terminar com você.

Virei-me para o peito de James antes mesmo de ele se mover. Enterrei meu rosto em seu pescoço e envolvi os braços ao redor da sua cintura, segurando firme.

— Não — murmurei contra seu pescoço. Ele parou de se mexer. Scott estava tentando irritá-lo, e eu sabia que tinha funcionado, mas *precisava* que James controlasse seu temperamento — e seus punhos. James colocou os braços rígidos em volta de mim, como se fosse incapaz de ignorar o meu gesto afetuoso, mesmo com raiva.

— Se você falar assim com ela de novo, vai se arrepender — disse James, com a voz cheia de uma raiva assustadora. Scott bufou, e, ao ouvir este som, pude compreender que seu temperamento estava tão no limite quanto o de James.

— Está preocupado com o que eu digo a ela? Você fodeu minha esposa, James. Só Deus sabe quantas vezes, e está preocupado que vou... ferir os sentimentos da sua foda mais recente?

James me virou gentilmente, guiando-me para os elevadores logo atrás de nós. Ele passou a mão pelo meu cabelo e pude sentir que estava tremendo.

— Meu amor — começou, com a voz rouca, mas ainda conseguindo ser terno. — Eu preciso que vá lá para cima. Por favor, espere por mim. Vou me juntar a você em breve. — Ele apertou o botão enquanto falava, ainda me segurando contra si.

Eu queria dizer alguma coisa, queria implorar que não fizesse nada precipitado, que não se metesse em encrenca, ou pior, que não se machucasse, mas não conseguia falar.

O elevador parou, as portas se abriram, e eu entrei sem dizer uma palavra. Blake e Johnny entraram atrás de mim, e fiquei aliviada que, pelo menos, dois dos guarda-costas permanecessem com James.

As portas do elevador se fecharam e começamos a subir. Eu não tinha ideia de para qual andar iríamos, nem quantos andares havia no prédio. Olhei para o painel para descobrir, mas meus olhos ficaram sem foco, e eu perdi minha linha de raciocínio.

O elevador finalmente parou, e eu segui Blake. Minha mente distraidamente notou que tudo ao meu redor era elegante e opulento. Meus saltos estalavam de forma ritmada em um piso de mármore escuro, mas minha mente ainda permanecia presa no que poderia estar acontecendo lá embaixo — o que eu tinha sido muito covarde para ficar e assistir, ou até mesmo ficar e prevenir.

Uma morena jovem e polida nos cumprimentou por trás de uma enorme mesa.

— Srta. Karlsson, Srta. Blake, Johnny — ela murmurou quando

passamos por ela. Perguntei-me como ela poderia me conhecer. Sem dúvida, minha identidade era óbvia, a julgar pelos meus seguranças armados.

Tudo isso eram apenas pensamentos distraídos e distantes, que duraram até que Blake me levou a um enorme escritório, com mais janelas do que paredes.

Blake fez uma busca completa no escritório, verificando cada centímetro do espaço e dentro das duas portas em anexo. Johnny ficou ao meu lado enquanto ela fazia isso. Achei que estavam sendo cautelosos demais, mas o que eu poderia saber sobre esse tipo de coisa?

Blake terminou sua busca, dando-me um aceno severo ao terminar.

— Tudo limpo, Srta. Karlsson. Estaremos do lado de fora, se precisar de alguma coisa.

Ouvi a porta se fechar atrás de mim e larguei minha bolsa em algum lugar no chão, enquanto me encaminhava para as janelas. Notei, distraidamente, que a decoração do escritório não tinha o toque de James. O clima daquela sala tinha um quê de Nova York retrô, com uma mesa e um piso de madeira antigos. A cadeira atrás da mesa era de couro marrom, assim como o sofá. Até os tapetes tinham um ar de dinheiro antigo. Era tão incomum para James que fiquei pensando nisso por um longo tempo, deixando a estranha decoração me distrair.

Quando a diversão tornou-se cansativa, fui até a janela para observar a vista espetacular de Manhattan.

Não sei quanto tempo fiquei ali como uma estátua antes de ouvir a porta se abrir e fechar atrás de mim. O clique de uma fechadura sendo trancada pareceu estranhamente alto em meio ao silêncio mortal que imperava na sala.

— Vire-se e olhe para mim — disse James após um longo momento, com a voz baixa e áspera.

Era insano, era irracional, era autodestrutivo... e masoquista, mas eu fiquei molhada apenas com o som daquela voz violenta e áspera.

Então eu me virei.

3
Sr. Sádico

Eu o analisei por um longo tempo, sentindo minhas pernas tremerem quando o observei entrar. Inclinei-me contra a janela em busca de apoio.

Ele estava sem o paletó; a gravata, torta. As mangas da camisa branca estavam enroladas. Muito desarrumado, ao menos para os padrões dele. Enxerguei uma solitária gota de sangue em seu colarinho. Estudei seu rosto, depois seus braços. Suas juntas pareciam um pouco inchadas, punhos cerrados, mas seu rosto estava intocado.

— Ele era um homem adulto que insultou a pessoa mais importante da minha vida. A coisa mais *preciosa* do meu mundo. Duas vezes. Limpe essa porra de medo do seu rosto. Eu *nunca* te agrediria, nunca te atacaria sem restrições. Mas vou puni-la. — Enquanto falava, começou a desabotoar a camisa, tirando-a de dentro da calça bege. Sua ereção estava delineada pesadamente contra o tecido pálido.

Lambi os lábios entorpecidos.

— Por quê?

— Por causa deste olhar. Por essa falta de confiança. Por ter me abandonado por dias, não importa a maldita razão. E você chegou atrasada.

Ele caminhou até mim, sem camisa e impossivelmente bonito, seus músculos rígidos movimentando-se ao longo da sua perfeita pele dourada a cada passo. Avistei meu nome, gravado em carmesim em seu peito, quando ele se aproximou.

Sua mão pesada caiu na minha nuca. James me empurrou lentamente em direção à mesa com apenas esse contato. Ele me pressionou, firme, mas gradualmente, até a parte da frente do meu tronco encostar na mesa, meus quadris pendendo da borda. Suas mãos subiram sob meu vestido sem hesitação, agarrando a calcinha de renda e puxando-a pelas minhas pernas com um movimento suave. Ele tocou um tornozelo.

— Erga-o — ordenou secamente.

Levantei meu pé. Ele repetiu o processo na outra perna. Seus dedos se moveram contra minhas costas, desabotoando meu sutiã através da seda do vestido, como só alguém experiente poderia fazer. Ele o tirou de mim rapidamente, deixando meu vestido intacto.

Ergueu o vestido sobre meus quadris, deixando minha bunda e meu sexo nus para sua apreciação. Ficou em silêncio logo atrás de mim por um longo tempo. Eu me contorci.

— Feche os olhos — ordenou.

Obedeci.

Eu o ouvi se afastar. Uma porta à minha esquerda se abriu e depois se fechou. Pude ouvir minha própria respiração ofegante. Eu estava excitada.

Ouvi quando se aproximou de mim novamente longos minutos depois. Ele nem tentou ser silencioso.

— Segure a borda da mesa — demandou.

Eu fiz isso.

— Algo a dizer? — perguntou friamente.

Eu não sabia por onde começar, não sabia o que ele queria, mas tinha que tentar.

— Eu sinto muito, Sr. Cavendish.

— Do que é que você está arrependida?

— Por tudo isso. Por ter te abandonado por dias, fosse qual fosse o motivo. Por me atrasar. Por favor...

Ele atacou, e cerdas duras golpearam o meu traseiro. Eu me contorci. Ardia, mas não doía exatamente. Era como ser chicoteada com fios de cabelos muito grossos. Talvez por isso ele não tenha recuado, golpeando de novo e de novo sem pausa. Movi-me contra a mesa, gemendo.

Ele pressionou uma mão dura na parte inferior das minhas costas, segurando-me imóvel enquanto se ocupava de mim. Atingia minha bunda e coxas com o chicote sem hesitação. Isso continuou por infinitos momentos enquanto eu me contorcia.

De repente, ele parou. Pude ouvir sua respiração pesada.

— Você gosta do chicote de pelo de cavalo?

Minha garganta soltou um som de zumbido.

— Gosto, Sr. Cavendish.

— Isso foi o que seria considerado como um aquecimento, Bianca. Você sabe o que significa?

Balancei a cabeça.

— Não, Sr. Cavendish.

Ele se moveu de encontro a mim, pressionando sua ereção pesada, ainda coberta pela calça, no meu sexo e se inclinando pesadamente contra minhas costas.

Ele sussurrou as próximas palavras no meu ouvido.

— Abra os olhos. — Obedeci, obtendo apenas uma visão lateral da mesa onde eu estava inclinada, já que James encontrava-se atrás de mim. Colocou um pesado objeto preto e azul sobre a superfície. Não consegui entender do que se tratava em um primeiro momento.

Parecia quase como um buquê de flores, mas não...

Couro pesado, tingido, lindamente transformado em rosas azuis nas extremidades das grossas caudas de couro preto.

Lambi meus lábios, sentindo-me, de repente, mais nervosa e assustada. Havia uma dúzia dos botões ameaçadores.

James trouxe a rígida alça de couro do aparelho de tortura até meu rosto, e eu observei as flores pesadas se arrastarem pela mesa enquanto o chicote se movia e ele o passava pelo meu rosto.

— O chicote de pelos de cavalo foi um aquecimento — repetiu —, o que significa que tenho planos para você, Bianca, e a dor nem começou. — Respirei de forma instável, depois fiquei rígida ao ouvir o som inconfundível de um zíper.

— As rosas te assustam? — perguntou suavemente, sua voz quase provocando. Segurava minhas coxas, separando minhas pernas por trás ao me acomodar na mesa.

— Sim — eu disse sem fôlego.

— Vou te dizer uma coisa — começou, investindo duro dentro de mim enquanto falava. Choramiguei, chocada com a penetração inesperada. — Se você conseguir não gozar, vou te poupar das rosas. Por hoje. — Conforme ele falava, entrava e saía de mim, arrastando aquele pau perfeito ao longo de cada nervo maravilhoso dentro de mim.

Ele saiu completamente antes de mergulhar outra vez, em uma investida lenta e pesada que fez meus dedos se curvarem.

— Para ser justo, vou fazer com que seja rápido — disse, com um sorriso frio na voz. Investiu contra mim novamente, então, começou a meter com ímpeto.

Foi dolorosamente selvagem. Seu membro espesso batia contra mim, massageando-me de dentro para fora. Até mesmo seu pênis estava dominante e sádico naquele dia.

Uma de suas mãos agarrou a parte interna da minha coxa com tanta força que eu sabia que iria machucá-la; a outra mão manteve-se nas minhas costas, prendendo-me firmemente à mesa.

Ele me fodeu como raramente me fodia, para gozar rápido.

Quando liberou-se dentro de mim, um som alto e cru escapou da sua garganta; um som abafado, como se ele não pudesse evitar. Esse barulho me levou ao limite. Gozei com um gemido conforme ele ainda investia, esfregando os últimos resquícios da sua libertação selvagem.

Ele não demorou a sair de mim, enquanto eu ainda me apertava contra ele. Senti o líquido quente jorrando do seu membro duro, conforme ele se inclinava contra a minha bunda.

Puxou-me de volta até meus pés tocarem o chão. Tinha esquecido que estava usando saltos altos até que eles tocaram o chão de forma instável.

Ele ergueu mais meu vestido, então me puxou pelos ombros.

— Braços para cima — murmurou quando fiquei de pé novamente.

Fiz o que mandou.

Ele puxou o vestido sobre a minha cabeça. Virei-me para observá-lo enquanto o colocava cuidadosamente sobre a cadeira do escritório.

Ele me estudou por um momento.

— Descalce seus sapatos. — Pisei fora deles o mais firmemente que pude. James estendeu a mão para mim, colocando um dedo na gargantilha, enquanto a outra mão segurava um punhado do meu cabelo. Conduziu-me assim pela sala.

Fomos até uma das portas que levava a algum outro lugar que não a área da recepção. Não tinha checado antes para ver aonde aquela porta daria, mas James rapidamente me mostrou.

Ele me puxou para um pequeno quarto com uma grande janela.

Ofeguei quando vi a cama. Ocupava quase todo o espaço, grande o suficiente para caber em um dos quartos colossais que havia em suas casas. Tinha um topo treliçado, com uma coleção assustadora de restrições já prontas.

— Aqui é o seu quarto de foda no trabalho? — perguntei, não escondendo a acusação em minha voz. Eu sabia que ele era um libertino, já havia entendido isso, mas estava cansada de ver as evidências do seu passado surgirem literalmente em todos os lugares que íamos.

— É novo. Antes, era só uma cama, onde eu dormia sozinho. Se você quiser mais respostas, receberá mais tarde. Suba na cama.

Assim o fiz, movendo-me para o centro, e comecei a me ajoelhar.

— Levante-se — vociferou.

Obedeci.

Ele segurou meu pulso, erguendo-o alto, afastando-o do meu corpo, e puxou uma das restrições pretas da parte superior da cama. Fiquei surpresa ao perceber que era feita de borracha. Era como um tubo macio, confortável e elástico. Ele envolveu o meu pulso várias vezes até puxá-lo muito esticado. Amarrou e, em seguida, torceu minha mão até que precisei fechá-la. Repetiu o movimento na minha outra mão, afastando meus braços ao terminar. Achei perturbador que tivesse escolhido usar algo tão confortável para me prender. Isso deveria me dizer algo sobre aquelas rosas...

Posicionou meus pés, deixando-me confortável. Eu estava tremendo enquanto ele se afastava da cama.

James tinha me amarrado de modo que eu pudesse encarar a janela diretamente, com aquela linda vista de Manhattan, mas todos os seus movimentos aconteciam bem atrás de mim, mantendo-me no escuro quanto às suas ações.

Senti quando se moveu para a cama alguns minutos depois, ficando às minhas costas.

James me fez esperar por tanto tempo que eu já começava a relaxar um pouco quando ele bateu pela primeira vez.

Minhas costas se curvaram com o golpe nas minhas coxas. Era de longe o castigo mais duro que ele já me infligira. Soube disso com apenas um golpe. Parecia que eu estava sendo agredida por uma dúzia de pequenos punhos rígidos. James parou por um longo momento depois da primeira chicotada, e eu estremeci.

A próxima atingiu minha bunda e fez meu corpo balançar para a frente e para trás, preso pelas restrições de borracha.

Choraminguei, enquanto minha cabeça pendia para a frente.

Ele bateu, e, sem me dar descanso, bateu novamente. Lágrimas escorreram pelo meu rosto, e não consegui abafar um grito quando ele bateu de novo.

Foi a primeira vez que ele tentou algo tão profundamente doloroso que eu nem tive certeza se poderia suportar. Já estava quase usando a palavra de segurança quando ele parou.

Estava soluçando quando ele agarrou a frente das minhas coxas por trás, puxando minhas pernas para cima e para trás, de modo que fiquei completamente suspensa.

Ele me manteve assim enquanto se movia entre as minhas pernas. Penetrou-me brutalmente, como se isso também fosse um castigo. Investiu em mim uma e outra vez, com impulsos furiosos, e nossos únicos dois pontos de contato eram as mãos dele em minhas coxas e seu pênis dentro de mim. Deixou-me no limite em instantes, e eu alcancei o orgasmo com um pequeno soluço, sentindo minhas paredes internas apertando-o de novo e de novo, ordenhando-o até que ele se afundasse em mim, gozando com um pequeno grunhido de surpresa.

Acho que eu nunca tive um orgasmo tão poderoso, e solucei com o prazer e a dor quando ele finalmente saiu de mim, colocando meus pés de volta sobre o colchão. Desamarrou-me rapidamente, puxando-me para a cama com ele. Aninhou meu rosto em seu peito nu, murmurando palavras suaves enquanto eu chorava sobre a tatuagem do meu nome. Acariciou as minhas mãos e beijou meu cabelo, mas nada disso me fez sentir melhor.

Ele fora mais duro comigo do que nunca, fodendo-me duas vezes sem sequer um contato visual íntimo, sem um segundo de intimidade. E eu gozei com tanta força que não pude deixar de chorar pela perda de controle.

Pela primeira vez desde que ficamos juntos, comecei a me preocupar com a hipótese de não conseguir lidar com as coisas que fazíamos um com o outro. Ou melhor, as coisas que ele fazia *comigo*.

Sempre soube que eu tinha uma tendência masoquista, embora a tivesse mantido enterrada profundamente, mas pensei que estar com James, fazendo as coisas que fazíamos, ajudaria a saciar esses desejos. Pela primeira vez, eu me perguntei: *e se isso só piorasse tudo?*

James pareceu sentir minhas hesitações.

— Precisarei voltar ao trabalho em breve, mas, primeiro...

Ele me deitou de barriga para cima, separando minhas pernas e se movendo entre elas em um movimento suave. Afastou-as ainda mais, então, flexionou-as para cima, contra mim. Assisti seu magnífico pênis ser alinhado às minhas partes íntimas.

— Olhe para mim — demandou, soando furioso. Olhei para aqueles olhos amáveis e me perdi, como se a visão deles pudesse esvaziar minha mente perturbada. Ele me penetrou com um impulso suave.

— Tire esse pensamento da cabeça, Bianca. Não vou deixar você se afastar de mim.

James começou a se mover, investindo com firmeza, seus olhos me mantendo cativa. Girou os quadris, movendo o longo e grosso pau ao longo das paredes do meu sexo. Gemi e arfei. Ele tinha tantos truques para me fazer gozar, que, quando tentou mais um movimento, eu me fechei em torno do seu membro, chegando ao clímax.

Seus olhos estavam ternos e tão íntimos quando também gozou, longos momentos depois, e sua mão tocou minha bochecha. Eu sabia que meus olhos demonstravam a mesma vulnerabilidade crua.

28
R.K. Lilley

4
Sr. Excessivo

James me aconchegou carinhosamente, beijando minha testa e me dizendo para dormir um pouco. Não discuti. Duvidava que pudesse ter saído dali, muito menos voltado para o seu apartamento caminhando com minhas próprias pernas, sem dormir um pouco. Então, simplesmente apaguei.

Acordei lenta e languidamente, esticando meu corpo dolorido contra lençóis macios, e meus olhos se abriram com esforço. A visão que os encontrou me despertou completamente.

O buquê preto e azul de rosas perversas estava disposto no travesseiro como se tivesse sido colocado ali propositadamente. James não estava na cama comigo, é claro — ele estava trabalhando, mas o buquê era, aparentemente, seu substituto. Afastei-me daquele brutal lembrete das nossas atividades anteriores e me sentei.

Eu não sabia o que tinha acontecido com minhas roupas, além de que elas não estavam no quarto comigo e que lá fora havia um escritório. Encontrava-me, então, na situação desconfortável de ter que me envolver em um lençol para espiar cuidadosamente o escritório. Ficaria mortificada se James tivesse companhia.

Felizmente, ele estava sozinho, sentado em sua mesa, em silêncio, com o telefone no ouvido. Notou-me imediatamente e acenou para mim. Aproximei-me lentamente, segurando o enorme lençol branco e macio ao meu redor bem apertado.

Ele cobriu o bocal do telefone com cuidado.

— Bom dia, meu amor. Solte o lençol e sente-se aqui — disse, dando tapinhas em um ponto de sua mesa diretamente à frente da cadeira.

Oh, meu Deus!

Ele tinha mais planos para mim.

Senti-me constrangida quando deixei cair o lençol, mas esqueci desta sensação quase que instantaneamente quando vi seu olhar quente recair sobre o meu corpo.

— Então, qual é o problema? — ele disse ao telefone, com a voz ríspida.

Tive que roçar nele para me mover para o lugar que havia indicado. Sabia que não se tratava de uma coincidência. Ele deu um beijo suave no meu quadril enquanto eu me movia.

Empoleirei-me à beira da mesa, de frente para ele.

James estava completamente vestido em um terno limpo e elegante. É claro que guardava roupas extras, só por precaução. O que usava no momento era um tradicional cinza-escuro, perfeitamente adaptado ao estilo moderno. Sua camisa era da mesma cor, mas com um colarinho branco, e sua gravata era de um tom forte de carmesim. Ele parecia devastador, perfeito e sombrio — tudo de uma vez.

Estava elegantemente vestido até os dedos dos pés, e eu, nua em pelo. Já estava completamente molhada, e ele mal tinha me tocado. O cenário antigo do escritório não ajudava em nada na situação. Havia algo inerentemente erótico em tê-lo me dominando por trás da mesa, onde reinava sobre seu império poderoso.

Usou sua mão livre para afastar minhas coxas com um toque firme e cobriu o bocal do telefone novamente.

— Apoie-se nos cotovelos — ordenou.

Eu obedeci.

— Resolva isso — disse ele secamente ao telefone.

Esfregou minha coxa quase ociosamente, traçando o dedo indicador da mão livre em um caminho vagaroso até o meu sexo.

Eu me contorci.

Ele decidiu usar um tipo de toque bastante suave para massagear meu sexo. Isso me deixou louca. Movimentei-me contra a mesa até que consegui alcançar as laterais dos meus seios com as mãos. Amassei minha própria carne com rudeza.

James me lançou um olhar aguçado. Esse olhar dizia que eu estava agindo como uma safada, mas ele não me impediu.

Enfiou, então, dois dedos em mim sem aviso, e eu gritei.

Ele cobriu o bocal.

— Quieta — disse em tom de cumplicidade, depois voltou rapidamente à ligação.

Retirou seus dedos, massageando meus nervos mais perfeitos sem piedade.

Eu mal podia processar o que ele dizia ao telefone, enquanto mergulhava os dedos experientes em mim. Era algo como: «é para isso que eu te pago», mas eu não poderia me importar menos com o que era dito naquele momento.

Ele continuou a me excitar com os dedos grossos por longos momentos, ainda com o telefone no ouvido. Eu estava quase gozando quando o senti se mexer um pouco, inclinando-se para mim.

— Envie-me o relatório. Sim. Isso é tudo.

Segundos depois, James enterrou o rosto entre as minhas pernas, com aquela linda boca indo diretamente ao meu clitóris, chupando-o, enquanto suas mãos ficavam ocupadas dentro de mim.

Não durou nem dez segundos antes de eu estar choramingando, com uma mão enterrada em seu cabelo sedoso. Meus músculos se apertaram firmemente em torno dos seus dedos habilidosos.

Ele os puxou devagar, ficando de pé, e chupou os dedos enquanto eu me contorcia sob seu olhar. Suas mãos desceram até o cós da sua calça. Assisti com olhos famintos quando libertou sua ereção dura e pesada. Abaixou-se e me beijou; um beijo quente, onde eu experimentei meu próprio gosto em sua boca. Chupei sua língua.

Ele se endireitou abruptamente, agarrando uma das minhas pernas quase frouxas, levando meu tornozelo até seu ombro. Pousou também minha outra perna no outro ombro. Beijou o interior do meu tornozelo e dirigiu-se a mim.

Havia muita intensidade em seus olhos turquesa ao fitarem os meus, enquanto ele se movia dentro de mim. Aqueles olhos eram tão sombrios. Faziam com que ele parecesse impossivelmente mais bonito para mim.

Aquele ângulo, com meus quadris apoiados na extremidade da mesa e minhas pernas erguidas muito alto, tornava a sensação tão profunda e intensa, que ele me levou ao limite e a outro orgasmo com algumas investidas mais fortes.

— Goze — ele ordenou com os dentes cerrados.

Eu desmoronei.

Ele não desistiu quando meus músculos internos se apertaram ao redor dele, nem diminuiu velocidade. James inclinou-se com força, empurrando minhas pernas e quase as nivelando com o meu torso. Seus olhos pareciam sentir raiva dos meus, e nossas testas quase se tocavam, enquanto ele murmurava:

— Eu vou fazer você gozar tantas vezes que vai esquecer de todas as dúvidas que ainda pode ter em relação a nós.

E ele fez exatamente isso. Investiu contra mim, pressionando os pontos sensíveis do meu corpo com habilidade perfeita. Eu não tinha certeza se conseguiria formar um pensamento coerente quando ele finalmente se permitisse esvaziar dentro de mim. Certamente não conseguia pensar bem o suficiente para contar meus próprios orgasmos. Ele girou seus quadris violentamente no final, fazendo-me gozar novamente, apesar de já estar mais do que satisfeita.

Eu não conseguia nem levantar um braço quando ele saiu de mim lentamente.

— Vá dormir, amor. Direi aos rapazes que podemos jantar mais tarde. Você precisa descansar um pouco. — Enquanto ele falava, abaixava minhas pernas e, em seguida, erguia-me em seus braços. Eu já estava dormindo antes que ele pudesse me carregar de volta para o quarto.

Quando acordei novamente, James estava na mesma posição da última vez: atrás da sua mesa, com um telefone ao ouvido. Girou a cadeira quando entrei timidamente em seu escritório e sorriu maliciosamente enquanto me analisava. Era o seu sorriso dominador. De *homem controlador*.

Ele cobriu o bocal do telefone.

— Solte o lençol e venha aqui — ordenou em um tom muito casual.

Obedeci, achando surreal que a cena de antes do meu segundo cochilo parecesse estar se desenrolando novamente.

Ele cobriu o bocal novamente.

— Fique de joelhos e me chupe — demandou de forma casual.

Eu me abaixei, lambendo meus lábios enquanto o observava. Era como se ele tivesse lido minha mente. Quando o vi sentado ali, esparramado como um rei insolente em seu trono, foi exatamente o que pensei em fazer com ele.

Libertei seu pênis de dentro da calça com mãos gananciosas. Coloquei-as em torno daquele pau perfeito, acariciando-o.

Ele mergulhou a mão livre no meu cabelo com força, puxando-me em sua direção. Empurrou-me entre suas pernas, movendo os quadris até a borda da cadeira. Então, penetrou minha boca. Eu a abri para ele, sugando a ponta do seu membro com um pequeno gemido. Ele investiu profundamente, fodendo minha boca com tanta intensidade que cheguei a engasgar.

Ele se retirou, depois penetrou novamente.

Mal notei quando ele desligou o telefone até dizer, em voz alta:

— Relaxe seus músculos da garganta — instruiu. — Leve-me mais fundo. — E foi o que eu fiz naquele momento. — Use suas mãos — ele ordenou, e eu as torci em torno da base enquanto o chupava o mais fundo que conseguia, balançando a cabeça furiosamente.

Ele prendeu as duas mãos no meu cabelo, guiando-me com puxões selvagens.

Então, deixou escapar o som mais agradável ao se derramar em mim, sacudindo seus quadris. Eu adorei, fazendo meus pequenos sons enquanto continuava a chupá-lo, mesmo depois de ele ter gozado. James teve que se afastar de mim com firmeza, e lançou-me o olhar mais caloroso pelos meus esforços.

— Você adora ter sua boca fodida, não é? — murmurou, acariciando meu lábio.

Cantarolei em acordo.

— Eu amo tudo isso — eu disse a ele, com a voz baixa.

Tomamos banho juntos no banheiro bem equipado do escritório. Ele lavou-me com mãos carinhosas e carícias persistentes, como era seu costume.

— Seu escritório não é o que eu esperava — falei, enquanto ele me secava completamente. — Não tem o toque de James.

Ele beijou um quadril enquanto secava minhas pernas.

— Era o escritório do meu pai antes. Nunca consegui mudar nada.

Passei a mão por seu cabelo molhado. Meu James sentimental.

Eu não deveria ter ficado surpresa que o quarto tivesse um armário, muito menos que tivesse roupas para mim. James parecia mais interessado em escolher coisas para mim do que em vestir-se, enquanto examinava a grande prateleira de roupas femininas que ocupava exatamente a metade do armário. Ele estava quase seco, embora parte daquela pele dourada ainda estivesse deliciosamente úmida. Uma toalha pendia em seus quadris. Era muito difícil focar no que eu deveria estar fazendo; até mesmo lembrar que eu estava tentando fazer qualquer coisa além de observá-lo com olhos famintos.

James puxou um vestido cinza-pálido, com decote canoa, da prateleira.

— Este — disse ele.

Revirei os olhos.

— E eu posso escolher as *suas* roupas?

Ele apontou para o seu lado do armário, ainda vasculhando minha prateleira de roupas.

— Como quiser, Princesinha — ofereceu, movendo-se em direção a uma coleção de cintos na parte de trás do armário.

Minha respiração ficou presa ao ouvir a frase. Ele nem estava olhando para mim...

Dirigi-me para o lado dele do armário, abrindo-o.

Comecei a vasculhar por roupas tão caras que parecia errado até mesmo tocá-las.

— Você precisa usar terno? — perguntei, porque raramente o via vestido em qualquer outra coisa.

— Seria preferível, uma vez que vamos jantar em uma das minhas propriedades, e eu gosto de parecer profissional no meu local de trabalho. Mas, se alguma coisa lhe chamar a atenção, certamente serei receptivo.

Lancei-lhe um olhar de desafio.

— Você acha que bater em um cara por insultar sua namorada parece profissional?

Ele sorriu para mim, não demonstrando arrependimento. Isso me deixou um pouco enfurecida.

— Sou apenas humano.

Balancei a cabeça. Ele era impossível.

Escolhi um lindo terno cinza-claro. Rapidamente localizei uma camisa e uma gravata turquesa brilhantes. Já o tinha visto usar aquela cor antes, e ficava linda nele.

Virei-me para mostrar minhas escolhas e o vi se abaixar para pegar um par de sandálias turquesa de camurça. Ele segurava um fino cinto turquesa na mão, combinando com o sapato. Estudei suas escolhas, depois as minhas e comecei a rir.

Ri tanto que tive que me sentar no chão, e a toalha caiu do meu corpo.

Ri ainda mais quando James sorriu, deixando nossas roupas caírem em torno de nós enquanto me prendia ao chão.

Ele tirou o cabelo molhado do meu rosto e sorriu, olhando em meus olhos.

— Você viu o que eu estava escolhendo, ou nós somos realmente tão loucos? — perguntei, ainda rindo.

Ele acariciou minha bochecha, dando-me seu sorriso mais doce. Acho que não havia uma única pessoa no planeta que pudesse receber um sorriso como aquele e não se apaixonar. Por James.

— É claro que eu espiei — ele me disse. — Estava preparado para mudar toda a sua roupa até que combinássemos.

Gargalhei mais, e ele beijou meus lábios, rindo. Porém, não demorou, recuando rapidamente.

— Você é louco. — Levantei para me vestir.

Ele me abraçou por trás, pressionando seu corpo bem forte contra mim, esfregando seu peito liso nas minhas costas. Então, falou no meu ouvido:

— Louco por você, meu amor.

Meu corpo enrijeceu, aquecido por suas palavras, mas instantaneamente desconfortável. O que ele quis dizer com isso? Era tão sério quanto soava, ou apenas sua natureza afetuosa aparecendo? Ele costumava dizer coisas desse tipo para mim desde o princípio, e eu tendia a não dar muita atenção, mas estava ficando mais claro, a cada dia, que ele falava muito sério; que sempre falou. Será que esperava que eu respondesse da mesma maneira? Porque eu não estava pronta para isso; nem saberia como.

O momento desconfortável passou bem rápido. James simplesmente beijou meu pescoço suavemente e deixou que eu me vestisse.

O banheiro do seu escritório era abastecido com produtos de higiene pessoal e cosméticos para mim. Achei isso completamente insano e totalmente conveniente. Tinha até um secador de cabelo. Fiquei pronta em menos de vinte minutos. James, em menos de dez.

— Você se importa de jantar com Frankie na próxima vez que estivermos em Vegas? — James perguntou quando terminei. — Algum dia da próxima semana.

— De jeito nenhum — concordei rapidamente, ainda envergonhada de quão ciumenta eu tinha ficado com o afeto que ela sentia por James no nosso primeiro encontro. Mas ela era, aparentemente, uma das poucas mulheres bonitas do planeta com quem James não tinha dormido, e me senti muito boba por presumir que eles tinham algum tipo de passado juntos. Adoraria ter a chance de causar uma melhor impressão.

— E Lana me ligou. Ela quer almoçar com você. Está em Nova York esta semana e disse que se adequará aos seus horários. Eu disse a ela para entrar em contato, já que não tinha certeza dos seus planos enquanto eu estivesse trabalhando.

— Oh, gosto da ideia. — Fui sincera. Gostei dela na mesma hora. Ela era naturalmente sincera e fácil de conversar. Não esperava fazer amizade com muitas das pessoas nos círculos ricos de James, e ter uma pessoa como ela por perto era reconfortante.

— Além disso, Parker e Sophia querem nos convidar para jantar. Eu disse a eles que talvez daqui a algumas semanas. A versão de Parker de não te assustar me preocupa, para ser honesto.

Sorri, concordando silenciosamente. Conversar sobre bebês não era uma maneira eficiente de *não* me assustar.

James passou um braço possessivo em volta da minha cintura quando saímos do escritório. Blake estava esperando por nós no elevador. Ela acenou para James, seu rosto definido em suas linhas severas usuais.

— Remaneje Johnny — James disse-lhe rapidamente.

Ela ficou visivelmente desconcertada.

— Senhor, o que ele fez? — perguntou, enquanto entrávamos no elevador.

Virei a cabeça para estudar seu rosto. Sua mandíbula estava cerrada, mas isso não me dizia nada do que ele estava pensando.

— Ele quer Bianca. Eu o vi olhando para as pernas dela quando deveria estar escoltando-a com segurança para o elevador. Você não precisa demiti-lo; ele só precisa ser remanejado. Ele não é pago para olhar o *corpo* dela.

Eu não gostava de Johnny, de fato, mas James estava passando dos limites do ridículo.

— James — comecei.

— Não — James me interrompeu, com um tom suave. Suas palavras não eram, em contrapartida. — Se argumentar por que o quer perto de você, isso não vai ajudá-lo. Confie em mim.

Senti-me enrijecer. De todas as coisas cabeludas, arbitrárias e completamente irracionais que já tinha ouvido, aquela superava todas as outras.

— Acho que você está agindo como um louco. Isso não tem nada a ver com Johnny...

— Eu não gosto do jeito como você diz o nome dele. É muito pessoal, considerando o pouco tempo que o conhece...

— Você está brincando? — explodi.

— Cuidarei disso assim que puder, senhor — disse Blake, sem questionar suas ações malucas. Acredito que ele não toleraria se ela o fizesse. Mas *eu*, certamente, poderia questioná-lo.

— James, não vou permitir que aja como um tirano. Johnny não fez nada de errado. Você não pode dizer que ele me quer por causa de como interpretou um olhar.

— Isso não tem nada a ver com o meu ciúme, Bianca. Ou, pelo menos, não é só isso. Tem a ver com a sua segurança, e, se ele está ocupado demais olhando para as suas pernas para fazer o trabalho dele, não tem utilidade para mim.

— E você concluiu isso baseado em um olhar? — Cerrei o maxilar.

— Sim. Tenho bons instintos.

— Eu não me importo. Não vai remanejá-lo só por causa de um olhar. Você me disse que eu poderia opinar sobre quem seria contratado ou demitido, ou qualquer outra coisa, e digo que ele não será remanejado só com base em um único olhar.

Ele cerrou a mandíbula com força, mas vi imediatamente que tinha ganhado.

— Bem. Você precisa de mais provas. Vou mantê-lo por tempo suficiente para consegui-las. Blake, mantenha-me atualizado sobre o comportamento dele quando eu não estiver presente.

— Sim, senhor — disse ela, sem expressão. Tentava imaginar o que ela pensava sobre aquelas loucuras todas, mas com certeza não iria perguntar.

— Aonde estamos indo? — perguntei-lhe, tentando seguir em frente após a briga boba e não ficar chateada quando ele tinha pelo menos concedido meus desejos.

— O nome do local é Red. É um dos meus restaurantes. Fica logo aqui ao lado. Os rapazes vão nos encontrar lá para jantarmos.

Sorri ao ouvi-lo chamá-los de "os rapazes", porque soava íntimo e tão confortável, como se Stephan e Javier tivessem sido seus "rapazes" desde sempre.

No segundo em que saímos do elevador e entramos no enorme saguão do hotel, fomos cercados por minha equipe de segurança e por Clark. Lancei um olhar desafiador para James.

— Você não acha que isso tudo é um pouco excessivo?

Ele apertou meu quadril com força suficiente para machucar.

— Até que seu pai tenha sido encontrado e preso, *nada* é excessivo. Eu posso pagar, então me permita.

— Humm — eu disse, sem saber o que fazer com suas medidas exageradamente zelosas. Se eu fosse honesta, diria que uma parte de mim gostava da proteção, de saber que meu pai não conseguiria chegar até mim, mesmo que tentasse o melhor possível, mas também sabia que quatro pessoas para proteger uma mulher insignificante era algo completamente ridículo.

5
Sr. Magnânimo

O Red era tão ultrajantemente luxuoso quanto eu imaginei que seria. James não parecia possuir uma única propriedade que não fosse. Cada centímetro do lugar era, claro, vermelho. Todos os tons de escarlate estavam representados em estampas nas paredes, pisos de madeira vermelha-escura e lustres de cristal da mesma cor sobre cada mesa e área do lounge.

O primeiro ambiente consistia em uma enorme área de bar com tetos altos e mármore vermelho em cada superfície. A fila que contornava o quarteirão para entrar significava que obviamente estava com alta demanda, mas você não imaginaria isso julgando pelo espaçoso bar. Os fregueses estavam bem-vestidos e bem-comportados. A mistura moderna com o opulento deixava o ambiente com muito bom gosto.

Uma hostess elegante e de cabelos negros, que provavelmente passara sua juventude modelando, conduziu-nos rapidamente pelos bares até uma das extravagantes salas de jantar. Eu conseguia enxergar três. Arranjos florais mistos enormes cobriam cada mesa. Todas as flores eram vermelhas, é claro.

— É bem vermelho — eu disse a James.

Ele apenas sorriu.

A anfitriã levou-nos a uma mesa no centro da grande sala. Nada de sala privada para nós. James, aparentemente, queria ser visto naquela noite.

Stephan e Javier já estavam esperando por nós na mesa. Stephan me cumprimentou com um longo abraço, já Javier, com um mais curto.

Nós nos sentamos à mesa lindamente arrumada, e eu assisti, impressionada, quando a equipe de segurança começou a se posicionar ao redor do salão sem uma palavra.

— Eles são tão coreografados — eu disse.

Stephan e Javier estavam bebendo vinho tinto, e James e eu, água.

— Traga-nos o especial da noite — pediu James à garçonete, que parecia impressionada ao vê-lo. — Todo mundo concorda?

Concordamos. Éramos comissários de bordo, o que nos deixava em um meio-termo estranho, pois éramos todos estranhamente cultos, muito viajados, mas nenhuma das nossas viagens nos levara a qualquer lugar tão intimidantemente caro. Acho que era isso que estava nos deixando um pouco nervosos.

Conversamos confortavelmente enquanto esperávamos pela comida. Os homens se deram muito bem, o que foi um alívio para mim. Além de terem a mim em comum, Stephan e James sempre tinham muito o que conversar. Desde esportes a carros, até debates políticos amistosos que me davam uma leve dor de cabeça, eles conversavam como se fossem velhos amigos. Isso aquecia meu coração.

O jantar veio em etapas deliciosas, que consistiam em pequenas porções de comidas ricamente temperadas, e eu só descobri o nome de todas elas porque a garçonete apresentava cada prato com um floreio e uma explicação. O prato principal era linguado com risoto de aspargos primavera, e praticamente derretia na minha boca.

— Muito bom — James elogiou enquanto ela servia outro prato.

A garçonete praticamente brilhou enquanto se afastava, obviamente afetada pelo elogio dele.

— Você não deve sair jogando esse charme todo por aí. Vai fazer o mundo inteiro se apaixonar por você — eu disse a ele, sorrindo ligeiramente.

Ele agarrou minha mão, beijando meus dedos. Então, analisou-me.

— Você acha isso, amor?

Desviei o olhar, corando, sem palavras.

A sobremesa era ainda mais deliciosa do que o jantar, com torta de banana e creme de rum congelado. As porções eram minúsculas, mas me senti mais do que satisfeita no momento em que terminamos a refeição prolongada.

Ficamos muito tempo, mesmo depois do jantar, curtindo o belo cenário e a companhia maravilhosa. Os rapazes iam assistir a uma peça da Broadway depois do jantar. O pensamento me fez sorrir. Broadway *não* era algo que Stephan gostava, então, era fofo que estivesse fazendo isso por Javier.

— Oh, eu quase me esqueci — disse James com um sorriso. — Uma revista de bem-estar masculino me pediu para fazer uma sessão de fotos de última hora e uma pequena entrevista.

Pisquei para ele por um momento.

— Uma sessão de fotos? — Eu não deveria ter ficado surpresa. Ele era como um supermodelo entre os homens. Qual revista não iria querer tê-lo em sua capa?

— Eu vi sua última sessão. Foi muito boa — elogiou Javier.

James deu de ombros.

— Eu faço isso de vez em quando. Eles queriam que eu fizesse para uma edição de outono, mas insisti em fazer o próximo lançamento. Tenho um bom relacionamento com a revista.

Algo me veio à mente.

— Você vai fazer isso só para mostrar suas tatuagens?

Ele deu um sorriso malicioso, e os rapazes começaram a rir. Era tão louco, exageradamente romântico, e tão James querer mostrar a evidência da sua devoção para o mundo. Corei em um tom de escarlate.

— Você irá comigo para a sessão? Será quarta-feira à tarde, logo depois que eu sair do escritório.

Dei de ombros brevemente.

— Se você quiser que eu vá, estarei lá.

Seus olhos praticamente brilharam para mim em seu rosto sorridente.

— Amor, quero você em todos os lugares onde eu for. Colocaria você no meu bolso, se pudesse.

Todos nós rimos, mas acho que nenhum de nós pensou que ele não estivesse falando sério.

— Além disso, Stephan e Javier têm algumas novidades para você — revelou James, olhando-os.

Eu os estudei, surpresa ao ver que pareciam nervosos. Lancei a Stephan o olhar que ele sabia que significava que deveria "desembuchar".

Meu amigo mordeu o lábio enquanto pensava no que dizer.

— Tive uma reunião com James hoje, enquanto você estava dormindo — Stephan começou. Isso era novidade para mim. Eu não fazia ideia de que ele tinha ido ao escritório. — Ele concordou magnanimamente em fazer um investimento inicial para que eu e Javier possamos abrir um bar em Vegas.

Não pude reagir, apenas avaliei todos os homens, surpresa com o que havia acontecido sem o meu conhecimento.

James não parecia evitar se meter em todos os aspectos da minha vida, mas como eu poderia ficar irritada quando ele fazia coisas maravilhosas para o meu melhor amigo? A resposta era simples: eu simplesmente não podia.

Olhei para James.

— Obrigada — agradeci sinceramente.

Ele deu de ombros.

— É um investimento. Stephan me apresentou uma ideia que acho que será bem-sucedida. É simples assim. Não precisa me agradecer.

Dei-lhe um olhar irônico, mas isso foi tudo.

Nós terminamos de jantar e saímos com os rapazes. Dei um abraço em Stephan e lhes desejei uma boa noite. James havia chamado um carro e um motorista para os dois durante toda a noite, e eles estavam no céu, amando o tratamento VIP.

Nosso carro ficou desconfortavelmente silencioso durante o curto caminho de volta para o apartamento, já que Blake e Johnny tinham se juntado a nós. James entrelaçou os dedos nos meus, mas isso foi tudo.

— Você vai me explicar sobre o que aconteceu esta manhã? Jolene é casada? E você era *amigo* do marido dela? — perguntei, com a voz baixa. Eu estava tentando ser razoável e passar o dia sem mais drama, mas precisava esclarecer algumas coisas.

Ele suspirou. Foi um suspiro resignado, e seu rosto estava perturbado ao olhar para mim.

— Sim, claro que vou explicar. Obrigado por perguntar, e não apenas reagir. Vamos para a cama. Eu vou te contar o que você quiser saber lá.

Eu o estudei, bastante desconfiada.

— Você não pode me amarrar sempre que precisarmos ter uma conversa que você acha que eu não vou gostar.

Ele me lançou um olhar orgulhoso. Era irritante.

— De fato, eu posso. Mas esse não é o meu plano agora. Eu preferiria apenas conversar no quarto.

Estávamos no closet, despindo-nos para dormir, antes de ele começar a falar de novo.

— Scott conheceu Jolene quando ela era minha submissa e ficou imediatamente apaixonado por ela. Quando terminei nosso acordo, Scott me perguntou se eu me importava se ele a convidasse para sair. Não me importei, mas disse que poderia não ser uma boa ideia, para o bem dele. Isso foi tudo que eu disse e tudo que sabia. Sem o meu conhecimento, os dois se casaram menos de duas semanas depois.

Ele conseguiu se despir primeiro e se aproximou para me ver terminar.

— Poucos meses depois, Jolene me ligou e pediu que eu a encontrasse para jantar. Não vi um problema com isso, nem sabia se ela e Scott tinham mesmo saído, e eu estava em um período entre submissas, então, simplesmente vi isso como uma chance de desabafar.

Deixei meu rosto impassível quando olhei para ele. O comentário sobre desabafo me fez me sentir... desconfortável, por razões que eu não queria investigar.

— Nós ficamos juntos naquela noite e novamente alguns dias depois. Ela expressou interesse em retomar nosso acordo anterior. Tentei dizer, de forma gentil, que não estava interessado, e que achava que ela deveria seguir em frente. Foi quando me disse que tinha se casado com Scott. Jogou essa informação como uma prova de que já tinha seguido em frente, pensando que isso me encorajaria a reconsiderar.

"É desnecessário dizer que não foi isso que aconteceu. Eu disse que não a encontraria mais, nem a tocaria ela estando casada. Nunca quis ser adúltero; a ideia é abominável para mim, especialmente quando havia um amigo meu no meio de tudo."

Vesti uma camisola.

— Parei de encontrá-la e de telefonar, por pelo menos um ano — continuou. — Estava de novo entre submissas quando ela finalmente conseguiu me enredar. Estava divorciada, até onde eu sabia, embora não soubesse exatamente o que tinha acontecido na época. Mais tarde, soube que ela tinha se separado porque me recusei a vê-la quando estava casada. Nunca deveria tê-la tocado depois que terminamos nosso arranjo. Vejo isso com clareza agora. Não há mais como reparar minha amizade com Scott, mas infelizmente percebi isso tarde demais. Ele está completamente apaixonado por ela, tanto que é incapaz de pensar com a razão. Eu costumava ficar perplexo com isso, por ele ter perdido tanto a cabeça por causa de uma mulher. — Ele me lançou um sorriso malicioso. — Não me sinto mais tão perplexo com isso. Agora, a única coisa que me deixa perplexo é o *gosto* dele para mulheres.

Tive que sufocar a vontade de dizer-lhe que eles pareciam compartilhar o mesmo gosto por mulheres. Disse a mim mesma, porém, que não seria uma coisa construtiva para se dizer. Havia muitas coisas do seu passado que eu precisaria ignorar se quisesse alimentar alguma esperança de permanecermos juntos. E, enquanto fossem coisas deixadas mesmo no passado, eu poderia aprender a lidar com elas, embora sua explicação me incomodasse em vários níveis.

Fiquei em silêncio por um longo tempo, enquanto examinava meus próprios pensamentos e terminava de me aprontar para dormir.

James não gostou de me ver pensativa.

— Me diga o que está pensando — ele explodiu finalmente. — Está brava?

Fui até o banheiro, lavei o rosto e escovei os dentes. James me seguiu o tempo todo, com preocupação estampada em seus olhos, que nunca desviavam do meu rosto.

Já estava subindo na cama quando finalmente respondi:

— Acho que estou um pouco surpresa que você, depois de tudo isso, ainda tenha saído com ela um dia depois de me conhecer. Não estou brava, só que... é tão difícil para você ficar longe dela?

Olhei para ele somente quando terminei de falar, mas o vi recuar claramente.

— Não é como você está pensando. Não sei se vai considerar isso melhor ou pior, mas não fiquei me encontrando com Jolene durante todo este tempo porque não conseguia me afastar. É mais o oposto. Tínhamos preferências em comum, mas nunca gostei dela. Soube desde o início que era gananciosa. Talvez não soubesse a extensão de tal ganância até ela ir atrás de Scott, mas percebia o suficiente para que nunca pudesse gostar dela. Estávamos juntos porque eu precisava de alguém para fazer as coisas que faço e, nos piores momentos, pensei que merecíamos um ao outro. Eu nem sequer tinha muito contato com ela; muitas vezes só a encontrava como submissa e em um clima particularmente sombrio. Normalmente, ela mal tinha permissão para falar...

Ergui minha mão, porque já tinha ouvido mais do que o suficiente.

— Acho que não vou suportar ouvir esse tipo de detalhe. Só mais uma pergunta e vou deixar o assunto morrer. Por que Scott ainda a trata como esposa?

Ele fez uma careta.

— Scott nunca superou. Nunca a viu como ela realmente é. Só vê o pacote e o fato de ela ser insaciá...

Ergui a mão novamente.

— Por favor.

Ele afastou o cabelo do meu rosto. Observei seu pescoço bronzeado enquanto ele engolia em seco, inclinando-se para mim.

— Sinto muito. Não quero soar insensível. É difícil explicar essas coisas sem tocar em detalhes sensíveis.

— Contanto que eu não tenha que ouvir mais sobre os detalhes sensíveis *dela*... — eu disse ironicamente.

Ele sorriu.

— Você sabe que eu só estou interessado nos *seus* detalhes sensíveis.

Torci o nariz para ele.

— Cedo demais para brincar com isso?

Balancei a cabeça.

Ele suspirou.

— De qualquer forma, a verdade é que ele se casou com ela novamente há algumas semanas. Pobre coitado. Ela vai sugá-lo até fazê-lo secar. Não há nada que eu possa fazer em relação a isso, embora tenha tentado avisá-lo. E eu não perdi o controle, Bianca, não como você está pensando. Ele tentou me dar um soco e errou, mas eu não errei. Eles dois foram escoltados para fora. Sua entrada não será permitida novamente. Há mais alguma coisa que você precise saber?

Balancei a cabeça. Uma parte de mim poderia lhe fazer perguntas a noite toda. Tudo nele me interessava, desde seu passado até o seu presente, e o meu lado masoquista queria saber todos os detalhes. Eu já tinha o que precisava saber, no entanto, e isso teria de ser suficiente.

Ele, então, iniciou sua rotina como se fosse um médico depravado, examinando cada centímetro meu e, em seguida, massageou meu corpo lentamente e com cuidado. Eu estava mais do que satisfeita depois das nossas atividades vigorosas daquela tarde, mas já o desejava novamente.

James estudou minhas costas por um longo tempo, mas não disse nada, apenas beijou suavemente as marcas que havia deixado lá com as rosas pretas e azuis.

Eu tinha dormido o dia inteiro, mas, de alguma forma, senti-me deslizar novamente para o sono. Ele não tentou me despertar.

Eu estava naquela casa novamente, sentada ereta, como se estivesse sendo puxada por uma corda. Meu pai gritava em algum lugar da casa, um palavreado indecifrável em sueco que meus ouvidos captaram, mas que meu cérebro não conseguia traduzir. Por mais que soubesse que era uma má ideia, saí da cama.

Olhei para meus pés descalços e frios, e eles pareciam maiores, crescidos, não como eu me lembrava. Algo estava errado, ainda mais que o normal. Ainda assim, comecei a caminhar em silêncio pelo longo corredor.

A cozinha era o local onde ele deveria estar, mas tudo parecia errado. Uma poça de um líquido vermelho espesso encharcava o tapete azul-claro do corredor, e tornou-se visível mesmo antes de eu sequer chegar à cozinha. Olhei para as minhas mãos. Elas já estavam cobertas de sangue. Errado, errado, errado.

Ainda assim, aproximei-me da cozinha, incapaz de permanecer longe.

O corpo da minha mãe estava no chão, e isso foi tudo que consegui enxergar por um bom tempo, enquanto estava na porta. Sua cabeça não mais existia — apenas vários pedaços dela estavam espalhados pelo chão, em meu cabelo e em minha camisola. Eu a reconhecia apenas pelos tufos de cabelo dourado que estavam espalhados por todo o seu corpo. Ajoelhei-me ao seu lado, segurando uma de suas delicadas mãos. Era a única parte do seu corpo que não estava suja de sangue.

No momento em que a toquei, mais partes do cômodo entraram em foco.

O corpo dela não era o único no chão. Outra mulher estava a alguns poucos

46
R.K. Lilley

metros de distância, e, pelo cabelo vermelho berrante, percebi que era Sharon. Olhei para ela, confusa e horrorizada, como se minha mente se recusasse a ver esta outra parte do horror do local. Foram os gritos do meu pai que me fizeram finalmente olhá-lo, além da mudança de palavras, quando uma frase em inglês, com um forte sotaque, chamou a minha atenção.

— Olhe, sotnos, olhe.

Eu olhei. Fiquei de pé, e um grito construiu-se em minha garganta. Meu pai ficou de frente para mim, mas não era para ele que eu estava olhando — não foi ele que eu vi. Mas a grande figura que estava diante dele, de costas para mim. Perfeito cabelo castanho-dourado, roçando no colarinho branco de uma camisa limpa, costas definidas, com os músculos rígidos que eram *dolorosamente familiares.*

— James *— eu disse, com a voz entrecortada, soando como pouco mais do que um sussurro.*

Ele não se virou, nem sequer movimentou-se para mostrar que reconhecia a minha presença.

Eu me aproximei, incapaz de desviar o olhar.

— James *— falei de novo, ainda chamando, mesmo com a cena horrível à minha frente. Meu coração parou quando todas as peças da imagem se encaixaram com uma clareza assustadora.*

Meu pai estava quase encostado nele, com uma arma apontada para dentro da boca de James, mirando dentro da sua garganta, como se já considerasse sua morte como fato consumado.

Os olhos de James estavam abertos, mas vidrados, como se o gatilho já tivesse sido puxado. Seus braços estavam moles nas laterais do corpo. Agarrei um deles, mas a sensação dos seus músculos moles me fez recuar.

— Vamos, sotnos, assista *— meu pai disse friamente. Comecei a chorar quando puxou o gatilho, porque não fui capaz de detê-lo nem de desviar o olhar.*

James despencou no chão, e a parte de trás da sua cabeça desapareceu, transformando-se em uma poça vermelha de sangue.

Sentei-me com um grito, meus olhos arregalados no escuro.

Comecei a me mover, precisando de algum tipo de ação, embora eu não conseguisse ver onde estava ou para onde estava indo. Chorava com soluços entrecortados quando braços fortes e firmes me rodearam por trás, levantando-me e virando-me com cuidado contra seu coração e seu peito dolorosamente familiar. Engoli em seco e me agarrei a James, mesmo quando ele me ergueu nos braços.

Fechei os olhos, enquanto James me carregava até o banheiro, acendendo as luzes ofuscantes e brilhantes. Ele não me soltou quando entrou no chuveiro, ainda me segurando firmemente em seu colo. Segurei-o com os dois braços, agarrando-o tão firme quanto pude. Não o deixei se afastar, mesmo quando ele tentou tirar minha camisola.

— Não! — gritei, afastando-o.

— Ok. Shhh, tudo bem, meu amor, não vou te soltar.

Ele se sentou no fundo da banheira, mantendo-me firmemente contra ele, esfregando uma mão calma nas minhas costas e me mantendo perto, murmurando palavras suaves, enquanto eu lentamente começava a me acalmar. Eventualmente, ele se afastou o suficiente para tirar minha camisola e depois arrancou sua boxer. Puxou-me de volta contra ele em um piscar de olhos assim que terminou, até que nos tornamos carne contra carne.

Ele me lavou, esfregando-me com suavidade, mas por completo, como se soubesse sobre o meu sonho sangrento e exatamente do que eu precisava.

Não me questionou sobre o pesadelo, não me perguntou nada. Em vez disso, me deu conforto, antecipando minhas necessidades melhor do que eu poderia ter pedido se tivesse capacidade de pronunciar algo.

Eventualmente, falei alguma coisa, derramando todos os detalhes do sonho em um sussurro baixo agonizante.

Ele acariciou minhas costas enquanto eu desabafava, permanecendo em silêncio, enquanto eu lhe contava sobre o pesadelo. Só falou quando terminei e fiquei em silêncio.

— Foi apenas um sonho, Bianca. Eu estou aqui, e estou bem. Seu pai não conseguiria chegar a mim, nem se tentasse. E nós vamos tomar todas as precauções para garantir que ele *nunca* possa chegar até você. Vamos ficar bem, amor. Tudo vai ficar bem.

Eu me senti melhor depois de lhe contar e, claro, depois que James me tranquilizou com tanta convicção em sua voz. Nós nos secamos e adormecemos. Eu, agarrada a ele enquanto novamente deixava o sono me levar.

Acordei quando senti James sair da cama. Sentei-me quando a porta do banheiro se fechou e o chuveiro foi ligado logo depois. Deitei-me e já estava quase adormecendo novamente quando ele ressurgiu. Obriguei-me, então, a levantar.

Observei-o vestir-se na entrada do closet, mal conseguindo não babar, mesmo em meu estado atordoado de sono.

James me lançou um olhar cálido.

— Volte para a cama, amor. Preciso ir ao trabalho, mas isto não significa que você tenha que acordar a esta hora — ele disse, encolhendo os ombros para vestir uma camisa branca.

Dei de ombros. Já tinha dormido o suficiente.

Ele terminou de se vestir, vindo em minha direção, e beijou-me. Um beijo lento e quente, mas recuou levemente, sem fazer mais nada. Seu cabelo dourado roçou em meu rosto quando ele se inclinou. Ainda não estava seco, mas parecia perfeito. Deslizei um dedo entre os fios.

James se afastou com relutância.

— Todas as pinturas nas quais você estava trabalhando foram trazidas para seu estúdio daqui. E acredito que Lana irá ligar para te convidar para o almoço hoje. Porém, se ela não o fizer, adoraria ter o privilégio.

Franzi o cenho. Eu tinha feito um tour rápido pelo meu novo estúdio, mas não tinha visto meus atuais projetos lá.

— Todas elas? — perguntei, pensando no nu dele que tinha começado a pintar; o mesmo que tinha enterrado em um baú no quarto de hóspedes da minha pequena casa.

Ele sorriu maliciosamente.

— *Todas* elas. Eu preciso ir. Se você não for se deitar, acompanhe-me até a porta. — Enquanto falava, ele enganchou um dedo na coleira em meu pescoço.

Depois, beijou-me no elevador.

— Vamos jantar hoje à noite, e, então, vou te levar para o quarto andar — ele me disse enquanto a porta se fechava.

Já comecei a sentir saudades um segundo depois que ele foi embora. Estava ainda pior do que pensava.

Eu não queria voltar para a cama vazia, então, decidi ir pintar.

Precisei sorrir ao perceber que ele tinha sido bastante literal sobre ter levado todas as pinturas nas quais eu estava trabalhando em meu estúdio. Até mesmo o nu dele, de alguma forma, fora encontrado em minha casa e levado para lá. O homem não tinha limites, de forma alguma.

Trabalhei no retrato de James com quatorze anos de idade, que tinha iniciado na semana anterior. Fiquei nele por horas, totalmente absorvida na imagem: uma foto de uma criança escandalosamente linda, com a dor da perda e o peso do mundo sobre seus ombros.

Fiz um bom progresso, mas ainda estava nos traços mais simples quando ouvi uma batida rápida na porta do meu estúdio.

Meu corpo enrijeceu. Eu não tinha nem me trocado ainda. Comecei a pintar por volta das cinco da manhã, esquecendo-me que poderia aparecer mais alguém na monstruosidade daquele apartamento.

Pousei meu pincel e abri a porta, mantendo meu corpo escondido.

Fiquei surpresa ao encontrar Blake na porta, segurando meu celular. Tinha imaginado, naturalmente, que seria Marion ou Stephan, e estava esperando que pudesse ser Stephan. Se tinha alguém que poderia me flagrar de camisola, além de James, é claro que só poderia ser Stephan.

— Srta. Karlsson, o Sr. Cavendish quer falar com você. Por favor, tente manter seu celular ao seu lado, por questões de segurança — ela disse, com o rosto cheio daquelas linhas extremamente solenes.

Só balancei a cabeça e fechei a porta na cara dela. Não estava tentando ser rude, mas era difícil não ser, uma vez que eu era uma mulher crescida, e ela parecia sempre sentir a necessidade de me dizer o que fazer.

Nem sequer tive a chance de ligar para James antes que ele me retornasse.

— Olá, Sr. Cavendish.

— Você está pintando — ele disse com uma voz calorosa.

— Mmmhmm. Como soube?

— Só pelo som da sua voz. Ela fica sonhadora e suave. Queria estar aí. Gosto de vê-la pintar. Adoro ver esse olhar sonhador no seu rosto.

Estremeci, adorando essas palavras românticas e a suave cadência rouca da sua voz.

— Eu queria que você estivesse aqui também. Se estivesse, eu estaria trabalhando no nu.

— Posso posar hoje à noite, se você quiser.

— Eu quero.

— Eu te liguei, principalmente, porque estou em um período entre reuniões e queria ouvir a sua voz, mas também porque Lana está tentando falar com você. É uma mulher cruel e persistente, que me fez te ligar para pedir que lhe telefone. Ela está tentando, mas obviamente você se esqueceu que tem um telefone. Mais uma vez.

— Esqueci. — Não podia negar.

Eu o ouvi suspirar pesadamente.

— Preciso ir, mas, por favor, mantenha o celular com você.

— Ok — Poderia apostar, pelo seu tom de voz, que precisava se apressar, então, fui rápida. — Te vejo hoje à noite — disse a ele em voz baixa.

— Sim, verá. Adeus, amor.

R.K. Lilley

6
Sr. Romântico

Estava buscando na lista de contatos, na esperança de que alguém tivesse acrescentado o número da Lana, quando o celular começou a tocar na minha mão. Era um código de área desconhecido em Nova York, então, pensei que poderia ser ela.

Atendi imediatamente.

— Alô? — disse com um sorriso. — Estou ansiosa para nosso encontro para o almoço.

Uma voz masculina e completamente estranha respondeu:

— Bianca Karlsson?

Não confirmei imediatamente, pois me sentia confusa e desconfiada por alguém saber o meu número. *Seria um tabloide? Ou uma parte do exército de seguranças Cavendish?*

— Sim, é ela — eu disse finalmente, mantendo minha voz calma e educada.

O homem pigarreou do outro lado da linha. Ele estava nervoso. Eu tinha quase certeza disso. *Quem poderia ser?*

— Sinto muito incomodá-la... Eu sou Sven. Sven Karlsson.

Meu coração pareceu congelar dentro do peito ao ouvir o nome do meu pai. Meus ouvidos foram preenchidos por uma espécie de ruído, e, por um longo tempo, fiquei em um silêncio atordoado.

— Eu sou seu, hum, meio-irmão. Sven Jr., eu acho.

Ainda não conseguia encontrar as palavras certas para responder. Precisava me sentar, mas não conseguia me obrigar a me virar para procurar uma cadeira.

Por fim, ele falou de novo:

— Desculpe incomodá-la. Eu provavelmente não deveria ter ligado. — Sua voz soou tão triste, que, de repente, me descobri conseguindo falar.

— Não, não, não se desculpe. Acabei de descobrir sobre a sua mãe. Sinto muito pela sua perda. Eu nem sabia que você existia até poucos dias atrás.

— Oh — ele disse. — Bem, eu sei que deve ser estranho, mas fiquei sabendo que você passa bastante tempo em Manhattan. Eu moro aqui, e queria saber se poderíamos nos encontrar para tomar um café. Não tenho família e, para ser honesto, já quero conhecê-la há algum tempo.

Ele me surpreendeu, deixando-me em silêncio novamente. Aquela era a última coisa que eu esperava que acontecesse quando soube que tinha um meio-irmão. Só de pensar em ter alguém relacionado a mim pelo sangue, que realmente queria me conhecer era tão... estranho. Eu não poderia dizer que adorava a ideia, mas como recusar?

— Ok — concordei, finalmente. — Mas não tenho certeza de quando poderia ser.

— Que ótimo! Você pode ligar para mim quando puder. Quaisquer hora e local que te deixem confortável.

Ele parecia tão... legal. Quando pensava no filho do meu pai, automaticamente o associava ao meu próprio pai, mas aquele homem não soava *desta* forma.

— Ok — eu disse, um pouco mais segura. Eu queria isso, queria conhecer o homem que era um estranho pedaço da minha família despedaçada. — Farei isso. Talvez em uma semana ou duas, em uma sexta, na hora do almoço?

— Parece ótimo. Só me confirme quando quiser. O ideal é se pudesse me avisar com algumas horas de antecedência, mas, se conseguir avisar em cima da hora, está tudo bem para mim também.

Nós nos despedimos ainda um pouco travados, e finalmente eu me esparramei no divã branco do estúdio, tentando processar aquele estranho redemoinho de eventos em minha mente entorpecida.

Estava começando a me levantar, tentando fazer algo além de pensar, quando meu telefone tocou na minha mão.

Era outro número desconhecido de Nova York, e eu apenas atendi, realmente esperando que fosse Lana dessa vez.

— Ahá! Encontrei você! — Lana disse, sem preâmbulos. — Venha me encontrar no Hotel Cavendish, no Light Café. James me falou que iria te emprestar para mim no almoço, mas só se almoçássemos em seu hotel. Já reparou no quanto o seu namorado é mandão?

Eu ri.

— Tenho notado isso. — Senti meu humor melhorar instantaneamente. Um almoço com uma amiga divertida era exatamente o que eu precisava.

Decidimos nos encontrar ao meio-dia, encerrando a ligação rapidamente.

Tomei um banho breve e vesti uma elegante saia cinza plissada, combinando com uma blusa leve azul de seda, sem mangas e de gola alta. Sandálias de couro com salto anabela em um tom de laranja completaram o conjunto. Aceitei a sugestão de Jackie para os sapatos e, novamente, a combinação ficou muito boa, embora eu jamais pudesse ter pensado nisso sozinha.

Eu havia notado que a penteadeira agora ostentava uma seção inteira apenas para as minhas joias. Eu era cautelosa até mesmo em olhar para elas, mas sabendo que, provavelmente, iria encontrar James, já que estávamos indo ao hotel, pensei que nada lhe agradaria mais, então, escolhi algo entre as novas adições da minha coleção.

Estava com o meu colar, então, só dei uma olhada na seção de brincos. Logo reparei em uma pequena caixa, já que parecia tão diferente do resto. Era mais antiga, com uma embalagem mais velha, e havia um bilhete no topo. Peguei-o, sentindo-me corajosa.

Bianca, meu amor,

Estes brincos pertenciam à minha mãe. Por favor, fique com eles. Partirá meu coração se você rejeitá-los.

James

Minha mão tremia, e meus olhos se encheram de lágrimas, por amor e por culpa, porque eu os *teria* rejeitado, principalmente ao saber que eram da sua mãe, se não fosse o bilhete incrivelmente romântico. Abri a caixa com as mãos trêmulas.

Dentro dela havia um par de brincos bem grandes, modelo princesa, com pingentes de diamantes, rodeado por pequenas pedras de safira. Na verdade, foi isso que imaginei serem aquelas pedras preciosas.

Não me deixei pensar muito nisso; nem me permiti duvidar. Apenas coloquei as lindas joias, sabendo que elas eram muito mais do que brincos caros.

Escovei meu cabelo, deixando-o cair nos meus ombros. Os brincos brilhavam mesmo com meus cabelos soltos, mas decidi prendê-los de lado para poder apresentar os brincos de forma mais evidente.

Levei mais tempo do que o habitual com a maquiagem, sabendo que Lana surgiria perfeita e porque eu iria ver James.

Bati na porta de Stephan e Javier quando estava pronta para sair.

Stephan atendeu, absolutamente lindo, vestindo apenas uma cueca boxer. Sorrimos um para o outro. Ele me puxou contra seu peito em um abraço quente, beijando o topo da minha cabeça. Abracei-o com força, pousando minhas mãos em suas costas e me enterrando em seu peito. Ele cheirava a família... e a Javier, mas acabei encarando isso como um bom sinal.

— Vou almoçar com a Lana. Ela é uma mulher realmente agradável e uma amiga íntima de James, que conheci na semana passada. Vocês se divertiram à noite? — Era evidente que eles tinham se acabado, pois Javier ainda estava de bruços na cama, desmaiado.

Stephan riu.

— Acho que podemos encarar desta forma. Ficamos um pouco doidos tendo carro e motorista.

Javier fez um som muito sexual da cama, movendo-se contra os lençóis de forma sugestiva.

Enrubesci.

Stephan riu.

— Ele está sonhando comigo. Divirta-se, Bi. Eu te amo.

— Eu também te amo — eu disse, saindo rapidamente. Os rapazes obviamente precisavam de privacidade.

Lana já estava me esperando no Light Café, dentro do Hotel Cavendish, quando cheguei lá. Ela estava sentada a uma das mesas centrais bem espaçadas, perto de uma enorme, mas estranhamente silenciosa, fonte de pedra. Tratava-se de um grande salão de jantar, com um imenso pé direito alinhado a três janelas, que deixavam entrar uma quantidade quase ofuscante de luz. Precisei colocar meus óculos escuros.

A decoração era toda de pedra cinza e alguns detalhes em vermelho, como se pequenos pedaços do restaurante Red, que ficava na porta ao lado, tivessem sangrado até o café.

Ela se levantou e me deu um abraço caloroso quando me aproximei da mesa. Usava uma saia lápis marfim, com uma camisa branca masculina. Seria a roupa típica de uma mulher de negócios, se não fosse por seu corpo de modelo e seus peep toes altos na cor escarlate. Suas joias eram simples e de ouro: brincos de argola e um colar que combinava com a pulseira, em um modelo simples e liso.

Todas as mulheres ricas a quem eu tinha sido apresentada nos últimos tempos pareciam usar joias menos extravagantes do que as minhas. Era um pensamento alarmante.

De soslaio, vi meus seguranças se posicionarem em torno da sala.

Nós nos sentamos.

— James é incorrigível. Eu poderia jurar que ele chamou paparazzi para mim! Eles estavam lá fora fotografando quando cheguei. Normalmente, eu não chamo a atenção de paparazzi, a não ser, é claro, quando estou com James. Sou entediante demais. Mas agora eles vão escrever um artigo sobre como até mesmo a herdeira Middleton prefere o hotel Cavendish. Aquele maldito.

Eu ri, porque ela o xingara com um sorriso amoroso no rosto.

Depois que pedimos chá simples e água, Lana sorriu para mim.

— Nós realmente *poderíamos* ser irmãs. Então me diga, como você está com James? Você sabe que ele é perdidamente apaixonado por você, não sabe?

Corei e engoli em seco.

— Ele é maravilhoso, mas tão avassalador. Não sou do tipo que tenta apressar nada, nem mesmo as coisas mais ínfimas, mas ele não entende isso.

Adoro estar com ele, mas é como uma montanha-russa.

— Foi por isso que você precisou de um tempo afastada. Eu entendo — ela disse, com uma voz cheia de compreensão e simpatia. — Ele ficou tão triste naquele mês, tão... devastado. Nunca o tinha visto dessa forma. Fico feliz que tenha passado. Ele precisa de você, Bianca. Todos deveriam experimentar um amor assim. Esse tipo de sentimento é o que torna as pessoas melhores.

Suas palavras me fizeram pensar no homem ao qual ela tinha se referido brevemente quando nos conhecemos. Eu ainda me lembrava do nome, já que parecera ter tanto significado só de ela o ter mencionado.

A garçonete surgiu em seguida para trazer nossas bebidas e pegar nossos pedidos. Pedi um pão de trigo com peru derretido e batatas doces fritas. Achei estranho haver esta opção em um menu de um café tão chique, mas, para mim, estava ótimo.

— Conte-me sobre Akira Kalua — pedi, porque ela me prometeu que o faria.

Ela me lançou um olhar de zombaria.

— Eu sabia que você não ia esquecer disso. — Suspirou profundamente. — Sou apaixonada por ele desde que tinha dez anos. Infelizmente, nesta idade, ele já tinha *vinte*. Mas foi bom. Eu estava disposta a esperar o tempo que fosse necessário, desfrutando da sua companhia, tentando ficar ao seu lado a maior parte do tempo que conseguisse. Foi ele quem me ensinou a surfar. Tinha uma família tão boa, que me adotou quando meus pais deixaram Maui. Ele me fazia rir. Meu Deus, como fazia! Minhas lembranças mais felizes são de quando eu fazia piadas sobre ele. Eu o atormentava muito, mas ele nunca ficou com raiva ou impaciente. Era tão maravilhoso para mim, e eu pensava que era a criatura mais linda do planeta.

Ela olhou para baixo, para suas mãos, e eu soube que a história logo tomaria um rumo sombrio.

— Quando fiz dezoito anos, eu o seduzi. Eu era completamente implacável nisso. Disse a ele que, se não tirasse minha virgindade, e fizesse ser bom para mim, eu a entregaria para algum garoto bêbado da faculdade, provavelmente passaria a odiar sexo *e* pegaria uma DST.

Sufoquei uma risada, porque era algo muito escandaloso de se fazer.

Ela não se ofendeu com a minha risada.

— Oh, sim, eu o fiz se sentir culpado. Não há outra maneira de descrever. Depois que aconteceu, precisei desaparecer. Pensei que o sexo mudaria tudo entre nós, e realmente mudou. *Arruinou* tudo. Eu fiquei mais apaixonada do que nunca, e ele continuou a me ver como uma irmãzinha. Ainda estava apaixonado pela ex-namorada. Voltou com ela no dia seguinte em que estivemos juntos. Eu escutei o que ele disse a ela sobre mim, que eu era uma amiga da família com uma paixão inconveniente. Ele não estava errado, mas, ainda assim, partiu meu coração. Eu fui embora naquele dia. Deus, sinto falta daqueles rochedos.

Eu a analisei. Tinha dificuldade em acreditar que ele só tinha feito sexo com ela por pena.

— Ele deve ter te desejado, já que aceitou sua oferta. Não sou especialista, mas não acho que homens fazem sexo com mulheres que não querem. E os homens sempre querem mulheres que se parecem com você.

Ela deu de ombros.

— Nada disso importa agora. Está tudo no passado. Gosto de ficar sozinha. Romances simplesmente não me interessam. Estou contente com o trabalho. Mantenho-me ocupada.

— Você ainda está apaixonada por ele — eu disse, sabendo que estava certa.

Ela novamente deu de ombros.

— Não posso evitar, mas tento pensar nele o mais raramente possível. Na última vez que soube dele, estava noivo da sua namorada do ensino médio.

— Você precisa voltar para Maui. Ainda pensa naquele lugar como seu lar. Mesmo que seja para fechar um ciclo, você deveria ir visitar. Quantos anos se passaram desde que saiu?

— Oito. — Ela deu de ombros mais uma vez. — Talvez eu vá, algum dia. Sinto falta. Sua vez. Conte-me sobre você e James.

Olhei ao redor, certificando-me de que tínhamos privacidade, e inclinei-me na direção dela.

— Ele curte BDSM. Bem, nós curtimos, na verdade.

Ela sorriu ironicamente, não parecendo nem um pouco surpresa.

— Você sabia?

— Não em primeira mão, mas Jules tentou me contar sobre isso uma vez, quando achou que ele e eu estávamos namorando. Ela estava tentando me assustar. Você já reparou que todos os homens realmente bonitos sempre têm uma *coisa* assim? As mulheres são fáceis demais para eles, eu acho, então, eles sempre parecem desenvolver... peculiaridades, concorda?

Eu ri, porque estava adorando conhecer sua opinião, e principalmente o fato de isso não a ter abalado nem um pouco.

— Não, eu não sei. Só conheço James, e ele e eu compartilhamos... peculiaridades.

Ela deu de ombros.

— Eu tenho uma queda por homens havaianos gigantes que se parecem com lutadores profissionais e são cobertos de tatuagens.

— Homens? Então este é um padrão para você? — perguntei, genuinamente curiosa.

Ela franziu o nariz, com os olhos violeta brilhando.

— Apenas Akira.

Ela olhou por cima do meu ombro para alguma coisa.

— Oh, Senhor, lá vem Jackie. — Lana percebeu a expressão no meu rosto. — Você não gosta dela?

Encolhi os ombros de leve.

— Não muito.

Lana gesticulou elegantemente para a mulher.

— É bem verdade que é um pouco louca. Você sabia que ela realmente acha que fazer compras é um trabalho legítimo? Mas é muito divertida quando você a conhece. É um pouco áspera, só isso.

Eu teria discordado, mas segurei minha língua.

Jackie se aproximou de nós com seus passos discretos, usando short de alfaiataria e uma camisa de colarinho quase severamente modesta. Todo o conjunto era verde-ervilha, uma cor que ficava bem na pele dela, mas que eu achava que não funcionaria para muitos. Suas pernas elegantes e seus sapatos nude com solas vermelhas impediam que a roupa ficasse muito conservadora.

Jackie estava olhando para o meu colo como se houvesse algo repugnante crescendo sobre ele.

Olhei para a bolsa creme que ela havia escolhido no dia anterior.

— Duas vezes seguidas com a mesma bolsa, Bianca? Você tem um armário cheio delas! Está tentando me envergonhar?

Lana franziu a testa afetuosamente.

— Parece que você está fazendo drama, Jackie. Relaxe. É uma bolsa. Uma linda bolsa. Pode desaparecer, se não estiver confortável com isso.

Jackie pareceu surpresa, mas nem um pouco ofendida.

— Não vai me convidar para almoçar com vocês?

Lana sacudiu a cabeça.

— Não. O que está fazendo aqui?

Jackie deu de ombros.

— Eu venho aqui o tempo todo. É um bom lugar para ser vista. E eu queria discutir algumas coisas com Bianca.

— Não. Você a está perseguindo?

— Nããooo. Eu só preciso de um minuto.

— Então marque uma reunião — disse Lana com um sorriso doce.

— O que você quer, Jackie? — perguntei, tentando usar um tom mais suave do que hostil.

Ela colocou a mão dentro da sua bolsa, que era uma monstruosidade. Era de couro verde-ervilha, com uma grande listra vermelha na lateral. Puxou de lá um pequeno pedaço de papel, brandindo-o como uma arma.

— Tenho uma lista de compromissos que você precisa participar. Principalmente almoços.

Suspirei, apontando para uma das cadeiras vazias à nossa mesa.

— Sente-se e conte-me sobre o que você está falando, Jackie.

Ela se sentou e começou a falar, como se tivesse ensaiado todo o discurso.

— Como namorada de um homem poderoso e influente nesta cidade, você tem algumas novas obrigações. Precisa participar de almoços, brunches e chás em quase todos os dias da semana.

Senti meu rosto enrijecer conforme ela falava.

— Estar com James é um trabalho de tempo integral. Estou disposta a dar-lhe as coordenadas, já que você talvez não entenda o que tudo isso significa...

— Eu tenho um emprego — interrompi. — Não estou procurando por outro. Não tenho nenhum desejo de ir a eventos com um monte de mulheres estranhas todos os dias.

Ela soltou um suspiro muito exagerado.

— Eu estava com medo que você dissesse isso. Você não compreende o tipo de responsabilidade que James e eu tivemos que assumir desde nossas infâncias.

Eu ri na cara dela, enquanto meu temperamento difícil dava as caras ao ouvir as palavras que ela escolhera para mim.

— Responsabilidade? *Você* está querendo *me* ensinar sobre responsabilidade? Tive que cuidar de mim mesma desde criança. Você provavelmente ainda vive do dinheiro dos seus pais — adivinhei. Percebi, pela expressão dela, que estava certa. — Não se atreva a falar uma única palavra sobre responsabilidade!

Imediatamente, me arrependi de ter perdido a calma, mas não retirei o que disse. Não era nada além da verdade, embora indelicada.

— Eu não queria incomodá-la mais uma vez — disse ela com cuidado. — Sei que você não gosta de mim. E sei que acha que não gosto de você, mas isso não é um problema para mim. Estou tentando te ajudar.

Ergui a mão.

— Não. Não tente me ajudar. Não tente me dizer o que preciso fazer com o meu tempo.

Ela deu seu suspiro característico novamente.

— Tudo bem, farei isso, mas me avise se reconsiderar.

Olhei para Lana depois que ela saiu.

— O que há com ela?

Lana sacudiu a cabeça.

— Ela é estranha, então, não posso dizer com certeza, mas suponho que seja meio que autopromoção, já que ela pode dizer que te veste para todos os eventos que agenda. Outra parte de mim acha que ela realmente pensa que está tentando te ajudar, da sua própria maneira equivocada. Meu conselho seria desafiá-la. Sua personalidade exige isso. Dê-lhe algumas condições arbitrárias para montar seu closet.

Ela estalou os dedos como se tivesse acabado de ter uma ideia.

— Já sei. Diga a ela que você só quer usar roupas de estilistas que estejam começando agora e que sejam promissores. Insista que não irá usar mais nada. Isso a deixará louca, mas é perverso o suficiente para fazê-la gostar do desafio.

Franzi o nariz para ela.

— Vou tentar, embora eu não a entenda.

Ela apenas deu de ombros.

— Leva-se um tempo para compreender Jackie, mas eu garanto que vai acabar gostando dela.

R.K. Lilley

7
Sr. Muso

Nós conversamos, comemos e conversamos um pouco mais. Estávamos conversando e rindo há horas quando Lana olhou para o telefone e gemeu.

— Eu preciso ir a uma reunião. Obrigada por vir me encontrar — disse, começando a recolher suas coisas.

— Obrigada por me convidar. É bom descobrir que James tem algumas amigas que não são completas psicopatas.

Ela jogou a cabeça para trás e riu. Era uma visão e tanto, com seu cabelo loiro de sereia e seus olhos cintilantes.

Estávamos nos levantando quando vi James entrando pela porta do café, agora lotado. As pessoas pararam de andar para observá-lo, inclusive eu.

Ele só tinha olhos para mim quando se aproximou.

Passou um braço em volta da minha cintura, apertando-a com força, antes de lançar um sorriso deslumbrante para Lana.

— Vamos acompanhá-la até a saída — disse ele.

Nós a conduzimos para fora, ladeados pela nossa equipe de segurança, sobre a qual Lana não dissera uma única palavra, e nos despedimos. Fiquei surpresa quando James me levou até o carro e depois entrou comigo no grande SUV. Eram apenas duas da tarde. Eu não imaginava que ele sairia do trabalho tão cedo.

— Você já terminou por hoje? — perguntei enquanto me acomodava no assento do meio.

Ele afivelou meu cinto de segurança, mantendo a fama de controlador, antes de responder.

— Terminei. — James sorriu. Era o sorriso mais encantador e incorrigível, o sorriso de uma criança matando aula e se safando, porque ninguém poderia dizer não a ele.

Tracei seus lábios com um dedo.

— Isso é uma boa notícia.

— Repassei algumas reuniões para o meu vice-presidente. Reuniões que estavam acima do seu nível, então, talvez eu precise dar a ele um aumento. Quero ver você pintar. Precisava ver esses olhos sonhadores em primeira mão.

Ele tocou um dos meus brincos, com os olhos mais gentis que eu já tinha visto.

— Obrigado por isto — sussurrou, com a voz emocionada.

Eu me derreti.

Fomos direto para o apartamento. Encontramos Stephan e Javier em uma das maiores salas de entretenimento, jogando videogame e comendo sanduíches. Eles ainda estavam de pijama.

Eu ri quando os vi.

Stephan sorriu de volta para mim.

Javier nem olhou para cima. Estava muito ocupado tentando caçar e matar o personagem de Stephan no jogo. Não foi bem-sucedido.

Stephan atirou na cabeça do personagem de Javier em segundos, mal olhando para a tela. Ele era o pior adversário possível. Nunca perdia. Javier xingou.

— Eu quase te peguei!

— Atirei na sua cabeça — apontou Stephan.

James puxou minha mão, atraindo meu olhar para ele, e sorriu para mim, com os olhos brilhantes.

— Bem, temos que jogar uma partida ou duas. Estou matando o trabalho. Então, jogar é praticamente um requisito.

— Estou no time do Stephan — falei rapidamente. Se eu fosse jogar, queria vencer.

James apontou para mim.

— Você vai pagar por isso.

E eu paguei. Ficamos jogando por horas, e eu fui *emboscada*. James me matou, de novo e de novo, sem remorso. Ele aparentemente tomou como algo pessoal quando escolhi o time de outra pessoa. *Bom saber.*

Marion nos trouxe comida enquanto jogávamos, já que ficamos nisso por muito tempo.

Nós vencemos algumas partidas e perdemos outras, mas foi mais uma disputa entre James e Stephan. Javier e eu fomos irremediavelmente superados.

Dei uma cotovelada em James quando ele atirou na minha cabeça mais uma vez.

— Este jogo é tão sexista — reclamei. — Mal posso acreditar que não haja sequer uma opção para eu jogar com uma personagem feminina.

— Você acha que, se estivesse jogando como uma loira peituda, me distrairia? — James perguntou, divertido.

— Eu poderia tentar.

Ele largou o controle no chão, e dei um pequeno grito embaraçoso quando ele me jogou por cima do ombro.

— Terminamos, pessoal. A Princesinha quer me distrair. Considerem-me distraído.

Os caras nos deram boa-noite quando James me levou, embora não devesse passar de seis da tarde. Acho que eles entendiam que, se fôssemos para o nosso quarto, não sairíamos mais de lá.

Fiquei surpresa quando James não me levou para o nosso quarto, mas para o estúdio.

— Você vai posar para o nu? — perguntei sem fôlego, enquanto ele me ajeitava em seu ombro.

— Sim. Com uma condição.

— Qual?

— Eu também quero você nua, enquanto pinta.

Não parecia uma condição muito justa, mas eu queria a mesma coisa.

Minha respiração escapou dos meus pulmões de forma acelerada quando James, de repente, me jogou no divã confortável que ocupava um canto do estúdio, perto da janela. Ele não veio para cima de mim, como eu meio que assumi que faria e desejei que fizesse. Em vez disso, começou a se despir.

— Tire suas roupas e me pinte, amor — disse, com um sorriso de parar o coração.

Preparei meus materiais primeiro, organizando tudo. O sol estava se pondo lentamente, e o melhor da luz do dia já tinha passado, então, acendi as brilhantes lâmpadas do teto para iluminar o homem mais bonito do mundo, deitado em um divã, nu, só para mim.

Comecei a pintar, esquecendo que também deveria ficar nua.

James não teve escrúpulos em me lembrar.

— Tire a roupa. Toda ela. Agora.

Eu a tirei devagar e um pouco desajeitadamente. Não era um striptease. Nem acho que conseguiria fazer um. Não duvidava que houvesse algo selvagem dentro de mim, mas não *isso*.

Eu não usava nada além da minha coleira e dos meus brincos quando comecei a pintá-lo. Surpreendentemente, pude entrar direto no projeto, não sendo tão distraída pela minha nudez quanto pensei que ficaria.

Isso, provavelmente, acontecia porque eu estava totalmente cativada pelo homem que inspirava a pintura.

James me observou pintá-lo, como disse que queria fazer. Era difícil se sentir autoconsciente, mesmo nua, quando alguém olhava para você como se fosse a criatura mais bonita e fascinante do planeta.

Eu já tinha pintado a maior parte do seu rosto e torso antes de me distrair com o assunto em questão. Quando pintava seu peito, queria tocá-lo, beijá-lo e enterrar o rosto nele.

Senti um impulso semelhante quando comecei a trabalhar na curva do seu pescoço, seu abdômen e — inferno — até mesmo seu cabelo. Mas, quando comecei a trabalhar naquele músculo pélvico sexy em forma de V, me distraí rapidamente.

Percebi-me lambendo muito os lábios enquanto estudava aquela área do corpo dele. Percebia, mas não consegui parar.

Como se tivesse me tirado do transe sonhador no qual eu parecia sempre entrar quando me perdia em uma pintura, de repente, senti um ar quente contra a minha pele nua, como se a temperatura tivesse acabado de subir dez graus na sala. Minha pele estava em brasa, meus seios, muito pesados, e meus mamilos endureceram até que estremeci. Eu sabia, com certeza, que não iria mais progredir no nu naquela noite.

Coloquei minha paleta de lado, pegando outra. Elas eram um luxo ao qual eu nunca tinha me permitido antes. Geralmente, misturava tintas em qualquer peça de plástico que encontrasse e que tivesse a forma e o tamanho certos. James armazenara uma dúzia para mim em uma gaveta designada apenas para elas.

Comecei a vasculhar uma seleção de tintas acrílicas que eram classificadas por cor. Encontrei uma chamada turquesa, mas não era perfeita, então, misturei apenas um toque de esmeralda na paleta.

— O que está fazendo? Você mistura cores nestas pinturas? Não percebi isso em nenhum dos seus trabalhos — James perguntou, parecendo surpreso.

Minhas bochechas coraram de orgulho. Que ele soubesse tanto sobre meu passatempo e tenha estudado o que eu fazia, sempre era surpreendente, mas era uma boa surpresa. Meu instinto natural de duvidar de tudo que ele dizia e fazia estava se transformando em outra coisa. Ele não mentia. Sobre nada. De alguma forma, foi libertador para mim quando percebi isso. Se não era um mentiroso, eu não precisava questionar cada pequena coisa que ele fazia e dizia. Era uma descoberta libertadora.

Peguei um pincel maior, de zibelina, mergulhando-o levemente na tinta em minha nova paleta e voltei-me ao meu cavalete. Fiquei ereta, como se fosse pintar no papel, depois levei o pincel lentamente ao meu peito. Tracei o grande globo direito com um leve toque.

James respirou fundo, sentando-se para me observar. Seu pênis, que parecia apenas um pouco rígido, rapidamente exigiu atenção, inflando-se como um brinquedo particularmente maravilhoso. Tracei o pincel no meio do meu abdômen, quase atingindo o meu sexo antes de voltá-lo para o lado para pintar um quadril.

— Venha aqui — disse James bruscamente.

Eu pretendia provocá-lo um pouco mais, mas meu corpo começou a mover-se instantaneamente com suas palavras, caminhando para ele lentamente, arrastando o pincel para o outro lado do meu quadril com uma pincelada vagarosa.

Ele lambeu os lábios.

— Continue — instruiu, não fazendo nenhum movimento para me tocar, mesmo depois que me aproximei.

Pintei meu seio novamente, traçando minhas costelas uma por uma lentamente, primeiro de um lado e depois do outro. Mergulhei o pincel na paleta, pegando uma quantidade generosa de tinta turquesa. Pintei os ossos da minha clavícula, tomando muito cuidado para não roçar na gargantilha trancada. Depois, fui para meu outro seio, movendo o pincel em círculos largos até chegar ao mamilo, duro como pedra, bem no centro.

James soltou um pequeno "humm" de aprovação, então, permaneci ali, pintando pequenos círculos enquanto ele observava meu pincel se mover com muita atenção. Dei ao outro peito o mesmo tratamento lento.

James apoiou-se nos cotovelos e bateu em um espaço no divã, bem perto do seu quadril.

— Coloque seu pé aqui. Quero que pinte suas coxas para mim.

Apoiei meu pé em seu quadril, e ele engoliu em seco.

— Porra, já consigo ver o quanto você está molhada daqui.

Desci pintando por meu corpo, quadril e coxas. Assim como as bordas superiores das minhas coxas com cuidado, parando perto do meu sexo. Pintei para frente e para trás, para frente e para trás, desde o topo da minha coxa até meu joelho e voltando, provocando-o com o movimento.

— Você está muito doída? — ele perguntou com sua voz grossa.

— Pelo quê? Pelas rosas? — perguntei, pintando um padrão preguiçoso na minha perna e, depois, voltando à panturrilha.

— Sei que você está ferida das rosas. Vi as marcas. Estou falando por dentro. Está muito sensível para ser fodida com força?

— Hummm. Só há uma maneira de descobrirmos.

Aproximei-me dele, ainda deitado, montando suas coxas, deslizando sobre sua ereção pulsante, finalmente passando o pincel em seu abdômen rígido. Passei o pincel por seu rosto perfeito. Ele inclinou a cabeça para me dar melhor acesso. Achei que tinha acertado a cor dos seus olhos, mas, quando comparei a tinta com a cor singular, vi que não tinha sequer chegado perto. Seus olhos possuíam pequenas manchas douradas ao redor da íris, e eram mais claros, com uma limpidez que aparentava certa leveza, como se, de alguma forma, isso lhe desse ainda mais solidez.

— Você tem os olhos mais lindos do mundo, James.

Ele cantarolou de prazer. Absorvia cada pequeno elogio que eu lhe dava como uma esponja, o que sempre me surpreendia, pois eu não podia imaginar que fosse possível que não ouvisse coisas assim todos os dias.

Pintei uma linha fina abaixo do seu nariz e, em seguida, fiz o mesmo ao longo do seu queixo perfeito. Deslizei o pincel desde seu pescoço até a clavícula. Demorei-me lá, apenas desfrutando do ato de olhar para ele. Nunca me cansaria de olhar para sua pele, e não importava o quanto tivesse dele, sempre me sentia carente de mais.

Pintei pequenos círculos em todo o seu músculo peitoral, do lado direito, amando os músculos rígidos, mas ao mesmo tempo suaves sob sua pele.

Beijei meu nome tatuado em vermelho sobre seu coração, antes de pintá-lo ali também. Virei e, quando me inclinei para a frente, senti seu pênis pressionar minhas nádegas e arqueei ao sentir todo aquele tamanho e o sólido contato que proporcionava. Circulei meus quadris, esfregando meu sexo molhado em seu estômago; minha bunda contra sua ereção se contraindo.

— Quando você vai me possuir? — perguntei, sorrindo. — Você disse que iria possuir cada centímetro meu.

Ele agarrou meus quadris, proibindo-me de continuar me esfregando nele. A ponta da sua ereção tocava a parte inferior das minhas costas, e seu membro se esfregava na minha bunda.

— Você quer isso? — perguntou. — Vou te ferir mais do que estou disposto a fazer, se te penetrar sem uma preparação. E pretendo te fazer gozar tantas vezes que cada músculo do seu corpo estará relaxado antes de eu terminar.

Esfreguei-me contra ele.

— Hummm. Parece agradável.

Ele soltou uma risada abafada.

— Não vai ser agradável. Vai ser muitas coisas, mas não agradável.

Movi meu pincel ao longo do seu torso. Ele era muito mais divertido de pintar do que eu, com tantos ângulos diferentes, linhas definidas e cumes duros. Eu amava o ponto logo abaixo do seu peito, onde uma linha profunda definia o limite entre o músculo e as costelas. E o seu abdômen. *Ah, seu abdômen.*

Meus quadris fizeram pequenos círculos involuntários contra ele enquanto movia o pincel cada vez mais para baixo, sobre os cumes duros como pedra do seu abdômen. Eu tive que mover meu corpo para trabalhar mais para baixo, e gemi quando passei por seu pênis novamente na minha descida. Levantei para esfregar meu sexo molhado lá. Eu gemi, mas continuei me movendo para montar em suas coxas e tremi de prazer quando vi sua ponta molhada.

Pintei seus quadris, e aquele V perfeitamente lambível, acariciando meu pincel apenas timidamente em seu pênis saliente. Quando comecei a pintar círculos lentos em suas coxas, roçando seu escroto, ele quebrou.

Mãos duras agarraram meus quadris, me puxando abruptamente sobre seu membro. Ele se soltou.

— Leve-me para dentro de você — murmurou.

Posicionei-o dentro de mim lentamente, aproveitando o alongamento enquanto empurrava cada centímetro perfeito profundamente. Um arrepio poderoso estremeceu meu corpo quando finalmente cheguei ao máximo.

James pegou a paleta e o pincel de mim e, depois de mergulhá-lo, começou a me pintar com movimentos vagarosos. A tinta na minha pele já estava começando a secar, e a fresca que passou em mim espalhou-se deliciosamente na primeira camada.

— Monte-me — ordenou.

Meu corpo começou a se mover em um meio trote naturalmente. Os movimentos exagerados eram perfeitos com seu pênis longo e grosso.

— Como estão seus pulsos? — perguntou, movendo o pincel ao longo de um mamilo tenso.

— Bem — respondi, minha voz baixa e grossa.

Ele agarrou um deles, estudando-o e depois levando-o aos lábios.

— Que bom.

James se inclinou em minha direção de repente, penetrando-me apenas o suficiente para fazer com que eu me apertasse deliciosamente em torno dele.

Ele gemeu e agarrou meus quadris, penetrando-me por completo e me deitando de costas.

Ficou em cima de mim, inclinando-se para colocar um dedo na minha coleira. Puxou-me para cima devagar, com cuidado, até me pôr ao lado dele. James agarrou meu cabelo, posicionando minha cabeça para trás. Ficamos olhando um para o outro por um longo momento. Eu, honestamente, não saberia dizer quem estava no comando naquela noite, o Dominador ou meu amante amoroso, pois havia uma mistura de sentimentos em seus olhos.

Ele quebrou o contato visual para me arrastar até a janela, com uma mão puxando meu cabelo, e a outra, minha coleira. Pressionou-me com força, esmagando meus seios no vidro frio.

Ofeguei e estremeci.

James pressionou minhas palmas no vidro, colocando-as longe do meu corpo.

— Não se mova um centímetro — ele me disse, afastando-se.

Eu o vi se mover para um ponto na parede ao lado da grande janela, então, ouvi o zumbido e o barulho de algo que parecia metal. Aquele som me fez pensar na engenhoca que usara em mim no quarto andar, quando me segurou suspensa para depois me foder. Amei aquele som.

Mexi-me um pouco, querendo muito olhar para trás e ver o que tinha feito o barulho. Quando o som continuou e foi ficando mais alto, percebi que estava diretamente acima de mim. Foi preciso todo o meu autocontrole para não olhar.

Senti James se mover atrás de mim novamente e então ele ergueu meus braços. Senti algo acolchoado tocar meu pulso antes de o sólido clique de uma algema me manter cativa. Ele colocou uma espécie de barra na minha mão.

— Aperte — ordenou. Agarrei a barra com força. Ele repetiu o processo no outro pulso, voltando para o ponto na parede e ficando na lateral da minha visão.

Dei um gritinho quando as correntes começaram a girar mais uma vez, puxando-me até que eu estivesse na ponta dos pés. Eu não tinha nenhum movimento nesta posição, nenhum controle. Meus olhos se fecharam quando senti James às minhas costas novamente. Ele me empurrou com força contra o vidro.

— Eu vou te foder contra o vidro, mas você não pode gozar até que esteja olhando nos meus olhos.

Choraminguei, porque não queria esperar, já estava pronta para gozar e porque eu não poderia, não sem a permissão dele.

James agarrou meus quadris, inclinando-os para trás de modo que meus seios pressionassem mais forte o vidro. Meu rosto ardia, imprensado contra a janela, mas eu não me importava.

Ele me penetrou, parando no meio do caminho, e eu gemi em protesto. Seguiu o resto do caminho devagar, de forma agonizante, pressionando meus quadris com as mãos para controlar cada centímetro de mim que era penetrado.

Colou a boca no meu ouvido quando atingiu fundo, esfregando-se com força.

— Lembre-se: você não pode gozar até que eu esteja de frente para você.

Alguns pensamentos malignos sobre ele ser um bastardo sádico me invadiram, quando ele começou a investir contra mim, com seus quadris batendo na minha bunda com movimentos pesados. Eu poderia ter gozado, queria gozar, logo com os primeiros impulsos, mas ele não cedeu, entrando e saindo com impulsos rápidos. Eu gritei contra o vidro enquanto ele se movia atrás de mim, contra mim, dentro de mim.

Ele não parou, não desistiu, investindo implacavelmente. Pensei que meu corpo iria me trair e ignorar o comando dele, pois meu orgasmo estava se construindo com tanta força que eu não sabia como pará-lo.

Ele saiu de dentro de mim, girando-me na corrente com uma facilidade surpreendente. Provavelmente foi para isso que aquela coisa foi projetada.

Ele segurou meu cabelo em uma mão, inclinando minha cabeça para trás para que eu olhasse em seus olhos. Sua outra mão foi parar na minha bunda. James penetrou-me com um movimento mais suave. Investiu mais uma, duas, três vezes, e eu cheguei ao limite.

— Goze — grunhiu, mas eu já estava perdida. Sabia que meus olhos deviam mostrar minha necessidade por ele, aquela coisa vulnerável e crua na qual meus sentimentos por ele se transformaram. Seus olhos eram tão ternos e amorosos enquanto absorviam meu olhar. Foi um momento perfeito e aterrorizante de absoluta clareza. Eu nunca poderia escapar. Estaria tão perdida quanto Lana se nosso relacionamento terminasse, ansiando desesperadamente por esse homem, se tudo se tornasse apenas cinzas.

Aquele pensamento deveria me fazer querer me afastar dele. Meu senso de autopreservação costumava ser perfeitamente saudável antes de conhecer James, e eu me perguntava agora se ele havia me abandonado por completo, mas, quando retornei do meu próprio pequeno pedaço do céu, achei difícil encontrar energia para me importar.

R.K. Lilley

8
Sr. Danificado

James me desamarrou rapidamente, segurando-me no colo, e deitou-me no divã, rastejando para cima de mim. Sorriu ao olhar em meus olhos, com o cabelo dourado-escuro emoldurando seu rosto. Parecia um anjo.

— Vamos precisar de um novo divã. Este aqui está coberto de tinta — ele disse suavemente, mas sem se importar.

Balancei a cabeça, passando a mão ao longo do seu rosto e cabelo.

— Não. Esta sala vai ver muito mais sessões de pintura. Acho melhor o deixarmos aqui.

Ele sorriu, um sorriso alegre, a expressão mais despreocupada que eu já tinha visto em seu rosto perfeito.

— Gostei da ideia. Já te disse hoje como você me faz feliz? Nunca vou me recuperar de nós, Bianca. Partiria meu coração deixá-la ir. Você sabe disso, não sabe? — *Será que tinha lido minha mente?*

Senti uma lágrima deslizar pelo meu rosto, depois outra. Será que estar apaixonada tinha me transformado em um bebê? Eu não saberia dizer, mas não conseguia evitar o que estava acontecendo, o que quer que fosse, assim como não poderia parar de amá-lo. Eu tinha lutado contra, a cada passo do caminho, mas isso não ajudou, nem um pouco. Eu estava perdida. Muito perdida.

— Eu também não saberia como me recuperar, James — falei em um sussurro. Era talvez a coisa mais próxima de um compromisso que eu já tinha selado com ele, por mais insignificante que fosse. Mas ele sabia a importância, portanto, aceitou com uma promessa tão amorosa em seus olhos que não pude me arrepender.

— Se você pudesse escolher um lugar no mundo para visitar, qualquer cidade, qualquer país, qualquer continente, qual seria?

Eu o analisei, com minhas sobrancelhas se unindo enquanto tentava seguir sua estranha linha de pensamento. Nem precisei pensar em minha resposta, no entanto.

— Japão. Especialmente Tóquio.

Ele pareceu um pouco intrigado.

— Essa foi uma resposta rápida, mas inesperada. Por que o Japão?

Dei de ombros, embora não fosse assim tão insignificante, com ele me prendendo no divã.

— É que me fascina. Sempre fascinou. E é lar dos mangás e animes.

Ele sorriu.

— Claro. Ok, Japão, especialmente Tóquio. Entendi.

Apontei um dedo em seu peito.

— Por quê? O que está planejando?

— Nada ainda, mas, em algumas semanas, talvez um mês, quero que passemos uma ou duas semanas fora.

Isso me pareceu maravilhoso, mas...

— James, eu não posso tirar mais uma folga do trabalho. Usei todas elas quando fui... ferida.

Ele me lançou um olhar de súplica.

Cedi em um piscar de olhos.

— Você só precisa encontrar alguém para pegar seus turnos, certo? —perguntou. — Você pode faltar quantos voos quiser, se encontrar alguém para te substituir. Stephan explicou para mim. Deixe comigo. Vou resolver tudo. Só diga que vai comigo.

Eu deveria ter dito não. Deveria ter dito a ele que sim, que eu poderia faltar alguns voos, mas que era difícil encontrar pessoas para me substituir nos dias certos, quando poderiam fazer horas extras, sem mencionar que, se eu largasse esses turnos, deixaria de ganhar dinheiro nesses dias. Pretendia explicar a ele, mas, ao invés disso, olhei em seus olhos e apenas cedi.

— Sim. Não consigo pensar em nada que eu gostaria mais.

Ele me apertou com tanta força que eu gritei.

— Obrigado.

James me ergueu nos braços de novo, carregando-me no colo enquanto deixava o estúdio e me levava para o nosso quarto. Ficava no mesmo andar e perto, graças a Deus, porque estávamos nus e cobertos de tinta azul.

Ele nos levou diretamente para o banho, entrando na banheira funda comigo enquanto a enchia de água.

Lavou-me devagar, mas com cuidado, esfregando a tinta que estava em minha pele. A água ficou azul.

Nós rimos conforme ela foi ficando mais e mais escura.

James precisou limpar a nós dois em um dado momento.

— Quer que eu ajude? — perguntei, tão relaxada que não tinha certeza se conseguiria encontrar energia suficiente para ser útil.

— Não, amor. Eu quero que você relaxe. Quando acabarmos aqui, vou levá-la ao quarto andar e dar-lhe uma massagem muito completa.

— Mmm — eu disse, fechando os olhos. Senti seus dedos se moverem entre as minhas pernas e abri-las mais. Começou a acariciar-me, zumbindo contra minha garganta enquanto seus dedos experientes começavam a trabalhar. Ele me deu prazer com as mãos enquanto chupava o ponto exato no meu pescoço. Foi um orgasmo quase vagaroso, pelo menos comparado aos que normalmente me dava.

Quando ele continuou a investir os dedos em mim mesmo depois de eu ter gozado, me mexi.

— Quero você dentro de mim, James.

Ele mordeu meu pescoço com força.

— Você saberá quando eu estiver pronto para te dar o meu pau, porque *vai tê-lo dentro de você* — retrucou, empurrando o pau em questão com força contra a minha bunda. — Enquanto isso, abra mais as pernas.

Ele me penetrou com dois dedos, deslizando a outra mão pelo meu corpo até chegar ao clitóris.

— Goze — demandou contra o meu pescoço, e me deixei levar novamente.

Acabamos tomando mais um banho. Aparentemente, eu tinha exagerado um pouco na pintura, porque nossa banheira, no fim, ficou parecendo ter sido atacada por uma pistola de pintura.

James me secou, mas nos deixou nus, puxando-me para o elevador pela coleira.

Tive um pensamento, ao tocar os brincos da sua mãe ainda nas minhas orelhas e sentir o cabelo molhado tocá-los.

— Ah, James. Esqueci que estava usando os brincos da sua mãe. Eu não pretendia molhá-los.

Ele me lançou um sorriso muito amoroso por cima do ombro.

— Eles não são da minha mãe. São seus agora, e um pouco de água não irá estragá-los.

Ele foi diretamente para o elevador, apertando o botão. Então, sorriu para mim.

— Só prazer esta noite, amor. Você precisa de algum tempo para se curar dos ferimentos das rosas. O quarto andar não oferece apenas dor.

— Eu sei — falei suavemente. Sempre foi mais do que dor, cada pedacinho do nosso relacionamento.

Ele me puxou para dentro do elevador quando este abriu, empurrando-me com força contra a parede, prendendo-me lá.

— Você já foi fodida em um elevador? — perguntou com um sorriso.

Eu ri.

— Você sabe que não.

Pensei que ele poderia estar brincando, mas é claro que não estava, então, deslizou uma perna entre as minhas coxas, abrindo-as e erguendo-me. Fez com que eu enrolasse as pernas em torno dos seus quadris e me penetrou em um instante. Prendeu meus braços acima da minha cabeça com as mãos e começou a empurrar. Agarrei-o firmemente com as coxas, choramingando quando ele saiu de mim, deslizando ao longo dos meus nervos mais perfeitos, e me penetrou de novo, levando-me implacavelmente a outro orgasmo. Pulsou dentro de mim, mantendo aqueles olhos hipnotizantes observando-me com desespero, e um ardor que fazia parecer impossível que já tivesse me possuído menos de uma hora atrás.

— Goze, porra! — ele grunhiu, suas palavras soando duras, em um tom áspero, mas com olhos incrivelmente suaves presos aos meus.

Obedeci, perdendo todo o controle sob seu comando.

— James — choraminguei.

Ele me beijou, não me colocando no chão e não saindo de dentro de mim, mas soltou meus pulsos para envolver os braços em minhas costas.

Começou a andar, mas não desistiu de me beijar e não se afastou de mim. Seguiu pelo sinistro corredor cinza e entrou no nosso playground.

Debruçou-se para a frente e abruptamente me deixou cair.

Ofeguei, mas não caí muito alto, já que minhas costas entraram em contato com uma mesa acolchoada. Ele investiu em mim duas vezes mais ou menos antes de gozar com um grunhido baixo.

— Minha.

Só então percebi que estava deitada em uma mesa de massagem, enquanto ele retirava seu pênis enorme de mim, virava-me de barriga para baixo e me ajeitava até que meu rosto ficasse sobre a abertura da mesa.

Depois de uma curta espera, ele derramou um líquido quente no centro das minhas costas, esfregando o óleo firmemente na minha pele. Massageou-me até o pescoço, esfregando a área sensível por longos minutos, trabalhando meus ombros, tomando seu tempo, esfregando até que cada um dos meus músculos estivesse completamente solto por suas mãos fortes.

Trabalhou em um braço, dando atenção especial a cada um dos meus dedos. Massageou-me de novo e de novo, prestando igual atenção ao outro braço.

— Suas mãos são mágicas — falei, com os olhos fechados de prazer.

Ele não respondeu, ainda massageando minhas costas, amassando e esfregando meus músculos, deixando-os em um estado de submissão relaxada. Gastou um tempo extra na parte inferior das costas, trabalhando com provocante lentidão na minha bunda, e emitiu um delicioso barulho quando a amassou. Beijou-me ali pouco antes de eu sentir um dedo naquela entrada. Ofeguei e fiquei tensa quando penetrou um dedo bem lubrificado em mim.

— Shhh, Bianca, relaxe. Relaxe. — Ele sorrateiramente tirou o dedo, deixando-me sozinha por algum tempo antes de retornar. Recomeçou a massagem de onde parou, amassando minha bunda e coxas.

Massageou cada centímetro das minhas costas com amassos fortes, até os dedos dos pés, antes de me virar de barriga para cima. Começou o mesmo tratamento na frente dos meus ombros, tomando seu tempo, relaxando cada parte minha enquanto trabalhava. Quando chegou ao meu sexo, mergulhou um dedo. Eu estava molhada, é claro, e ele massageou essa carne com golpes certeiros, usando a outra mão para separar minhas pernas, puxando meus joelhos em direção ao meu peito. Ofeguei e fiquei tensa enquanto ele usava uma mão para invadir minha outra entrada mais uma vez, usando um único dedo, sem parar os movimentos suaves no meu sexo.

— Entende por que precisa estar relaxada? — perguntou, inclinando-se para bem perto, enquanto aquelas mãos perversas trabalhavam juntas para proporcionar muito prazer ao meu corpo sobrecarregado.

Eu realmente compreendia; a outra penetração era tão alarmantemente intensa como eu imaginava. Não tinha a ver com dor, mas com a estranheza do ato, a estranha plenitude em um lugar onde talvez ela não devesse existir, enquanto tê-lo preenchendo meu sexo parecia tão *certo*. Ainda assim, eu não queria que ele parasse, não queria que desistisse. A estranheza conferia ao ato uma qualidade quase proibida que a minha parte perversa apreciava, assim como apreciava todas as outras coisas proibidas pelas quais James se sentia atraído.

Ambos os dedos penetraram em mim, trabalhando juntos, e ele me fez chegar a outro orgasmo com habilidade perfeita. Antes mesmo que eu retornasse daquela viagem feliz, ele enfiou mais um dedo em cada entrada, oferecendo impulsos violentos a uma fenda, enquanto a outra recebia um toque mais suave, apenas penetrando e fazendo pequenos círculos deliciosos.

— Relaxe e empurre para fora. Sim, assim — disse James, enfiando os dedos dentro do meu sexo de forma mais dura e severa, até que gozei novamente.

Ele tirou os dedos, usando essa mesma mão para me virar novamente de barriga para baixo, e arrastando meus quadris até minhas pernas ficarem penduradas na borda da mesa. Moveu seus quadris contra mim por trás, trazendo uma mão até o meu pescoço e aplicando uma leve pressão.

— Não se mova. — Ouvi-o afastar-se e soube que saiu da sala. Percebi uma porta naquele corredor intimidante abrir-se e fechar-se e depois abrir novamente. Minutos depois, ele estava às minhas costas, aproximando-se de mim, abrindo minhas pernas para se aproximar ainda mais.

Senti algo quente e duro vibrar e tocar meu clitóris, e eu logo soube que não era uma parte sua.

— James — protestei, enquanto ele massageava meu clitóris com essa pressão muito intensa.

— Shhh — disse ele, tirando o vibrador do meu clitóris e começando a esfregá-lo provocativamente sobre a minha fenda. Mergulhou-o nela uma vez e, em seguida, novamente segurou-o dentro de mim enquanto aproximava um objeto bem lubrificado e mais suave da minha outra entrada. Eu sabia que não era ele, porque era menor, e, embora fosse firme, não estava rígido o suficiente.

— James — falei novamente, minha voz mais urgente desta vez.

Ele usou o brinquedo em mim lentamente, penetrando o vibrador no meu sexo de forma ainda mais profunda.

— Relaxe.

— Não é...

— Sim, você quer o meu pau, eu sei. Relaxe por ora, e eu darei o que você quer — rosnou, e tentei obedecê-lo e relaxar, apesar das duas pressões estranhas.

Estava quase me acostumando quando ele retirou e substituiu quase que imediatamente o vibrador por seu pênis. Era igualmente liso, mas também muito maior do que o aparelho. Mas era o James, e descobri que meu corpo se acomodava muito mais rápido ao saber disso. Ele investiu lentamente.

Retirou o vibrador de uma das entradas, ao mesmo tempo que investia na outra. Ouvi um baque quando ele o deixou cair no chão, trazendo sua mão, agora livre, para a minha frente, circulando meu clitóris.

Ele começou a empurrar, pequenas estocadas que se tornavam um pouco mais profundas a cada movimento, mas que nunca iam até o fundo. Eu choramingei. As sensações eram estranhas, mas não exatamente dolorosas, pareciam mais um alongamento que tinha ido longe demais.

— James — solucei, enquanto seus dedos trabalhavam e seus impulsos ficavam mais longos e mais rápidos.

— Diga, Bianca — disse, às minhas costas, e, em seguida, mordeu-me com força suficiente para deixar uma marca. Pensei que a mordida era para me distrair do fato de que ele estava me batendo e que doía. Mas a dor nunca foi um impedimento para o meu prazer, e eu gozei, um orgasmo violento que me deixou mole.

— Eu sou sua, James — ofeguei. — Sua.

Ele esvaziou-se dentro de mim, demorando o suficiente para beijar minhas costas e me acalmar antes de se retirar de dentro de mim. Tomou-me nos braços, embalando-me, e carregou-me pelo corredor cinza. Entrou em um daqueles quartos escuros e misteriosos, e, quando acendeu a luz, vi que o cômodo mais próximo do nosso playground consistia em um grande banheiro com uma banheira branca incrivelmente grande.

— Já que a nossa outra banheira está manchada de azul no momento, acho que vamos usar esta — disse, com um sorriso na voz.

Eu ri, um pouco delirante do que pareciam ser uma centena de orgasmos.

Ele me carregou até a banheira, ajeitou-me até que eu estivesse em cima dele, com a bochecha apoiada em seu peito delicioso, e ligou a água.

Acariciou meu cabelo, e suspirei de prazer quando a água quente começou a nos cobrir lentamente. Acho que nunca me senti tão relaxada, tão delirantemente contente em apenas deitar-me e aproveitar o momento. Sempre me senti inquieta, sempre mantendo um instinto de fuga, sempre preocupada que o próximo momento pudesse trazer algo de ruim, e era muito bom deixar aquela ansiedade desaparecer para poder saborear algo tão maravilhoso.

Eu estava perdida em pensamentos, praticamente ronronando contra ele, quando olhei para cima.

Seu rosto exibia uma máscara impassível.

Acariciei sua bochecha com uma mão.

— O que há de errado, James?

Ele fechou os olhos, inclinando-se em direção ao meu toque. Não respondeu por um longo tempo, mas eu sabia que não estava me ignorando. Sabia muito bem, por experiência própria, que coisas realmente difíceis sempre demandavam tempo para serem postas em palavras.

— Aquela coisa que acabamos de fazer leva a minha cabeça a um lugar obscuro — confessou finalmente, com palavras tão silenciosas que precisei me esforçar para ouvi-lo.

De nós dois, ele era muito melhor em demonstrar sentimentos, mas eu poderia dizer que era uma luta para que compartilhasse algo comigo.

Deslizei a mão suavemente sobre o local onde meu nome estava lindamente tatuado.

— Vai me contar sobre isso?

Ele engoliu em seco.

— Não vamos fazer isso com frequência, se é que faremos mais alguma vez. Não quero te desapontar. Precisava fazer isso uma vez, precisava reivindicá-la desta forma, mas isso não me faz bem. É como as rosas para você, eu acho, me levando de uma forma muito profunda na direção daquilo que me tornou o que sou hoje.

Entendi muito bem o que ele quis dizer. Éramos muito parecidos no que realmente importava. Segurei seu rosto em minhas mãos.

— Não vou ficar desapontada. Eu gostei do que você fez. Gostei, mas certamente não *preciso* disso. Você preenche tantas necessidades minhas que eu nem mesmo entendo, mas essa *não* é uma delas. Obrigada por me mostrar, por me iniciar em tantas coisas que acho maravilhosas. Nunca pense que poderia me decepcionar me contando suas preferências ou me dizendo não.

James ficou em silêncio de novo, e eu não sabia dizer se minhas palavras o haviam tranquilizado, ou se tinham chegado a tocá-lo. Seus olhos estavam distantes e um pouco vidrados enquanto ele olhava para o teto.

— Spencer fez isso comigo — disse finalmente, com uma voz crua, mas seus olhos ainda olhavam para cima, inexpressivamente. — E eu me senti tão indefeso, tão... inútil. Não sei como explicar. Sei que você não estava disposta, mas só me lembro de como me senti depois, e uma parte minha sentiu como se tivesse feito algo horrível com você, algo abominável, algo parecido com o que ele fez comigo.

"Eu sabia que isso me faria me sentir assim, se não durante, pelo menos depois, mas pensei que poderia aproveitar e gostar. Só que senti... aversão por esta minha fraqueza, por minha necessidade, imaginando se você se sentiria da mesma forma. Isso me faz pensar se tudo que fazemos é uma espécie de estupro, se eu estou tirando proveito dessa linda prova de submissão que você me dá."

Comecei a falar, para tentar tranquilizá-lo, mas ele me interrompeu.

— Sei que você vai dizer que não é verdade, e alguma parte minha sabe disso, mas não consigo evitar. Como eu disse, esse ato me coloca em um lugar escuro.

Segurei seu rosto suavemente.

— Compreendo. As rosas eram assim para mim. Fizeram com que eu me lembrasse mais do meu pai do que qualquer outra coisa que tenha usado, e elas me aterrorizaram. Senti mais dor e medo do lado violento do que qualquer outra coisa que fizemos, mas o prazer foi tão grande... maior ainda. Isso me fez pensar em coisas sombrias, mesmo enquanto estava gozando. Não conseguia controlar o meu prazer, assim como não podia controlar o meu medo. *Isso* me apavora.

Tive de respirar fundo algumas vezes antes de continuar, ainda achando difícil ser aberta com minhas emoções e palavras, embora *ele* não fosse diferente.

— Não temos mais que lidar com esses pensamentos sombrios, James. Não posso me colocar no seu lugar, mas entendo sua autoaversão a respeito de algo que não pode controlar. Você diz que foi promíscuo com o seu corpo, mas acho que está muito mais bem ajustado do que eu quando se trata de sexo. Você tem uma preferência, mas ainda consegue funcionar sem ela. Eu tenho um *fetiche*. Nem me interessava por homens até encontrar você, até que encontrei *isso*. Isso me assusta também, me mostra o quanto estou destruída. Mas também sei que tenho sorte, *muita sorte*, por ter encontrado alguém tão perfeito para mim, tão seguro, para me dar as coisas de que preciso sem tomar meu respeito próprio e sem me colocar em perigo. Você é um presente para alguém como eu, James. Nunca se esqueça disso.

Ele colocou meu rosto em seu peito úmido, meu queixo tocando a água, mas não antes de eu enxergar as lágrimas em seus olhos.

— Obrigado, Bianca — ele disse com a voz trêmula.

Fechei os olhos, deixando minhas lágrimas deslizarem lentamente pelo meu rosto e por seu peito.

— *Eu* que tenho que agradecer, James — respondi, com a voz frágil.

9
Sr. Maravilhoso

Estava acordando devagar, sozinha em uma cama gigante, quando ouvi a porta do quarto se abrir. Abri os olhos para ver um Stephan sorridente.

Ele subiu na cama ao meu lado e apoiou o queixo na palma enquanto olhava para mim.

Ergui a mão, acariciando seu cabelo loiro ondulado.

— Bom dia — eu disse, com minha voz ainda rouca de sono.

— Bom dia, Princesinha. Javier está dormindo, James saiu para o trabalho, e nós vamos tomar café da manhã em sua nova cama gigante. Marion virá trazer quando estiver pronto.

Sorri.

— Isso é ótimo. Que maneira deliciosa de acordar.

— Você não quer saber o que teremos para o café da manhã?

Dei de ombros levemente.

— Não me importo. A companhia é tão boa que a comida torna-se secundária.

Nós nos entreolhamos.

— Sempre foi — disse ele. — Lembra quando a comida costumava ser inexistente?

Eu ri e balancei a cabeça, pensando que era maravilhoso pensar que algo que, um dia, fora uma luta tão dolorosa pudesse ter se tornado apenas uma lembrança — uma memória que não me proporcionava nada além de alívio por termos passado por ela.

— Lembra quando vivemos naquela vala perto da mercearia por um mês?

Sorri, mais uma vez surpresa por não sentir nada além de conforto em pensar que aquele tempo distante foi superado.

— Sim. Lembro que achávamos que tínhamos sorte porque não passávamos fome e por ninguém nos incomodar por lá. E você nem precisou lutar, ao menos por um tempo.

— Você vai manter a sua casa agora que está morando com James? — perguntou, sua voz soando apenas curiosa, embora eu imaginasse que não era uma pergunta casual.

— Claro. Ainda vou ficar lá também.

— Não a mantenha só por minha causa, Bianca. Não faça isso apenas por causa dos nossos planos antigos. Você não vai mais ficar desabrigada, mesmo que as coisas não deem certo com o James. Não precisa manter aquele lugar para ter uma sensação de segurança. A vida não será assim novamente. Não podemos viver sempre pensando que o pior vai acontecer; sempre nos preparando para ele. Além disso, o relacionamento para você não será como foi para sua mãe, porque James não é seu pai. Você não pode comparar os dois nem continuar tratando uma coisa boa como um desastre em potencial. Isso não é viver.

Escutei sem comentar, deixando-o falar da maneira como pretendia. Era um típico discurso motivacional de Stephan, e eu não fiquei ofendida.

— Estou trabalhando nisso, Steph, de verdade. Estou enfrentando e lidando com os problemas, e não vou fugir.

— Então as coisas estão bem entre vocês dois? Ainda planeja morar com ele?

Eu ri.

— Por quê? Acha que já mudei de ideia?

Ele deu de ombros.

— Não sei. Acho que temia que você se envolvesse, mas que, à luz do dia, entrasse em pânico com o acordo e mudasse de ideia.

— Bem, isso ainda não aconteceu. Deve ser um bom sinal, certo?

Ele apenas assentiu, sorrindo.

Marion chegou com o café da manhã e comemos waffles de mirtilo na cama, dando risada e comentando cada detalhe da vida. Nós normalmente não precisávamos atualizar um ao outro, já que estávamos muito acostumados a sermos companheiros constantes, mas isso também era bom.

Ele me contou o quanto estava louco por Javier, e eu disse a ele como James e eu éramos loucos em geral. Foi uma boa conversa, e percebi que, mesmo que não visse Stephan *todos* os dias, ele ainda poderia ser meu porto seguro. Esperava conseguir retribuir ao menos uma fração do conforto que ele me transmitia.

— Javier e eu vamos sair com um pessoal do trabalho hoje à noite. Sei que você tem a sessão de fotos, mas pensei em te convidar.

Assenti.

— Obrigada. Não tenho certeza de quais são os planos para hoje, mas vou contar para o James. Eu conheço o pessoal do trabalho?

Ele fez uma careta.

— Vance e companhia. Não tenho certeza se é a melhor ideia, mas estou tentando ser legal.

Retribuí a careta. Vance era um ex de Javier, e nem ele nem sua equipe eram grandes fãs de Stephan. Eu achava que era porque Vance ainda sentia algo por Javier.

— É muito legal da sua parte. Espero que eles tentem brincar de serem legais também.

— Javier jura que eles se comportarão bem.

Balancei a cabeça, esperando que desse certo, embora situações com ex nunca tendessem a ser tão simples. O que parecia bom na teoria ficava muito confuso quando as emoções eram incluídas. Eu andava aprendendo muito sobre isso ultimamente.

Contei a Stephan sobre o meu irmão, e ele ficou um pouco chocado por eu ter concordado com o encontro. Dei de ombros quando ele me perguntou o porquê.

— Ele me pareceu… legal. Nada como meu pai. Qual seria o problema de nos encontrarmos para um café algum dia?

— Acho que é uma boa ideia, mas você deve ser cautelosa. Posso ir junto?

Gesticulei indicando que não precisava.

— Será um encontro muito estranho. Vou levar a equipe de segurança, então, você não precisa se preocupar comigo.

Ele assentiu, mas ainda parecia um pouco preocupado.

Nós dois estávamos rindo muito, enquanto Stephan me contava uma história da noite anterior. Os rapazes ficaram tão empolgados em terem seu próprio motorista que foram de boate em boate, não passando mais do que vinte minutos em cada uma antes de seguirem em frente, curtindo o carro e o motorista mais do que as baladas. Meu telefone tocou na mesa de cabeceira.

Respondi com uma risada ainda em meus lábios. Era James.

— Ah, aí está um som que eu adoro ouvir. Como você está esta manhã, meu amor?

— Mmm, bem. Como você está?

— Melhor agora. Tem sido... uma manhã difícil. O que você está fazendo?

Olhei ao redor do meu ambiente bastante estranho.

— Estou tomando café da manhã em nossa cama ridiculamente grande com Stephan — respondi sem rodeios. Não havia motivo para mentir.

Houve uma longa pausa do outro lado da linha. Stephan ficou em silêncio, arregalando os olhos. Percebi, pela primeira vez, que ele usava apenas cueca e um sorriso, e eu, somente um lençol. Ocorreu-me, tardiamente, que nosso café da manhã na cama poderia parecer bastante comprometedor para um observador externo.

— Preciso dizer que, se você tivesse mencionado qualquer outro nome nesta frase, eu estaria prestes a cometer um assassinato.

Ri enquanto ouvia seu tom soar mais grave e senti-me estranhamente tensa ao ouvir sua reação.

— Diga a Stephan que lhe desejo um bom dia — disse ele, com a voz neutra.

Eu fiz isso.

Stephan sorriu.

— Bom dia, James — ele gritou alto o suficiente para ser ouvido do outro lado.

— Dê-lhe o telefone — pediu James, e obedeci.

Observei-o com cautela, mas relaxei completamente quando Stephan começou a rir quase no mesmo instante em que encostou o aparelho no ouvido.

— O prazer é meu, James — falou, ainda rindo, então me devolveu o telefone.

Segurei-o contra meu ouvido.

— Preciso desligar, mas temos a sessão de fotos às três da tarde — disse ele. — Você se importa de passar no meu escritório antes de irmos? Por volta das duas e meia?

— Farei isso — concordei. — O que você disse para Stephan? — Não pude evitar a pergunta. A conversa entre eles foi muito rápida e estranha.

— Que vou comprar uma casa ao lado da minha para que ele possa te fazer rir desse jeito todos os dias. Não há nada que eu não faria para ouvir essa alegria em sua voz, mesmo que eu não seja o responsável por ela.

Meu peito doeu um pouco, e esforcei-me para encontrar as palavras para responder.

Ele era tão terrivelmente romântico, de um jeito muito angustiante.

— Você sempre é o responsável, James. Eu não sou boa com as palavras, mas conhecer você me faz sentir privilegiada.

Ele fez um pequeno ruído de satisfação no meu ouvido.

— Lá vai você, alegrando meu dia novamente.

As palavras ficaram presas na minha garganta. Eu nem sabia como responder.

— Te vejo às duas e meia. Cuide-se, Bianca — disse suavemente, parecendo apenas um pouco triste.

— Estarei aí.

Ele desligou.

Stephan me lançou um olhar de repreensão.

— Se ainda não percebeu que ele está completamente apaixonado por você, é só porque tem problemas com compromisso e está mentindo para si mesma.

Eu sabia que Stephan tinha razão. Fingir que meus sentimentos não eram correspondidos foi apenas uma maneira que encontrei para ganhar tempo. *Tempo para quê?* Eu não sabia. Estava chegando ao ponto de não querer resistir a ele. Talvez só estivesse tentando desacelerar o trem desgovernado da personalidade Cavendish. Uma coisa eu sabia com certeza, no entanto: faria de tudo para mantê-lo em minha vida a partir agora. Para melhor ou para pior, ele estava se tornando essencial para mim.

— Você se preocupa que a questão do BDSM te transforme em uma vítima da sua infância, mas não tem nada a ver, Bi — disse Stephan.

Engoli em seco, e ele pegou minha mão, me puxando para perto e fazendo-me olhar em seus olhos, mostrando-me quão sério estava falando.

— Mas, se fugir do que sente por James, se preferir perdê-lo a se abrir o suficiente para dizer a ele como se sente, isso pode acontecer. Entendo que tenha dúvidas, mas quero que olhe para essas dúvidas e me diga se elas têm *alguma coisa* a ver com James, com a pessoa que você sabe que ele é, e o que ele sente por você.

Se tivesse sido qualquer outra pessoa no mundo me dando tal conselho e falando comigo daquele jeito, eu teria fugido ou rebatido, mas Stephan, dizendo aquelas coisas em um tom tão sério, sabendo que poderia me deixar irritada e que eu não iria gostar do que ele estava dizendo, teve um efeito completamente diferente em mim.

Com Stephan, apenas escutei e tentei encontrar a resposta verdadeira.

— Você está certo — falei finalmente. O que eu sentia não iria desaparecer, e não dar a isso a devida atenção era outra forma de agir como uma covarde. — Você está absolutamente certo sobre tudo. Preciso contar a ele. James tem sido maravilhoso para mim, e eu lhe devo a verdade. É apenas o próximo passo que me assusta... e também o fato de nos conhecermos há tão pouco tempo. Sinto que o amor verdadeiro deveria levar tempo, ou, pelo menos, mais tempo. Tenho tentado fazer com que minha mente domine minhas ações, embora meu coração tenha assumido o controle, mas sei como me sinto e sei que isso não vai mudar.

— Pare de pensar demais. Apenas diga a ele como se sente. Não precisa ser tão complicado.

Assenti.

— Sim. Tenho feito isso desde o começo, e, mesmo assim, ele me quis por perto, quis demonstrar o que sente por mim. Eu lhe devo minha honestidade emocional.

Stephan acariciou meu cabelo, sorrindo para mim daquele jeito só seu, como se eu fosse a coisa mais maravilhosa do mundo — parte da sua família. Esperava que meus olhos lhe dissessem a mesma coisa, porque era o que meu coração sentia.

— Sim. Isso é tudo. Terminei minha palestra. Só achei que você precisava de uma pequena cutucada para seguir na direção certa. Não quero que jogue fora algo que te deixa tão... incandescente de amor.

Corei até os dedos dos pés, porque ele estava certo, e porque eu estava fazendo um péssimo trabalho em esconder. James fazia isso comigo. Era tão maravilhoso que eu simplesmente não podia evitar. *E algo tão maravilhoso não merecia um pouco de fé?* Será que eu realmente precisava de tanto tempo para reafirmar algo que sentia em um nível tão profundo? Meu coração já conhecia a resposta.

Agarrei a mão de Stephan.

— Eu te amo. Nem sei o que faria sem você.

Ele assentiu, sorrindo, com olhos muito suaves.

— Eu te amo. Não há nada que eu não faria por você, mas não *posso* te segurar. Não precisamos ser vizinhos para sermos melhores amigos, assim como não precisávamos morar juntos. Esta mudança não vai ser diferente. Estamos crescendo, Bianca, mas *nunca* vamos nos separar. Eu te conheço muito bem, e sei que essa é uma das coisas que está te prendendo, então, tire esse medo da sua cabeça. Você está presa a mim *para sempre*.

R.K. Lilley

10
Sr. Supermodelo

Levei um tempo anormalmente longo para me arrumar. Experimentei várias opções de roupas, fazendo Stephan me dar sua opinião sobre tudo e mudando de ideia inúmeras vezes. Era uma estranha inversão de papéis. Pelo visto, alguma coisa a respeito da sessão de fotos do meu namorado supermodelo fazia com que eu quisesse apresentar minha melhor aparência.

Finalmente, escolhi um vestidinho amarelo da Betsy Johnson. Era um pouco extravagante para mim, com uma saia longa, corpete justo e decote, mas, quando o vesti, me senti sexy e bonita, e eu precisava de um impulso extra de confiança para suportar aquelas fotos intimidadoras. Sapatos altos vermelhos brilhantes completaram o conjunto, e eu admitia que amava o talento de Jackie para combinar cores chocantes.

Reservei um tempo extra para o cabelo, secando-o e depois alisando-o, e até caprichei um pouco mais na minha maquiagem costumeira, apostando em lábios em um tom de rosa-escuro, uma profunda sombra violeta nas pálpebras e uma cor mais escura contornando os olhos.

Dei um giro para Stephan quando terminei, e ele abriu um sorriso de aprovação.

— A mulher mais linda do mundo — disse, e eu sabia que era sério, porque, aos seus olhos, eu realmente era.

Eu estava adiantada quando ele me acompanhou até o lado de fora, e despedimo-nos no elevador.

Blake já me esperava, parecendo tão severa como sempre.

— Certifique-se de notificar a segurança quando quiser sair do apartamento, Srta. Karlsson — Blake censurou-me.

Eu tinha me esquecido. Percebi, então, que ela devia ter ficado esperando no elevador, tentando antecipar minhas ações.

— Desculpe — murmurei, sentindo-me como uma criança sempre que lidava com ela, o que não me fazia gostar mais dela. Mas eu podia admitir meu erro daquela vez. — Vou avisar na próxima vez, para que ninguém precise ficar me esperando sem motivo.

Ela apenas balançou a cabeça como se não acreditasse em mim, e o que nos restou foi um silêncio desconfortável.

A equipe de segurança era a mesma, porém, eles foram reconfigurados para que Johnny ficasse o mais distante possível de mim o tempo todo. Achei isso ridículo, e ao mesmo tempo reconfortante, já que ele não caiu nas minhas graças durante o breve contato que tivemos.

Entramos na limusine. Williams e Johnny sentaram na frente, e Blake e Henry ficaram comigo na cabine espaçosa do carro. Chegamos cedo ao hotel, estacionando no meio-fio, sem que ninguém dissesse uma palavra. Observei o edifício cuidadosamente, procurando por James.

Quando vi sua linda figura de terno surgindo vividamente na entrada principal do hotel, meu coração deu um pequeno soco no peito.

As pessoas pararam e ficaram olhando, mesmo pelo curto espaço de tempo que ele levou para caminhar rapidamente do prédio para o carro. Era tão arrebatador, tão incrivelmente impressionante. Devia ser um choque dar de cara com alguém assim na rua. Ele certamente tinha minha total atenção.

James sentou-se ao meu lado rapidamente, e seus olhos pareceram tão ternos ao olharem para mim que me senti derreter ao olhá-lo. Sua expressão mudara tão drasticamente só de me ver que senti como se meu coração tivesse sido aquecido dentro do meu peito.

Ele agarrou meu cabelo, inclinando-se para perto de mim, obviamente consciente do fato de que não estávamos sozinhos, e beijou minha bochecha.

— Senti sua falta, amor. Será que trinta anos é uma idade muito jovem para se aposentar? Eu adoraria ficar fazendo amor com você em tempo integral, ao invés disso — falou com suavidade, e, na última frase, sua voz tornou-se apenas um sussurro no meu ouvido.

Sorri para ele, apertando sua mão que estava enroscada no meu cabelo, puxando-a até o meu rosto e beijando a palma suavemente.

— Você tem trinta anos? — perguntei, surpresa. Sempre supus que ele fosse mais jovem. Teria jurado que ouvira dizer que tinha vinte e poucos. E não parecia ter trinta, embora não agisse como um jovenzinho. Carregava o peso de incontáveis responsabilidades com facilidade inconsciente naqueles ombros elegantes.

Ele assentiu, com os olhos suaves sorrindo para mim.

— Fiz aniversário há algumas semanas. Você achou que eu era mais jovem?

Balancei a cabeça, incapaz de negar. Mas, de repente, me distraí com o que ele disse e o que significava.

— Eu perdi o seu aniversário? — perguntei, sentindo-me horrivelmente culpada.

Ele mordeu o lábio e, por algum motivo, me fez querer chorar. Parecia muito mais vulnerável de repente.

— Sim. Foram dias difíceis, embora você tenha me enviado algumas mensagens de texto no dia do meu aniversário, e isso ajudou.

Fiquei horrorizada quando uma lágrima deslizou pelo meu rosto, mas não consegui evitar.

— Eu não sabia — sussurrei, inclinando-me para ele. — Sinto-me mal por isso. Como posso compensar?

Ele traçou a lágrima pelo meu rosto com um sorriso triste no dele.

— Não perca outro. *Nunca.* Isso seria mais do que uma compensação.

Balancei a cabeça.

— Eu não saberia com o que te presentear, o que você gostaria de receber, mas tenho que fazer alguma coisa.

Ele sorriu de repente, com sua boca bonita e maliciosa, mas seus olhos ainda se mantinham suaves.

— Tem um quadro que quero que pinte para mim. Ele seria um presente maravilhoso. Mas não cancelará a outra coisa que mencionei. Você não pode perder mais nenhum dos meus aniversários.

Balancei a cabeça, concordando, mesmo sabendo que era insano.

Suas sobrancelhas se ergueram em genuína surpresa.

— É isso, você concorda? Entende que estou pedindo um compromisso sério ao dizer isso?

Balancei a cabeça novamente, e seus olhos ficaram selvagens por um segundo antes de se fecharem e ele enterrar o rosto no meu pescoço. Entendi suas ações perfeitamente. Eu também não gostaria que alguém me visse em um momento tão cru.

— Você está falando sério? — sussurrou.

Fiquei um pouco atordoada com seu choque. Já tinha concordado em morar com el. Queria, então, dizer que o amava, para tranquilizá-lo, para me expressar com mais liberdade, mas as outras quatro pessoas no carro me fizeram segurar a língua sobre a profundidade das minhas palavras.

— Estou falando sério, James. Quero muito que isso dure, que fiquemos juntos. Estou desesperada por isso. — Minha voz soou como o mais sutil sussurro quando falei em seu ouvido.

Ele me agarrou com força, colando a boca no meu ouvido.

— Estou desesperado por isso também. Estou disposto a lutar por isso, Bianca, disposto a lutar por nós, porque, às vezes, *será* uma guerra. A vida que levo pode ser esmagadora, e a imprensa pode ser implacável. Você consegue jurar que não importa o que eles tentem contra nós, vai ficar ao meu lado?

Fiquei tensa com aquelas palavras, sentindo-me subitamente apreensiva de ele estar se referindo a alguma ameaça indefinida no futuro, algo pior do que qualquer coisa do que aquelas pelas quais já tínhamos passamos. Eu não sabia se era minha imaginação — se já estava acostumada demais a esperar pelo pior, ou se tinha mesmo interpretado um estranho fio de medo em sua voz —, mas, de repente, fiquei assustada.

— Eu prometo tentar.

— Obrigado — ele murmurou baixinho.

James se afastou, olhando resolutamente para fora da janela, segurando minha mão, e eu podia dizer pelo seu comportamento que estava tentando recuperar a compostura. Eu entendia. Costumava fazer a mesma coisa, olhando pela janela enquanto tentava recuperar a minha própria calma habitual de fachada.

Chegamos ao nosso destino rapidamente, saindo devagar do carro. A segurança saiu primeiro e nos flanqueou. Todo o processo ainda parecia surreal para mim, mas, quando James pousou uma mão quente na minha nuca, pensei que poderia me acostumar com qualquer coisa, estando com ele ao meu lado.

Todo o episódio da sessão de fotos pareceu estranho para mim. Soube, desde o primeiro segundo em que entramos pela porta, que eu ficaria deslocada. Poderia estar vestida como a namorada do bilionário, mas não era eu, e me senti um pouco desconfortável em minha própria pele enquanto eles posicionavam James para preparar a foto, e eu apenas esperava de pé.

Todo mundo foi educado, me perguntando se eu precisava de alguma coisa, encontrando um lugar para que eu me sentasse e assistisse à sessão, mas tudo isso só me deixou mais autoconsciente. Comecei a me esconder atrás da minha expressão mais calma e vazia, mas estava nervosa por dentro.

A equipe de segurança não estava ajudando, é claro, parecendo severa e intimidadora enquanto se posicionava ao meu redor, analisando a sala. Finalmente recorri ao meu celular. Logo me deparei com uma mensagem de Stephan e cliquei nela imediatamente.

Stephan: Acho que sair com esses caras foi uma má ideia. Eles são abertamente hostis e não sei por quê.

Bianca: Acho que Vance ainda gosta de Javier. Sempre tive essa impressão. Existe alguma coisa que eu possa fazer para ajudar? Quer que eu vá te encontrar para te dar apoio moral?

Senti meu rosto aquecer de raiva só de pensar em alguém sendo malvado com Stephan. Ele era um homem muito forte, uma pessoa muito corajosa, mas eu ainda não conseguia suportar a ideia.

Stephan: Não, não é tão sério assim, B. Vou só sair antes do previsto. Gostaria de dar uma volta quando você terminar aí, então me dê um toque.

Bianca: Claro. Diga a hora e o lugar, e eu estarei lá. Sempre.

Stephan: Sua falsa, só vai me ver quando terminar de assistir seu supermodelo ser fotografado.

Bianca: Você entendeu. Amo você.

Stephan: Te amo, B.

Senti uma forte vontade de ignorar o que ele disse e simplesmente ir encontrá-lo, para ter a certeza de que estava bem, mas me controlei. Stephan geralmente era muito bom em me dizer exatamente o que precisava, e, se ele disse que não era tão sério, que só queria dar uma volta quando terminasse, então, era verdade, e era isso que faríamos.

Ainda estava pensando nisso quando James saiu da área de troca de roupa. Meu queixo caiu e minha mente ficou completamente vazia.

Ele estava usando calça cinza-clara e gravata branca brilhante. Só isso. Seu peitoral e até seus pés estavam nus, sua pele dourada contra o tecido pálido da gravata. Havia óleo em seu peito, e a visão literalmente fez minha boca se encher de água. Sua calça era ridiculamente baixa e folgada, o que significava que era do guarda-roupa da revista, e não dele. Não conseguia imaginá-lo vestindo um terno para o trabalho que não lhe caísse perfeitamente bem, e aquela calça parecia correr o risco de cair, mostrando suas partes mais deliciosas para todos da sala.

Engoli em seco quando ele caminhou em minha direção, e observei que seu V se movia displicentemente com os músculos rígidos.

Ele se aproximou.

— Olá, Sr. Magnífico — cumprimentei, com uma voz muito suave. Isso meio que escapou.

— Você não deveria me olhar assim, Bianca, não agora — disse, com um sorriso carinhoso. — A menos que você queira que muitos assinantes de revistas tenham uma imagem bem clara do meu tesão.

Assenti. Ele tinha um bom argumento, mas eu ainda não conseguia parar de olhar. Seu peito estava brilhando e toquei-o com um dedo.

Ele pegou minha mão.

— O que eu falei? — repreendeu-me, mas ainda havia um sorriso em sua voz.

Obriguei-me a olhar para o seu rosto. Claro que se tratava de uma visão tão incrível quanto. Alguém havia amarrado seu cabelo para trás, fazendo-o parecer mais escuro, com todas as mechas mais claras escondidas.

Cerrei meus punhos para não tocar nele. Andava achando muito difícil manter minhas mãos quietas ultimamente. Era algo estranho para mim, uma vez que quase sempre achei que tocar e ser tocada era uma maldição.

Pigarreei.

— Você está... — *Delicioso. Comestível. De dar água na boca.* — Muito bonito.

— Obrigado. — Ele limpou a garganta. — Espero terminar isso logo.

Ele se afastou antes que eu pudesse responder, dirigindo-se para onde estavam montando o equipamento.

Observei todo o processo como uma pessoa de fora. Uma pessoa de fora obcecada e apaixonada. Mas, levando em consideração os olhares vítreos femininos ao redor, reparei, para onde quer que eu olhasse, que eu não era a única.

Uma mulher de sorte conseguiu mostrar-lhe onde posicionar-se e o que fazer. Não me passou despercebido que ela usou todas as desculpas possíveis para tocá-lo. *Eu poderia culpá-la?* Sim. Mas não senti nem um pouco de ciúme. Como eu poderia, quando James tentava se afastar de cada toque? Ele era profissional, mas muito gentil com a mulher.

A mulher era quase magra demais, mas ainda indiscutivelmente atraente, com cabelos e olhos escuros, e lábios ao estilo de Hollywood. Ela deveria estar na casa dos trinta até os quarenta e cinco anos. Não importava. A juventude ou a falta dela não era onde estava sua beleza. Ainda assim, não senti nem um pouco de insegurança quando ela colocou as mãos nele. Em vez disso, quase senti pena da posição embaraçosa em que James se encontrava, lançando-me olhares desconfortáveis e ocasionais enquanto ela lidava com ele, como se tivesse mais medo de me perturbar do que se preocupar em fazer as fotos. Cada vez que ele fazia isso, eu corava, embora aqueles fossem os únicos olhares que estava me lançando.

A mulher se afastou finalmente, e as fotos iniciaram. Quando ela começou a dar ordens à equipe, percebi que deveria ser a diretora. Pela forma como estivera agindo, pensei, a princípio, que era uma espécie de assistente dos modelos. Só que eu sabia melhor do que ninguém como o Sr. Magnífico conseguia transformar até mesmo a mulher mais impassível em uma idiota apaixonada.

Cada movimento que ele fez, de repente, tornou-se extremamente fascinante, e olha que sempre foram fascinantes para mim. Ele não sorria, apenas movia seu rosto em graus infinitesimais, de um jeito e de outro, capturando todos os ângulos perfeitos para as várias fotos.

Suas mãos começaram nos quadris, mas subiram até a nuca, deixando seu abdômen tenso e fazendo seus braços incharem da maneira mais atraente. Talvez fosse apenas eu, mas a gravata parecia estar apontando sugestivamente para baixo, e não pude deixar de notar como a pose esticava a tatuagem de *Bianca* em seu peito, exibindo-a como um prêmio. Isso me fez sorrir. Ele era louco, mas isso estava se tornando apenas outra coisa que eu adorava nele. Também estava se tornando aparente que minha relação com a sanidade mental era apenas passageira.

Tiraram foto após foto enquanto ele mudava de posição sob o comando da diretora. Então, ela pediu uma parada de dez minutos.

— Annie, me dê os suspensórios! — ela gritou.

Uma mulher loira baixinha correu de volta ao guarda-roupa.

As duas começaram a prender suspensórios nas calças dele, o que parecia totalmente desnecessário e muito pouco profissional, mas o que eu poderia dizer? Então recomeçaram as fotos rapidamente.

James precisou puxar um suspensório para o lado para mostrar sua tatuagem vermelha, mas ninguém o impediu.

Logo compreendi por que adicionaram os suspensórios, embora tivesse achado que era uma coisa estranha a se fazer. Estava sexy. Assim como era sexy fazer sexo no lombo de um cavalo. Aquele acessório elegante contra seu peito bronzeado parecia obsceno, quase me levando a um orgasmo mental só de olhar para ele assim tão sexy.

Tiraram fotos intermináveis de cada mudança de postura e expressão. Eventualmente, pediram que James se virasse e tiraram foto atrás de foto das suas costas definidas. Ele abaixou um dos suspensórios para mostrar a tatuagem de lá. Aproximei-me para avaliá-la, ainda me sentindo um pouco chocada toda vez que vislumbrava meu rosto em suas costas. Alguns amigos me falaram que tatuagens desbotavam no início, que a tinta ficava manchada por semanas, mas eu ainda não conseguia ver nenhum sinal disso. Estava perfeita, ainda parecendo uma pintura em suas costas.

Eu continuava achando que a tatuagem era insana, embora estivesse começando a entender por que ele a tinha feito.

Estava comprometido comigo, por qualquer motivo doido, e eu estava tão fechada que ele não fora capaz de me dizer o que sentia, para me fazer acreditar nele. Eu estava muito estragada, muito cética em relação a tudo de bom na vida. Aquela fora a sua maneira louca de tentar provar seu amor para mim. Ele era tão parecido com Stephan naquele aspecto, tão disposto a jogar todo o orgulho de lado por amor. Eu sabia, dentro da minha alma, que não havia nada que Stephan não fizesse por mim, e, aparentemente, James tinha a mesma qualidade surpreendente. O que eu tinha feito para merecer homens tão dedicados em minha vida? Não conseguia entender. Tudo parecia bom demais para ser verdade.

11
Sr. Deslumbrante

Depois de uma quantidade exaustiva de poses, James foi levado para trocar de roupa para mais fotos. Eu não conseguia imaginar por quê. Assisti à sessão inteira. Não havia como eles não terem tirado uma boa sequência.

A diretora se aproximou de mim quando James desapareceu na área de troca de roupa e sorriu. Era um tipo de sorriso polido e profissional. Perguntei-me se tinha sido modelo antes de dirigir sessões de fotos.

Ela apontou para o próprio peito.

— Devo supor que você é a Bianca? — perguntou, e percebi que ela estava fazendo referência à tatuagem para a qual ficou olhando por uma hora.

Balancei a cabeça, não tendo certeza de como responder.

Ela estendeu a mão.

— Eu sou Beatrice Stoker. A diretora. — Aceitei o cumprimento, e ela apertou minha mão com força, como se fosse algum tipo de teste. Dei-lhe uma resposta indiferente, não interessada em qualquer teste que ela pudesse estar tentando com aquela ação estranha.

— Bianca — respondi, embora ela obviamente já soubesse disso.

— Você é uma mulher de sorte, Bianca. — Algo levemente familiar em seu tom de voz aumentou um pouco a minha irritação.

Mantive um contato visual bem sólido com ela.

— Estou bem ciente disso. Confie em mim quando digo que você nem imagina o quão sortuda eu sou.

Ela piscou, mas não pareceu, de maneira alguma, desconcertada com a minha declaração estranha. Eu não sabia o que me fez querer incitá-la, mas, cada vez mais, eu parecia estar tendo dificuldade em segurar minha língua.

— Bem, que bom para você — ela finalmente disse. — Sobre isso, com as novas tatuagens do Sr. Cavendish sendo dedicadas a você e tudo o mais, eu tive uma ideia para as fotos, se você não se opuser.

— Opuser a quê? — perguntei, desconfiada.

Ela deu um sorriso polido.

— Se não se importar de passar pelo incômodo de fazer cabelo, maquiagem e trocar de roupa, adoraria ter você em algumas das fotos. Mais como um acessório para James do que como um ponto focal, se você me entende.

Eu não entendi.

— Você quer que eu esteja *na* foto? — perguntei, perplexa. Era algo que eu nunca esperaria.

— Bem, ele está mostrando tatuagens que obviamente são em sua homenagem, então, eu pensei que seria legal te colocar em algumas fotos. Nada de mais. Eu gostaria de ter você, talvez, abraçando-o por trás, algo muito inocente e discreto. Ele já apareceu sem camisa nas nossas capas várias vezes, sem as tatuagens. Achei que seria bom mostrar ao leitor o que inspirou sua nova paixão por esta arte.

Fiz uma careta, desconfortável com a ideia.

— Você teria que perguntar ao James. Isto aqui é coisa dele.

Ela assentiu e saiu com um propósito, fazendo com que eu me sentisse como se tivesse acabado de jogá-lo aos lobos.

Com firmeza, James saiu do vestiário pouco depois, movendo-se em minha direção a passos rápidos, com a testa franzida. Ele estava em uma nova roupa de dar água na boca: uma calça bege clara, o peito nu e dourado, e o cachecol bege mais macio que eu já vira na minha vida enrolado em seu pescoço até formar uma espécie de capuz um tanto obsceno.

— O que você acha dessa ideia? — me perguntou baixinho.

Dei de ombros, sem saber o *que* pensar e tendo dificuldade em me concentrar em qualquer coisa além do que eu queria que ele fizesse comigo com aquele cachecol.

— Minha primeira inclinação foi dizer *porra, não*, pois não quero que fique exposta assim, mas minha necessidade de te proteger do mundo é obviamente um ponto discutível. Eles já te viram, então, acho que devemos deixá-los olhar em nossos termos, se isso fizer sentido. Acho que o que estou dizendo é que, sim, eu gostaria que você aparecesse nas fotos, se estiver confortável com isso.

Ele parecia quase defensivo enquanto mapeava seus raciocínios para mim. Era tão incomum que tivesse uma atitude assim que fiquei um pouco surpresa. Ele parecia tão animado que decidi simplesmente facilitar as coisas.

— Tudo bem, eu faço — disse baixinho. Sabia que já havia muitas fotos horríveis de mim por aí, então, que mal uma imagem não tão horrível faria?

James pareceu ficar atordoado, e não totalmente satisfeito, o que eu achei um tanto perverso da sua parte, mas ele apenas assentiu.

Depois disso, senti-me dentro de um redemoinho de atividades enquanto faziam meu cabelo, maquiagem e unhas.

O camarim tornou-se um desastre total. Não havia outra maneira de defini-lo. Os encarregados do vestuário, acostumados a trabalhar com profissionais, e pouco acostumados a lidarem com namorados irracionalmente ciumentos, tentaram fazer seu trabalho como de costume.

Alguém começou a levantar a minha saia, e eu meio que gritei, surpresa. Virei-me para olhar para a garota atrás de mim. Ela estava me olhando com impaciência, apenas fazendo seu trabalho. Só que havia James...

— Não toque nela — ele disse à garota, com seu tom autoritário. Não apreciei a atitude dela, mas senti uma enorme pena pelo olhar assustado em seu rosto. Ele se dirigiu ao ambiente em geral. — Todos fora. Ela não precisa de uma plateia. Só uma ajudante *feminina* deve ficar.

Apenas uma pobre assistente sortuda ficou, começando a mexer na arara de roupas. Ela era a assistente loira que ajudava nas fotos. Pegou um par de jeans e me lançou um olhar duvidoso.

— Imagino que você não concorde com um topless. Tudo seria coberto, é claro...

— Fora de questão — decretou James. Ele parecia muito preocupado com isso também.

Ela suspirou, não mais feliz do que ele já estava com toda a situação.

— Talvez eu devesse deixar *você* escolher a roupa. Apenas as mãos dela e talvez o topo da cabeça aparecerão, então, realmente não importa, e você obviamente dará sua opinião sobre isso.

Imaginei que ela estivesse sendo sarcástica quando lhe disse para escolher, mas ele levou ao pé da letra, revirando as araras com um propósito.

James não perdeu tempo escolhendo, pelo menos. Rolei os olhos, mas tive que sorrir quando vi o que ele havia escolhido.

A estilista parecia satisfeita com suas escolhas.

— Ohh, é uma ótima ideia. Essa seria uma boa maneira de fazer com que ela complemente a foto.

— Ela não precisa de ajuda para se vestir, mas precisa de privacidade — disse James sem rodeios.

A estilista lançou-lhe um olhar hostil, mas saiu apressada. Avaliei James, meio esperando que ele me atacasse. Era uma suposição natural. Estávamos só nós dois, e quando estávamos sozinhos...

Ele não fez isso, apenas começou a agir como se estivesse me vestindo. Não precisava de ajuda para me vestir, mas eu sabia que não era o ponto. Ele queria fazer isso, precisava fazer isso. Se eu tentasse analisá-lo, como parecia fazer com tudo, imaginaria que gostava de sentir que estava cuidando de mim. Sendo tão inexperiente em relacionamentos quanto eu, ele achava que isso era que os casais faziam, algo que os aproximava. Eu estava bem certa de que não era exatamente o que acontecia, mas, por mais estranho que fosse, fazia com que eu me sentisse mais próxima dele e mais querida.

Ele me vestiu com uma calça bege e uma camiseta marfim macia que combinava com o cachecol. Toquei na peça quando chegou ao meu alcance.

Ele me lançou um olhar atrevido.

— Vou ficar com o cachecol. Tenho planos.

— Claro que tem — murmurei de volta.

Seus olhos se estreitaram em mim.

— Esse olhar vai te colocar em encrenca.

Apenas olhei para ele, deixando implícito que queria que fizesse o pior. James sorriu.

— Sorte para nós dois que você gosta de se meter em encrencas.

Senti meu interior se apertar de um jeito muito bom. Claro que isso significava que iria fazer alguma coisa, mas ele simplesmente terminou de me vestir e recuou.

— Use os mesmos saltos vermelhos. — Coloquei-os, e ele me puxou de volta para o estúdio.

A sessão foi, ao mesmo tempo, mais e menos estranha do que eu esperava. No final das contas, posar foi bem tranquilo. Tudo que eu tinha que fazer era ficar atrás dele, os braços ao redor da sua cintura, as mãos no seu peito e abdômen. Tentei não acariciá-lo, mas foi difícil. Meu rosto não estava realmente visível, apenas o topo da minha cabeça e meus olhos, que espreitavam por cima do seu ombro quando eu não estava encostando o rosto em suas lindas costas. Posar foi fácil. Não ficar descontroladamente excitada foi a parte difícil. Consegui este feito melhor do que James, mas só porque sua parte íntima era mais difícil de controlar, em geral.

A diretora pigarreou depois de alguns cliques.

— Hum, então, há alguma coisa que você possa fazer a respeito disso, Sr. Cavendish? Esta não é uma publicação pornográfica...

James, como o bastardo sem vergonha que era, parecia completamente imperturbável.

— Vai ter que tirar fotos minhas da cintura para cima. Foi você quem deu a ideia de colocar minha namorada na sessão, com as mãos em mim. O que pensou que fosse acontecer?

— *Não* seria um problema se pudéssemos tirar da cintura para cima, mas o seu problema parece ser... um pouco maior do que isso.

Eu o senti dar de ombros contra a minha bochecha e perdi o prumo. Comecei a rir e não consegui parar por cinco minutos.

James se virou até que nossas testas estivessem unidas. Ele estava sorrindo para mim, e o sorriso chegava aos seus olhos.

— Não consigo pensar em um som que eu goste mais de ouvir do que este.

Tudo ficou melhor depois que consegui parar de rir. James também pareceu exercer um controle melhor sobre si, e eles tiraram fotos de costas e de frente, enquanto eu me inclinava contra ele. Pararam brevemente para ajeitar seu cabelo, deixando-o solto, depois amarrando-o novamente. A coisa toda parecia meio boba e frívola para mim, mas o que eu entendia sobre sessões de fotos? Não poderia dizer que não foi divertido. Na verdade, foi o contrário. Uma vez que deixei o nervosismo de lado, consegui me divertir muito.

Eles fizeram mais uma troca de roupa para James, mas fiquei de fora dessa vez. Não me importei com isso.

Vestiram-no com nada além de um calção esportivo de cós baixo e tênis de corrida. Não lhe deram meias, o que parecia bastante desconfortável, mas James tinha tornozelos sensuais, então, entendi o motivo.

Trançaram os pedaços mais longos do seu cabelo para trás, o que eu achei estranho, mas funcionou. Ele estava deslumbrante, como de costume.

Passaram pelas poses padrão, depois para algumas em movimento. Estas, eu assisti com fascínio renovado. Eles o fizeram saltar impressionantemente alto, fazer alguns abdominais e depois flexões. Tive que conter um pequeno sorriso quando o fizeram levantar peso.

Ele ficou mais expressivo para essas fotos, chegando a sorrir para a câmera em algumas delas. Quase não precisava de orientação, passando por todo o processo como imaginei que um modelo profissional faria.

Alguém me trouxe um sanduíche de peru, e eu agradeci. Comi-o inteiro, sem tirar os olhos de James nem por um segundo.

Eles fizeram algumas pausas para coisas que achei que eram passadas de óleo na parte de baixo extremamente desnecessárias. Ele tentou afastar as duas mulheres que começaram a tocá-lo, lançando-me um olhar muito desconfortável. Eu sabia interpretar aquele olhar muito bem. James estava preocupado que eu ficasse chateada com todas aquelas mãos tentando tocá-lo, e ele queria que isso parasse.

Elas finalmente cederam, mas ainda insistiram em ajeitar suas costas. Sua mandíbula estava cerrada, e ele parecia muito agitado quando terminaram. Assisti à cena sem uma única expressão no rosto, embora estivesse apenas um pouco aborrecida. Se eu tivesse alguma tendência a me enciumar com todos aqueles toques, sua reação teria me curado rapidamente. Ele estava muito mais chateado com a situação do que eu.

Ele se aproximou de mim para conversar durante um dos intervalos curtos, e uma das muitas assistentes se aproximou de nós, com um olhar tímido no rosto. Eu vi que ela estava segurando uma revista enrolada.

Desenrolou-a e estendeu para ele quando chegou perto, com uma caneta preta na outra mão.

— Desculpe incomodar, mas você se importaria de assinar isto aqui?

James pegou a revista sem hesitação, assinando a capa. Congelei quando a vi. Era uma foto dele e de Jules. Eu sabia, pelas roupas deles, que fora da noite em que fugi do apartamento de James. Ele reparou na minha expressão quando entregou a revista de volta para a garota.

— Muito obrigada — a moça murmurou, afastando-se rapidamente. Ela sabia que não deveria abusar da sorte.

— Você parece chateada — James disse calmamente, estudando-me. Dei de ombros suavemente, não querendo falar sobre o assunto, mas também não sabendo se deveria manter minha boca fechada.

— Naquela noite — comecei finalmente, quando ele continuou me observando. — Eu sei que você disse que não era um encontro, mas doeu vê-lo indo à festa com ela, depois de tudo que aconteceu.

Seus olhos se arregalaram.

— Não — ele disse suavemente. — Eu não fui. Não faria isso. Fui à festa de gala por trinta minutos, porque me senti obrigado, pela homenagem à minha mãe. Mas eu não estava feliz, e fui *sozinho*. Aquelas fotos eram típicas de Jules, obrigando-me a tirar uma foto para a imprensa. A única vez que falei com ela foi para mandar que me deixasse em paz. Eu juro, Bianca. Depois que vi como você se sentia, eu não teria feito isso.

Me senti zonza de alívio. Mal sabia o quanto isso estava me incomodando.

Já que estava me humilhando, porém, tive que esclarecer tudo.

— O colar que ela usava naquela noite... Foi presente seu?

Ele balançou sua cabeça.

— Nunca dei a ela uma joia sequer.

— Ela reparou na minha coleira e deu a entender que era parecida com a dela.

James corou. Sua mão gesticulou como se ele estivesse dando um tapa no ar.

— Ela está preocupada com minha vida pessoal e é uma *mentirosa*. Lamento que você tenha se incomodado com isso, mas ela estava te manipulando. Eu não dei o colar a ela.

Apenas balancei a cabeça para demonstrar que o tinha ouvido. A equipe já estava acenando de volta, chamando-o para as fotos.

— Você está bem? Tem alguma outra pergunta?

Balancei a cabeça novamente, olhando-o com firmeza para mostrar que estava bem.

Relutantemente, ele voltou para terminar o trabalho.

Ao final, dei-me conta de que a sessão de fotos inteira tinha durado quase quatro horas. Fiquei surpresa ao notar que horas eram quando chequei meu telefone.

James estava trocando de roupa quando vi que tinha perdido várias mensagens de Stephan.

Stephan: B, pode me ligar quando der?

Stephan: Estou voltando para o apartamento. Por favor, me avise quando estiver livre. Não quero ficar sozinho.

Um pequeno arrepio de medo percorreu minha espinha, e me senti imediatamente culpada por esquecer meu telefone de lado mais uma vez. Tentei ligar para ele cinco vezes seguidas, e meu coração disparou quando não atendeu.

Sua mensagem sobre não querer ficar sozinho realmente me preocupou. Ele não deveria ficar sozinho nunca, não enquanto eu ainda respirasse, porque era assim que funcionava conosco, mas, obviamente, ele estava só e sofrendo naquele momento, e eu precisava ir até ele.

Tentei mandar-lhe uma mensagem, embora soubesse que não fazia sentido, já que não estava nem atendendo ao telefone.

Bianca: Acabei de ver suas mensagens. Estou voltando para o apartamento o mais rápido possível. Por favor, me diga que você está bem.

James vinha andando na minha direção quando olhei para ele, por cima do meu celular. Deve ter percebido algo no meu rosto, porque mudou de sorridente para alarmado entre um passo e outro.

— O que houve? — perguntou baixinho quando se aproximou.

— É Stephan. Preciso voltar para o apartamento. Ele está chateado com alguma coisa e precisa de mim.

James assentiu, lançando um rápido olhar para um ponto atrás de mim. Segurou meu cotovelo e começou a me levar para fora do estúdio sem mais delongas.

— Espere, Sr. Cavendish — a diretora pediu. — Só falta a entrevista. Não levará mais do que trinta minutos.

Ele nem diminuiu a velocidade.

— Envie as perguntas por e-mail para mim. Temos alguns negócios urgentes para resolver — respondeu ele bruscamente.

Ela não protestou. Eu duvidava que muitos o fizessem quando ele usava o tom do Sr. Cavendish.

Ele se apressou em entrar no carro e seguir rapidamente de volta para o apartamento.

— Obrigada. — Minha voz estava muito baixa, sempre consciente das outras pessoas no carro. — Não consigo suportar a ideia de ele estar sozinho e chateado.

Ele assentiu e passou a mão pelo meu cabelo.

— Eu sei. Estaremos em casa em apenas alguns minutos. Você tem alguma ideia do que aconteceu?

Dei de ombros suavemente.

— Ele e Javier saíram com outros comissários de bordo. Era uma equipe de amigos de Javier, mas não de Stephan. Algo deve ter acontecido. Ele mencionou anteriormente que estavam sendo abertamente hostis. Eu deveria ter ido encontrá-lo. Sinto-me mal.

— Ele pediu para ir?

— Não, mas...

— Ele pediu sua ajuda agora?

— Sim, mas isso foi há quase uma hora...

— Pare de se culpar. Você sabe que Stephan não faria isso. Estamos indo encontrá-lo agora, e tudo ficará bem.

R.K. Lilley

12
Sr. Compreensivo

Corri para o apartamento no segundo em que o elevador se abriu, indo em direção ao quarto onde os rapazes estavam acomodados. James era uma presença silenciosa, mantendo o ritmo sempre às minhas costas.

Eu só sabia que estava indo na direção certa pela voz alterada que ecoava pelo longo corredor. Comecei a correr.

Javier estava gritando, com uma voz severa e irritada. Era tão pouco característico dele que parei diante da porta aberta do quarto.

— *Vamos* falar sobre isso agora — disse Javier com uma voz amedrontadora. Ele estava de pé diretamente na frente de Stephan, perto o suficiente para gritar em seu rosto. Seu tom e seu comportamento instantaneamente despertaram meu pior humor, mas não foi isso que me fez perder a cabeça.

Stephan permanecia com os braços cruzados, olhando para o chão, com uma postura derrotada. Ele estava evitando o confronto, perdendo-se naquele lugar obscuro dentro da sua mente, onde as lembranças dos abusos e o abandono da sua família estavam. Eu sabia só de olhar que algo horrível tinha acontecido entre os dois, algo tão ruim que Stephan tinha entrado em transe, e tudo o que Javier estava dizendo fazia com que ele fosse mais e mais longe, para dentro daquele lugar sombrio. Foi *isso* que me fez perder a cabeça.

Comecei a me aproximar de Stephan antes que meu cérebro pudesse processar completamente o que estava acontecendo, como se meu corpo soubesse o que fazer antes da minha mente. Coloquei-me entre os dois homens e abracei Stephan, enterrando o rosto em seu peito, meus braços envolvendo suas costelas.

Ele ofegou como se estivesse prendendo a respiração, abraçando-me de volta. Essas foram suas únicas reações. Seu rosto e postura não mudaram além disso. Eu sabia que era um mau sinal.

Virei meu rosto apenas o suficiente para encarar Javier.

— Você precisa dar a ele um pouco de espaço. *Agora*.

Javier apontou para mim, ficando visivelmente mais furioso.

— *Este* é o problema com vocês dois. Como diabos alguém poderia se aproximar de qualquer um de vocês, ter algum tipo de relacionamento, se só se preocupam um com o outro, apenas confiam um no outro?

Javier tinha um gênio raro, mas memorável. Era um cara doce e tranquilo em noventa e nove por cento do tempo. Sempre era gentil e amável, talvez legal demais para o meu gosto. Mas esse outro um por cento era um furacão emocional. Eu sabia, desde seu rompimento anterior, que, quando ele ficava assim, era capaz de dizer coisas horríveis, lançar ultimatos e dificultar diálogos. Eu podia entendê-lo. Compreendia esta disfunção muito bem, mas estava ferindo Stephan mais uma vez, o que, para mim, era um grande problema.

Apontei de volta para ele.

— Eu disse para dar a ele um pouco de espaço. — Seu lábio superior tremeu. Ele segurou o cabelo com as duas mãos, como se quisesse arrancá-lo. Eu não saberia dizer se era raiva ou dor que o fazia agir assim, mas eu sinceramente não me importava naquele momento. A prioridade era Stephan, sempre.

— Ele não precisa de espaço! Ele precisa falar comigo, em vez de correr para você toda vez que está chateado!

Comecei a me mover na direção de Javier, mas não sabia o motivo. Empurrá-lo do quarto? Esbofeteá-lo? Eu sinceramente não sabia dizer, mas isso não importava. Stephan me impediu, segurando-me perto de si.

— Deixe-a fora disso, Javier — disse Stephan, sua voz sem nenhuma emoção e calma. Eu odiava esse tom, porque sabia que escondia uma dor profunda.

— Não, *você* a deixe fora disso — gritou Javier de volta.

— Vá, Javier. Não tenho nada a falar para você agora, nem quero ouvir o que você tem a dizer. Agora nos deixe em paz — pediu Stephan, ainda naquele tom assustadoramente morto.

Javier mostrou-se visivelmente derrotado, se virou e foi embora.

Distraidamente, notei que James o seguiu, fechando a porta suavemente ao sair.

Stephan me puxou para um sofá baixo, fazendo-me sentar em seu colo. Agarrei-o com tanta firmeza quanto ele me agarrava. Se precisava de conforto, era isso que eu também precisava lhe dar. Se ele estava sofrendo, eu sofria com ele. Nunca fomos capazes de manter qualquer nível de distanciamento do sofrimento do outro, e não era agora que iríamos fazer isso. Eu deslizava minhas mãos pelo seu cabelo ondulado e macio, sem falar, apenas confortando e esperando. Se ele precisasse me dizer alguma coisa, ele diria. Eu não iria me intrometer.

Ficamos abraçados assim por um longo tempo, meu rosto enterrado em seu pescoço, o dele, no meu cabelo, antes de ele sussurrar no meu ouvido.

— Eu disse a ele que o amava ontem.

Tentei não ficar tensa e continuar confortando-o, relaxando-o, esperando que continuasse, mas imaginei que ele não teria boas notícias depois disso. O *eu te amo*, obviamente, não fora recebido com uma resposta positiva.

— Ele me disse que precisava de mais tempo para conhecer seus sentimentos, que eu estava indo rápido demais. Disse que não tinha certeza se poderia confiar em mim ainda, com nossa história e tudo o mais. Tentei não me machucar com isso, apesar de parecer uma rejeição.

Ele não falou por um tempo, e continuei acariciando seus cabelos e esfregando suas costas.

— Eu acho que levei muito bem. Poderia dar tempo a ele. Nós temos tempo, não temos? Talvez eu estivesse apressando as coisas. Mas fomos para o bar do Melvin. Não foi ideia minha, mas não imaginei que haveria problema. E não houve. Pelo menos, não da parte do Melvin, que foi completamente civilizado e amigável, até. Javier foi a exceção no clima amistoso. Ele me perguntou se eu tinha saído com Melvin. Eu disse que sim, por pouco tempo, e ele começou a agir com ciúmes. Eu fui ao banheiro e, quando voltei, encontrei Javier preso à parede, sendo beijado por Vance. Ele não estava nem tentando se desvencilhar. Eu fui embora, e Javier me seguiu até aqui.

"*Ele* estava com raiva de *mim*. Teve a coragem de virar a culpa para mim, disse que eu estava exagerando. *Odeio isso*. Simplesmente não consigo aguentar esse tipo de coisa, o ciúme e a deslealdade. Prefiro ficar sozinho a lidar com tudo isso.

"Não posso obrigá-lo a me amar", ele continuou, um tremor terrível em sua voz. Meus dutos lacrimais responderam de imediato, produzindo uma lágrima temida, como se um botão tivesse sido acionado. "Já estive nesta estrada. Antes de te conhecer, isso era tudo que eu conhecia. Fiz o que pude para fazer a minha família me amar, mas, no final, eles disseram que eu era tóxico e inábil, que eu era escória. Não vou fazer isso de novo, não vou ser aquele garoto patético que não conseguia fazer alguém amá-lo, nem mesmo por Javier.

— Ah, Stephan — sussurrei, chorando como um bebê, porque ele estava chorando também, e porque não havia distância entre sua dor e o meu coração. — Você é a pessoa mais bonita que já conheci. Não há nada feio dentro de você, nada de ruim. Se ele não pode te amar, se ainda não te ama, ele talvez não seja digno do seu amor. Você não precisa tentar fazer alguém te amar. É a pessoa mais amável que eu conheço.

— Eu não sou, Bi. Minha própria família me jogou fora. Deve haver algo de errado comigo. Eles não jogaram as outras crianças fora. Fui só eu, e tentei o meu melhor. — Ele estava chorando muito, mal conseguindo terminar. Mas eu estava bem ali com ele. Nós nos abraçamos e choramos como bebês. Atualmente, as lágrimas pareciam fluir com mais liberdade. Os garotos de rua estoicos e durões que fomos um dia teriam ficado envergonhados.

— Eu te amo tanto — disse baixinho em seu ouvido quando as lágrimas finalmente pararam. — Não teria sobrevivido sem você. Você me salvou de muitas maneiras. Ainda salva, todos os dias. Não tenho certeza se eu seria capaz de amar outra pessoa se você não tivesse aparecido. Estava tão entorpecida por dentro, tão resignada a apenas ver minha vida se desenrolar em um episódio horrível após o outro, até que um desses episódios finalmente acabou comigo, definitivamente.

Ele choramingou, apertando-me com tanta força que tive que parar por um momento.

— Você me salvou de tantas coisas horríveis — continuei. — Você me impediu de ter que fazer escolhas difíceis que uma garota teria que fazer ao viver na rua. Você era um adolescente, mas me proveu e me amou mais do que alguns pais fazem pelos próprios filhos.

— Oh, Bi — ele sussurrou.

— Nós nos conhecemos na sarjeta — prossegui —, mas, mesmo lá, você brilhou como uma luz no escuro para mim. Você era a única coisa boa na minha vida, e era *tão* bom para mim, que eu achei que tudo havia sido compensado. Todo o mal foi equilibrado porque eu ganhei você. Mesmo cansada, abusada e morta por dentro, eu vi isso claramente. Se Javier não consegue ver, acredite, ele não é digno do seu amor.

Ele beijou minha testa.

Nós não costumávamos conversar sobre isso, então, quando eu começava, era difícil parar.

— Eu nunca conheci sua família, mas posso dizer que você é o melhor deles, não o pior. Eles jogaram você fora — eu disse, e ele soltou um leve gemido. Ouvir isso me matou, assim como saber que as lembranças ainda o machucavam tanto, ainda o afetavam muito. — Eles jogaram você fora, mas isso não diz nada sobre você e tudo sobre eles. Você nunca jogaria alguém fora, nunca daria as costas a alguém que precisasse de você.

Assim que terminei de falar, fiquei em silêncio. Ele me abraçou por um longo tempo, enterrando o rosto no meu cabelo.

— Amo você, Princesinha. Você é a minha rocha. O melhor que já me aconteceu — sussurrou.

Fechei os olhos, sentindo-me não merecedora daquelas palavras, mas saboreando-as do mesmo jeito.

Não percebi que tinha cochilado até que vozes baixas me acordaram. O peito de Stephan era meu travesseiro. Ele falava com alguém atrás de mim, enquanto acariciava meu cabelo.

— Você precisa entender quão orgulhosa ela é, se quiser mesmo mantê-la com você. É um tipo resiliente de orgulho. Ela tinha apenas uma calça jeans e três blusas no Ensino Médio, mas ninguém suspeitaria que era uma sem-teto, pela forma como ela se portava. E isso é só um detalhe, um detalhe pequeno e superficial do todo. É muito mais profundo. É o tipo de orgulho que impede que uma pessoa diga como se sente, sob o risco de ser rejeitada. Entende?

Ouvi um profundo murmúrio atrás de mim e soube que era James.

Oh, Stephan, pensei.

Ele estava tentando nos unir, tentando aproximar duas almas teimosas; duas pessoas que ele temia que não conseguissem se entender sozinhas.

Senti um peso no sofá ao nosso lado, e uma mão descansou no meu quadril com um toque suave.

— Eu entendo — disse James em voz baixa.

Não consegui interpretar seu tom de voz.

— Você está bem, Stephan? — perguntou ele.

Senti Stephan assentir.

— Estou melhor. Desabafei, coloquei tudo para fora e realmente ajudou.

— Você está disposto a conversar com Javier hoje à noite? Eu o coloquei em outro quarto, mas ele pediu para falar com você assim que possível. Jura que não vai mais gritar, que será civilizado.

Senti Stephan assentir novamente.

— Sim. Estou pronto para conversar. Você vai acordá-la?

— Vou carregá-la para o nosso quarto.

Senti Stephan beijar minha cabeça e então James me ajeitou em seus braços. Deixei-o dar alguns passos antes de esfregar a bochecha em seu peito.

— Eu posso andar — informei a ele, com a voz sonolenta.

— E eu posso carregá-la — disse ele, segurando-me com mais força. E ele fez isso, levando-me para cima e me deitando na nossa cama. Deixei-o me despir sem uma única palavra, apenas observando-o. Não conseguia interpretar seu humor. Será que estava chateado? A noite não estava saindo como o planejando.

Ele tirou as próprias roupas, acomodando-se na cama ao meu lado. Eu estava deitada de costas, e ele deitou ao meu lado, uma mão sob sua cabeça, e a outra sobre minha barriga com um toque suave.

Era um tipo pacífico de impasse. Nós nos deitamos, observamos e esperamos que o outro falasse. Achei que estava pronta para a conversa.

Mas James manifestou-se primeiro.

— Ouvi sua conversa com Stephan — disse ele finalmente.

Eu não fiquei surpresa, por isso, não reagi.

— Por quê? — Foi tudo que perguntei.

— Levei Javier até o quarto mais distante do de Stephan, no final do corredor, e, quando voltei, ouvi você soluçando. Não consegui me afastar. Não consigo ouvi-la chorando daquela forma e simplesmente deixar para lá. É bom que saiba disso logo agora.

Eu já sabia. Mas apenas balancei a cabeça para que ele continuasse.

— Fiquei sentado do lado de fora e escutei. Tentei te dar espaço, mas foi o máximo que pude fazer. Deixe-me começar dizendo que sou grato por Stephan. Sinto que tenho uma dívida com ele, uma que nunca poderei pagar, por cuidar de você, por mantê-la segura, de corpo *e* alma, antes de nos conhecermos. Ele é parte de você. Eu vejo isso. Mas Javier estava certo, de alguma forma.

Abri a boca para falar.

Ele apenas cobriu-a com a mão.

— Deixe-me terminar. Ele estava certo em dizer que, toda vez que vocês ficam chateados com alguma coisa, não podem correr um para o outro. Vocês *podem* depender de outras pessoas. Deixar que alguém diferente de Stephan passe a protegê-la não diminui o que tem com ele ou o que vocês têm um com o outro. O amor que sentem um pelo outro é uma coisa linda, mas não deveria ser algo tão egoísta. Vocês transformaram esse amor em uma barreira que mantém todo mundo do lado de fora, e isso é uma pena, porque vocês têm muito mais a dar do que isso.

"Estamos descobrindo juntos que os relacionamentos podem ser complicados. O que temos pode ser difícil, às vezes. Mas, se você se afastar de mim, se correr para Stephan toda vez que tivermos um problema, onde vamos parar? Onde Javier e Stephan vão parar? Você precisa abrir espaço em seu coração para mais alguém além de Stephan."

Não respondi. Não sabia o que dizer, porque ele estava tão certo quanto errado. Stephan e eu dependíamos um do outro e excluíamos o resto do mundo. Isso nos serviu muito bem por tanto tempo que era difícil quebrar o hábito. Impossível, na verdade. Mas ele estava errado sobre o resto. Eu, claramente, tinha aberto espaço em meu coração para mais alguém.

James baixou a cabeça lentamente em direção ao meu peito, dando um leve beijo sobre o meu coração. Olhou para mim através dos fios dourados do seu cabelo, mantendo a cabeça baixa.

— Você precisa abrir espaço aqui para mim — disse baixinho, dando outro beijo suave bem ali.

Agarrei seu cabelo em meus punhos, buscando desesperadamente palavras para dizer a ele.

Ele se afastou do meu toque.

— Isso era tudo que eu queria dizer.

Não consegui falar nada por conta do nó na minha garganta.

13
Stephan

STEPHAN

Tomei um longo banho e pus um short de corrida preto, sem me importar em vestir uma camiseta. Pensei em sair para uma boa corrida para clarear a mente. Poderia chegar ao Central Park em minutos. Adorava correr lá. Era noite, e eu sabia que não seria a coisa mais segura a fazer, mas, diabos, eu adoraria entrar em alguma encrenca. Teria desfrutado de uma boa briga, mesmo sabendo que me odiaria depois da violência. Mesmo quando a violência era autodefesa, eu me odiava por isso.

Estava em pé de frente para a porta do armário, com meus tênis de corrida nas mãos, quando Javier entrou no quarto.

Eu planejava ir até ele, sabia que precisávamos conversar, mas estava adiando. Uma conversa que provavelmente terminaria em um rompimento não era algo que eu desejava apressar.

Ele olhou para mim, com algo cru e feroz se manifestando em seus olhos escuros. Eu poderia dizer que ele havia chorado, mas isso não modificava em nada sua beleza.

— Sei que vai terminar comigo — ele disse baixinho, sua voz trêmula. — Eu te conheço bem o suficiente para ver que você está apenas tomando coragem. Só peço uma coisa antes de você fazer isso.

Olhei para os meus pés, sentindo o cabelo ainda molhado tocar meu rosto.

— O quê?

— Só quero que você se sente e me escute. E olhe para mim enquanto falo. Se você se importa comigo, vai me dar pelo menos essa chance antes de me dispensar.

Caminhei para o sofá do outro lado do quarto, sentei-me e finalmente olhei para ele com firmeza.

— Vá em frente — eu disse calmamente. Ele se virou para mim. Seu queixo demonstrava uma inclinação orgulhosa, como sempre. Bianca o achava um pouco frio, mas eu nunca o vi assim. Na verdade, ele me lembrava muito da Bianca, tão composto, tão controlado, tão misterioso para um observador casual. Mas nada entre Javier e mim fora casual, então, eu não comprava aquela teoria nem por um segundo. Ele era reservado, sim, mas nunca frio.

Ele se ajoelhou aos meus pés.

— Posso tocar em você? — Seus olhos estavam mais abertos e mais crus do que nunca.

Era difícil dizer não quando ele olhava para mim daquela forma, mas me recusei a ser tão autodestrutivo, então, balancei a cabeça.

— Não.

Seu lábio estremeceu, e isso quase destruiu a minha determinação. Fiz um esforço para não desviar o olhar.

Javier estava de joelhos e se aproximou de mim o máximo que pôde sem realmente me tocar. Ele vestia uma camiseta preta muito justa, e sua barriga malhada estava apenas a um sopro de distância dos meus joelhos. Tentei não deixar que isso me distraísse.

— Sei o que está pensando — disse Javier. — Você acha que eu gosto de drama. Acha que fiquei com ciúmes do barman e tentei dar o troco. Admito que já fui esse cara um dia. Já tive esse tipo de relacionamento dramático antes, mas não sou mais assim. Isso era o que eu tinha com Vance, na verdade.

Cerrei minha mandíbula bem forte, mas deixei que continuasse sem dizer nada, apenas olhando para ele.

— Essa besteira de viver em busca de drama é o tipo de coisa que você faz quando *não* está apaixonado, quando não se importa com o seu relacionamento, e não é isso que temos, Stephan. Nós somos de verdade. Eu não faria isso com você, *nunca*. Admito que fiquei com ciúmes de Melvin e que fui infantil, mas não iria retaliar traindo você. Eu não jogaria o que temos fora por uma *besteira*.

Seu queixo finalmente abaixou enquanto ele falava, mas Javier não desviou os olhos de mim. Fitava-me com aqueles lindos olhos escuros através do conjunto mais grosso de cílios que já vi.

Eu queria acreditar em suas palavras, nada me teria feito mais feliz, mas novamente me recusei a ser autodestrutivo. Tinha me esforçado muito para começar a me valorizar e não queria que isso mudasse.

— Você não pode distorcer o que eu vi, Javier. Vance estava em cima de você, e você não estava se desvencilhando. Não estava nem *tentando* se afastar. — Esforcei-me para não levantar a voz, mas foi difícil.

Ele colocou a mão no meu joelho, como se fosse involuntário, como se não pudesse evitar me tocar.

Eu o impedi.

— Não — protestei, com uma voz baixa e cruel.

Tentei não me sensibilizar quando uma lágrima solitária deslizou por seu rosto.

— Para explicar o que você viu, eu preciso explicar um pouco do que Vance e eu tínhamos quando estávamos juntos. — Ele engoliu em seco, e observei sua garganta se mover. Obriguei-me a olhar de volta para seus olhos. — Nós éramos tóxicos — disse ele. — Éramos aquele casal dramático. Era a única coisa que tínhamos. Ele era obcecado por mim, e eu era imaturo o suficiente para pensar que isso era suficiente para fazer um relacionamento funcionar. Ele acariciava meu ego, eu o deixava louco; e ele *gostava* de ficar louco. Sempre queria uma reação minha. Se essa reação fosse boa ou ruim, ele não se importava. Ele dizia ou fazia algo horrível, eu reagia, e ele adorava. Chegou ao ponto em que poderíamos ter sido a mesma pessoa, no que diz respeito ao relacionamento. Fizemos e dissemos coisas dolorosas, e não nos amávamos. Esse é o sentimento mais vazio, saber que você seria capaz de machucar alguém só para sentir *alguma coisa*. Não tenho orgulho disso, mas fui essa pessoa. Eu *não* sou essa pessoa agora.

Javier colocou a mão de volta no meu joelho, e eu não o afastei, mesmo achando que deveria fazê-lo. Ele se aproximou, enfiando os quadris por entre meus joelhos até que eles se separaram o suficiente para deixá-lo se aproximar. Pude ver sua outra mão tremendo ao tocar o meu peito.

Mantive minhas mãos afastadas, mas deixei que me tocasse.

— Vance ainda é essa pessoa. Ele ainda é obcecado por mim, obcecado com o que tínhamos, embora tenhamos terminado há mais de três anos. Ele tenta todas as manobras possíveis, querendo uma reação minha. Aprendi há muito tempo que a melhor coisa a fazer é não reagir. Não dar nada a ele.

Nem mesmo tentar me desvencilhar...

Ele se aproximou lentamente, dando-me todas as oportunidades de dizer que não. Moveu-se até que conseguiu encostar o rosto em meu peito. Minha respiração ficou irregular.

— Ele me beijou para obter uma reação. Queria que eu lutasse com ele, que batesse nele, que o mordesse, qualquer coisa. Então eu não lhe dei nada. Esperei passivamente que terminasse, para que percebesse que eu não me importava nem mesmo para reagir.

Agarrei seu cabelo preto e grosso em minhas mãos, puxando seu rosto para trás até que ele estivesse olhando diretamente nos meus olhos.

— Você está dizendo que ele te agrediu? Que já fez isso antes? Colocou as mãos em você, sabendo que você não queria que ele te tocasse?

Aqueles olhos escuros e misteriosos se abriram, demonstrando um pouco de pânico. Ele se aproximou, pousando as mãos em meus ombros suavemente.

— Sim — ele finalmente respondeu.

Fiquei duro como uma tábua, sentindo minha mente tornar-se um pouco nebulosa e vermelha de raiva.

— Não faça nada precipitado, Stephan — ele implorou. — Não vale a pena.

Uma imagem de Vance surgiu em minha mente; uma imagem muito clara de mim socando seu rosto. Eu o destruiria em um confronto físico. Não havia dúvidas. Ele era um pouco baixo, um pouco magro, com um rosto bonito que eu não teria problemas em desfigurar.

— Por que você ainda sai com ele? Por que nos encontramos com ele, se ele age assim?

— Eu sou muito amigo de todos os amigos dele. Sou próximo de todo mundo dessa equipe, e ele jurou que não iria mais me pressionar. E com você lá, achei que não seria capaz. Não imaginei que tentaria algo no exato segundo em que você se afastou. Imaginei que, se ele fizesse alguma coisa, você me defenderia. Eu não sou um lutador.

Meus olhos se arregalaram de horror.

— Você está dizendo que ele te agrediu, eu vi, e então eu fui embora? Foi isso que aconteceu lá?

Tentei ficar de pé, mas ele se agarrou a mim com força.

— Não é nada de mais — ele disse muito suavemente. — Só não termine comigo por causa de um mal-entendido. Por favor. Estou implorando, Stephan.

— Você não acha que é grande coisa que alguém te assedie na minha frente, e eu simplesmente me afaste?

Ele encostou o rosto no meu peito, e eu engoli em seco.

— Vance não me incomoda. Esta foi sua última chance de ser civilizado, e ele estragou tudo. Vou ficar longe, muito longe dele. A única coisa que ele poderia fazer para me machucar é me roubar você. Eu te amo. Sei que disse que precisava de tempo, mas foi uma *grande mentira*. Eu me apaixonei por você há mais de um ano, e esses sentimentos nunca desapareceram, não para mim. Só estava tentando proteger meu coração quando lhe disse que precisava de mais tempo. Mas te amo desde o início.

Eu não era do tipo que analisava algo bom à exaustão. Avaliei seu rosto e me apaixonei mais uma vez. Eu acreditava nele e o amava, e isso era suficiente para mim.

Passei as mãos pelo seu cabelo preto como breu, enrolando-o em meus punhos para aproximar seu rosto. Beijei-o com força, e ele se derreteu contra mim. Encostou seu peito no meu, esfregando-se.

Afastei-me.

— Nada mais de drama. Não suporto essas coisas. E se eu vir o Vance de novo, vou enfiar a porrada nele. Você pode até avisá-lo, se quiser, mas é o que vai acontecer.

Ele apenas balançou a cabeça, abrindo um pequeno sorriso. Aquele sorriso era um problema. Um bom problema. Mantive minhas mãos agarradas em seu cabelo aveludado quando ele começou a beijar meu peito. Minha cabeça caiu para trás enquanto ele movia a boca perversa para baixo com um propósito. As coisas que Javier poderia fazer com aquela boca inundaram minha mente. Ele tinha um talento raro e requintado. Tirou meu short, e eu deixei que fizesse sua mágica.

Um bom boquete, muitas vezes, envolvia tanto as mãos quanto a boca, mas não com Javier. Ele me chupava tão forte e tão profundamente que me esqueci de onde estava: gozei tão rápido que teria me envergonhado se estivéssemos fazendo qualquer outra coisa que não fosse sexo oral. Ele manteve meu pênis no fundo da garganta enquanto eu gozava, usando suas mãos para acariciar todas as partes do meu corpo que conseguisse alcançar.

Eu o ergui na direção da minha boca para beijá-lo longamente. Levantei-me, levando-o para a cama ainda segurando seu cabelo firmemente. Eu o prendi de barriga para baixo, deitado de costas. Beijei seu pescoço e o senti estremecer.

Eu não pretendia terminar tão cedo, longe disso, mas fiquei abraçado a ele por um longo tempo, deixando sua expectativa crescer e passando-lhe conforto. Javier adorava ser abraçado, e eu adorava abraçá-lo. Encostei o rosto em seu pescoço, arqueando a parte de baixo das minhas costas.

— Você contou a Bianca o que aconteceu com Vance? — finalmente perguntou.

Fiquei um pouco surpreso por ele estar pensando nisso naquele momento, mas respondi.

— Sim. Eu conto tudo a ela.

Ele fez um pequeno som de angústia.

— Ela vai me odiar agora. Mesmo se você contar a história completa, ela nunca vai confiar em mim, e, se Bianca me odiar, nunca teremos uma chance. Sei como é. Ela é a pessoa mais importante da sua vida e, se ficar contra nós, não daremos certo.

Suspirei.

— Você não conhece a Bianca. Ela nunca faria isso. Nunca ficaria contra nós, pois seria o mesmo que ficar contra mim, e ela não é assim. Está sempre ao meu lado sem reservas e respeita o meu julgamento. Se eu disser que confio em você, será apenas isso. Ela cuida de mim, sem exceções. Fomos parceiros em coisas muito ruins para que funcione de outra maneira.

— Espero que você esteja certo, porque...

Mordi o tendão entre seu pescoço e o ombro com força suficiente para fazê-lo gemer.

— O que você estava dizendo? — perguntei com um sorriso.

— Esqueci — ele arfou.

Comecei a retirar suas roupas e abri um sorriso malicioso.

— Foi o que pensei.

14
Sr. Perfeito

BIANCA

James se levantou, caminhando em direção ao armário, e voltou usando uma boxer.

— Não se mova — ele me disse. — Preciso pegar uma coisa muito rápido.

Eu não disse nada, e ele olhou para mim e apontou, com sua boca curvada em um sorriso quase brincalhão.

— Estou falando sério. Não se mova.

Com isso, ele saiu.

— Doido desgraçado — murmurei alto o suficiente para ele ouvir, mas não me mexi. Eu o ouvi rir enquanto caminhava pelo corredor e soltei uma risada quando ele retornou ao quarto. O cachecol bege macio da sessão de fotos estava em volta do seu pescoço. Ele sorriu de forma travessa, e fiquei molhada só com esse olhar.

Ele despiu a cueca e voltou para a cama, dando-me apenas um flash da sua pele dourada nua. Não consegui desviar o olhar. Ele montou em mim, tirando o cachecol do seu pescoço lentamente, provocando-me. Levou uma eternidade, porque o tecido era muito longo.

Eu o observei, sentindo-me cativada. Era como receber um depravado strip-tease de um deus glorioso.

— Você é a coisa mais linda do planeta, James.

De soslaio, vi sua ereção se contrair, e ele fechou os olhos por um longo momento. Não havia como negar que ele era suscetível a bajulações, mas não foi por esse motivo que eu disse isso. Falei, porque era o mesmo que olhar diretamente para o sol e não comentar que se tratava de algo brilhante e capaz de me cegar.

Assim que ele se livrou do cachecol, cobriu meus olhos com ele, envolvendo-o duas vezes ao redor da minha cabeça. Levantou meus braços acima da minha cabeça, esticando-os bastante, enquanto seu pênis duro se esfregava ao longo do meu torso. Seu membro foi empurrado com força contra meu esterno quando ele envolveu o cachecol em volta dos meus braços. Eu suspirei.

Ele envolveu o comprimento suave em meus pulsos até chegar aos cotovelos. Prendeu-o firme, mas não apertado. Quando estava bem seguro, envolveu minha clavícula e até mesmo minhas axilas. Ele mal precisou me movimentar para envolver o cachecol duas vezes antes de descer até meus seios e costelas. Continuou a envolvê-lo com movimentos suaves e certeiros, de alguma forma conseguindo colocá-lo sob o meu corpo mesmo sem mal me mover. Enrolou-o em volta da minha cintura, trazendo-o de volta até os meus olhos e braços, amarrando-os juntos.

Ele me tinha muito bem presa quando se afastou, afastando meus quadris.

James disse apenas três palavras antes de começar a trabalhar no meu corpo com a boca.

— Tente se soltar.

Testei as restrições hesitantemente no início, não imaginando que o cachecol representaria um verdadeiro desafio. Era tão macio, tão elástico, mas aquele homem sabia o que estava fazendo. Sempre.

Engoli em seco quando ele traçou um caminho pelo umbigo até a parte interna das minhas coxas com a língua. Ele chupou um ponto sensível enquanto eu lutava contra o cachecol, não fazendo nenhum progresso, apenas movendo aquela coisa perversa contra o meu corpo deliciosamente enquanto ele fazia coisas ainda mais deliciosas lá embaixo. Continuou a usar a boca inteligente desde a minha virilha até um ponto sensível atrás do meu joelho, e de volta novamente. Lutei muito, porque era bom fazer isso, eu não podia acreditar que o simples cachecol conseguiria me segurar com tanta força e porque eu queria ter as mãos livres para empurrar aquela boca provocante até onde eu precisava que ela estivesse.

Eu só conseguia me deixar ainda mais presa, e James começou a mover a língua exatamente para onde eu queria.

Parei de lutar quando ele finalmente enterrou o rosto entre as minhas pernas, empurrando a língua para dentro de mim antes de lamber meu clitóris.

Ele ergueu a cabeça quando parei de me mexer.

— Continue tentando se soltar. — Eu não conseguia ver nada, mas podia ouvir o sorriso malicioso em sua voz.

Ele mergulhou dois dedos rígidos dentro de mim, uma, duas vezes, e gozei em um segundo. Ele beijava meu corpo, afastando o tecido que cobria o bico de um seio. Chupou meu mamilo enquanto me penetrava. Ofeguei e lutei com mais força contra as amarras macias.

Estava deslizando seu pênis para fora de mim, atingindo todos os meus nervos mais perfeitos, quando tirou a venda dos meus olhos. O resto do meu corpo permaneceu preso enquanto ele enfiava os cotovelos no colchão nas laterais dos meus seios e investia em mim de novo e de novo. Seus olhos me mostravam que era o amante terno quem comandava aquele ato, embora o sorriso cálido em sua voz, enquanto ele me torturava, lançasse-me um aviso.

— Diga, Bianca — pediu, sua voz mais gentil do que exigente. Ainda assim, eu sabia que era uma ordem.

— Eu sou sua, James — respondi suavemente. Suas pálpebras se agitaram brevemente quando ele começou a gozar. Chegou ao fundo com o gemido mais sexy do mundo, e eu gozei.

— Uma foda com caxemira — ele me disse com um sorriso quando recuperamos o fôlego.

Eu ri.

— Então é assim que se chama? Bom saber.

Ele me desamarrou lentamente, passando o cachecol ao longo do meu corpo enquanto isso. Esfreguei-me contra ele, sempre desejando seu toque, mesmo enquanto meus olhos se fechavam, e eu caía em um sono pesado.

Tive aquele mesmo sonho novamente e acordei pulando da cama no escuro, desorientada e assustada. Braços musculosos e familiares me pegaram quase imediatamente, levantando-me do chão e me carregando até o banheiro. Tive que fechar os olhos quando a luz inundou o ambiente.

Já estávamos nus, então, ele apenas entrou na enorme banheira, sem me soltar, mesmo enquanto ligava a água e recostava-se contra a borda. Virei-me para ele, envolvendo os braços em volta do seu pescoço, agarrando-me o mais forte que pude. Seus braços me acalmaram, acariciando minhas costas, lavando-me e confortando-me, dizendo que tudo ficaria bem com sussurros suaves.

— Eu não aguento. Sei que é um sonho, mas parece tão real — sussurrei. Não desmoronei, não chorei desta vez, embora o sonho tenha me abalado tanto quanto antes. Mais ainda.

— Shhh, amor. Apenas respire. As memórias vão desaparecer. Lembranças de pesadelos sempre desaparecem.

Ele disse isso como alguém bem familiarizado com pesadelos. Não fiquei surpresa.

Levantei a cabeça para olhá-lo. James acariciava meu cabelo, fitando meus olhos diretamente. Ele podia se comunicar comigo usando apenas aqueles olhos delicados e sombrios.

Engoli em seco. O medo residual do sonho ainda me assombrava. Pensar em perdê-lo me deixava aflita, vazia, e me enchia de um desespero mais sombrio do que qualquer outra coisa que eu já tinha conhecido, e pensamentos sombrios não eram algo estranho para mim.

Recuei o suficiente para subir em seu corpo, montando seus quadris dentro da água que subia. Passei um dedo por aquela sobrancelha lisa, pela cavidade em sua bochecha, o nariz perfeitamente reto, aqueles belos lábios e depois pela mandíbula cerrada.

Segurei seu rosto, observando-o com firmeza. Ele pressionou suas mãos sobre as minhas, lançando-me um olhar tão amoroso que eu derreti.

— Pensar em perder você me deixa desesperada — eu disse, aproximando nossos rostos. Meus olhos estavam firmes quando tomei coragem: — Eu amo você, James — falei, minha voz soando apenas como um sussurro. — Muito.

Seus olhos se fecharam por apenas um instante, e ele respirou fundo. Quando os abriu novamente, havia um alívio tão cru neles que me fez estremecer.

— Obrigado — ele disse asperamente. — Estive esperando e desejando isso por muito tempo.

Ele deslizou as mãos pelo meu cabelo, observando-me, enquanto seus olhos atingiam aquela expressão suave e amorosa pela qual eu comecei a ansiar e depender tão rapidamente.

James ficou em silêncio por tanto tempo, apenas me observando e me tocando, que eu perdi nosso impasse silencioso.

— Você... me ama? — perguntei, com o peito doendo.

— Esta é uma pergunta boba — respondeu, acariciando meu rosto.

— Uma pergunta desnecessária. Nunca fiz segredo dos meus sentimentos, Bianca. Sei que você é cética, mas deve ter percebido que me apaixonei por você imediatamente.

Inclinei meu rosto em direção à sua mão.

— Por que nunca disse as palavras, então?

Ele mordeu o lábio.

Assisti suas reações vulneráveis com muita atenção.

— Eu queria que você dissesse primeiro. Não por orgulho, e não por ego, mas pelo meu coração. Não falei essas palavras para ninguém desde que meus pais morreram, e não queria que a primeira vez fosse recebida com uma rejeição. Temia que você se assustasse e fugisse novamente. Preferi dar-lhe tempo ao invés de partir meu coração. Você consegue entender isso?

Balancei a cabeça, sentindo-me esmagada pelo peso do meu próprio ceticismo. Odiava o que meu passado nos causara, o que poderia fazer no futuro, toda a dor que lhe infligi, porque não havia cura para todos os meus problemas. Um dos grande se manifestou naquele momento, enquanto eu refletia.

— Mas por quê? — Minha voz soou muito mais fraca do que eu gostaria. — Isso é o que eu não entendo.

Suas sobrancelhas se ergueram, e ele me lançou um olhar genuinamente perplexo.

— Por que o quê?

— Por que você me ama?

Seus olhos ficaram tão suaves, mudando em um instante de uma expressão de confusão para aquele olhar incrivelmente terno que me derretia todas as vezes.

— Você quer que eu explique para você? — perguntou sucintamente.

Assenti.

Ele passou o dedo pela minha testa.

— Eu posso fazer isso. Adoraria, na verdade. Você é meu assunto favorito, amor. Vou começar com seus olhos. Eu me apaixonei por eles primeiro. Seu olhar foi como um soco no meu estômago. Você tem esses olhos maduros em um rosto muito jovem. Logo soube que você tinha visto coisas ruins, vivido coisas ruins, e, desde o começo, soube que você entendia o que era dor. Entendia a solidão e o desespero. O que era viver sem esperança, indefesa e sozinha. Eu me apaixonei pelos seus olhos primeiro, porque olhei em suas profundezas e vi a outra metade da minha alma.

Isso me tocou, e meus olhos se encheram com aquelas lágrimas humilhantes que eu não andava conseguindo evitar ultimamente.

Ele traçou uma lágrima pelo meu rosto, abrindo seu sorriso mais carinhoso.

— Admito que isso foi o suficiente para me envolver, e você vai me dizer que sou louco, mas já estive nesta situação muitas vezes para contar e tinha experiência suficiente para saber, desde o nosso primeiro encontro, que estava me apaixonando por você. Não entendi exatamente o que acontecia, até depois da nossa primeira vez juntos, nem teria nomeado o sentimento desta forma, mas isso não muda o fato de que me vi perdido a partir de então. Mas vamos voltar ao meu assunto favorito.

Ele se esticou na banheira, desligando a água, e mergulhou a mão de volta no meu cabelo para segurar a parte de trás da minha cabeça.

— Pouco depois, eu me apaixonei pela sua compostura duramente conquistada, pelo autocontrole de aço. Quando te fiz sorrir para mim, ou mesmo reconhecer minha presença, foi como se eu tivesse atingido um objetivo. Eu nunca precisei conquistar ninguém, nunca quis realmente, mas gostei de fazê-lo com você, mesmo sabendo que isso seria um problema para mim, *você* era um problema.

"Depois, humm, vamos ver, é mais difícil de definir, porque foram várias coisas ao mesmo tempo. Vou juntar tudo e dizer que me apaixonei por sua reação a mim. Sua submissão. Nunca senti nada parecido com esse tipo de química antes. A maneira como você estremeceu ao meu toque, aquela resposta inocente que não conseguia esconder e da qual não pude duvidar. E então fizemos amor. Depois disso, não pude chamar o que sentia por você de outra coisa que não fosse amor, não para mim, mesmo sabendo que você não sentia o mesmo, pelo menos não como eu — ainda não."

Havia um tipo de compreensão tão adorável em seus olhos que senti algo cru se curar dentro de mim. Sim, meu ceticismo o havia machucado, mas, pelo menos, ele parecia entender o porquê de eu ser assim. Ele parecia *me* compreender.

Ele não havia terminado ainda.

— E então havia suas pinturas. Esses sonhos em seus olhos. O mundo pode *não* ter sido um lugar bonito para você, mas se torna muito bonito por meio das suas pinturas. Você coloca sua alma nelas, e nada neste mundo é mais lindo para mim do que a sua alma.

Eu sempre fiquei desconfortável com elogios de qualquer tipo, e sua confissão estava em um novo patamar no que dizia respeito a elogios que me deixavam desconfortável. Senti-me tão sobrecarregada que foi difícil continuar olhando diretamente para ele, para aquelas profundas íris turquesa tão sombrias, mas consegui fazer isso através de uma pura força de vontade, embora todo o meu corpo tremesse com o esforço.

Ele continuou implacavelmente.

— E ainda tem o fato de você ser incrivelmente linda e não se importar nem um pouco com isso. Sua beleza me *devasta*, Bianca, mas você atribui menos valor a essa beleza do que qualquer mulher que já conheci. Mesmo que chegasse a perceber o quão estonteante você é, o que sei que ainda não aconteceu, isso não importaria, não faria qualquer diferença, e acho isso muito encantador.

"Às vezes, eu sinto como se estivesse fazendo uma grande confusão", continuou ele. "Como se estivesse apenas estragando tudo, mas juro que estou me esforçando. Eu só sou péssimo nessa coisa de relacionamento porque nunca tinha tido um antes, mas prometo que continuarei me esforçando até acertar. Eu sou muito determinado."

O pensamento me inundou, e eu falei sem pensar.

— Isso é bem deprimente, James, porque, se você é péssimo nisso, não há nenhuma palavra que possa descrever o quanto eu sou ainda *mais* terrível.

James jogou a cabeça para trás e riu, e minha boca se curvou automaticamente em um sorriso. Ele trouxe seus lábios, ainda risonhos, para perto dos meus.

— Não é verdade, amor. Você está indo muito bem, até onde eu sei.

Sua boca estava a apenas um sussurro de distância da minha quando falei.

— Você não estraga nada, James. Não conseguiria ser terrível em nada, mesmo se tentasse. Eu acho que você é perfeito.

James me beijou, um beijo que começou suave, mas como sempre a nossa fome insaciável de um pelo outro rapidamente o levou mais longe. Ele agarrou meu cabelo e saqueou minha boca em momentos quentes e inebriantes. Esfreguei meu peito molhado no dele. Fizemos amor calma, vagarosa e carinhosamente. Deitei o rosto em seu peito molhado quando terminamos, beijando meu nome carmesim tatuado em seu coração acelerado.

Ele ficou acariciando meu cabelo por longos minutos, ainda enterrado dentro de mim. Parecia não ter pressa de sair.

— Eu te amo, Bianca — declarou muito baixinho. — Não há nada em você que eu não adore. Mesmo as coisas que tornaram difíceis para você me deixar entrar ocupam um lugar especial no meu coração. Nunca pensei que encontraria uma mulher de quem não duvidasse, uma pessoa para quem eu poderia facilmente dar minha confiança, mas eu conheço sua alma, e é tão pura e clara para mim que sinto como se pudesse enxergar através dela.

Eu não sabia como ele podia dizer isso. Sentia-me tão cínica às vezes. Mas absorvi suas palavras, amando o jeito como elas faziam com que eu me sentisse. Eu não precisava concordar com as palavras para ser tocada por elas.

— Eu te amo — disse a ele simplesmente.

Ficamos em silêncio por longos minutos, comunicando-nos apenas com carícias e beijos suaves. Eventualmente, com relutância, ele saiu de dentro de mim, puxando-me contra ele imediatamente.

— Posso contar sobre meus pais?

— Claro — eu disse rapidamente, surpresa por ele achar que ainda tinha que perguntar. — Eu adoraria ouvir sobre eles. Adoro descobrir mais sobre você.

— Você teria gostado da minha mãe. Ela era tão apaixonada, tão teimosa, mas também muito gentil. Não pertencia ao mesmo mundo do meu pai, mas não suportou nenhuma das bobagens que a alta sociedade tentou fazer com ela. Odiava almoços e chás... Droga, ela odiava todas as funções sociais insuportáveis que não ajudavam diretamente alguma instituição de caridade, e o termo "socialite" a deixava louca de raiva.

Suas palavras me trouxeram uma incrível sensação de alívio. Se ele esperasse que eu fizesse o que Jackie sugeriu e dedicasse minha vida a uma série de funções sociais inúteis apenas para manter as aparências, eu teria ficado perturbada, porque não era para mim.

— Ela mantinha bem perto alguns amigos próximos e dedicava seu tempo à família e às instituições de caridade. Ela era tão linda.

Ele fez uma pausa, acariciando meu rosto.

— Meu pai era um homem reservado, mas amoroso. Eu me lembro disso. Ele trabalhava muito, mas, quando não estava trabalhando, dedicava seu tempo para minha mãe e para mim. Ele beijava o chão que ela pisava. — Ele acariciou meu cabelo ao dizer isso, com olhos amorosos.

"Eles tiveram um bom casamento. Eu era jovem, mas já conseguia ver o quanto eram devotados um ao outro. Eles compartilhavam esses olhares... Mesmo quando criança, eu sabia que tinham algo especial.

"À medida que crescia, muito depois de eles terem morrido, não imaginava que conseguiria encontrar algo semelhante, que eu pudesse sentir algo parecido com o que eles tinham. Honestamente, não achei que fosse capaz... Até conhecer você, não sabia que havia esse tipo de sentimento dentro de mim. Agora vejo claramente que, com a pessoa certa, é muito simples. Esses sentimentos não são algo que alguém possa forçar, e eles não são algo que eu poderia negar quando passei a senti-los. Mas ainda acho que tudo ocorreu muito depressa e de uma forma muito profunda com você.

"Meu pai gostava de dizer que se apaixonou pela minha mãe à primeira vista. Mesmo naquela época, eu achava que ele só queria soar poético, mas acredito agora. Aconteceu a mesma coisa comigo."

Eu olhei para ele.

— Você é louco. — A ideia de amor à primeira vista era muito absurda, especialmente porque era de mim que ele estava falando. — Mas inegavelmente, terrivelmente romântico — confessei.

Ele apenas sorriu.

— Eu sei. Mas sou sincero e realmente foi assim que aconteceu comigo.

Encostei o rosto em seu peito, sentindo que tudo não passava de um sonho. Ele era perfeito demais para ser real.

15
Sr. Inseguro

Dormimos até tarde na manhã seguinte. Fiquei agradavelmente surpresa por James ter tirado a manhã para ficarmos juntos, antes de eu ter que trabalhar. Eu só iria ficar um dia fora, voltando a Nova York no início da manhã do dia seguinte, mas, ainda assim, era um prazer passar mais tempo com ele.

Nós ficamos na cama, o que não foi surpreendente, já que acordei com ele me penetrando. Já devia estar fazendo isso há algum tempo porque eu estava molhada o suficiente para que meu corpo o aceitasse com facilidade. Ele segurava minhas pernas tão afastadas que chegava a ser doloroso e investia em mim impiedosamente, com os olhos me encarando o tempo todo.

— Diga, Bianca — pediu asperamente.

Eu não tinha certeza do que ele queria que eu dissesse, depois das nossas confissões da noite anterior, então segui meus instintos. Ele estava me fodendo como se quisesse me possuir, por isso, falei o que me veio à mente.

— Eu sou sua, Sr. Cavendish. Só sua.

Descobri que meus instintos estavam certos quando ele gozou dentro de mim, gritando meu nome de forma rude.

Estávamos na mesma sintonia, e eu o observava com fascinação e amor enquanto meu corpo se fechava deliciosamente ao redor dele em um orgasmo perfeito.

Ele foi terno depois, mas era um tipo possessivo de ternura. Tomamos banho, e ele assumiu completamente o controle, lavando meu corpo e cabelo, como era seu costume. Eu jamais questionaria isso. Deixá-lo cuidar de mim daquele jeito satisfazia uma necessidade em nós dois, e agora eu só amava o que ele fazia, da mesma forma como ele me amava.

Ele me vestiu, dando beijos suaves por todo o meu corpo antes de cobrir cada ponto com roupas. Corri as mãos famintas por seu cabelo molhado enquanto ele cuidava de mim. Vesti-me com uma camiseta escura e boxer, porque eu teria que me vestir de novo com as roupas do trabalho em apenas algumas horas.

Descemos para o café da manhã. Seria tentador tomar café da manhã na cama, mas eu estava morrendo de vontade de ver Stephan. Precisava ter certeza de que ele estava bem, então, fomos para a sala de jantar para comer. James nem me questionou. Ele parecia sempre entender como Stephan e eu funcionávamos. Eu não sabia se ele era simplesmente muito observador, ou se Stephan tinha lhe explicado tudo com mais detalhes. Como ele sabia não importava, na verdade, porque o fato de ele ser tão compreensivo era o mais crucial.

Senti meu corpo todo relaxar de alívio quando ouvi risadas vindas da sala de jantar assim que nos aproximamos. Reconheci a gargalhada de Javier primeiro, e a que se juntou a ela logo depois era mais familiar para mim do que a minha própria. E mais bem-vinda.

Sorri ao ouvir este som e acelerei o passo para alcançá-los. James era uma presença silenciosa bem atrás de mim.

Stephan se levantou quando me viu, sorrindo de orelha a orelha. Ele estava do outro lado da sala, mas me envolveu em seus braços em um flash. Enterrei o rosto naquele peito familiar.

— Você está bem? — perguntei a ele.

Ele me apertou com mais força.

— Estou ótimo.

— Acho que vocês resolveram — eu disse ironicamente.

— Sim — respondeu sem hesitação.

Balancei a cabeça e, depois de um momento, ele me soltou para que eu pudesse tomar café da manhã.

Eu não precisava saber mais do que isso. Ele tinha tomado sua decisão, e eu só podia esperar que Javier, que estava me lançando olhares muito cautelosos, não o machucasse novamente.

James puxou a cadeira para mim, agindo como um cavalheiro.

— Omelete de claras está bom para você? — ele me perguntou, indo para a cozinha.

Balancei a cabeça, me perguntando o que eu poderia ter feito para ter ao meu lado o que pareciam ser os dois últimos cavalheiros do planeta.

Notei que Stephan e Javier estavam comendo crepes cobertos com calda, chantilly e pedaços de chocolate. Fiquei surpresa por James manter aqueles ingredientes em sua casa.

James voltou rapidamente, carregando um serviço de chá muito inglês. Ele nos serviu todo o chá, agindo como o epítome do perfeito anfitrião inglês. Eu disse isso a ele.

Ele sorriu.

— Aprendi com meu pai. Inglês da cabeça aos pés. Cada xícara de chá inglês que eu bebo me faz pensar nele.

Achei doce da parte dele compartilhar essa informação, e abri um sorriso amável.

Ele piscou para mim.

Fiquei surpresa com a reação que isso me causou. Era um gesto muito inocente, considerando as coisas que ele dizia e fazia comigo diariamente, mas, ainda assim, tinha me deixado excitada em um piscar de olhos. O homem era sexy.

Estávamos quase terminando o café da manhã quando notei James verificando seu telefone, com uma expressão que se tornara completamente vazia de um segundo para o outro.

— Com licença — ele disse secamente.

Ele se levantou e saiu da sala.

Eu não tinha percebido o quão cauteloso ele costumava ser ao receber chamadas durante nosso tempo juntos, simplesmente porque ele não as atendia. Isso só me deixou curiosa a respeito do que poderia ter chamado a sua atenção, e o que poderia ter colocado aquele semblante preocupado em seu rosto. Fiquei em alerta instantaneamente.

Uma rara veia de curiosidade incontrolável me fez segui-lo em segundos. Eu queria ver o que o havia incomodado tanto com apenas algumas palavras.

Peguei-o de costas para mim em uma das salas de estar. A porta não estava completamente fechada, mas ele falava baixinho ao telefone.

— Então, ofereça-lhes mais. Eu estava falando sério quando disse que não há limites para o que estou disposto a pagar para evitar que isso vaze. — Ele fez uma pausa. — Não dou a mínima se é uma *porra* de uma decisão de negócios inteligente, Roger. Isso não tem nada a ver com negócios. Tem a ver com manter minha vida intacta, do jeito que preciso que permaneça, e não me importo se precisarei contar com a sorte para conseguir isso. Você entende? — Outra longa pausa. — Não sou um garoto de 14 anos no qual você pode mandar, Roger. Não preciso de tempo para pensar. Preciso que você faça o que estou pedindo. *Cuide disso.*

O medo me congelou, e eu parei na porta, ouvindo. Seu tom de voz estava apavorado, muito desesperado. Eu nem queria saber o que o havia deixado assim.

Não me movi quando ele terminou a ligação e se virou. Eu o estava espionando, e queria que soubesse disso. Talvez me dissesse o que tinha acontecido, e talvez não fosse tão ruim quanto eu achava que era. Ele se encolheu quando me viu em pé ali, o que não foi nada bom para a minha paz de espírito. Sofremos com um longo e constrangedor silêncio enquanto ele esfregava as têmporas e eu o observava.

— Tudo bem? — eu finalmente perguntei.

Ele fez uma careta.

— Vai ficar — disse ele. Só isso.

— Quem é Roger? — Estar com James parecia ter acrescentado "intrometida" à minha lista de falhas de caráter.

— Um velho amigo da família. Uma espécie de mentor para mim. E meu advogado.

Achei isso um pouco estranho, mas ele não entrou em detalhes, e eu não pedi que fizesse isso. Se ele não queria compartilhar mais informações, eu não poderia obrigá-lo.

James finalmente se aproximou de mim. Passou a mão pelo meu cabelo, agarrando-o com firmeza na minha nuca, e usou como uma alça para inclinar meu rosto na direção do dele. Seus olhos pareciam perturbados.

— Você falou sério sobre o que disse ontem à noite?

Eu o estudei, sentindo-me mais do que confusa.

— Sobre o quê?

Sua mandíbula se apertou, e ele ficou me observando por um longo tempo.

— Sobre me amar. Sei que você estava cansada e com medo do pesadelo e...

Não aguentei e o interrompi asperamente.

— Claro que falei! Não diria algo assim só porque estava cansada.

— Diga de novo — ordenou rudemente.

— Eu te amo. Claro que amo. Você não deveria duvidar de mim. Eu não diria isso a menos que fosse verdade.

— Quão condicional é esse amor? O quanto você está disposta a suportar para ficar comigo?

Eu estava começando a ficar com raiva.

— Não gosto dessa *pergunta*. O amor em um relacionamento monogâmico tem que ter algumas condições, James. Se você fosse infiel...

— Não estou falando sobre isso. Nunca faria algo assim. Seu amor tem outras condições?

Olhei para ele, mas balancei a cabeça, encontrando a resposta muito rapidamente.

— Eu não acho que tenha, James. Mas, novamente, não gosto dessa pergunta. Quer me dizer por que está perguntando?

Ele estava segurando meu cabelo com força a ponto de me machucar.

— Estou perguntando porque, toda vez que acho que estamos no caminho certo para construirmos um futuro juntos, algo do passado se coloca na nossa frente, e eu preciso saber que não seremos prejudicados novamente.

Pensei que ele estava sendo deliberadamente vago, mas deixei passar. Não queria abrir a caixa de Pandora.

— O passado só pode nos machucar se deixarmos que nos machuque, se é que estamos *mesmo* falando de passado.

Ele me avaliou, depois me beijou asperamente. Em seguida, encostou a boca no meu ouvido.

— Eu quero amarrar você na minha cama. Agora. Quero te manter lá.

Meu cérebro entrou em curto-circuito por um instante, viajando para aquele lugar sublime para o qual só James conseguia me levar.

— Eu preciso sair para o aeroporto em breve.

— Eu sei. É por isso que quero fazer isso. Então, você não *poderá* sair.

Tentei olhar em seus olhos para lançar-lhe um olhar exasperado, mas ele começou a me beijar, invadindo minha boca até me fazer esquecer que o que ele disse era extremamente ultrajante.

Ele só recuou quando me deixou sem fôlego e desejosa.

— Já pensou em seguir a carreira de pintora? — questionou. — Quando você gostaria de começar a planejar sua primeira exibição?

Eu estava, de fato, pensando sobre isso. Era um tipo persistente de distração no meu cérebro. Especialmente quando considerava que James pagava muito mais para que eu fosse seguida e protegida em voos do que eu realmente *ganhava* com eles. Parecia tão esbanjador e sem sentido.

— Já pensei — admiti.

Sua mandíbula se apertou quando não elaborei a resposta.

— E quais são seus pensamentos?

Dei de ombros suavemente.

— Estou refletindo sobre isso.

Ele me lançou um sorriso triste.

— Bem, avise-me quando terminar de *refletir* — ele disse. — Eu adoraria conhecer suas ideias a respeito deste tema.

Ele ficou chateado, mas esqueceu do assunto depois disso.

Nós subimos as escadas. Coloquei meu uniforme enquanto ele vestia seu terno elegante e caro. Ele ficou pronto primeiro e atendeu outro telefonema misterioso. Saiu do quarto, com o aparelho no ouvido, enquanto eu me maquiava.

Ficou quieto e um pouco distante no caminho para o aeroporto, mantendo-me perto, com uma mão no meu cabelo e a outra no meu joelho. Havia um distanciamento em seus olhos e em sua expressão, que tornou-se cuidadosamente impassível desde o segundo telefonema.

Ele só voltou à vida brevemente quando chegamos ao aeroporto e era hora de dizer adeus. James deixou os rapazes saírem antes de esmagar sua boca na minha, em um beijo faminto e desesperado.

Nós dois estávamos sem fôlego e agitados quando ele se afastou.

— Você está bem? — perguntei a ele.

Ele assentiu, mas a apreensão não desapareceu dos seus olhos.

— Tchau — eu disse a ele.

Ele saiu do carro primeiro para me ajudar a descer.

— Eu te amo, Bianca.

Assenti.

— Também te amo, James — falei com firmeza. Nem sequer senti a necessidade de entrar em pânico ou de retirar as palavras. Elas já vinham facilmente aos meus lábios. Eu estava muito perdida.

Stephan, Javier e eu tivemos a sorte de conseguir uma fila de assentos juntos para o voo, já que estávamos voando com espaço disponível. Tentamos dormir, já que ficaríamos trabalhando até a manhã seguinte, mas eu achava que nenhum de nós tiraria uma soneca de mais de uma hora no trajeto de quatro horas e meia.

Acordei do meu cochilo quando o avião começou a descer para o pouso, com a sensação parecida de como se houvesse um alarme no meu corpo. Minha cabeça estava apoiada no ombro de Stephan. Esfreguei minha bochecha contra o músculo flexível antes de me afastar para olhá-lo. Seus braços estavam cruzados sobre o peito, fazendo seus bíceps incharem de forma atraente. Ele estava sorrindo e acordado. Parecia muito feliz. Foi uma visão agradável para o meu coração, especialmente depois de todo o drama da noite anterior.

Eu vi que Javier ainda estava desmaiado, sua cabeça apoiada no outro ombro de Stephan.

— Bom dia, Princesinha — disse Stephan suavemente.

— Estava só aí sentado sorrindo enquanto dormimos apoiados em você? — perguntei com um sorriso.

Ele sorriu, mostrando uma covinha, e assentiu.

— Imprensado por minhas duas pessoas favoritas no mundo. Quais meus motivos para não sorrir?

Tive que rir.

— Então o que aconteceu ontem à noite? — Eu não queria estragar o clima, mas precisava saber. Tivemos muito drama para ser esquecido tão facilmente.

— Javier disse que me ama — disse com um sorriso muito suave.

Fiquei aliviada e confusa de uma só vez.

— E antes disso?

Ele fez uma careta e me contou brevemente sobre Vance e o modo como ele intimidara Javier.

Agarrei sua mão quando ele terminou. Eu não sabia o que pensar sobre tudo isso. Javier tinha reputação de adorar um drama, mas, por outro lado, eu conheci Vance, que vivia e respirava esse tipo de situação. Eu sabia de uma coisa, no entanto: Stephan acreditava que Javier estava falando a verdade, e se sentia horrível por não o ter defendido. Em vez disso, foi embora enquanto o namorado estava sendo assediado.

— Se isso foi que realmente aconteceu, você não poderia saber.

Ele me lançou um olhar severo.

— Você não acredita que foi isso que aconteceu?

Dei de ombros suavemente.

— Você sabe que sou mais cética do que você. Não sei em que acreditar, mas, claro, tenho minhas dúvidas. Isso não importa, no entanto. Se vocês estão juntos, eu apoio, porque é o que você quer.

Ele me deu um sorriso triste.

— Você não deveria ser tão cética. Não tenho dúvidas sobre Javier, Bianca.

Balancei a cabeça, observando-o com cuidado.

— Eu sei. E como eu disse, isso é o suficiente para mim.

— Quando você vai aprender que não sou a única pessoa confiável no mundo?

Eu não tinha uma resposta para isso. Pelo menos, não a que ele queria ouvir. Apenas o tempo e a constância me fariam confiar a Javier o coração de Stephan, e o drama da noite anterior não ajudara em nada, só me fizera perceber que ainda precisava de mais tempo, qualquer que fosse a história que ele havia contado.

— Você não acha que ele é bom o suficiente para mim — constatou, com uma clara repreensão na voz.

Tive que sorrir com isso.

— Eu acho que *ninguém* é bom o suficiente para você, nem mesmo eu.

Ele apenas balançou a cabeça.

Superamos o assunto, e nenhum de nós voltou a mencioná-lo.

— Eu disse a James que o amo — confessei em voz baixa.

Ouvi o som familiar do trem de pouso e fiquei surpresa por Javier ainda estar dormindo pacificamente.

Stephan sorriu para mim.

— Isso é maravilhoso. Seu terapeuta ficaria orgulhoso.

Eu ri, nem me sentindo ofendida, já que ele só falava a verdade.

— Você não vai me perguntar o que *ele* disse?

Ele balançou a cabeça sem hesitação.

— Ele está apaixonado desde o começo, Princesinha. Eu nunca tive dúvidas. Aquele homem beija o chão que você pisa.

146
R.K. Lilley

16
Sr. Insensível

Quase não tivemos tempo livre quando chegamos a Las Vegas. Javier e Stephan disseram um rápido e discreto adeus, embora eu praticamente pudesse ver o calor que emanava deles.

Fomos para a sede da nossa companhia aérea, fizemos o check-in e nos preparamos para o nosso voo, apesar de todo esse processo não ter sido fácil.

As outras tripulações que encontramos ficaram entusiasmadas com o recente anúncio de que nossa companhia aérea tinha pedido recuperação judicial. Ainda estava operando por enquanto, mas havia uma desenfreada especulação sobre o que isso significava para nós.

Fiquei em choque. Stephan e eu trocamos um longo olhar, que significava que falaríamos sobre isso depois.

O ônibus que nos levou de volta para o aeroporto ficou uma balbúrdia, com todos falando muito alto, expressando opiniões e medos, e nós mal conseguimos ouvir um ao outro por causa do barulho, nem se tivéssemos tentado.

Mandei uma mensagem para James.

Bianca: Você ouviu as notícias sobre a companhia aérea?

James: Sim. Você pode falar ao telefone agora?

Bianca: Está muito barulho no ônibus. Te ligo do avião.

Tive alguns breves minutos para ligar para ele assim que chegamos no avião, entre o tempo de preparação e o embarque.

Ele estava muito Sr. Cavendish quando atendeu ao telefone.

— Olá, Bianca.

— Olá, Sr. Cavendish — eu disse, porque sabia com quem estava falando. — O que você acha de toda essa história de recuperação judicial? Eu não sei o que significa. Parece muito sério, mas as pessoas estão dizendo que ainda conseguiremos continuar no negócio.

Ouvi seu suspiro audível do outro lado da linha. Não me parecia nada bom.

— Se você quer minha sincera opinião profissional sobre o assunto, o que isso significa é que a companhia aérea permanecerá no mercado por cerca de um ano antes que sua frota de aeronaves seja totalmente proibida de voar. Seu CEO esgotou literalmente todas as vias de financiamento, tentando todas as conexões, grandes e pequenas, que possui. Ele se recusa a desistir do controle da companhia, e nunca conseguiu comandá-la com sucesso, embora tenha tentado várias vezes. Ele se aproximou de mim tentando um financiamento, porque eu estava no voo onde te conheci, mas precisei recusar baseando-me apenas no fato de que teria sido uma decisão comercial desastrosa para mim. Ele não estava disposto a fazer nenhuma concessão de liderança, e eu não estava disposto a jogar centenas de milhares de dólares fora por causa de um homem com uma história clara de fracasso.

"Em um futuro próximo", ele continuou implacavelmente. "Provavelmente nos próximos dias ou semanas, você receberá uma opção para uma licença voluntária, e, se isso não resultar em candidatos dispostos, receberá uma involuntária. A companhia aérea começará a cortar custos e pessoal. Todas as rotas que não forem lucrativas serão canceladas no próximo mês. Alguma outra pergunta?"

Fiquei arrasada com suas revelações, embora não duvidasse nem por um segundo de que ele sabia do que estava falando.

— Você sabia o tempo todo que isso ia acontecer?

— Sim — respondeu sem hesitação. — Tudo era uma questão de tempo. A companhia aérea está perdendo dinheiro desde o começo. Estamos na era das tarifas com desconto, e sua companhia ainda é de luxo. Todos na indústria estão surpresos que tenha durado tanto tempo. Já começou a pensar em sua carreira de pintora? Só diga o que quer, e eu farei meu pessoal preparar sua exibição.

Achei este comentário um pouco insensível da parte dele. E olha que, de nós dois, eu achava que era a mais insensível.

— Não pensei — respondi com uma voz severa. — Não tive tempo de processar nada disso.

Houve uma longa pausa do outro lado.

— Bem, vou deixá-la pensar sobre isso, então. Preciso ir. Te vejo de manhã.

— Adeus, Sr. Cavendish — eu disse friamente, estranhando seu humor. Quando liguei para ele, não esperava falar com esse homem insensível.

— Adeus, Bianca.

Desliguei, sentindo-me um pouco magoada pelo jeito frio como me tratou. *Será que minha hesitação em exibir minhas pinturas realmente o incomodava tanto? Ou seria outra coisa?* Algo que estivesse acontecendo com Roger, talvez?

Eu sabia que especular era inútil, então, comecei a trabalhar. Mas me senti constantemente incomodada. Não saber a causa do seu comportamento distante deixava minha mente correr solta com possibilidades e medos paranoicos, cada um mais alarmante do que o outro.

Esforcei-me ao máximo para me distrair durante o voo. Ao menos estava cheio, incluindo meus guarda-costas em cada cabine, é claro. Mesmo cheio, porém, fiquei sem nada para fazer na metade do voo.

Damien e Murphy estavam incomumente calados durante os procedimentos de pré-embarque e no voo. Eu sabia que eles deveriam estar chateados com as más notícias. Se começassem em outra companhia, provavelmente não conseguiriam trabalhar juntos por anos. Havia grande chance de Damien ser rebaixado para primeiro oficial, tornando impossível que trabalhassem nos mesmos voos. Mesmo depois que ele se tornasse capitão novamente, levaria tempo para obterem rotas regulares, e, mais ainda, para rotas juntos. Eu estava triste por eles. Formavam uma equipe muito divertida.

Fiquei com eles na cabine por um tempo. Ainda brincavam sem parar e faziam um grande esforço para me encantar, mas senti uma corrente de tensão nos dois homens.

Isso era o que mais me incomodava a respeito da ruína da companhia aérea. Não era tanto o meu futuro que eu temia. Gostava do meu trabalho e era grata pelas oportunidades que me deu, mas eu era uma sobrevivente. Mesmo sem James, eu encontraria outro jeito de sobreviver. Mas as pessoas que colocaram todas as suas esperanças na companhia aérea por quatro anos e meio, as que seriam mais afetadas por isso, eram o que me preocupava. Empresários brincavam de jogar Monopoly com seu dinheiro enquanto o resto de nós lidava com os golpes. Isso me deixou com raiva. Claro, não havia nada a fazer a respeito, então, era um tipo fútil de raiva.

Tive uma longa conversa com Stephan no voo sobre a licença voluntária que deveríamos esperar. Eu havia tomado uma decisão rápida, mas difícil, sobre isso. Abordei o assunto com receio, mas, como de costume, Stephan apenas respondeu com seu apoio incondicional.

Ele apenas segurou meus ombros em suas grandes mãos gentis, dando-me o seu melhor sorriso.

— Acho que faz *todo* sentido, Bianca. Você estava com medo de me contar, não é?

Assenti.

Ele beijou minha testa.

— Você deveria me conhecer melhor — me repreendeu suavemente.

Ele estava certo. *Deus, eu o amava. Como podia ser tão sortuda?*

Estava cansada e exausta no momento em que chegamos a Nova York. Minha mente parecia pesar com todas as mudanças iminentes em minha vida. Logo quando decidi fazer uma grande mudança, será que era necessário que *todo* o resto também começasse a mudar?

Não tinha certeza de qual era o plano enquanto caminhávamos para a saída. James, ou melhor, o frio Sr. Cavendish, não disse. Imaginei que, se ele enviasse um carro para me buscar, eu o pegaria, se não, iria para o hotel com a equipe.

Mas ele enviou um carro. Na verdade, mandou a si mesmo, e percebi isso quando foi me buscar na porta, pegando minha bolsa e meu braço sem uma palavra. Seu rosto era uma linda máscara impassível, e seus olhos estavam um pouco vazios.

James balançou a cabeça rigidamente para Stephan, que teve que ficar com a equipe para o check-in no hotel, então, ele me beijou na testa e disse adeus.

Não tive a chance de me despedir de ninguém, uma vez que James começou a me arrastar assim que falei com Stephan.

Ele entregou minhas malas para Clark, colocando-me dentro do carro rapidamente. Os seguranças também entraram, momentos depois de James e eu estarmos acomodados. Eles tinham sido minha sombra silenciosa durante o meu trajeto e jornada de trabalho.

— Guarda-costas são desnecessários quando estou trabalhando, James — informei a ele, com uma voz baixa para manter a conversa privada. — Estou bem segura no trabalho.

Ele olhou para mim. Foi o primeiro olhar direto que me lançou desde que me encontrou na porta. Seu rosto estava mais indecifrável do que nunca.

— Eu acho muito necessário — disse brevemente.

Ele olhou pela janela.

Eu odiava seu mau humor, odiava a distância, mas, mesmo assim, ainda queria me agarrar a ele. Eu sabia o quão insalubre esse desejo era e esforcei-me ao máximo para sufocá-lo. Porém, quando menos esperei, minha mão buscou o joelho dele, acariciando-o confortavelmente.

Não teve o efeito pretendido. Sua mão cobriu a minha instantaneamente, empurrando-a com força em sua perna. Eu não poderia puxá-la de volta nem se tentasse.

— Você está querendo que eu te imobilize sobre este assento e te foda com plateia, amor? — disse, sua voz suave e perigosa.

Tentei arrancar minha mão, mas ele me segurou rápido. Não respondi à pergunta ridícula, e ele não disse outra palavra, olhando pela janela, com uma tempestade em seus olhos.

— Vai me dizer o que está acontecendo com você? — finalmente perguntei com a voz baixa.

Ele apertou minha mão, seu maxilar cerrado.

— Tenha paciência comigo, Bianca. Estou passando por alguns problemas legais, e permitir que você me abandone toda semana testa cada *gota* do meu autocontrole.

Fiquei em silêncio por um longo tempo, debatendo se deveria contar a ele sobre minha decisão. Iria parecer como se eu estivesse querendo recompensar seu mau comportamento naquele momento, mas eu já havia me decidido. Fazia sentido, por mais que não quisesse.

A licença voluntária para comissários de bordo já havia sido anunciada. Eu recebi o e-mail enquanto estávamos taxiando no JFK.

Por meu tempo de empresa, eu poderia continuar trabalhando mesmo se não houvesse pessoas suficientes para se inscreverem para a licença voluntária e mesmo se eles enviassem uma involuntária, mas seria egoísmo da minha parte. Eu não precisava do emprego, não tanto quanto muitos outros. Talvez eu já tivesse tomado esta decisão antes, e a bancarrota apenas me forçara a agir mais rapidamente. Eu suspeitava que poderia ser o caso, mas realmente não importava mais.

— Vou aceitar a licença voluntária.

Vi sua mão estremecer de leve, mas ele não olhou para mim.

Entendi que não gostava do fato de não estarmos sozinhos no momento.

— Obrigado — disse baixinho, com uma voz instável.

— Estou fazendo isso porque me sinto ridícula por você gastar mais dinheiro para me proteger no trabalho do que o que realmente ganho. E porque há pessoas que precisam mais do trabalho do que eu — falei, com um tom severo. Não tinha *nada* a ver com a birra dele. — E eu gostaria de começar a planejar a exibição das minhas pinturas.

Ele assentiu, com a cabeça ainda virada.

— Claro. Obrigado. Vou marcar uma reunião para você com a Danika quando estivermos em Vegas. Ela gerencia as minhas galerias de Los Angeles e Las Vegas. Brigou com a minha equipe de Nova York para conseguir expor seu trabalho em sua galeria. É muito fã.

Eu tive dificuldade em acreditar nisso. A ideia de ter fãs era muito improvável para que eu conseguisse compreender o conceito facilmente.

Entramos em casa pela garagem subterrânea, e James me levou pelo apartamento, subindo para o nosso quarto. Ele ficou me observando da porta do armário enquanto eu trocava de roupa para tirar uma soneca.

— Não posso ficar. Realmente preciso voltar para o hotel, já que vou viajar para Las Vegas com você amanhã.

Apenas balancei a cabeça, seminua, de costas para ele. Senti que me observou por longos minutos antes de sair.

Preparei-me para dormir e me deitei, mas fiquei acordada por um bom tempo. O jeito como James estava agindo me enchera de tensão e ansiedade. Tentei dizer para mim mesma que ele era apenas um homem temperamental e imprevisível. Foi, aliás, uma das primeiras coisas que aprendi sobre ele.

Mas eu sabia, no fundo do meu âmago, que algo ruim estava acontecendo, algo que ele sentia como uma ameaça, talvez uma ameaça a nós dois. Eu o ouvi falando com Roger para oferecer toda a sua fortuna para se proteger da misteriosa ameaça, e eu sabia que ele não usaria aquelas palavras levianamente.

Meu telefone me acordou e, ao atendê-lo, dei-me conta de que tinha dormido demais. Sentia-me grogue de uma forma que só acontecia quando tirava uma soneca exageradamente longa.

— Princesinha, você vai sair com a gente esta noite? — perguntou Stephan.

Pisquei para acordar por completo.

— Quem somos nós? E aonde vocês vão?

— A tripulação vai ao Red com as outras duas equipes que estão aqui em uma escala. Eles vão direto dos hotéis do aeroporto. Algumas pessoas a mais estão chegando na cidade também. Eu falei com Javier, Jessa, Marnie e Judith, que vão voar à noite. Nosso voo de amanhã de manhã está com trinta assentos vagos, então, eles não terão problemas em voltar para casa conosco. Acabou se transformando em uma espécie de festa de falência. Eu falei com James, que disse que as pessoas podem ficar em sua casa e em seu hotel. Ele separou uma seção VIP no Red para nós. Ele ia te avisar, mas acho que você estava dormindo.

Tive que sorrir pelo fato de Stephan transformar uma falência em uma festa, mas... *inferno, por que não?*

— Todos nós teremos que levantar muito cedo de manhã — eu disse a ele. Não seria legal termos várias ausências no dia seguinte.

— Está tudo bem. Não fazemos isso com frequência. Todos precisam muito relaxar.

Eu entendia muito bem. E tinha o mesmo desejo.

— A que horas preciso estar lá?

Ele riu.

— Em uma hora. Mexa-se, Princesinha!

Eu me apressei, tomando banho, secando meu cabelo e maquiando-me em tempo recorde. Havia uma bandeja de comida na porta do meu quarto quando saí do banheiro.

Comi o hambúrguer de peru no pão de trigo rapidamente, impressionada com a eficiência de Marion. Estava bom, combinado com legumes frescos, e um molho guacamole picante dava-lhe sabor. Ou eu estava começando a me acostumar com o menu saudável, ou Marion era especialmente talentosa em fazer comidas saudáveis se tornarem saborosas.

Limpei meu prato em minutos, correndo para me arrumar.

Decidi por vermelho. Parecia apropriado para o local, e eu amava aquele vestidinho. Ele caía sobre um ombro, deixando o outro nu, e a forma como se ajustava ao meu corpo valorizava minha compleição. O decote ficava perfeito com o meu colar, e encontrei pulseiras de diamante na minha coleção de joias que combinaram. Usei brincos de diamante em minhas orelhas também, o que poderia ser um exagero, mas por que não? Eu tinha toda uma equipe de guarda-costas para me impedir de ser roubada.

O sistema de Jackie apontou-me na direção de saltos nude com a sola vermelha. Estes vinham com uma nota.

Este vestido precisa de saltos altos finos. Por favor, estou implorando para que você mude de ideia sobre as anabelas.

Jackie

O bilhete me fez rir. Eu estava quase começando a gostar de atormentar aquela mulher estranha. Conhecia alguns fashionistas, mas ela levava isso a outro nível. A ideia de que ela ter escolhido cada roupa, sapato e bolsa com tanto cuidado e, aparentemente, deixado bilhetes em alguns deles, me amolecia.

Tirei o bilhete amarelo do pacote e peguei a minúscula clutch com o número correspondente. Pelo menos, ela tinha uma alça longa.

Mandei algumas mensagens antes de descer. A primeira foi para James.

Bianca: Estou indo para o Red, para a festa do Stephan. Vou te ver lá?

Ele respondeu rapidamente, mas muito breve.

James: Vai.

Homem enigmático.

A segunda mensagem foi para o contato de segurança no meu telefone. Eu não sabia qual era o protocolo, mas preferia mantê-los informados sobre minhas ações, em vez de apenas deixá-los esperando por mim a qualquer hora.

Bianca: Estou saindo. Descendo as escadas agora.

A resposta veio em menos de um minuto.

Segurança: Entendido.

Eu pensei que era uma resposta de texto estranho, mas continuei descendo as escadas.

Blake estava esperando por mim, vestindo um terno preto e parecendo tão severa como sempre. Cumprimentei-a com a cabeça.

Ela assentiu de volta.

— Os outros estão esperando por nós no andar de baixo, Srta. Karlsson.

Entramos no elevador.

— Você sabe que não precisa me chamar assim — eu disse a ela. Foi só uma tentativa.

Ela pareceu surpresa.

— Claro, Sra. Cavendish.

Bati com a mão na testa. Literalmente.

— Não me chame assim. Me chame de Bianca.

— Isso é contra as minhas ordens, Sra. Cavendish.

Mão na testa. Novamente.

— Ok. Me chame de Srta. Karlsson, então, por favor.

— Claro, Srta. Karlsson.

Eu não faria outra tentativa. Definitivamente, tinha aprendido a lição.

Fui flanqueada pelo resto da minha equipe de segurança no segundo em que entramos no saguão do prédio de luxo. Tive uma percepção surreal de que, enquanto caminhávamos pelo lobby, todas as pessoas ricas estavam *me* observando, como se eu fosse uma pessoa digna de atenção. Supus que possuir uma equipe de guarda-costas fazia isso com qualquer um.

Johnny colocou-se um pouco à minha frente e à minha esquerda e lançou-me um olhar bastante íntimo por cima do ombro, obviamente, fixando-se em minhas pernas.

Pisquei lentamente, um pouco chocada por perceber que James não havia agido como um louco possessivo a respeito de Johnny. Ele definitivamente estava me olhando com malícia, e não poderia me proteger estando tão distraído.

— Está muito *gata*, Srta. Karlsson — disse ele em voz baixa, reafirmando a minha opinião.

E o ponto vai para o Louco Cavendish, pensei.

17
Sr. Controlador

Blake e Williams estavam na cabine de passageiros da limusine comigo, e Johnny e Henry, na frente. Foi uma viagem muito curta. Recebi tratamento VIP ao saltar do carro e ir em direção ao clube, sendo acompanhada sem que uma viva alma sequer tentasse fazer contato visual comigo. Até ganhei uma pequena reverência do segurança. Ser a namorada do dono tinha suas vantagens bizarras.

Fui levada a uma seção VIP que já estava cheia de rostos familiares. A festa estava bem encaminhada. Um grito ecoou da multidão assim que me viram.

Eu tive que sorrir.

— Vocês já estão nisso há muito tempo? — perguntei quando Marnie e Judith correram para mim, quase derramando seus martinis vermelhos no processo. Ganhei abraços laterais por conta de suas bebidas.

Jessa estava logo atrás delas.

Nós rimos quando percebemos que estávamos todas usando diferentes tons de vermelho.

— Eu ouvi o nome do lugar, e pareceu uma boa ideia — disse Jessa, rindo, passando a mão pelo vestido vermelho enquanto falava. Ela tinha um corpo espetacular, com pernas longas, cintura estreita e seios firmes.

Judith usava uma minissaia vermelha com um top branco sem alças; Marnie, uma saia preta com uma blusa vermelha de babados. Elas tinham combinado, é claro, e estavam de saltos vermelhos similares.

— Este lugar é de luxo. Não posso acreditar que conseguimos o espaço VIP sem ter que fazer boquete em ninguém! — Marnie gritou por causa do barulho. Saiu um pouco mais alto do que eu acho que ela pretendia, porque olhares de pessoas de várias equipes se voltaram para nós.

Um desses olhares era de Jessa.

— Sério, Marnie? Você sempre tem que fazer isso? — ela perguntou, rindo.

Marnie deu de ombros, enrugando seu belo nariz.

— Eu nunca disse que era uma garota elegante. Longe disso. Judith é a elegante da nossa dupla.

Judith ergueu as sobrancelhas.

— O quanto isso é triste?

Senti um tórax musculoso ser pressionado contra minhas costas, mas não fiquei rígida nem me afastei. Eu conhecia perfeitamente bem a altura da pessoa e a sensação daquele peito. Costumava dormir às minhas costas quando nos amontoávamos em busca de conforto, segurança e calor.

Stephan passou os braços em volta de mim, beijando o topo da minha cabeça.

— Que bom que você veio, Bi. Nunca é o mesmo sem você.

Sorri, virando a cabeça para olhar para ele.

— Eu sinto o mesmo, Steph.

Como se lesse minha mente, ele se inclinou para que eu pudesse beijar sua bochecha.

— Onde está Javier? — perguntei quando ele se afastou, olhando à minha volta em busca do outro homem.

— Banheiro — esclareceu, afastando-se. Ele tinha que se misturar, eu sabia bem disso. Era assim que funcionava.

— Soube do drama com Vance na noite passada — disse Jessa depois que ele se afastou. — Há rumores de que ele e Javier estavam se beijando em um banheiro...

Fiz uma careta.

— Não estou surpresa com o boato, mas a versão de Javier é diferente. Ele diz que Vance o empurrou contra a parede e começou a beijá-lo. De acordo com Javier, Vance só age assim para tentar obter uma reação, e Javier não o afastou porque aprendeu que a melhor maneira de lidar com Vance é não reagir.

Jessa assentiu, franzindo os lábios.

— Eu já vi Vance fazer isso. Ele ainda é louca e estupidamente apaixonado por Javier. Vive agarrando-o por aí há anos. Vance precisa seguir em frente. — Ela lançou um olhar estranhamente malévolo para Damien. — Assim como um certo piloto teimoso que eu conheço...

Eu mesma dei uma olhada em Damien. Jessa definitivamente tinha razão naquele caso.

— Acredito em Javier — disse Judith em voz alta. — Já vi como Vance o trata. Ele faz qualquer loucura na esperança de fazer o Javier reagir.

— Já vi também. Ele não parava de tocá-lo em uma festa no ano passado, apesar de Javier estar claramente pedindo para ele se afastar. Finalmente, Javier lhe deu um tapa no rosto, e eu juro que, pelo olhar de Vance quando aconteceu, ele ficou feliz.

Senti uma onda de alívio com aquela reafirmação. Eu realmente queria acreditar na versão de Javier. Mas querer e acreditar eram duas coisas diferentes, infelizmente. Ainda assim, as palavras delas me deram esperança de que Javier não estivesse apenas fazendo drama com Stephan, o que era o meu maior medo.

— Eu não me importaria de ser estapeada por Javier. Ele é *gostoso* demais — disse Marnie.

Isso fez com que caíssemos na gargalhada. Claro que ela foi por este lado.

Damien se aproximou do nosso grupo, com Murphy a reboque. Ele parecia um pouco cansado enquanto olhava para o nosso grupo sorridente.

— Por que minhas orelhas sempre começam a queimar quando vejo todas vocês rindo assim? — ele perguntou.

Marnie levantou as mãos, como se estivesse mostrando uma medida de 25cm.

— Não se preocupe, querido, é tudo lisonjeiro.

Damien esfregou as têmporas, com um ar aflito. Murphy assentiu, passando a mão no queixo e parecendo impressionado.

— Eu sabia! — ele disse.

Não pude evitar, só consegui rir ainda mais.

— Sim, ele tem um pau grande, mas fugir depois de fazer sexo anula qualquer coisa, na minha opinião — falou Jessa ironicamente.

Fiquei chocada. Eu não sabia que Jessa e Damien tinham transado. Jessa *nunca* fez o tipo que gosta de relações casuais. Ao menos, eu pensava assim.

Marnie levantou as mãos, fazendo um círculo bastante grande com os dedos, ilustrando claramente a circunferência.

— Isso aqui é o que compensa a parte da fuga.

Murphy xingou em voz alta.

— Eu sabia!

Marnie caiu na gargalhada de forma adorável, segurando a barriga. Judith a acompanhou. Elas se cumprimentaram com um *toca aqui*.

Senti pena de Damien, já que ele parecia estar realmente abalado, mas ainda não conseguia parar de rir.

Stephan se aproximou de nós, balançando a cabeça e sorrindo.

— Pobre Damien. O que ele fez para merecer essa provocação implacável?

Marnie respondeu, é claro.

— Ele trepou com muitas de nós, e é muito bom no que faz, só isso.

— Fale por si mesma — disse Jessa. — Não teve nada de bom na minha experiência. O tamanho não é tudo.

— Ooouuch — Murphy falou, prolongando o som. — Que fora!

Jessa deu de ombros.

— Não dei um fora. Só estou confirmando os fatos.

— Brutal — Murphy reagiu.

Senti um leve toque no meu ombro e virei para encontrar Javier logo atrás de mim. Ele parecia um pouco nervoso quando se inclinou para o meu ouvido.

— Podemos ir a algum lugar para conversar?

Eu o estudei, imaginando o que poderia estar acontecendo, mas apenas assenti.

— Certo. Para onde?

Eu o segui até uma seção vazia próxima ao bar localizado em nossa área VIP. O garçom se aproximou de nós instantaneamente.

— Não quero nada — informei-lhe.

— Vou querer mais uma especialidade da casa — pediu Javier.

Eu o avaliei. Parecia um pouco alto. Acho que nunca tinha visto Javier bêbado antes, mas suspeitava que poderia estar acontecendo agora.

Sentei-me em um dos bancos almofadados do bar.

Ele não sentou, mas se aproximou de mim, inclinando-se para falar em voz baixa.

— Eu sei que você está preocupada por Stephan estar comigo. Você acha que não sou bom o suficiente para ele. Acha que sou um problema.

Abri minha boca para protestar, embora a maior parte do que disse fosse um pouco verdadeira, mas ele continuou com pressa.

— Eu entendo. Não estou tentando discutir com você. Só queria esclarecer algumas coisas.

Balancei a cabeça para ele continuar.

— Você não precisa se preocupar que eu vá machucá-lo, Bianca. Se alguém vai se machucar aqui, serei eu. Não saí com ninguém desde que ele me largou. E isso foi há mais de um ano e meio. Eu *ansiava* por ele, Bianca. Sei que ele é bom demais para mim. Sei que ele é bom demais para qualquer um. Todo cara que conheço tem uma queda por ele. Ele é quase perfeito. E eu estou louco de amor por ele. Agradeço a Deus todos os dias por ele estar comigo. Não iria estragar tudo por uma besteira.

Senti um alívio tão grande que as palavras dele ameaçaram me derrubar. Mas ainda havia algumas coisas que ele precisava esclarecer...

— E quanto aos absurdos de Vance? Se ele tem sido tão horrível com você, por que ainda saem juntos?

Ele estremeceu.

— Ele me escreveu uma carta longa, falando sobre deixar tudo para trás e seguir em frente. Pela primeira vez, parecia realmente sincero sobre isso, e nós éramos próximos antes de sermos um casal. Ele era um bom amigo, mas foi um namorado horrível e um ex ainda pior. Sua carta me fez pensar que poderíamos voltar a ser amigos casuais. Eu queria isso, porque muitas pessoas da equipe dele são meus amigos, e eu gostaria que fosse menos complicado cada vez que estivéssemos no mesmo ambiente. Já faz muito tempo que ficamos juntos. Eu não entendo por que ele ainda não superou. Acho que eu quis acreditar que ele tinha finalmente seguido em frente. Não vai acontecer mais. Estou muito cansado.

Assenti. Parecia melhor assim. Eu só esperava que ele estivesse falando sério.

Foi como se ele lesse minha mente.

— Eu sei que não vai confiar em mim imediatamente. Não é assim que funciona com você. Mas espero que confie um dia. Pretendo te provar que é isso que eu quero, Bianca. Stephan é real, e, se ele me quiser, vou ficar com ele.

Ele se aproximou, passando os braços ao meu redor com força. Eu deveria me sentir estranha, já que estava sentada, e ele, de pé, mas, de alguma forma, nos encaixamos perfeitamente. Eu retribuí o abraço.

— Espero que sim, Javier. Sabe, na primeira vez que vocês saíram, ele voltou para casa com um olhar sonhador. Estava tão feliz. Sei que você acha que não sou sua fã, mas me tornei naquela noite. Não há nada que eu queira mais do que ver Stephan com alguém que o deixa tão feliz. E você não deve minimizar os sentimentos dele por você. Stephan também ansiava por você, Javier. Sei que muitos caras têm uma queda por ele, mas você é o único que ele quer. Confie em mim. Serei eternamente grata por tê-lo ajudado a ver que ele não precisa mais esconder quem é ou com quem ele está.

Ele me apertou com mais força. Eu retribuí novamente.

Javier riu.

— Olhe para Stephan — disse ele. — Nosso abraço fez com que ele ganhasse o dia.

Eu me afastei de Javier para olhar para Stephan.

Ele estava do outro lado do salão, perto de Jessa, sorrindo para nós como se um dos seus desejos tivesse sido realizado.

Javier ergueu o martini vermelho-escuro que o barman deixara para ele no bar enquanto conversávamos, em um brinde.

— Parece saboroso — eu disse, apontando para sua bebida.

Suas sobrancelhas se ergueram.

— Quer que eu peça um para você?

Balancei a cabeça.

— Álcool não combina comigo. Não consigo ter um limite entre totalmente sóbria e loucamente bêbada.

Ele estendeu o copo para mim.

— Apenas prove. É um martini de framboesa preta. É o coquetel exclusivo do Red. É minha nova bebida favorita.

Peguei o copo, cheirando-o. O aroma era maravilhoso.

— O que tem dentro? — perguntei, tomando um gole muito pequeno, e, depois saboreando outro, um pouco maior.

— Chambord, vodca de framboesa e suco de laranja-de-sangue.

— Tem um gosto incrível. O que é Chambord?

— Licor de framboesa. É de matar, não é? Melhor bebida da vida.

Assenti.

— Muito boa.

Senti um corpo firme pressionar-se contra mim por trás e fiquei rígida. Entreguei a Javier sua bebida.

— Quantos desses você já tomou? — James ronronou no meu ouvido. Ele enfiou a mão no meu cabelo, segurando um punhado. Seu outro braço serpenteou ao redor da minha cintura por trás, pousando a mão nos meus quadris.

Seu tom era macio, mas, ainda assim, um pouco ameaçador.

— Nenhum — respondi calmamente. — Javier me deixou provar um pouco do dele.

— Você vai beber hoje à noite?

Eu não planejava beber nada, mas seu tom e sua atitude quase me fizeram mudar de ideia.

— Não estava planejando.

— Que bom — disse ele, suave como seda. — Você sabe que eu não gosto de álcool. E não vou te foder até te fazer perder os sentidos se estiver bêbada.

Meus olhos dispararam para Javier. James não se incomodou em baixar a voz, mas o outro homem não pareceu notar.

James me virou em seus braços, segurando-me com força, e inclinou meu queixo até que eu tivesse uma visão clara dos seus olhos sombrios.

— Diga-me uma coisa — começou naquele tom sedoso. — É romântico ou psicótico eu dizer que nunca vou permitir que me abandone?

Eu o analisei. Não sabia se havia uma pitada de divertimento em suas palavras quando ele estava com aquele humor.

— Suponho que isso dependeria de eu estar tentando deixá-lo ou não. Se eu nunca tentar, é romântico, mas, se eu tentar e você não permitir, definitivamente psicótico. Por que está tentando me assustar, James?

Minha voz estava firme e calma. Eu saberia lidar com isso. Não fugiria só porque ele estava agindo de forma estranha.

Seu sorriso concedeu um toque amargo à sua linda boca. Não gostei nem um pouco. Aquela reação tinha a ver com segredos e medos.

— Não estou tentando assustar você, amor. Eu quero te manter comigo. Estou apenas tentando avaliar o quanto você quer ser mantida.

— Eu quero que você me diga o que está acontecendo. Tem algo a ver com a conversa que você teve com Roger?

Suas sobrancelhas se ergueram.

— Fico feliz que tenha perguntado sobre Roger. Acabamos de terminar uma reunião juntos, e ele está morrendo de vontade de conhecê-la, então, estará aqui logo. Você vai gostar dele. É um bom homem.

Tracei um dedo pelos contornos suaves do seu rosto e acariciei o ponto exato onde ficavam suas covinhas quando ele sorria.

— Então vai se recusar a me dizer? É assim que vai ser com a gente?

A máscara que ele estava mantendo escorregou por um instante, dando-me um vislumbre de olhos crus e desesperados.

— Não, Bianca. Eu quero que compartilhemos tudo. Falo sério. Você vai me dar tempo?

— Você vai parar de agir como se o mundo estivesse prestes a cair ao nosso redor?

— Sim, claro. Se eu souber que você é dedicada a mim e a ficarmos juntos, isso vai ajudar imensamente.

— Eu já te disse como me sinto. Mas não pode me fazer depender de você tão rapidamente, tão desesperadamente, e depois se fechar. Eu não posso aceitar isso, James. Faz com que eu erga todas as barreiras e dispare todos os meus alarmes quando você age de forma assustada e reservada.

Ele assentiu.

— Sim. Eu sinto muito. Estou no limite com uma negociação crucial. É um cenário de morte súbita. Vou tentar não levar mais o estresse para casa comigo. Ah, aí vem Roger.

Roger era um homem atraente, com cabelos grisalhos e um rosto que parecia estar coberto de sorrisos ao invés de franzidas de cenho. Era um homem elegante, talvez em seus cinquenta e poucos anos. Seu sorriso pareceu grande e sincero quando se aproximou de nós.

— Só mesmo James para me arrastar para uma boate nos meus cinquenta anos — disse ele em tom de saudação.

Sorri. Ele estendeu a mão, e eu afastei-me de James o suficiente para cumprimentá-lo.

— Sou Roger, um velho amigo da família. E você é a Bianca. Já ouvi muito sobre você. Começo a ver por que meu jovem amigo ficou apaixonado. — Seu tom era afetuoso e sincero.

Um garçom se aproximou do nosso grupo, parecendo nervoso e ansioso. James ergueu um olhar severo para ele, o que tornou a ansiedade do garçom compreensível.

— Sr. Cavendish... Jeff, o gerente, precisa de um minuto do seu tempo.

James fitou o outro homem, com um olhar frio, intimidando-o.

— Mesmo? Ele *precisa* da minha presença agora? Acha que estou aqui a trabalho?

— Não, senhor. Ele sabe que está aqui, uh, socialmente. Mas disse que era muito importante.

James abriu um sorriso afiado que mostrava todos os seus dentes brancos perfeitos. Era assustador.

— Diga a ele que irei vê-lo em um instante.

Ele gesticulou para Roger, beijando minha bochecha com força. Parecia agitado, com a mandíbula cerrada.

— Se vocês me derem licença, voltarei em breve. É melhor que seja uma coisa boa.

18
Sr. Curioso

Nós observamos enquanto ele se afastava.

Roger falou, quando ele estava a uma boa distância.

— Perdoe minha franqueza, Bianca, mas você está ciente do passado de James?

Eu me virei para olhá-lo, encontrando seus olhos com muita firmeza.

— A que você está se referindo, exatamente?

Ele suspirou, parecendo desconfortável.

— Ele foi entregue aos cuidados de um primo logo após a morte dos pais. Eu briguei contra essa decisão, briguei muito, mas fui vencido por sua família. Eu não tinha capacidade legal para protegê-lo. Só tenho minhas suspeitas sobre o seu tutor, e não é meu papel lhe dizer isso, mas, para entender algumas das coisas que James fez, acho que você deveria saber...

— Eu sei tudo sobre Spencer, se é o que quer dizer. Por que está me contando isso?

Ele me estudou.

— Ele lhe contou sobre Spencer?

Assenti.

Ele pareceu surpreso.

— Provavelmente é um bom sinal que ele tenha compartilhado algo assim com você. A razão pela qual estou mencionando isso, porém, é que, depois que deixou de viver com Spencer, ele se tornou um garoto diferente por um longo tempo. Era selvagem e indisciplinado. Eu mal o reconhecia. O que quer que tenha acontecido com seu guardião o afetou de maneira muito negativa. Não sei se você sabe disso, mas ele costumava ser bastante... promíscuo.

Senti meus olhos endurecerem quando olhei para ele.

— Estou bem ciente disso. Confie em mim quando digo que isso chegou ao meu conhecimento *muitas* vezes.

— Então você sabe como ele costumava ser? Até conhecer você, ele era...

— Ele era promíscuo. Sim, eu sei. Aonde quer chegar? — Fui rude ao dizer as palavras, mas, Deus, estava cansada daquele assunto.

— Bem... fiquei com a impressão de que James ficaria bastante perturbado se algumas coisas sobre seu passado fossem trazidas à tona. Fui levado a acreditar que ele temia que você o deixasse se soubesse de suas antigas indiscrições, e era por isso que estava tão chateado com a possibilidade de certas coisas serem reveladas. Você sabe sobre suas... preferências pouco ortodoxas?

Suspirei, completamente confusa e muuuito de saco cheio da conversa.

— Sim. Estou muito ciente — respondi, tentando não corar enquanto sustentava seu olhar firme. Algo sobre aquele homem parecera tão digno. Eu não podia acreditar que estava prestes a discutir meu estilo de vida BDSM com ele.

Suas sobrancelhas grossas e escuras arquearam.

— Bem, isso é um alívio, apesar de não esclarecer nada para mim. Mais uma vez, perdoe minha franqueza, mas talvez você deva demonstrar a James que o passado dele não vai assustá-la.

— Por quê? Qual é o ponto de tudo isso? O que está acontecendo com o James?

Ele lançou um olhar por cima do meu ombro e pareceu particularmente desconfortável.

— Eu não tenho liberdade para dizer — respondeu distraidamente.

— Agora você parece um advogado falando.

Enquanto eu falava, uma mão firme se encaixou na minha nuca.

— Foi rápido — Roger se dirigiu a James, que pressionava-se firmemente em minhas costas.

— Não foi nada — afirmou James com desdém. — Sobre o que vocês dois estavam conversando? Por que ele estava soando como um advogado, amor?

Eu me virei para olhá-lo.

Ele mudou de posição, mas não tirou a mão da minha nuca.

— Qual foi a emergência? — perguntei com uma sobrancelha arqueada.

Seu lábio superior se curvou.

— Não havia uma. Somente um gerente de meio período que precisava ser rebaixado. Diga-me, do que vocês estavam falando?

— Essa é uma pergunta intrometida. Você realmente rebaixou alguém por desperdiçar cinco minutos do seu tempo?

Ele se moveu até se encostar em mim, pressionando seu corpo na lateral do meu. Mesmo sabendo que ele estava fazendo isso para me distrair, não consegui não ser afetada por sua proximidade.

— Eu o rebaixei e o coloquei em observação, porque ele está administrando um dos clubes mais lucrativos de Manhattan e não consegue lidar com uma simples falta de vinho. O fato de ter desperdiçado cinco minutos do meu tempo apenas esclareceu o problema para mim. Sua vez. Do que estavam falando?

Roger pigarreou.

— Nada importante, James. Eu realmente preciso ir. Vou ligar para você se descobrir mais alguma coisa.

Roger apertou nossas mãos, inclinando a cabeça educadamente antes de se virar.

— Vou te acompanhar até a saída, Roger — disse James às suas costas.

Roger acenou para ele.

— Não, não precisa. Fique mais tempo com a Bianca. É óbvio que você sempre precisa de mais tempo com ela. Tenham uma boa noite.

— Você vai me dizer sobre o que vocês dois conversaram? — James me perguntou quando Roger sumiu de vista.

Balancei a cabeça.

— Por que você está tão curioso?

Ele se moveu para mim, pressionando sua testa contra a minha, e inclinou-se para me beijar.

— Sou curioso a respeito de tudo que você faz, Bianca. O que eu preciso fazer para você me contar o que ele disse?

Apenas balancei a cabeça para ele novamente.

James soltou um pequeno grunhido e começou a me beijar. Era um tipo de beijo irresistível e possessivo. Nós estávamos em público, em um dos seus clubes, mas ele não se conteve. Chupou minha boca, e suas mãos se moveram para minha bunda para me puxar com força contra a prova do seu desejo, esfregando-se em mim como um gato.

Eu ronronei. Minhas mãos se enrolaram nas lapelas do seu paletó, agarrando-se desesperadamente.

James colocou uma mão no meu cabelo, apertando-o e puxando-o com força suficiente para provocar um pequeno e involuntário gemido. Recuou apenas o suficiente para sussurrar contra a minha boca.

— Você está com vontade de ser fodida contra uma parede esta noite, não está?

Ele recomeçou a me beijar antes que eu pudesse responder; a mão em minha bunda se moveu para a parte de trás da minha coxa, erguendo-a para que ele pudesse se esfregar mais em mim.

Então, parou abruptamente, afastando-se, mas não para longe.

Meus quadris se moveram contra ele antes de eu registrar que não estávamos sozinhos. *Oh, sim.* Nunca estivemos sozinhos. Estávamos em um clube.

Ele se afastou, pegou minha mão e começou a me puxar.

— Voltamos logo — gritou para Stephan. — Vamos apenas conversar.

Não olhei para Stephan, não o ouvi responder. Eu estava perdida em uma névoa sensual, apenas colocando um pé na frente do outro, seguindo-o cegamente. James havia dito algo sobre me foder contra uma parede. *Sim,* isso soava perfeito.

Ele me levou para fora da área VIP, caminhando por um longo corredor vermelho e depois por outro. Puxou-me para um grande escritório. Havia um homem atrás da mesa, digitando em um computador, que pareceu surpreso com a nossa entrada.

— Nos dê privacidade — James ordenou, sua voz afiada.

O homem bateu em retirada imediatamente.

James fechou e trancou a porta atrás dele. Fiquei feliz por haver uma tranca.

Ele começou a afrouxar a gravata. Quando estava desatada, ele enfiou um dedo na coleira do meu pescoço empurrou minhas costas contra a parede. Ou melhor, contra a porta.

Ele estendeu a mão para acima da minha cabeça, e eu olhei nessa direção. Havia um cabide lá, preso na parte mais alta da porta. James amarrou a gravata com movimentos rápidos e seguros, ergueu meus braços e os uniu, envolvendo a gravata em torno deles, amarrando nós ainda mais firmes em torno dos meus pulsos. Isso levou um pouco mais de tempo, e eu observei suas mãos hábeis com muita atenção.

— Isso aqui vai ser escandaloso, Bianca. Eu vou te foder tanto que você vai gritar meu nome. E vai gritar tão alto que *ninguém* duvidará do motivo dos seus gritos. Gostaria de me dizer sobre o que você e Roger estavam falando antes que eu esteja dentro de você? Ou será uma confissão no meio de uma foda?

Apenas balancei a cabeça novamente.

Ele abriu um sorriso muito malvado. O Sr. Cavendish estava prestes a tomar as rédeas.

Ele retirou suas roupas primeiro, arrancando a camisa de dentro das calças e, em seguida, desabotoou e abriu-as. Tirou aquele pênis delicioso de dentro delas devagar, provocando-me, e se acariciou enquanto me observava.

Abaixou as alças do meu vestido, viu que eu estava usando um sutiã tomara que caia e o puxou para baixo também. Inclinou-se um pouco e começou a chupar com força o meu mamilo enquanto deslizava as mãos pela minha saia e tirava a calcinha.

James empertigou-se muito devagar quando terminou, inclinando-se para mim, puxando minha perna para cima e penetrando-me com força com o mesmo movimento. Observei-o e vi seu sorriso frio quando arrancou um pequeno suspiro de mim.

Investiu com tanta força e rapidez que me provocou um gritinho. Um grito que se formou em uma versão muito longa da palavra "James". Eu já estava no limite quando ele retirou-se de dentro de mim, seus olhos intensos e irritados nos meus.

— Diga-me sobre o que você e Roger conversaram, Bianca — ordenou.

Levei longos momentos para voltar a ter pensamentos minimamente coerentes. Quando consegui, uma faísca de raiva me atingiu.

— Você não pode usar sexo para me controlar, James. Não deveria brincar com o meu coração desta forma.

Ele riu. Foi sinistro.

— Oh, amor, não é com o seu coração que estou brincando. E vou brincar com seu corpo sempre que eu quiser.

Ele me penetrou novamente e então recomeçou a investir.

— Nem pense em gozar — murmurou de uma maneira quase descontrolada. Investiu em mim, com muita força e rápido, de novo e de novo, e por longos momentos antes de se retirar novamente. Fiz um barulho que soou como um grito de angústia quando ele se afastou.

Tocou meu lábio inferior suavemente com o dedo indicador.

— Diga-me, Bianca. Diga-me o que você falou com o Roger.

— Você está agindo como um babaca — eu disse-lhe depois de um tempo. Ele apenas deu aquele sorriso sinistro e acariciou meus lábios com o dedo. — Um babaca sádico.

Ele riu.

— Sim. É isso que eu sou. Apenas me diga o que vocês falaram, Bianca. Antes que isso fique fora de controle.

Nós tivemos um longo e silencioso impasse antes de eu desabar. Só fiz isso porque percebi que não era tão importante assim, e porque eu não queria ver até onde ele iria para provar seu ponto naquele momento.

— Nós conversamos sobre *você*, James. Sobre o seu passado, sobre sua promiscuidade, suas… preferências. Acho que ele só queria descobrir o que eu sabia. Pareceu pensar que você mantinha segredo sobre tudo isso. Tenho a sensação de que ele estava com medo de que algo sobre o seu passado estivesse prestes a vazar, algo que me afastaria. Por que ele pensou isso, James? O que está acontecendo?

Ele praguejou.

— Maldito Roger. Não é nada, Bianca. Estou cuidando de tudo. Alguém ameaçou ser... indiscreto a respeito de algumas das minhas façanhas. Estou lidando com isso. Fiquei agitado porque tenho tentado me distanciar do meu passado para limpar minha imagem, pelo seu bem, pelo bem do nosso futuro, e, se essa notícia vazasse, teria o efeito oposto. Mas, como eu disse, estou lidando com isso. Obrigado por responder à minha pergunta.

Ele se aproximou novamente.

Eu falei, quando ele estava prestes a me penetrar.

— Eu não tinha realmente uma escolha — murmurei, emburrada.

Ele me penetrou, mergulhando com um movimento forte.

Choraminguei seu nome com a voz entrecortada.

— Que tal eu compensá-la com alguns orgasmos?

Eu não respondi. Ele me deixou incoerente enquanto cumpria sua oferta.

Estocou em mim implacavelmente, uma mão puxando meu cabelo, a outra esfregando meu clitóris. Ele me fez gozar mais de uma vez. Foi impiedoso. Eu estava completamente desfalecida quando ele se deixou gozar com um gemido áspero, remexendo-se profundamente dentro de mim, a mão no meu cabelo se movendo para o meu queixo. Segurou-o com força enquanto me observava.

Ele me deu um beijo rápido antes de sair de dentro de mim e deixou-me onde eu estava, ancorando-me à porta em busca de apoio, meus braços ainda amarrados, enquanto se dirigia à mesa.

Ele nos limpou tanto quanto pôde usando apenas lenços de papel. Beijou-me profundamente, mas com suavidade, um tipo romântico de beijo, enquanto desamarrava meus pulsos, e puxou-me contra ele, apoiando-me enquanto eu recuperava meu equilíbrio, massageando meus punhos dormentes bem lentamente.

— Eu te amo, Bianca — declarou quando finalmente se afastou.

— Eu também te amo, James, mas isso não lhe dá um passe livre.

— Não, não é verdade. Ser seu dominador me dá esse direito, amor. Já cedi a você muito mais do que fiz por alguém ou alguma coisa na minha vida. Controlá-la sexualmente é algo que não vou deixar de fazer, mas tenho certeza de que você já sabe disso.

174
R.K. Lilley

19
Sr. Amável

James estava em um humor notavelmente melhor quando voltamos para o nosso grupo. Ficamos por horas rindo e brincando com meus amigos. Ele foi até amigável com Damien, embora o homem não pudesse chegar a dois metros de distância de mim sem que James começasse a me tocar para demarcar território. Embora, se eu fosse justa, precisaria admitir que ele raramente tirava as mãos de mim quando estávamos juntos, na presença de Damien ou não.

Damien, por sua vez, estava dando a James ainda menos motivos para ter ciúmes do que o normal. Estava distraído e quieto. Passou a maior parte da noite olhando para Jessa, o que achei estranhamente animador. Talvez houvesse alguma coisa ali. Talvez ele estivesse levando para o lado pessoal ela não ter gostado do sexo casual, mas eu esperava que fosse mais do que isso. Peguei um pequeno trecho de uma conversa entre eles, quando a noite estava quase acabando, e Damien conseguiu encurralar Jessa logo atrás de onde estávamos com Murphy.

— Ei. Está tudo bem conosco? — Damien perguntou a ela, seu tom preocupado.

— Tudo bem — Jessa respondeu em uma voz impassível, soando tudo, menos bem.

— Eu me sinto um idiota. Não sabia que você se sentia assim. Francamente, pensei que tivesse esquecido a coisa toda, já que nunca mencionou nada.

— Não se preocupe com isso, Damien. Uma cliente insatisfeita em meio a um milhão de outras dificilmente irá atrapalhar sua média.

Ele praguejou, e eu não pude evitar olhar para eles. As costas de Damien estavam viradas para mim, mas Jessa estava de frente, e vi seu rosto claramente enquanto ela revirava os olhos.

— Eu não sabia que tinha sido ruim para você. Não foi ruim para mim.

Na verdade, foi incrível. Eu gostaria de... te compensar, se você permitir. Você poderia me mostrar o que não gostou, me ajudar a aperfeiçoar minhas técnicas.

Jessa bufou alto.

Aparentemente, eu não era a única a escutar a conversa descaradamente. Murphy começou a dançar e cantar: *"O jogador ataca novamente..."*.

— Deixa-me explicar, Damien. Não foi apenas a sua técnica que não funcionou para mim. Ficar com uma garota para a qual você nunca vai olhar duas vezes foi o maior problema, além do fato de não ter se incomodado em me dar uma pista sobre esse seu desprendimento antes de começarmos a coisa toda. Eu nunca faço sexo casual, e a maneira como você se transformou em um estranho no segundo depois de termos transado me lembrou muito claramente do porquê. O sexo não é apenas uma função corporal para mim. Eu preciso de algum tipo de intimidade com o ato, mas você não reconheceria a intimidade nem se ela te desse um soco na cara.

"Ouvi dizer que você tem agido como um celibatário nos últimos meses", Jessa continuou impiedosamente. "Esperando por uma garota que *nunca vai te querer*. Você não é idiota e sabe que ela não vai deixar aquele namorado bilionário, aquele homem lindo de morrer, gostoso, sendo que ambos estão loucos um pelo outro, olhando-se como se pudessem começar a transar em público. Isso é só uma forma louca de evitar sentimentos reais. A única maneira de você ser bom na cama seria se tornando uma pessoa completa, não apenas uma *casca de um homem* que não tem um meio termo entre colocar mulheres em um pedestal e degradá-las com sexo sem sentido."

Murphy apertou o peito, caindo de joelhos.

— Eu senti o golpe bem aqui, meu amigo! — ele gritou para Damien, sem nem mesmo se preocupar em esconder o fato de que estávamos escutando descaradamente toda a conversa.

— Que tal termos essa conversa em particular? — pediu Damien, com um tom severo. Todos nós assistimos em silêncio enquanto ele agarrava Jessa pelo braço e a levava resolutamente para longe.

Ela o acompanhou com facilidade, apenas murmurando um "Neandertal" bem alto, enquanto se afastavam.

Eu olhei para James, que ficou em silêncio durante toda a situação.

— Talvez esses dois resolvam as coisas e comecem a namorar — eu disse, esperançosa.

James me avaliou.

— Você quer isso?

Lancei-lhe um olhar perplexo.

— Claro que quero. Damien precisa seguir em frente, e Jessa seria boa para qualquer um. Ela é uma das pessoas mais abertas e honestas que já conheci. Conversar com ela é como conversar com um bom terapeuta.

— Não — Murphy disse, levantando-se. — Damien é bem específico sobre o que gosta nas mulheres. Ele gosta de ser ignorado, não que gritem. Ela não faz o tipo dele.

Dei de ombros levemente.

— Talvez ele precise encontrar um novo tipo.

Murphy sorriu.

— Isso, sim, seria incrível.

Damien e Jessa não voltaram para o clube, pelo menos não antes de James e eu partirmos, e interpretei isso como um bom sinal.

Fomos de grupo em grupo, dizendo adeus a todos, por volta das onze. James estava bastante quieto, mas se mostrou doce na curta viagem de volta ao apartamento. Acariciou meu pescoço, dando beijos suaves e doces ali. Não era seu estilo habitual, mas me fez derreter.

E fez amor comigo novamente antes de eu mergulhar em um sono profundo e sem sonhos.

Fiquei agradavelmente surpresa na manhã seguinte, quando percebi que ele iria viajar para Vegas comigo naquele dia. Sabia que ele planejava passar parte da semana em minha companhia, mas não discutimos quando ele iria voar.

Nós nos vestimos juntos e caminhamos silenciosamente de mãos dadas até o carro que esperava.

— Eu discuti isso com Stephan na noite passada. Você não precisa pegar o transporte do aeroporto com a tripulação. Isso fica a critério do seu supervisor, e ele nos deu carta branca para que você possa andar comigo.

Eu apenas assenti.

O voo correu bem. O dia inteiro correu, na verdade. Houve um breve momento de tensão quando James descobriu que, embora eu estivesse disposta a tirar a licença, ainda teria que cumprir minha agenda regular por, pelo menos, mais duas semanas. Ele não gostou disso. Imaginei que não iria gostar, mas não cederia.

— Essa empresa me deu uma oportunidade inestimável que mudou minha vida. Isso significa muito para mim. Eles nos pediram para cumprirmos nossas agendas por mais duas semanas, e eu não vou desertar mais cedo e prejudicar o pessoal. Não vou cuspir no prato que comi, James.

Meu pequeno discurso foi apaixonado o suficiente para que ele mudasse de assunto rapidamente. Mesmo que não conseguisse compreender meu sentimento de lealdade para com uma empresa da qual estava saindo, ele, pelo menos, respeitava minha decisão. Isso me comoveu. Ele nem sempre me entendia, mas eu não tinha dúvidas de que tentava.

Os próximos dias foram assim. Todas os possíveis obstáculos em nosso caminho nos davam pouca resistência. Ele não reclamou quando eu tive que trabalhar a maior parte do domingo, apenas me beijou com um murmúrio:

— Eu te amo.

As coisas estavam boas entre nós. Boas, para dizer o mínimo. Nós éramos incríveis juntos. Tudo foi ficando tão fácil que o calor entre nós não arrefeceu nem por um momento. Ficou muito claro para mim o quão perfeito poderíamos ser juntos, se simplesmente permitíssemos. Parecia tão perfeito que, na verdade, comecei a ficar um pouco paranoica, sempre esperando que algo desse errado.

Disse a mim mesma que a vida não precisava ser apenas uma série de tragédias. Talvez eu pudesse ter essa coisa maravilhosa, sem condições. Talvez a vida, daqui para a frente, fosse como velejar suavemente. Eu queria acreditar, mas uma tensão doentia nunca libertava minhas entranhas, e meus pesadelos eram mais persistentes do que nunca.

Nós nos hospedamos na casa de James em Las Vegas naquela semana, mas concordamos em ficar na minha pequena casa na próxima ida a Vegas.

Na segunda-feira, saímos para jantar com a tatuadora Frankie. Eu estava nervosa. Sabia que não tinha deixado uma boa impressão na primeira vez que nos conhecemos, e eu queria corrigir isso, mas não a conhecia, então, nem imaginava como fazê-lo.

Nós a encontramos em um restaurante elegante no Cavendish Hotel & Cassino. Eu me vesti de forma casual, com uma linda blusa branca, short curto bege e saltos laranja. Em Vegas, você nunca mostrava pele demais, e os saltos deixavam a roupa tão vistosa que eu poderia me encaixar em qualquer lugar.

Frankie foi calorosa e amigável, abraçando-nos e lançando-me um sorriso genuíno logo de cara. Senti minha tensão aliviar; ela ia facilitar as coisas para mim.

Frankie estava usando uma camiseta cinza apertada, rasgada e tão curta que quase dava para ver uma parte dos seus seios. Seu short jeans não era muito mais decente. A pele coberta de tatuagens estava bem exposta em toda a sua glória. Ela me pegou olhando e sorriu.

— Meu reality show está sendo filmado. Os produtores adoram ver as tatuagens. Eu juro que eles me vestem com menos e menos roupas a cada temporada. Na próxima, não duvido que me coloquem nua.

Sorri de volta. Ela tinha um sorriso muito agradável. Sua maquiagem era escura, seus lábios, quase negros. Seu olhar era severo, mas não conseguia desvirtuar sua beleza. Com aquele sorriso carinhoso, ela era realmente adorável. Com seus cachos negros, ela meio que parecia uma Shirley Temple adulta e gótica.

Nós nos demos bem sem problemas. Frankie não era nada do que eu pensava que ela fosse. Comecei a entender por que ela e James se davam tão bem. Ela tinha um enorme charme, adicione isso ao seu carisma inegável, e eu via facilmente por que ela tinha seu próprio reality show. Eu não gostava deste tipo de programa. Nunca enxerguei o apelo em assistir pessoas que eu não gostava ou respeitava fazendo papel de bobas, mas apostaria que acabaria gostando do programa da Frankie.

— O que eu teria que fazer para te colocar na minha mesa, Bianca? — Frankie perguntou com um sorriso encantador depois de conversarmos por uma hora inteira.

James fez um ruído de desaprovação, e eu o olhei. Ele estava lançando um olhar irritado na direção dela.

— Não dê em cima da minha garota, Frankie.

Frankie levantou as mãos, demonstrando inocência e rindo. Ela claramente não foi afetada pelo ciúme dele.

— Não estou fazendo isso, James. Você entendeu tudo errado. Só acho que ela ficaria linda com um pouco de tinta nesta pele perfeita.

James parecia longe de ser apaziguado.

— Pare com isso, Frankie.

Ela gesticulou para ele.

— Relaxe, James. Eu não estou dando em cima dela. Tenho uma namorada agora e nunca fui mais feliz. Apenas deixe que eu me divirta um pouco.

Eu vi seus olhos se moverem para algum lugar atrás de Frankie e meu olhar seguiu o dele. Um homem enorme andava a passos largos em nossa direção. Estava a várias mesas de distância, mas eu poderia dizer, a julgar por seus passos decididos e pela intenção no seu olhar, que ele estava vindo em nossa direção.

Ele parecia... sinistro. E sexy. Tinha cabelos negros que caíam em seus ombros maciços. Era tão grande que eu arriscaria que era um jogador de futebol americano, ou algum tipo de atleta profissional, se não fosse pelo jeito como se vestia. Usava uma camiseta branca com o que parecia a logo de alguma banda na frente. Era tão apertada que eu podia ver cada gomo do seu abdômen e cada parte das extensas tatuagens que cobriam seu peito. Sua calça jeans fazia parecer como se ele estivesse em uma zona de guerra de tão rasgada. Seus braços estavam cobertos de tatuagens que mais pareciam mangas. Imaginei que ele deveria trabalhar na loja de Frankie, já que tinha tanta tinta na pele.

Quando ele se aproximou, vi que sua dura mandíbula tinha uma sombra de barba que parecia nunca abandoná-lo. Ele tinha feições bonitas, com sobrancelhas espessas sobre olhos estreitos, um nariz reto e arredondado e uma boca feita para o pecado. Ele era um diabo de um homem bonito.

Ele sorriu quando se aproximou de nós, mostrando covinhas duplas que eram pura encrenca.

James praguejou.

— Que porra ele está fazendo aqui? — perguntou a Frankie, parecendo muito irritado.

Frankie se virou para ver de quem ele estava falando, mas teve a reação oposta quando viu quem se aproximava. Ela sorriu.

— Tristan vai fazer uma nova tatuagem hoje. Claro que meu produtor quis usá-lo no show. Eles adoram quando as celebridades entram na loja. O episódio dele vai ao ar em duas semanas, a propósito.

Claro que ele iria fazer uma exibição das tatuagens, pensei, enquanto minha mente ligava os pontos.

Não tive tempo de abordar o assunto, no entanto, antes de Tristan aproximar-se de nós. Seus olhos recaíram sobre mim quando ele chegou à nossa mesa. Eram dourados e cintilantes, realmente desarmantes. Sorri de volta hesitante, sentindo uma estranha tensão em James.

Tristan sentou-se na única cadeira vazia na mesa, deslizando-a até que estivesse quase perto demais. Seus olhos estavam fixos em mim.

— A famosa Bianca. Tenho que dizer que estava ansioso para conhecê-la. James e eu nos conhecemos há muito tempo. Eu sou Tristan.

Ele estendeu a mão para que eu o cumprimentasse, e fiz isso automaticamente. James ofegou quando Tristan a levou à boca, arrancando-a do outro homem antes que eu pudesse reagir.

— Cuidado com o que faz, Tristan — ameaçou James, com os dentes cerrados.

Tristan apenas sorriu, aquele sorriso sinistro com as covinhas causadoras de problemas.

— Relaxe, Cavendish, eu sei que ela é sua. Só estava dizendo oi.

— Sim, bem, se você disser "oi" de novo, eu vou quebrar o seu nariz.

— Adoraria te ver tentar, mas odiaria fazê-lo arruinar suas unhas manicuradas.

Eu me virei para James, lançando-lhe um olhar severo e ignorando completamente o outro homem. Acariciei seu peito até que ele olhou para mim. Eu não disse uma palavra, apenas o observei, desejando que se acalmasse para evitar que se iniciasse um pequeno confronto por um motivo tão bobo.

Depois de um longo momento, ele relaxou um pouco, puxando-me até que eu estivesse colada ao seu lado.

Demorou um tempo até que eu olhasse de volta para Tristan. Ele era estranho, pensei, enquanto ele nos estudava atentamente, com a testa franzida.

— Alguém me disse que você tinha se apaixonado perdidamente, mas eu simplesmente não acreditei. Agora vejo que estavam certos. Você está perdido, meu amigo.

— Que tatuagem você vai fazer? — perguntei a Tristan, tentando encontrar um tópico neutro para os homens hostis. Olhei para ele enquanto fazia a pergunta.

— Vou tatuar um pequeno cinco para comemorar cinco anos limpo e sóbrio — respondeu sem hesitar, como se tivesse praticado a fala.

Eu pisquei.

— Parabéns — eu disse, falando sério. O vício era uma coisa horrível e poderosa. Já vi pessoas arruinadas por ele.

— Obrigado. Fiz algumas coisas ruins quando estava usando, coisas que não posso compensar, mas completar cinco anos de sobriedade me parece algo muito bom.

Frankie deu um tapa na testa, que serviu para chamar a nossa atenção. Todos nós olhamos para ela.

— Você pode falar sobre isso sem mencionar todos os seus pecados — repreendeu. — Você tem todo o direito de se orgulhar de si mesmo.

Ele deu de ombros, franzindo a testa severamente. Parecia ser um cara durão, mas, de alguma forma, aquela carranca fazia com que parecesse vulnerável ao invés de malvado.

— Eu não vejo dessa forma. Mesmo com toda essa merda de reabilitação, eu ainda sei que fiz todas aquelas coisas, não foram o álcool ou as drogas, e há algumas coisas pelas quais uma pessoa não pode se desculpar, especialmente quando quem eu mais feri também não consegue me perdoar.

Frankie praguejou, apontando para ele. Dava para dizer, julgando só pelos dois últimos minutos, que aqueles dois tinham um tipo de relacionamento complicado, mas bem íntimo.

— Vou ligar para o seu terapeuta só porque você disse isso. Você já deveria ter superado isso a essa altura, e o fato de não ter superado me diz que precisa começar a vê-lo mais.

Tristan a ignorou, virando-se para mim. Ele tinha um tipo de olhar intenso que era difícil não retribuir. Fazia com que eu me lembrasse de um bilionário que conhecia...

Ele gesticulou, apontando para mim e James. Foi um gesto estranhamente elegante para um homem tão grande.

— Eu costumava ter o que vocês têm. Encontrei uma submissa uma vez, que combinou perfeitamente comigo...

Senti-me um pouco chocada com as palavras dele, referindo-se ao nosso estilo de vida de forma tão casual e incluindo-se naquela vida com apenas algumas palavras. Lembrei-me que James também havia descrito Frankie como dominadora. Perguntei-me se eles tinham seu próprio clube... Será que se encontravam uma vez por semana para tomar café? A coisa toda parecia surreal.

— Todo o resto que tenho hoje em dia é só uma imitação barata do que tive com ela — continuou. — Ela era maravilhosa.

— O que aconteceu? — questionei.

Ele mordeu o lábio inferior exuberante. Tudo que aquele homem fazia parecia pecaminoso.

— O que mais poderia ter acontecido? — ele perguntou amargamente. — Eu estraguei tudo. Eu a afastei tanto que ela me abandonou. Se for sincero, direi que a afastei de propósito. As coisas estavam ficando muito íntimas, e eu não queria isso. Eu era como qualquer outro viciado. Ser autodestrutivo costumava ser um modo de vida para mim.

Ele olhou para James.

— Como está Danika? Ela está bem?

James suspirou, e eu o estudei enquanto ele respondia.

— Ela está bem, até onde eu sei. É ótima no trabalho. Eu a coloquei no comando de todas as minhas galerias, não apenas as da costa oeste. Beth, em Nova York, vai ter um ataque por estar subordinada a ela, mas eu decidi que preciso trabalhar menos e viver mais, então, meus melhores gerentes estão sendo promovidos imediatamente. Você deveria ligar para ela, Tristan. Sei que se preocupa com ela, então, ligue. Veja por si mesmo como ela está.

Tristan soltou um suspiro frustrado.

— Você acha que não tentei ligar para ela? Estou sempre de olho. É só isso. Preciso saber que ela está bem, mas a mulher não quer mais nada comigo.

— Você já tentou ligar ultimamente?

— Você conhece Danika. Ela não vai mudar de ideia.

— Se você a contatasse com algo diferente de uma foda eventual em mente e usasse essa sua persistência irritante, eu não ficaria surpreso se ela te desse outra chance — disse James, com um tom casual.

Os olhos de Tristan se fixaram nele como se fossem feitos de laser, fazendo com que eu me lembrasse muito de James.

— Por que acha isso? Ela disse alguma coisa para você?

James deu de ombros e fez uma careta, e o braço em volta do meu ombro me empurrou com o movimento.

— Ela só... eu não sei, parece que falta alguma coisa. Ela é reservada demais, controlada demais, muito desinteressada em relação a cada parte da sua própria vida, exceto pelo trabalho. E ela trabalha demais. Eu sei, por experiência pessoal, que se você já ganha um bom dinheiro e ainda sente o desejo de passar a maior parte da sua vida trabalhando é porque algo importante está faltando.

Tristan parecia muito selvagem ao estudá-lo, e seus olhos dourados sustentavam um tipo familiar de emoção que tinha a ver com dor, mas que eu achei muito bonita.

— Ela está saindo com alguém? — ele perguntou finalmente, as palavras soando como se tivessem sido arrancadas dele contra a sua vontade.

James suspirou.

— Não tenho certeza. Ela estava há alguns meses. Não sei quão sério foi, ou se ele ainda está na vida dela. Ela não sai falando da sua vida pessoal para mim, e eu não pergunto. Eu o vi passar pela galeria quando a visitei a negócios.

— Eles vão se encontrar com ela amanhã. Bianca fará uma exibição do seu trabalho em L.A. — Frankie falou, de repente. — Ainda não marcaram uma data, mas sei que vou ser convidada. Você deveria ir como meu acompanhante, Tristan.

Ele lançou-lhe um sorriso irônico.

— Sua pequena submissa latina gostosa de temperamento explosivo iria arranhar meus olhos por causa disso.

— Então, vamos fazer um ménage. Ela não se importará com isso. Vai gostar até demais, na verdade.

Frankie se dirigiu a mim, apontando para Tristan.

— Ele é meu detector de héteros. Sempre que eu tenho a sorte de transformar uma submissa em gay, ele a faz virar hétero de novo. Desgraçado.

O comentário arrancou uma gargalhada de mim.

Tristan deu de ombros e mostrou uma covinha para ela.

— Só estou aqui para ajudar.

R.K. Lilley

20
Sr. Brincalhão

Nós nos demoramos no jantar com aquele par estranho. Tristan pediu comida, embora já tivéssemos acabado de comer. Ele se mostrou à vontade sem nem perguntar, brincando e conversando com Frankie e comigo. Eu gostei dele. Muito. Gostei dos dois. Eles eram divertidos.

James estava quieto e um pouco tenso, mas não deu sinal de que queria ir embora.

Quando finalmente saímos depois de horas de conversa, Frankie me deu um longo abraço. Tristan tentou também, mas James o bloqueou, nem mesmo fingindo sutileza.

Tristan não se abalou. Ele abriu aquele sorriso malicioso para mim, inclinando a cabeça.

— Foi um prazer conhecê-la, Bianca. Você é uma delícia. Te vejo em breve.

James não falou nada até estarmos no banco de trás da limusine, voltando para casa.

— Você gostou dele — afirmou, com uma voz suave, mas não acreditei naquele tom nem por um segundo.

— Gostei dos dois — retruquei, acariciando seu braço. — Eles são muito legais. É bom ver que você tem mais do que alguns bons amigos. Eles estão começando a superar em número todas as vadias do mal que eu vivo encontrando por aí, com quem você sentiu a necessidade de transar.

Ele ignorou completamente a última parte da minha declaração, ainda focado em Tristan.

— Ele é um Dom, como eu tenho certeza que você percebeu. Puramente BD sem o SM. Você ficou atraída por ele.

Uh, oh.

— Bem, eu estou *apaixonada* por você. Gostei dele, exatamente como falei. Como um amigo. Ele é um homem atraente, não posso negar, mas é só, James. Você não pode pensar que todos os dominadores que eu conhecer vão exercer uma atração irresistível em mim, só porque aconteceu com você.

E foi fácil assim. Algumas garantias, e ele relaxou de novo, transformando-se em sua persona sorridente e receptiva. Isso era bom para nós. As pequenas coisas já estavam se resolvendo com facilidade.

Encontramos Danika na galeria turística do Cavendish Hotel & Cassino na manhã seguinte. Danika gerenciava as galerias de Los Angeles e Las Vegas, o que era especialmente impressionante, já que ela parecia ter apenas vinte e poucos anos.

Com toda a conversa da noite anterior, minha mente começou a tentar vislumbrar Danika e o fisicamente imponente Tristan no momento em que a vi, e foi quase desconcertante imaginar os dois juntos. Ele era tão massivo e musculoso que poderia tem sido um lutador de MMA. Ela, por outro lado, era o epítome da delicadeza e da graciosidade.

Ela tinha, no máximo, um metro e setenta, com cabelos lisos, retos e pretos que caíam até o meio das costas. Era magra, mas definitivamente tinha curvas em todos os lugares certos. Tinha a pele clara, mas sua herança era muito obviamente mista. Parte da mistura era asiática, mas o resto era um mistério. Pelo menos, parcialmente caucasiana, pelos seus claros olhos cinzentos.

Tristan estava certo. Ninguém poderia negar que ela era extraordinária.

Estava vestida como uma mulher de negócios, com uma saia lápis e uma camisa social com as mangas dobradas. Ela usava sapatilhas, percebi quando saiu de trás do balcão ao nos aproximarmos. Eu a teria imaginado como uma garota que usaria saltos, só porque era extremamente equilibrada. No entanto, descobri em um instante o porquê de ela não usar.

Ela tinha uma pequena deficiência ao andar, que percebi quando se aproximou de nós com um sorriso encantador. Alguma lesão antiga, imaginei. Era o mancar mais gracioso que já vi, como se ela tivesse absorvido a lesão e a tornado uma parte sua, sem enfatizá-la ou escondê-la. Esse andar aparentemente sem esforço me contava muito sobre aquela mulher. Ela parecia delicada, mas havia uma coragem de aço nela.

— É tão bom finalmente conhecer você, Bianca. Tive o privilégio de receber a distinta honra de ser sua primeira grande fã. Mais virão, no entanto, posso assegurar-lhe.

— Ei, nada disso — disse James, apertando a mão dela com um sorriso. — Não deixe de lado a minha adoração pelo trabalho dela. Lembre-se de quem a descobriu.

Ela inclinou a cabeça.

— Touché, James. Por favor, sigam-me. Temos muito a discutir.

Nós nos sentamos em uma grande sala de conferências na parte de trás da galeria. Danika puxou uma pasta de couro enorme, e eu só percebi que era um portfólio do meu trabalho quando ela a abriu.

— Deixe-me começar dizendo que arte é a minha vida, e eu simplesmente adoro o seu trabalho. É, no entanto, uma mistura bastante eclética de pinturas. Isso pode ser tratado de várias maneiras. Minha preferência pessoal seria dividir todos os diferentes temas por salas, já que temos muitos quadros para trabalhar, e utilizaremos todas as salas do espaço de L.A. para a exibição.

Eu assenti.

— Gosto da ideia.

Ela pareceu um pouco perplexa, como se estivesse esperando uma discussão.

— Bem, isso foi fácil. Se todos os problemas forem tão fáceis assim de resolver, podemos agendar uma exibição para a próxima semana!

A reunião inteira foi da mesma forma. Danika deu sugestões muito úteis sobre todas as coisas que eu precisava para iniciar a exibição, e eu fiquei mais do que feliz em deixá-la aplicar sua experiência em algo que eu era uma completa novata.

Ela foi rápida e profissional, cobrindo detalhes que eu nem tinha considerado, e só ficou satisfeita com toda a exibição completamente mapeada.

James manteve-se razoavelmente silencioso durante toda a reunião, o que eu apreciei. Se ele tivesse assumido, como fazia com tantas coisas, eu não teria sentido como se fosse algo meu. Mas trabalhar com Danika, vendo cada passo no processo sem sua interferência, começou a parecer real, como se eu tivesse uma carreira em vez de um hobby financiado pelo meu namorado rico.

Fomos almoçar com Danika depois de terminarmos. Sandra, a gerente-assistente da galeria de Vegas que trabalhava diretamente sob o comando de Danika, juntou-se a nós.

Ela era uma mulher pequena, de cabelos castanhos, olhos amendoados e um comportamento bastante austero. Se tivesse que adivinhar, eu teria dito que ela tinha uns trinta e tantos anos.

Eu tinha me esquecido completamente da deficiência de Danika até ela ter que se afastar da mesa para ir ao banheiro. Sandra murmurou alguma coisa sobre precisar checar a galeria e saiu rapidamente.

— O que aconteceu com o pé de Danika? — perguntei a James.

— É o joelho dela, eu acho. Não sei direito. Ela nunca fala sobre isso, mas tenho a nítida impressão de que, de alguma forma, foi culpa de Tristan.

Eu fiz uma careta. Isso soava muito sinistro.

Tivemos uma manhã produtiva e agradável com Danika, marcando uma reunião para a semana seguinte, quando ela jurou que já teria a maior parte da exibição planejada. Eu estava animada e feliz quando saímos. O sonho louco que era a minha carreira de pintora parecia estar virando algo real e substancial.

James deu à equipe da sua casa a tarde de folga, e passamos horas nadando na piscina ridiculamente grande. A coisa era opulenta, com falsos montes e fontes, e quatro piscinas diferentes, além de, sim, uma gruta debaixo de uma das cataratas.

— Não percebi que estávamos hospedados na mansão da Playboy — provoquei.

Ele fez uma careta.

— Esta é, na verdade, uma parte da casa que eu *não* desenhei. É uma longa história, mas deleguei essa parte do design à minha equipe do cassino e, como eles sabiam que eu precisaria dar algumas festas promocionais aqui, foi isso que fizeram. Não fiquei muito feliz quando vi, mas *realmente* serviu ao seu propósito. Se eu estiver fora da cidade e o cassino precisar dar uma festa na piscina para alguns figurões, eles a farão aqui.

Franzi o nariz para ele. Eu conhecia bem a cena de Vegas, mesmo que não fosse a minha praia.

— Espero que tudo tenha sido desinfetada.

Ele tocou o meu nariz.

— Sim, claro. Você sabe que me deixa louco quando faz isso com o nariz. Te deixa tão fofa.

Eu toquei o nariz dele.

— Não me chame de fofa.

Suas narinas se dilatam sensualmente, pensei.

Eu estava deitada em uma espreguiçadeira almofadada, usando um biquíni branco que eu não usaria em público nem morta, enquanto ele passava protetor solar em todo o meu corpo. Ele não era eficiente no processo, pois esfregava mais as partes de dentro do minúsculo biquíni do que as de fora e sorria o tempo todo.

— Você não tem que trabalhar hoje? — perguntei. Ele havia trabalhado no dia anterior, mas não fizera menção de ir naquele dia.

— Estou tirando o dia de folga. Eu quero transar com você em plena luz do dia. Quero abrir suas pernas e te despir sob o sol.

Isso me fez me contorcer. Tive esperanças quando dispensou os criados, mas agora tinha a certeza. Não estávamos ali apenas para nadar.

— Você vai me deixar queimar em alguns lugares dolorosos — previ.

Ele ergueu o frasco de protetor solar que estava usando.

— Tenho tudo sob controle. Vamos lá, você me conhece bem.

Ele era minucioso, mas lento enquanto me cobria com o protetor. Ainda gastou tempo extra em meus pés, esfregando-os e massageando-os até que eu gemesse de prazer. Ele era bom com as mãos em todos os sentidos imagináveis.

A segunda camada de protetor solar era completamente desnecessária, é claro, mas ele a passou do mesmo jeito.

Apenas James poderia passar um protetor solar e transformar o processo em preliminares. Eu já estava me contorcendo antes de ele voltar para a parte interna das minhas coxas.

Seus dedos cobertos de protetor solar brincavam ao redor do meu sexo, tocando a parte inferior do minúsculo biquíni, mas ele afastava os dedos com um pequeno sorriso malicioso.

— É só para uso externo, amor. Acho que você vai ter que se contentar com a minha língua.

James puxou os laços em meus quadris, soltando-os com os dentes. Enterrei as mãos em seu cabelo enquanto ele mergulhava o rosto entre as minhas pernas.

Não era a sua técnica oral habitual, evitando o meu clitóris a princípio, enfiando a língua dentro de mim bem fundo. Eu me senti entorpecida, mas era uma sensação boa, e, quando ele finalmente subiu para o meu clitóris e o chupou bem forte, gozei pesado, ofegando seu nome.

James içou meu corpo em um flash, desatando a parte superior e colocando minha perna em seu torso, posicionando-o na diagonal, com meu tornozelo em seu ombro, virando-me de lado e abrindo minha outra perna. Ele se equilibrou sem me penetrar por um breve momento.

— Vai me foder de lado? — perguntei sem fôlego.

Ele sorriu e investiu com força.

— De todas as formas, até que estejamos saciados ou mortos, amor.

Se afastando lentamente, deslizou ao longo de cada nervo perfeito, tocando-me como um instrumento, e, em seguida, investiu novamente. O tamanho do seu membro e a posição implacável faziam com que cada impulso fosse quase doloroso. Ele repetiu a tortura, de novo e de novo, e gozei com um grito irregular sendo arrancado de dentro de mim.

Ele não parou, apenas começou a me penetrar mais rápido. Chegou ao limite e gozou dentro de mim com um grito áspero. Eu adorei, pois apreciava e muito os momentos em que ele se perdia assim.

James abriu minhas pernas e colocou-me de costas, beijando-me languidamente. Saiu de dentro de mim lentamente, puxando-se para fora, até me fazer desejá-lo de novo como se não tivéssemos acabado de fazer amor.

Ele afastou o corpo do meu, mas não demorou a aproximar-se novamente.

— Envolva os braços e pernas ao meu redor — ordenou no meu ouvido.

Meu corpo obedeceu, mas minha mente ainda estava naquele lugar sonhador para onde só ele poderia me levar. Ele me segurou, erguendo-me lentamente.

Foi só quando me senti voando pelo ar que percebi sua intenção. Bati na água com um pequeno grito de surpresa. Eu estava chocada quando emergi.

Ele apenas sorriu, mergulhando atrás de mim.

Ficamos brincando na piscina por um longo tempo. Como crianças, pensei, só mergulhando e nadando em plena luz do dia. Amei cada segundo e cheguei à conclusão de que o James brincalhão poderia ser o meu favorito.

James me puxou contra ele, beijando-me calorosamente, e depois me empurrou para longe.

— Corra — disse com um sorriso malicioso.

Só consegui ir até a borda da piscina e dar um passo para fora antes que ele me pegasse, puxando-me de volta para a água e contra ele, encostando seu peitoral nas minhas costas. Mordeu meu pescoço e esfregou-se em mim, sua ereção dura como pedra cutucando minha bunda.

— Você é insaciável — falei, sem fôlego.

— Sim — sussurrou no meu ouvido. — Eu sou. Agora corra.

Consegui sair da piscina, atravessar o concreto e chegar à grama dessa vez. Foi só quando me agarrou pela cintura que percebi que era exatamente o que ele queria, o que tinha planejado. Começou a me penetrar duramente por trás em poucos segundos.

Ele me fodeu na grama, de quatro, bombeando dentro de mim com vontade.

— Diga, Bianca — ordenou em meu ouvido, sua voz baixa e rouca.

Eu estava desmoronando, mas não o suficiente para não conseguir falar.

— Eu sou sua, James. Só sua.

Ele continuou no ritmo forte enquanto meu corpo o apertava convulsivamente, e arrepios de prazer faziam meu corpo estremecer. Até que cada pequena onda de choque passasse. James gemeu baixo, um som vindo da garganta, quando se permitiu gozar.

Minhas mãos e joelhos estavam arranhados e sujos de grama quando James me carregou de volta para a piscina. Eu não imaginava que ele estava em tão ótima forma.

Jogou-me de volta na piscina. Mesmo sabendo o que iria acontecer, soltei um gritinho antes de atingir a água. Quando emergi, James estava caminhando em direção à casa, com uma toalha pendurada em seus quadris.

— Aonde você vai?

— Vou checar o outro homem da sua vida. — Achei a coisa mais doce do mundo. E muito típico de James. Nada poderia me deixar mais comovida do que ele entender meu vínculo com Stephan daquela forma. Ele sempre sabia quais cordas puxar. Aquele homem manipulador, perceptivo e maravilhoso.

Quando voltou, foi direto para o espreguiçadeira onde descartamos as nossas roupas, vestiu seu calção de banho cinza e pegou meu biquíni, voltando para a piscina com um propósito.

Encurralou-me contra a borda.

Eu o beijei.

— Obrigada por ser tão compreensivo sobre Stephan. Significa tudo para mim.

— Não sinto nada além de amor por aquele homem. Já que tenho que compartilhar você com alguém, fico feliz que seja com ele. E farei qualquer coisa para que ele me aprove. Sei que um Stephan feliz é uma Bianca feliz. — Ele me deu um beijo áspero e começou a me vestir com aquilo que ele chamava de biquíni.

— Os caras queriam sair — continuou. — Então eu disse a eles para se juntarem a nós. Não tenho certeza de como fez isso, mas Stephan transformou a coisa toda em uma festa improvisada na piscina. Nem sei quem está vindo. Posso ter encontrado meu igual. Esse homem é esperto.

Isso me fez sorrir muito. O sujo falando do mal lavado...

— Preciso vestir algo decente — falei. — Se vamos mesmo dar uma festa, prefiro não mostrar tanta pele.

Ele me olhou, passando a língua sobre os dentes em uma exibição deliciosa.

— Sim, eu concordo. Prefiro não compartilhar muito da sua pele com outras pessoas. Especialmente porque nem sei quem está vindo. Não vou nem começar a pensar no caos que vai ficar a equipe de segurança. Uma festa de última hora sem lista de convidados. — Ele balançou a cabeça e sorriu de repente. — Acho que é por isso que eu os pago muito bem. Agora vamos te cobrir.

Stephan e Javier chegaram primeiro, menos de trinta minutos depois. Ambos já estavam em seus trajes de banho, sem camisa e sorrindo. Olhei para aqueles três gatos seminus ao meu redor.

— O que eu fiz para ter tanta sorte?.

Stephan sorriu para mim, mostrando um covinha travessa. Ele me pegou no colo e começou a correr pela casa, feliz. Nunca foi capaz de se comportar perto da água.

Ao contrário de James, Stephan pulou ainda me segurando, em vez de me jogar. Eu tive uma epifania repentina, mas clara, sobre os dois principais homens da minha vida e quão parecidos eles eram, de tantas formas estranhas, ambos tão implacavelmente carinhosos, física e emocionalmente abertos para mim, em diferentes níveis. Stephan não me soltou, nem mesmo quando já estávamos na água, apenas me segurando e sorrindo.

— Quem você convidou? — perguntei, desconfiada. Dava para perceber, só de olhar para o rosto de Stephan, que ele estava fingindo-se de ofendido. Seu enorme sorriso só confirmou isso.

— Pergunta errada, Princesinha.

Puxei o cabelo dele levemente.

— Qual é a pergunta certa, então? — Eu conhecia esse jogo.

— Quem eu *não* convidei.

Ouvi uma gargalhada atrás de mim e estiquei a cabeça para ver James caminhando de volta para a casa.

— Se vai ser esse tipo de festa, vou pelo menos abastecer a casa — murmurou enquanto caminhava. — E suponho que uma casa cheia de pilotos e comissários de bordo precise de um open bar.

Eu tive que rir. Ele avaliara a situação com precisão. Se Stephan tivesse convidado todos que conhecia, em poucos minutos, teríamos uma casa cheia de pilotos e comissários de bordo, e eles iriam beber.

As primeiras pessoas a chegarem eram completamente estranhas para mim, e me senti constrangida por conhecer novas pessoas usando um minúsculo biquíni, que mal cobria meu corpo encharcado, mas tentei relaxar.

Lancei um olhar para Stephan.

— Você sabe quem eles são?

Ele deu de ombros.

— Acho que são pilotos. Amigos de Murphy? Me parecem vagamente familiares.

James mergulhou seu corpo perfeito na água e nadou direto para mim, ficando submerso até me alcançar. Então, agarrou-me pela cintura, arrancando-me dos braços de Stephan, e encurralou-me na lateral da piscina.

— Stephan vai ser o anfitrião, já que foi ideia dele, e eu planejei passar o dia inteiro tocando em você, então, é exatamente o que vou fazer.

Eu não via nenhum problema nisso e apenas sorri para ele.

21
Sr. Escandaloso

É claro que uma festa em uma mansão com open bar atraiu muitas pessoas, e, em uma hora, o lugar estava lotado. Eu reconhecia, talvez, um terço da multidão que invadiu as piscinas.

Nosso grupo habitual acabou ficando reunido, pegando uma das grandes piscinas só para nós.

Marnie e Judith estavam lá. Imaginei que estariam. Se elas estivessem na cidade, você não poderia afastá-las de uma boa festa. Marnie, no entanto, não entrara na água, o que era incomum e perguntei por quê.

Ela gesticulou com o copo de martini.

— Está vendo isso?

Balancei a cabeça, sorrindo. Sabia que viria uma piada.

— Isto não é um martini. Este é um Busco-tini, porque eu estou naqueles dias, gente, e é um de *fluxo intenso*!

— Ooohhhh — Murphy choramingou. — Informação demais, Marnie, informação demais! Eu tenho imaginação fértil!

— Então, imagine esta piscina toda ficando vermelha se eu entrar nela.

Todo homem em um raio de três metros gemeu em desgosto. Exceto pelo Sr. Magnífico, que não parecia ter um osso com frescura em seu corpo. *Ele* apenas riu.

— As mulheres são *nojentas*! — Murphy falou para ela. — E o que isso diz sobre mim, já que estou meio excitado agora?

— Você quer um pouco disso? — Marnie provocou-o, apontando para seu corpo pequeno e bonito. — Liz me contou que você é bom de cama, mas já aviso logo: se não me fizer gozar, eu vou sair espalhando para todo mundo.

Murphy deu um tapa na testa.

— Como vou ter uma boa performance com esse tipo de pressão?

Ela apontou para ele.

— Se você não consegue agir sob pressão, é um problema. Se isso te deixa nervoso, o que vai fazer quando eu te mostrar o meu cinto com pênis? A pressão nem começou. É pegar ou largar, comandante.

Os olhos de Murphy se arregalaram comicamente.

— Você vai me chamar assim enquanto estivermos na cama? *Isso* pode ajudar no meu desempenho.

Ela começou a saudá-lo:

— Sim, sim, comandante! — Ela gritou as palavras, mas mal podia ser ouvida sobre os sons das nossas gargalhadas. A parte mais engraçada foi que eu não fazia ideia se eles estavam realmente brincando.

Murphy virou para Damien, estendendo a mão como se fosse cumprimentá-lo.

— Finalmente seremos irmãos esquimós, companheiro! Estava ansioso por este dia!

Damien apenas balançou a cabeça, parecendo aflito. Ele estava particularmente quieto naquela noite, conversando com Jessa no canto da piscina.

— Isso é tão errado — ele murmurou.

Murphy jogou os braços para o ar.

— Isso é muito grosseiro? E quanto aos nossos peixes-espadas? Podemos cruzá-los agora?

— O que isso significa? — perguntei a James, imaginando que era uma coisa de homens.

Ele fez uma careta.

— É uma maneira realmente grosseira de dizer que eles transaram com a mesma mulher.

Judith levantou dois dedos para Murphy, saltando em direção a ele na piscina.

— Peixes-espadas!

Eles começaram a brincar de luta de espadas com os dedos.

— Seus amigos são uma bagunça — James me disse. — Mas não posso imaginar que não tenham deixado uma virgem chocada.

Olhei-o com atenção.

— Eu era virgem, mas já vi muita coisa, James. Cresci nas ruas. Perdi a capacidade de ficar chocada antes dos dezesseis anos. Acho que Judith e Marnie ficaram mais chocadas com a minha virgindade do que o contrário.

Ele riu.

— Posso imaginar isso muito bem.

— Elas ficaram tentando me livrar desta "condição" por meses. Eu tive que realmente insistir para fazê-las parar.

Seu rosto ficou sombrio.

— Estou feliz que não tenham conseguido. A ideia me deixa um pouco violento.

Revirei os olhos.

— Elas nem sequer chegaram perto de ter sucesso. Estavam tentando me juntar com um dos caras com quem *elas* já tinham transado.

— Murphy vai ganhar suas asas vermelhas esta noite! — Marnie gritou alto.

Olhei para James, que tinha me imprensado na borda da piscina.

— O que *isso* significa? — perguntei a ele, sabendo que era algo pervertido e que ele era o especialista nesse assunto.

Ele sorriu, aproximando-se de mim.

— Quando você faz sexo oral, pela primeira vez, em uma garota menstruada, isso é chamado de ganhar suas asas vermelhas. Eu vou ganhar minhas asas vermelhas com você.

Senti como se corasse da cabeça aos pés e tive que desviar o olhar. Não sabia como, mas ele ainda conseguia me chocar. Segurou meu queixo e o virou de volta para que eu olhasse para ele.

— Então você nunca fez isso antes? — perguntei a ele.

Ele balançou sua cabeça.

— E as pessoas realmente fazem isso?

Deu de ombros.

— Eu vou fazer.

Franzi meu nariz para ele.

— Você é bizarro das formas mais estranhas. Eu meio que presumi que as pessoas simplesmente paravam de fazer... coisas... durante essa época do mês.

Ele riu.

— Olhe para você. Mal consegue dizer as palavras. Eu não vou passar uma semana sem sexo só porque você está menstruada, te garanto. E não vou passar uma semana sem fazer sexo oral em você também. Então, sim, eu vou ganhar minhas asas vermelhas em breve.

Corei mais ainda. A ideia era tão embaraçosa, mas o fato de que nada em mim o deixava menos excitado ainda era uma espécie de estímulo.

Ele sorriu, segurando meu queixo com uma mão e inclinando-se para perto.

— Palavras mal podem expressar o quanto eu amo colocar esse olhar escandalizado em seu rosto.

— Por que isso não me surpreende? — sussurrei de volta, ainda corando.

— Meu Deus, vocês são bons em foder um ao outro com os olhos! — Marnie gritou para nós, fazendo-me corar mais forte. — Arrumem um quarto!

— Eu posso não ficar no clima quando estiver menstruada — eu disse a ele, ignorando Marnie. — Normalmente, fico cansada e mal-humorada.

Ele riu, imperturbável.

— Oh, confie em mim, eu vou te deixar no clima.

Conhecendo-o, não duvidava.

— Preciso ir ao banheiro, seu bastardo pervertido.

Ele fez um show constrangedor me tirando da piscina, secando-me e me cobrindo. Meus amigos aplaudiram, e eu corei. Ele até tentou me levar ao banheiro.

Lancei-lhe um olhar repreensivo.

— James, eu posso ir ao banheiro sozinha.

Ele não parecia muito feliz com isso, mas me entregou uma chave do bolso do seu calção de banho.

— Use o do nosso quarto. Está trancado.

Apenas balancei a cabeça e saí, mantendo a toalha enrolada em volta do meu peito.

Depois que terminei e voltei para o andar principal, fiquei particularmente surpresa ao encontrar uma convidada que reconheci, mas era certamente inesperada.

— Oi, Melissa.

Melissa estava bebendo um martini e parecia flertar com um barman em um dos bares improvisados que haviam sido instalados em volta da casa.

Ela me lançou um olhar enojado demais para alguém que estava festejando na casa do meu namorado.

— Bianca — disse ela, com um sorriso de escárnio.

Não tenho certeza se foi o veneno dela, ou sua má atitude naquele local em particular, mas o escárnio pareceu arrancar a classe de dentro de mim.

Agarrei seu braço, praticamente arrastando-a para o quarto mais próximo. Era uma espécie de sala de entretenimento, com uma TV gigante presa à parede, assentos de cinema e um longo sofá encostado na parte de trás da sala. Eu só tinha visto aquela sala uma vez e muito brevemente, quando fui levada em um tour completo da casa.

Um casal estava se beijando no sofá, e eu os mandei sair como se fosse dona do lugar. Eles pareciam achar que eu era mesmo, porque ouviram e obedeceram sem protestar. Fechei a porta atrás deles e me virei para Melissa.

— Ok, vamos lá — comecei, com minha voz mais fria. — *Qual é* o seu problema? Você não gosta de mim, ou sua personalidade é simplesmente horrível no geral? — Normalmente, ser tão rude com alguém literalmente me deixava incomodada, mas eu não parecia estar tendo nenhum problema com isso naquele momento.

Ela cruzou os braços sobre o peito e olhou para mim, com um olhar agradável que não me convenceu.

— É você. Você é o tipo de mulher que eu absolutamente *desprezo*.

Ergui as sobrancelhas para ela. Não fiquei surpresa por ela não gostar de mim — isso não foi um choque, pois ela nunca manteve segredo, mas eu raramente me via descrita como um tipo. A menos que talvez fosse o tipo distante e reservado. E esse raramente inspirava tal espécie de animosidade. Nem precisei perguntar o que ela queria dizer com aquilo; ela estava mais do que disposta a esclarecer.

— Você age como uma cadela certinha, despreza as garotas que querem ser bancadas, mas é *igual a nós*! Está jogando o mesmo jogo que eu; só que é menos honesta. Isso é o que eu odeio! E você conseguiu o cara mais rico de todos! Você não merece isso. Não merece nada disso! Eu *nasci* rica. Nasci para esta vida, nasci *merecendo* esta vida, mas então meu pai perdeu tudo, e agora eu tenho que entregar essas porras de amendoins para pagar minhas contas, fazendo boquete em homens de sessenta anos só para ganhar as bolsas que eu costumava ganhar do meu pai em troca de um beijo na bochecha. E você, com sua suposta virtude, consegue o cara mais rico na primeira tentativa. E faz as pessoas perderem o respeito por mulheres honestas como eu.

Eu ri. Não consegui me conter. Só ri na cara dela.

— Então esse é o seu problema — falei, com meu tom mordaz. Eu simplesmente não podia acreditar que ela fosse ainda mais imbecil do que pensei. — Você é uma pirralha mimada que nunca cresceu. Seu pai te deu tudo e olha o que você se tornou. Uma prostituta por bolsas?

Ela realmente teve a coragem de tentar me dar um tapa. Eu o previ e agarrei seu pulso no ar.

— Eu não sou *nada* como você — continuei, como se ela não tivesse acabado de tentar me esbofetear. — O fato de James ter dinheiro apenas trabalhou contra ele, não a favor, e eu estou me lixando para bolsas. Você precisa de uma pequena dose do mundo real, garotinha, e espero que consiga.

A porta se abriu, e James entrou, com os olhos selvagens e quatro seguranças atrás dele. Ele nem sequer olhou para Melissa quando ela foi escoltada para fora.

Mas eu olhei, encontrando um olhar furioso enquanto ela saía.

Finalmente, olhei para ele. Eu sabia o que encontraria lá. Preocupação e fúria suficientes para me deixar tensa.

— Está *decidido*. Você não vai nem ao banheiro sem segurança, nunca mais.

Revirei os olhos.

— Fala sério. Era a Melissa. Ela é hostil, mas dificilmente se tornará uma ameaça para mim.

— Ela jogou a porra de uma bebida na sua cabeça!

Ele estava realmente se enfurecendo, percebi.

Eu me aproximei, enterrando o rosto em seu peito. Ele me envolveu em seus braços. Era uma resposta automática, estando ele enfurecido ou não. Isso significava muito.

— Eu estou perfeitamente bem. Nós tivemos uma conversa esclarecedora, na verdade.

— Mesmo? — ele perguntou, suas mãos deslizando pelas minhas costas possessivamente.

— Sim. Eu descobri qual é o lance dela.

— Eu adoraria saber.

— Ela é uma criança mimada — eu disse simplesmente.

— Huh.

— E uma prostituta por bolsas de grife.

Isso arrancou uma risada verdadeira dele.

— Ela deve realmente gostar de bolsas — disse ele, com um sorriso na voz.

— Espero que sim, já que ela afirma ter feito um boquete em um homem de sessenta anos só para ganhar uma. — Não sei por que me pareceu engraçado dizer isso, porque era muito triste e patético, mas não consegui fazer uma declaração como essa sem rir.

Deve ter sido contagioso porque James começou a rir tanto quanto eu.

Stephan nos encontrou ainda rindo quando entrou, sem fôlego. Ele apontou para James.

— Isso não tem graça. Você me assustou de verdade dizendo que ela desapareceu, e aqui está você, rindo e brincando, sem se importar em cancelar a busca.

— Foi mal — disse James, ainda rindo. Deve ter sido o riso que aliviou a tensão, porque eu também não consegui parar de rir.

— O que é tão engraçado? — Stephan perguntou, já abrindo um sorriso com nossa risada delirante. Ele sempre foi rápido para superar a tensão.

— Melissa fez um boquete em um velho de sessenta anos por causa de uma bolsa — falei, ofegante. Sabia que era chato ficar repetindo o que ela disse, mas era Stephan, e eu não me importava de agir como uma vadia quando se tratava daquela garota.

Suas sobrancelhas se ergueram, e seu sorriso alargou.

— Isso não é de surpreender, mas posso fazer com que você grave isso para que eu coloque no meu toque de celular.

— Por quê?

— Porque não posso imaginar uma hora do dia em que eu ouviria você dizendo algo assim e não sorriria. Então, vocês duas finalmente se resolveram?

Balancei a cabeça, ainda tentando segurar minha risada.

— Ela acha que sou uma aproveitadora como ela, mas que estou agindo de forma sorrateira. Disse que isso insulta sua sensibilidade tão refinada. Chamei-a de pirralha mimada e prostituta por bolsas.

Isso fez Stephan rir tanto quanto James e eu.

— Oh, Deus — Stephan ofegou. — Adoro que tenha dito isso. Ela precisava ouvir.

Nós retornamos à festa, e eu me senti mais relaxada após o pequeno e estranho confronto. Nunca imaginaria que discutir com Melissa acabaria sendo um alívio para mim. Talvez eu precisasse fazer isso com mais frequência.

Não contamos aos nossos outros amigos sobre a pequena confissão de Melissa. Isso teria sido uma fofoca mesquinha, mesmo que fosse verdade. A personalidade de Melissa falava por si só. Eu não precisava bancar a mensageira.

22
Sr. Distante

James chegou em casa do trabalho na quarta-feira estranhamente tenso e quieto. Foi intenso ao fazer amor comigo naquela noite, seus olhos cheios de... alguma coisa. Eu não consegui identificar, mas isso me preocupou. E ir dormir sem que ele esclarecesse me preocupou ainda mais.

Minha preocupação não me abandonou na manhã seguinte quando acordei e o encontrei afastado de mim. Ele estava nu, e um pedaço de lençol cobria a parte de baixo do seu quadril bronzeado. Mesmo preocupada, tive que admirar aquela coleção elegante de músculos nus. Nunca tinha visto esta parte dele. Acariciei seu quadril com uma mão.

Ele se encolheu, ainda dormindo.

Meu primeiro instinto foi recuar, dar-lhe espaço. Eu entendia muito bem esta necessidade. Mas estava começando a entendê-lo bem o suficiente para saber que isso não era o que ele queria, nem mesmo o que ele precisava.

Pressionei meu corpo em suas costas, esfregando a mão naquele quadril dourado sexy. Aninhei-me em seu pescoço. Ele endureceu, depois relaxou contra o meu toque.

— Bianca — gemeu. Tive que checar novamente para ver se ele estava dormindo. Estava. — Bianca — chamou novamente em um sussurro áspero. — Fique, Bianca, fique. Por favor.

Acariciei seu quadril e beijei seu pescoço.

— Eu não vou a lugar nenhum, amor — tranquilizei-o.

Isso pareceu ajudar. Ele relaxou contra mim, e eu abracei suas costas e me enterrei nele. Ainda faltava uma hora para ele acordar, então, adormeci de novo, ainda abraçando-o.

Quando acordei novamente, duas horas depois, James já tinha ido embora.

Trabalhei naquela noite, voando para o JFK para a nossa rotina habitual, com James ocupando seu lugar de sempre na poltrona 2D. Ele foi para o aeroporto direto do cassino, então, nem conseguimos nos ver antes do voo.

Ele parecia bem, apenas um pouco quieto e reservado.

Foi um voo lotado, e ele adormeceu antes de eu terminar meu serviço. Fiquei remoendo a situação, preocupada com ele e suas variações de humor.

— A tripulação vai fazer compras amanhã — Stephan estava me dizendo. — Na Canal Street. — Canal Street era a rua mais famosa de peças falsificadas dos EUA. Todos os tripulantes com quem trabalhávamos iam ao menos uma vez por mês lá. — Está a fim de ir?

Estávamos comendo na copa. Balancei a cabeça, mastigando e engolindo minha comida antes de responder.

— Não, obrigada.

Eu tinha outros planos para o dia seguinte; planos que me deixavam nervosa e me davam um motivo completamente diferente para ficar perturbada.

Ele não me perguntou o que eu planejava e fiquei aliviada. Não teria tido coragem de mentir, mesmo sabendo que ele não gostaria do que eu decidi fazer. Na verdade, ele iria odiar tanto a ideia que poderia até tentar interferir. O fato de ele não ter perguntado tornava a coisa toda muito mais fácil para mim.

James também facilitou quando chegamos a Nova York. Ele mandou o motorista deixá-lo diretamente em seu hotel, em vez de ir para casa dormir um pouco.

— Tenho muitas coisas para fazer hoje. Preciso começar a trabalhar imediatamente — explicou.

— Quer que eu vá almoçar com você? — perguntei. — Estou com tempo livre. Só diga a hora.

Ele apenas balançou a cabeça, com o rosto impassível.

— Hoje, não. — Isso foi tudo.

Foi quando ele me deu um beijo rápido na testa, sem nem mesmo olhar para mim antes de sair do carro, que eu tive a certeza de que algo estava errado. Não era apenas mal humor.

Tentei tirar uma soneca na nossa casa, mas não adiantou. Eu estava chateada, nervosa e inquieta. Era melhor resolver logo o que eu tinha para resolver. Talvez pudesse até me distrair, ao menos por um tempo, daquele problema com James.

Vasculhei meu telefone, procurando pelo contato de Jr. Tentei colocar seu primeiro nome quando salvei o número, mas simplesmente não consegui fazer isso. Mesmo sabendo que não era meu pai, ficaria horrorizada por ter aquele nome na minha lista de contatos.

Bianca: Hoje seria um bom dia para você me encontrar?

Sua resposta foi quase imediata, o que achei encorajador.

Jr: Sim! A qualquer momento. Tenho duas horas de almoço que posso tirar quando quiser. Apenas me diga quando e onde.

Comecei a enviar uma mensagem de texto, mas decidi telefonar. Ouvir sua voz gentil novamente reforçaria minha confiança. Ele atendeu no terceiro toque.

— Oi! — Sven saudou. — Como você está, Bianca? — Sua voz era tão calorosa quanto eu me lembrava.

— Estou bem. Queria saber se você gostaria de me encontrar para um café o quanto antes. Tipo agora.

Ele não perdeu tempo.

— Perfeito. Onde?

Dei o nome de um lugar para onde eu podia ir caminhando, uma das principais cafeterias de uma rede, então, era bastante público e provavelmente estaria lotado.

Ele concordou sem hesitação.

— Eu trabalho a pouco mais de cinco minutos de lá.

Combinei um short azul-marinho discreto de alfaiataria com uma camisa listrada azul e branca com decote canoa. Não queria me arrumar muito para conhecer meu meio-irmão, mas também não queria parecer desleixada.

Ignorei completamente as sugestões de sapatos de Jackie, encontrando um par de sandálias simples sem salto.

Deixei meu telefone no quarto, assim como a bolsa. Só estava com meu cartão de débito quando entrei no elevador. Escapar foi um esforço estressante, já que eu podia ouvir Blake e Marion conversando em outra sala enquanto eu esperava impacientemente que o elevador chegasse.

Eu não queria seguranças comigo para o que já estava destinado a ser um encontro estranho, e eu não achava que sair para um lugar muito público, em plena luz do dia, para uma breve reunião, representasse um perigo real. Se escapasse sem ser notada, poderia ir e voltar antes que alguém percebesse que eu não estava dormindo na minha cama.

Vivi outro breve momento de pânico quando passei pelo saguão. Johnny estava lá, supostamente para me proteger. Estava debruçado sobre a mesa do saguão, conversando com uma recepcionista, e nem se mexeu quando eu saí rapidamente pela porta da frente.

O porteiro acenou para mim, e eu retribuí o gesto.

— Tenha um dia agradável, Srta. Karlsson — disse enquanto eu me afastava.

Bem, ele me reconheceu, mas talvez isso não importasse. James tinha colocado um segurança lá embaixo. Talvez a equipe do prédio não fosse notificar ninguém a respeito das minhas atividades. De qualquer forma, eu planejava ser rápida para não atrair atenção.

Ainda assim, dei uma volta brusca, andando rápido, só por precaução. Fui direto ao meu destino, sem parar em nenhum lugar. Até onde eu poderia dizer, fui bem-sucedida.

Foi só quando me aproximei da entrada do café que percebi que não fazia ideia de por quem procurar. Fora ridículo da minha parte ignorar este detalhe. Por que será que pensei que saberia como reconhecê-lo? Será que era porque compartilhávamos uma linhagem contaminada?

Já comecei a me arrepender de não ter levado meu telefone no momento em que atravessei a porta. Porém, não precisei nem me esforçar. Reconheci Sven num piscar de olhos, e ele também a mim.

Congelei ao vê-lo.

Ele poderia ser considerado devastadoramente bonito, se não se parecesse tanto com o nosso pai. Tinha cabelo loiro-claro, cortado bem curto. Seus olhos eram azuis-gelo, mas não frios, não como seriam se estivessem no outro rosto tão similar. Suas feições eram simétricas e atraentes, com um toque nórdico. Ele tinha uma compleição perfeita.

Não sei por quanto tempo fiquei ali, apenas avaliando-o, profundamente chocada pelo reconhecimento.

Ele já tinha conseguido uma mesa para nós e se levantou quando me aproximei.

Era alto. Mais alto do que Stephan e James, possivelmente tão alto quanto nosso pai, embora mais esguio do que os três.

Ele era a perfeita imagem do monstro que assombrava meus pesadelos, e estava me dando um sorriso aberto e amigável.

— Bianca — cumprimentou-me.

Nós nos sentamos ao mesmo tempo, apenas olhando um para o outro, absorvendo tudo.

— Sven — eu disse finalmente.

Voltamos a nos olharmos fixamente.

— Poderíamos ser gêmeos.

Isso me fez piscar algumas vezes, mas, enquanto processava suas palavras, percebi que ele não estava errado. Era apenas uma conclusão à qual minha mente não queria chegar sozinha.

— Nós nos parecemos com *ele* — falei.

Ele assentiu, franzindo os lábios.

— Sim.

E nós realmente parecíamos. Sempre tive uma esperança, escondida em alguma parte distante do meu cérebro, de que, de alguma forma, eu me assemelhava à minha mãe. Tínhamos o mesmo tom de pele, pelo menos. Mas meu pai também...

Todas essas esperanças se frustraram enquanto eu olhava para meu meio-irmão, que se parecia tanto comigo e com meu pai que eu não podia mais negar.

Sven pareceu ler meus pensamentos, o que foi muito desconcertante.

— Podemos nos parecer com ele na aparência, mas não herdamos suas tendências loucas, violentas e homicidas.

Estranhamente, isso me fez sorrir.

— Você ainda não me conhece tão bem.

Ele sorriu.

Foi um sorriso igual ao meu, não igual ao do meu pai. Era uma espécie de sorriso triste, e o de Jr. era menos reservado do que o meu.

— Bianca, você e eu saberíamos só de olhar. Estamos muito familiarizados com monstros para não os reconhecermos à primeira vista.

Suas palavras me fizeram perceber várias coisas ao mesmo tempo.

A primeira era que eu *realmente* reconheceria um monstro à primeira vista, e talvez eu tivesse passado tempo demais escondida nas sombras e duvidando de pessoas que não mereciam minhas inseguranças.

A segunda foi que Sven deveria ter suportado as mesmas coisas que eu, morando em uma casa com meu pai.

— Ele ficava fora na maior parte do tempo — disse Sven. — E raramente vinha atrás de mim. Era muito difícil, para mim, vê-lo fazer o que fazia com a minha mãe e ser poupado. Fazia com que eu me sentisse um inútil. Ainda faz. Acho que nunca vou superar essa vergonha.

Enquanto ele falava, registrei que a aparência poderia ser a única coisa que tínhamos em comum. Ele era um livro aberto, enquanto eu me mantinha fechada.

— Eu tive que deixá-la — continuou. — Saí de lá assim que fiz dezoito anos, mas ela não quis ir embora. Não importava o que ele fizesse, ela não queria deixá-lo. Isso me deixou doente e partiu meu coração, mas eu me salvei e fui embora. Não falei com nenhum deles desde então. E agora ela se foi. Qualquer um poderia ter previsto isso a quilômetros de distância, mas ainda estou em choque.

Sua voz estava tão crua ao final da frase que senti a necessidade de consolá-lo. Vi minha mão cobrir a dele, sentindo que tudo aquilo era muito surreal.

Ele pareceu apreciar o gesto, sorrindo para mim, embora aquele sorriso tivesse desaparecido rapidamente.

— Ele batia em *você*? — ele perguntou, e meu corpo enrijeceu.

— Batia. Frequentemente. Ele tratava a mim e à minha mãe da mesma forma, em matéria de socos.

Sven estremeceu.

— Isso é horrível. Achei que me poupava porque eu era criança.

— Ele achava que as mulheres não tinham valor. Sempre deixou isso muito claro quando estava em seus dias de fúria. Acho que a mãe dele o deserdou quando ele se casou com a minha mãe, e então ele culpou as duas por sua infelicidade.

— Sinto muito.

Dei de ombros levemente. A ideia de ter alguém com pena de mim por causa do meu pai me deixava desconfortável. Eu fui a menos afetada de suas vítimas...

— Sven, eu tenho algo para lhe dizer — falei, querendo tirar o peso do meu peito.

Ele apenas acenou com a cabeça para que eu continuasse.

— Nosso pai matou minha mãe. Foi por isso que fugi. Eu não sabia sobre você, não sabia sobre sua mãe, ou teria tentado avisar vocês dois. Sua mãe me contatou pouco antes de morrer. Ela foi embora antes que eu pudesse dizer o que tinha a dizer, e não consegui alertá-la. Queria avisá-la sobre o que ele era capaz de fazer. Mas não fui bem-sucedida e me sinto responsável.

Daquela vez, a mão dele cobriu a minha.

— Você não deveria se sentir assim. Mesmo que minha mãe soubesse o que aconteceu com a sua, ela teria ficado. Duvido que qualquer coisa pudesse tê-la feito ir embora, então, não se culpe por isso. É tudo culpa *dele*. Tudo o que podemos esperar é que encontrem o bastardo e o prendam para sempre.

212
R.K. Lilley

23
Sr. Selvagem

Fiquei com Sven muito mais tempo do que planejei. Não esperava que tivéssemos tanto a dizer um ao outro. Pensei que seria estranho e breve, e provavelmente sem sentido. Não imaginava aquele sentimento de parentesco. Instantaneamente, criamos algum tipo de vínculo que eu não compreendia, mas sabia, sem dúvida, que nos encontraríamos mais vezes.

Eu fui tão privada de todos os vínculos de sangue por tanto tempo que foi uma revelação perceber que aquele laço poderia realmente significar alguma coisa. Sven e eu tínhamos certas coisas em comum que ninguém mais tinha, nem poderia ter. Havia algo entre nós que valia a pena cultivar. Não imaginava que pudesse acontecer.

— Então, o que você faz aqui em Nova York? — perguntei a ele. Estávamos agora conversando sobre coisas normais, já que tínhamos começado, ao contrário, pelas muito pesadas.

Ele abriu um sorriu autodepreciativo.

— Sou corretor de ações. Sou bom no que faço, embora reconheça que minha ocupação significa que tenho pelo menos um pouco do gene de aposta da família. Em minha defesa, porém, o cenário de Nova York é muito menos destrutivo do que Vegas. Acho que todos nós dizemos isso até perdermos muito dinheiro. E você é uma comissária de bordo. Confesso que li tudo sobre você que encontrei. Sou curioso por natureza.

Isso me fez encolher visivelmente.

Ele ergueu as mãos em sinal de paz.

— Sei que a maior parte é lixo, mas a história da irmã perdida há muito tempo me pegou. Tenho uma família tão pequena que sempre senti que algo estava faltando. Eu só queria ver você; ver fotos suas e ter uma ideia de como você estava. Embora tenha que admitir, algumas dessas fotos me fizeram corar.

Ruborizei só de pensar. A primeira foto que surgiu em minha mente era a de mim vestida naquela camisola transparente na capa de uma revista. Eu tinha poucas esperanças de que ele não a tivesse visto.

— Como você conseguiu meu número?

— Minha mãe me passou. Ela disse que, por acaso, encontrou-se com um dos seus colegas de trabalho e o convenceu a dá-lo a ela. Não faço ideia de quem ou como.

— Eu talvez precise conseguir um novo número em breve. Algumas fontes da imprensa o conseguiram. Te aviso quando mudar.

Ele inclinou a cabeça.

— Agradeço.

— E eu não vou continuar sendo comissária de bordo por muito mais tempo. Minha empresa entrou com pedido de recuperação judicial.

— Ouvi falar sobre isso. Sinto muito.

Dei de ombros.

— Vou tirar uma licença voluntária e tentar transformar a pintura em uma carreira.

— Uau! Isso é incrível! Eu adoraria ver o seu trabalho.

Eu corei.

— Uma galeria vai exibir meus quadros em L.A. em breve. Vou te enviar um convite, embora, claro, eu entenda se você não conseguir ir. É do *outro* lado do país.

Ele balançou a cabeça em negativa.

— Estarei lá. Apenas me diga quando. Isso é uma conquista. Ouvi dizer que é quase impossível conseguir uma exibição.

Corei ainda mais.

— Para ser honesta, meu namorado teve um grande papel nisso, mas ainda vou tentar.

— James Cavendish.

Confirmei com a cabeça.

— Bem, me avise. Estou ansioso para ver o seu trabalho.

Ele parecia sincero.

— Vou avisar. Ainda está sendo planejado, mas vou te manter informado.

— Eu tenho uma namorada — anunciou. — Ela é ótima. E é coisa séria. Espero que você possa conhecê-la.

Balancei a cabeça.

— Eu gostaria. Talvez possamos todos jantar algum dia.

Ele assentiu.

— Gostaria disso. Ela trabalha em horários estranhos na maioria das vezes, mas tenho certeza de que podemos encontrar um meio-termo.

— O que ela faz?

— Ela é modelo. Já fui a uma das suas sessões de fotos. É um tipo estranho de trabalho, mas ela adora.

Sorri, lembrando da minha experiência recente e semelhante.

— Eu fui a uma sessão de fotos com o James. Eles são bizarros. Juro que tinha uma equipe só para passar óleo nele.

Ele riu.

— Sim, é um negócio estranho.

Olhou para o celular de repente; a primeira vez que ele fez isso desde que nos encontramos.

— Isso é estranho — murmurou.

— O que foi?

— É de um colega meu, perguntando onde estou. Diz que meu chefe está procurando por mim, mas eu não estou atrasado, então, tem algo errado.

Ele começou a responder à mensagem.

— Você contou a ele? — perguntei, sentindo meu estômago revirar.

Ele assentiu.

— Não é da conta dele, mas não queria criar problemas. É bizarro que esteja procurando por mim no meu horário de almoço. Não é típico dele.

Eu deixei meu telefone em casa, mas ninguém deveria sequer saber que eu tinha saído. *Então, por que, de repente, fiquei tensa e preocupada?*

Olhei ao redor nervosamente.

— Posso estar enganada, mas isso pode ter algo a ver com o meu namorado. Ele tornou-se extremamente superprotetor em relação a mim, desde o ataque. — Sabia que estava enganando a mim mesma com essa afirmação. Ele provavelmente agiria da mesma forma, não importava o motivo, com ou sem o ataque como desculpa. Era a natureza dele.

— Que ataque? — Sven perguntou, e eu lembrei que ele não sabia. O ataque não deve ter aparecido na imprensa como realmente aconteceu. Provavelmente, tinham transformado minha saída em uma ambulância e o motivo de ter ficado hospitalizada por uma semana em uma história de overdose, ou só Deus sabia o quê. Eu não queria verificar.

— Foi o nosso pai, há mais de um mês. Ele veio à minha casa e me atacou. Foi quando fui à polícia para contar o que ele fez com minha mãe. A polícia e uma equipe de investigadores particulares estão procurando por ele desde então.

— Mesmo depois de todo esse tempo, ele ainda foi atrás de você?

Expliquei alguns dos eventos que levaram ao ataque, ou tudo que entendi, ao menos.

— Ele me viu nas manchetes. Viu que eu estava namorando alguém rico e pensou que isso me deixaria mais propensa a denunciá-lo. A parte louca é que ele estava certo, pelo menos sobre algumas coisas. Eu estava me preparando para denunciá-lo, embora o dinheiro não tivesse nada a ver com isso.

Sven olhou ao redor, parecendo um pouco nervoso.

— Estou surpreso que ele não tenha feito você trazer seguranças, por causa do ataque e tudo mais.

Suspirei.

— Eu não disse a ele que viria. Até onde ele sabe, ainda estou dormindo em casa.

— Vocês moram juntos?

Assenti.

Seus olhos se arregalaram.

— Sim, vou supor que ele teve algo a ver com o meu chefe agindo de forma estranha, então. Talvez eu deva levá-la para casa antes que tudo vire um inferno.

Apontei para a minha xícara metade vazia de café. Passamos meia hora conversando antes que eu finalmente pedisse alguma coisa.

— Está bem. Deixe-me terminar o meu café e vamos embora.

Quase consegui completar este objetivo quando a expressão de Sven congelou. Eu estava de costas para a entrada do café, e ele, de frente, então, eu soube imediatamente quem tinha acabado de passar pela porta.

— Parece que você não estava muito enganada a respeito do seu namorado — ele disse, seus olhos colados na porta da cafeteria.

Respirei fundo, ficando muito nervosa de repente. Sabia que deveria apenas levantar e caminhar até a porta. Seria a melhor coisa que eu poderia fazer, no que diz respeito a desarmar a situação. Ordenei ao meu corpo que fizesse exatamente isso, mas fiquei congelada no lugar, apenas esperando para ver o que James faria.

Não me virei para olhar para ele, mas poderia jurar que senti sua presença atrás de mim — seus olhos em mim. Senti seu silêncio quando ele ficou parado na porta, e então o senti se mover, caminhando lentamente pelo salão lotado. Senti quando ele se colocou de pé logo atrás das minhas costas.

Sven parecia igualmente congelado, encarando o outro homem com os olhos arregalados. Demorou um bom minuto até que ele tentasse falar.

— O... — Foi tudo que saiu.

— Agora não, Sven Karlsson — disse James em voz baixa. Seu tom era o mais ameaçador que eu já tinha ouvido. — Você e eu vamos conversar mais tarde, mas agora não é um bom momento.

Uma mão desceu até minha nuca tão... gentilmente. Aquela mão se afastou quase instantaneamente, como se James tivesse recuado. Isso não ajudou em nada a minha paz de espírito. Meu coração parecia que estava tentando sair do peito.

— Levante-se, Bianca — disse o Sr. Cavendish em voz baixa. Sua voz não soava menos ameaçadora para mim. O Dom estava no controle naquele momento, sem que houvesse sequer sugestão de que seu outro lado se faria presente.

Levantei-me, meu corpo obedecendo a esse tom perigoso sem hesitação.

James segurou meu braço de leve, naquele ponto logo acima do cotovelo, e me guiou para fora do café sem dizer outra palavra. Vi que minha equipe de segurança estava a postos quando passamos por eles.

Minha equipe habitual estava lá, sem Johnny, e Clark estava no carro. Ele acenou educadamente, com o rosto lívido, enquanto abria a porta para nós.

James me acomodou no carro. Eu deslizei pelo assento, mas ele não se aproximou, ficando o mais longe possível de mim no longo banco.

Clark começou a dirigir no segundo em que as portas se fecharam, deixando o resto dos guarda-costas no café.

Virei a cabeça para observá-los enquanto nos afastávamos. Aparentemente, eles iriam voltar andando.

Respirei fundo.

— James...

Ele ergueu a mão.

— Não. Agora. Não.

Isso me calou. E se suas palavras não tivessem me deixado sem palavras, o olhar que ele lançou para mim antes de ele se virar novamente teria deixado.

Seu rosto era uma máscara estoica, mas seus olhos estavam selvagens.

Quando chegamos à entrada da garagem subterrânea do apartamento, ele me ajudou a sair do carro sem uma palavra, com um toque leve e breve.

Só pegou meu braço novamente quando chegamos ao nosso apartamento, puxando-me para fora do elevador e diretamente para as escadas.

Nós não tínhamos sequer dado o primeiro passo até as escadas quando uma comoção vinda da cozinha chamou minha atenção.

Stephan surgiu, parecendo frenético.

— Princesinha! Graças a Deus! James acabou de enviar uma equipe de busca!

Ele se moveu em nossa direção, e James ergueu a mão.

— Não agora — disse James, dando-lhe um único olhar.

Esse olhar deve ter demonstrado algo que alarmou Stephan, porque ele caminhou até nós, parecendo resoluto.

— Acho que você precisa respirar, James. Não está em condições de...

— Não se atreva — James o interrompeu, com uma voz perigosa, movendo-se na sua direção e soltando meu braço no processo.

Os dois homens ficaram nariz a nariz, e o ar na sala tornou-se hostil entre uma respiração e outra.

— Você *não* vai ficar entre nós. Você não deve fazer isso, Stephan. Deixei que isso acontecesse uma vez, mas que o diabo me *amaldiçoe* se isso acontecer novamente. Ninguém fica entre mim e Bianca, e isso inclui você.

— Isso não é você quem decide. Estarei aqui pela Bianca sempre que ela precisar de mim. — Stephan olhou para mim, tendo que esticar o pescoço para fazê-lo. — Você está bem, Princesinha?

Balancei a cabeça, esperando que isso fosse suficiente para desarmar a situação. Não foi.

— Saia da frente, Stephan.

Meu amigo balançou a cabeça.

— Não. Eu não posso fazer isso. Não me sinto confortável. Você parece estar pronto para matar alguém, James. Nunca vi você assim, e não vou deixar minha garota sozinha com você até que se acalme.

— Sua garota? — James rosnou, segurando a camisa de Stephan em seus punhos.

Vi que as coisas iam sair rapidamente do controle e coloquei uma mão nas costas do Sr. Cavendish. Não foi reconfortante sentir um tremor vindo dele através do meu toque.

— James. Me leve lá para cima. Por favor.

Isso foi suficiente, graças a Deus. James soltou-o, dando um passo para trás.

Olhei para Stephan.

— Estamos bem, Stephan. Ele está chateado, mas tem um autocontrole impecável. Você nunca precisa se preocupar comigo estando com James, e ele e eu temos alguns problemas a resolver.

Stephan me estudou com cuidado, tentando me entender, mas compreendeu minhas palavras e finalmente assentiu.

— Estou aqui para você, se precisar de mim. Sempre.

Assenti.

— Sei isso.

James enfiou um dedo na minha coleira, agarrou-me pela nuca de leve e começou a me levar para cima sem uma palavra. Ele estava de péssimo humor, e todo obstáculo que se colocava entre nós e a privacidade era apenas um antagonista a isso.

Ele fechou e trancou a porta do quarto com um clique afiado e muito definitivo.

Observei-o afrouxar a gravata enquanto se dirigia diretamente ao elevador. Ele apertou o botão e as portas se abriram instantaneamente.

— Entre — disse bruscamente.

Tirei meus sapatos e entrei. Ele me seguiu e fomos para o quarto andar.

24
Sr. Reticente

Ele enfiou um dedo na minha coleira quando as portas se abriram, conduzindo-me pelo longo corredor. Parou perto do playground, mas, ao invés de abrir a porta logo à frente, abriu a da direita.

Mesmo sentindo-me nervosa e ansiosa, fiquei muito curiosa para ver o que havia lá. No entanto, não era um bom sinal que só estivesse me levando àquele quarto quando estava com um péssimo humor.

Era um quarto bastante pequeno e indistinto, contendo apenas uma cama de solteiro.

— Deite-se na cama — disse, naquela voz preocupante. — De barriga para baixo.

Fiz o que ele mandou, virando a cabeça para olhá-lo quando se aproximou de mim.

— Não olhe para mim.

Virei a cabeça rapidamente, sentindo-me ferida.

— Braços acima da cabeça — ordenou.

Obedeci.

Ele prendeu minhas mãos e pés juntos, amarrando-os na pequena cama. Puxei as restrições experimentalmente e vi que ele me deixou um pouco de folga.

Fiquei tensa quando o senti arrancando minhas roupas. Um som alto de rasgos me disse que ele as estava cortando. Fiquei nua quando ele terminou.

— James — tentei novamente. Talvez agora que eu estava amarrada, ele se sentisse mais calmo.

— Não. Eu não confio em mim agora — disse com uma voz rouca. Ajustou minha cabeça, colocando um travesseiro macio sob ela. — Vá dormir. Você ficou acordada a noite toda, e eu preciso me acalmar.

Conversaremos depois.

Antes que eu pudesse responder, ele apagou a luz e fechou a porta, trancando-a com um barulho alto.

Eu não pude acreditar. Depois de toda aquela raiva, ele simplesmente me deixou. Ele sabia que essa era a punição que eu mais odiava, com o suspense e as perguntas não respondidas, então, me deixou no escuro. Em uma cela. O *desgraçado*.

Tive alguns pensamentos sombrios a respeito dele por um bom tempo naquele quarto escuro como breu antes que fosse capaz de relaxar minha mente o suficiente para deixar o sono me levar. Ele não me deixou com nada mais do que uma luz sob a porta trancada. Eu estava realmente aprisionada.

Acordei quando a porta se abriu e um fluxo de luz do corredor recaiu sobre mim. Virei meu rosto para longe. A luz do teto foi acesa. Minhas restrições já estavam frouxas, mas o Sr. Cavendish acrescentou um pouco mais de folga à corda, puxando-me para cima pelos ombros até que eu fiquei sentada.

Olhei para ele, enquanto meus olhos ainda se ajustavam à luz repentina. Ele estava sem camisa e suado, o cabelo amarrado para trás. Segurava um prato de comida.

James desamarrou minhas mãos, colocou o prato no meu colo e se virou. Fiquei observando suas costas rígidas por um tempo, imaginando o que dizer.

Eu comi. Porque estava com fome e porque esperava que, se comesse, James começaria a falar quando eu terminasse. Comi metade do frango temperado, arroz integral e espinafre antes de lhe devolver o prato.

Ele o pegou sem dizer uma palavra, levantou-se e saiu.

Desligou a luz e fechou a porta antes que eu percebesse sua intenção.

— James!

Ele não respondeu.

Fiquei tão frustrada que soltei um grito.

Estava tão furiosa e ansiosa que demorei ainda mais para pegar no sono dessa vez. Por fim, meu corpo acabou por ceder à escuridão implacável.

Quando acordei de novo, ainda estava escuro, mas havia uma linha fraca de luz aparecendo pela lateral da porta. Estava entreaberta. Sentei-me, testando meus pulsos e tornozelos. Eu estava livre. Caminhei lentamente para a porta, abrindo-a.

Tive que apertar os olhos contra a luz brilhante do corredor. Fiquei piscando por longos momentos enquanto observava o corredor.

James estava sentado em uma cadeira encostada na parede, vestindo apenas uma cueca boxer. Estava inclinado para a frente, a cabeça entre as mãos, os cotovelos nos joelhos. Era uma postura muito derrotada para ele.

Aproximei-me devagar, hesitante. Não sabia se ele estava cochilando.

— James — eu disse baixinho.

— Chame-me de Sr. Cavendish — respondeu em voz baixa, mas não se mexeu.

Eu estava tão zangada com ele, realmente furiosa, mas isso desapareceu mais rápido do que eu pensava ser possível quando absorvi sua posição.

Ele era como um animal ferido naquele momento, e eu só queria fazê-lo sentir-se melhor.

Ajoelhei-me à sua frente. Toquei sua cabeça, e ele se sentou, lançando-me um olhar muito cruel.

Eu me aproximei, colocando-me entre suas pernas.

Ele segurou-me pela garganta.

— Por quê? — perguntou baixinho.

Engoli em seco, molhando meus lábios.

Ele observou minha reação com muita atenção.

— Por que fui ver o Sven sem segurança? — perguntei, tentando esclarecer.

— Sim. Isso.

— Eu estava nervosa em conhecê-lo. Tive dificuldade para me decidir. Sabia que seria perfeitamente seguro, já que estaríamos em um lugar público lotado em plena luz do dia. Não vi nenhuma ameaça e queria ter um encontro normal. Os guarda-costas me deixam apreensiva. Não posso nem imaginar o que uma pessoa de fora pensaria de toda essa bagunça. Só queria que fosse um primeiro encontro normal com ele. Só isso. Me desculpe por ter te preocupado.

— *Preocupado?* É assim que você chama? Eu tenho essa equipe protegendo você, Bianca, porque é a única maneira que posso suportar deixar que saia da minha vista. Há um homem lá fora, um homem que matou pelo menos duas mulheres, e ele quer matar você. Ele é desequilibrado e completamente imprevisível. A única coisa que podemos prever é o ressentimento que ele ainda sente por você. Você sabe o que isso faz comigo? Você é mais preciosa para mim do que minha própria vida, muito mais. Não tenho nem dúvidas. Eu faria *qualquer* coisa por você. Tudo que peço é que me deixe protegê-la de uma ameaça *real*. Como você pôde ser tão descuidada, Bianca? Tão insensível?

Abri a boca para responder, e ele a cobriu com a outra mão, seu lábio se curvando em um grunhido.

— Seu pai está desaparecido há semanas. Nós só encontramos algo sobre seu paradeiro há quase uma semana, e isso porque um *corpo* marcou o local. Ele pode estar literalmente em qualquer lugar. E tudo que ele teria que fazer para ver que você está em Nova York seria procurar na internet. Os paparazzi mapearam sua rota semanal com luzes néon. Entendo que você queria conhecer seu meio-irmão. Eu não tentaria proibi-la. *Tudo que eu queria era que tivesse levado sua equipe.* Seu pai e irmão poderiam estar trabalhando juntos. Seu irmão poderia atrair você para lá. Eles poderiam ter te levado antes que alguém pudesse detê-los.

Tentei protestar até mesmo através da sua mão, mas seu olhar me parou.

— Não. Só porque isso não aconteceu não significa que você estava segura. Você não estava segura. Um homem com uma arma quer que você morra. Só precisaria de uma porra de uma bala.

Seus olhos estavam aterrorizados de angústia, e eu sabia que o medo o estava dominando. James fazia tudo que podia, mas, ainda assim, eu estava em perigo. Ele sentia como se estivesse falhando comigo, e isso o comia por dentro.

Ele descobriu a minha boca.

— Sinto muito. Pensei que iria e voltaria antes que você soubesse. Não quis fazer isso com você. Juro que não vou negligenciar minha segurança novamente. Pelo menos, não até que meu pai seja encontrado — falei baixinho.

Ele fechou os olhos e assentiu.

— Quando não consegui te encontrar, e Blake me disse que seu telefone estava sobre a nossa cama, pensei que você tivesse me deixado.

Minha testa franziu.

— Por que achou isso? Eu não entendo.

A mão no meu pescoço se movimentou e agarrou meu cabelo.

— Não. Nada de respostas até que você tenha sido punida.

Lambi meus lábios nervosamente.

— Aquela prisão lá atrás não foi um castigo?

Ele balançou a cabeça.

— Aquilo foi uma soneca. E uma chance para eu descontar a raiva na academia. Sem mais perguntas.

Sua outra mão começou a tirar a boxer, e eu tentei olhar para ver o que ele estava fazendo, mas a mão no meu cabelo me segurou rápido.

Ele empurrou minha cabeça até sua ereção. Penetrou minha boca, e eu o chupei, pensando que esta parte não parecia em nada uma punição.

Ele guiou minha cabeça para a frente e para trás, não mais do que quatro vezes, antes de gozar no fundo da minha garganta. Eu quase engasguei e fiquei muito surpresa. Era incomum que ele gozasse tão rápido. Seu controle sobre seu próprio orgasmo constantemente me surpreendia, embora eu não devesse me surpreender, já que ele era tão bom em controlar os meus.

Ele se retirou da minha boca na metade do gozo, colocando-me de pé enquanto eu podia ver seu pênis ainda se contorcendo com o orgasmo. Murmurei um protesto.

James bateu na minha bunda com força, depois enfiou o dedo na minha coleira e começou a me puxar, mas não para o playground. Seguiu na direção oposta, de volta para a cela. Eu tive que engolir um protesto. Não queria ser deixada lá de novo, mas sabia que estava nas mãos dele agora.

— Ajoelhe-se no chão — ordenou quando soltou a coleira. Eu obedeci, observando-o. Ele caminhou em direção à pequena cama, retraindo-a para dentro da parede com um toque do dedo. Eu não sabia que era esse tipo de cama.

Outro toque na parede e algo grande começou a descer do teto. Assisti com os olhos arregalados quando um grande X apareceu à minha frente. Tinha a mesma altura de James, o que me deu uma boa ideia de para que servia.

— Isso é o que é chamado de cruz de St. Andrew — explicou baixinho. Foi tudo o que ele falou.

Puxou-me com um dedo na coleira e agarrando um punhado do meu cabelo, pressionando minha testa com força naquele X sinistro. Prendeu meus pulsos e tornozelos a ele de forma rápida, antes de pressionar seu corpo com força nas minhas costas. Senti sua ereção contra a minha bunda e tentei arquear em direção a ela, mas James deu um tapa na minha bunda antes de se afastar.

Encostei a cabeça no meu braço, inclinando-me para a frente enquanto esperava e tentava ouvir o que ele faria em seguida.

James começou passando algo duro, mas liso, pelo meu rosto. Virei a cabeça para ver uma espessa e ovalada pá preta com alguns furos. Ele a puxou para longe antes que eu pudesse dar uma olhada melhor.

Bateu rápida e repetidamente em minha bunda e coxas. Eu ainda estava dolorida pelas rosas, o que aumentava a dor, mas ele era implacável, não se contendo nem um pouco. Continuou me batendo com força.

Eu não tinha nada para segurar, nada para agarrar na cruz, então minhas mãos se curvavam e se abriam quando os golpes me atingiam.

Minhas pernas estavam bem abertas, e alguns golpes ásperos nas minhas coxas sensíveis me fizeram ofegar com a dor. Ele agira como o Dom reticente desde que me pegara no café, mas a força dos seus golpes me dizia muita coisa, comunicando o quanto ele tinha se contido. Estava furioso, magoado e com medo, e essa emoção reprimida e frustrada estava sendo despejada em mim.

Minha pele estava em chamas quando ele terminou. Não houve pausa entre o último golpe e o momento em que ele começou a me penetrar por trás.

— Essa não foi a sua punição, Bianca — disse no meu ouvido. — Você quer saber qual é o seu verdadeiro castigo?

Balancei a cabeça, incapaz de falar enquanto ele continuava me penetrando uma e outra vez. Já estava no limite quando ele saiu de mim abruptamente.

— Você não vai gozar até hoje à noite, amor. Não por horas. Eu vou excitá-la, transar com você implacavelmente e você não terá um orgasmo. Isso é uma ordem. E se, por acaso, você desobedecer essa ordem, não poderá gozar por uma *semana*.

Eu queria gritar de frustração, mas, ao invés disso, ofeguei quando ele me penetrou novamente, investindo ininterruptamente.

— Não — disse, sabendo que eu estava muito perto.

Ele chegou bem fundo, gozando com aquele gemido áspero que eu amava. Naquele momento, eu o odiei, soluçando em frustração.

— Por favor — implorei quando ele saiu de dentro de mim.

— Não até esta noite — decretou com firmeza.

Ele me deixou ali por longos minutos antes de voltar para me soltar. Não me movi mesmo depois de ser solta; ao invés disso, apenas deitei contra o X e esperei.

Ele suspirou e me pegou no colo. Carregou-me para o playground, colocando-me em uma superfície firmemente almofadada. Ao primeiro toque das minhas costas na mesa, comecei a olhar em volta. Eu já tinha visto duas daquelas mesas na sala. Vi, de onde estava posicionada, exatamente o que ele tinha em mente, mas não antes de ele amarrar meus pulsos e tornozelos firmemente aos cantos da mesa.

James me observou atentamente enquanto colocava luvas de látex bem apertadas.

— Alguma objeção? — perguntou, com um toque de provocação, quase como se estivesse me desafiando.

Cerrei o maxilar, apenas observando-o, *desafiando-o* a fazer o seu pior.

Ele sorriu maliciosamente e começou a trabalhar.

Lavou, secou a área ao redor dos meus mamilos com uma eficácia clínica e puxou uma pequena pinça de metal da gaveta embutida na mesa.

Ele não hesitou, usando-a para apertar meu mamilo esquerdo com firmeza. No final do instrumento de metal havia um pequeno aro que se ajustava perfeitamente ao meu mamilo duro. Ele o prendeu enquanto se inclinava para perto e marcava cuidadosamente de cada lado.

Precisei obrigar-me a respirar enquanto o observava. Eu estava extremamente tensa, sem saber o que esperar. Nunca tive nada perfurado antes, apenas minhas orelhas.

Ele estudou cuidadosamente as marcas que fez, enquanto meu mamilo continuava preso com a pequena pinça. Então, jogou a caneta longe, pegando uma agulha de aparência sádica com a mesma mão.

Meus olhos estavam colados na agulha grossa quando ele enfiou a ponta afiada em minha pele. Respirei fundo e segurei o ar.

Ele continuou enfiando-a na minha pele com um movimento rápido, quase suave. Foi doloroso, mas rápido; tanto a visão quanto a sensação do que ele estava fazendo eram um choque para os meus nervos.

Atou um pequeno aro de prata na agulha, puxando-o, e, em seguida, deslizando a agulha maior para fora.

Observei meu peito subir e descer quando comecei a respirar novamente.

Ele pressionou um pano de forma gentil na área recém-perfurada antes de se afastar. Voltou menos de um minuto depois com dois pacotes pequenos de gel. Um, ele colocou na gaveta aberta, o outro, encostou no piercing do meu mamilo.

— Você está pronta para o outro? — perguntou, observando-me atentamente. Mesmo com esse clima perigoso, eu ainda via preocupação em seus olhos. Respirei fundo e assenti.

James trocou as luvas antes de dar o mesmo tratamento ao peito direito, rapidamente e com habilidade perfeita. Cuidou de ambos os seios, limpando-os cuidadosamente e colocando gelo. O cuidado posterior demorava muito mais tempo do que o piercing em si.

Quando ele terminou, tirou as luvas e me soltou, pegando-me no colo e me levando diretamente para a cama.

Deitou-me de costas, com sua mão se movendo entre as minhas pernas para penetrar um dedo em mim.

Eu olhei para ele.

Ele riu. Era uma risada fria. Meu amante ainda estava muito ausente, mesmo com aqueles pequenos vislumbres de preocupação que vi em seus olhos e pela forma como cuidava de mim.

— Cuidado, amor. Você pode ser punida também por olhar assim para mim. Não pense que não pode ficar ainda pior do que uma bunda dolorida, mamilos perfurados e um dia sem orgasmo.

Muito deliberadamente, fechei os olhos e virei a cabeça, desafiando-o, pois sabia o que ele queria de mim. Eu estava muito irritada.

Ele apenas riu de forma impiedosa.

— Ok, faça do seu jeito. Eu ia deixar você em paz, mas assim será certamente mais divertido para mim.

James me deitou de costas e me amarrou na cama. Mantive meus olhos bem fechados.

Arrastou-se por entre as minhas pernas e segurou meu queixo, com muito cuidado para evitar roçar em meus seios sensíveis.

— Olhe para mim. Agora — rosnou.

Hesitei, mas finalmente olhei para ele. Engoli em seco e gemi alto quando ele se alinhou na entrada da minha vagina, penetrando-me até o fundo.

— Porra, não goze — falou, investindo mais uma, duas, três vezes. James gozou com aquele gemido delicioso, me fazendo perder ainda mais a cabeça. — Muito bom, amor — murmurou quando saiu de mim, enquanto seu pênis ainda se contraía.

Ele soltou meus pés, mas apenas um dos meus pulsos. O outro, ele deixou amarrado, mas com certa folga. Deitou-se nu nas minhas costas, enterrando o rosto no meu pescoço. Arrumei-me cuidadosamente, virando-me para evitar encostar meus seios nos braços ou a cama.

— Você tem medo de que eu vá tentar fugir? É por isso que ainda estou amarrada? — perguntei, já que nunca tinha feito isso antes. Algo estava seriamente errado.

— Sim — respondeu sucintamente. — Sem mais perguntas agora. — Tentei me afastar, mas ele me segurou, pressionando seu corpo com força contra mim. Seu pênis estava semiereto contra a parte de trás da minha coxa. — Relaxe. Tudo que você precisa fazer agora é adormecer. Quando acordar de novo, sua punição terminará.

Isso era muito mais fácil falar do que fazer. Eu estava agitada, confusa e irritada demais, e o fato de que James logo adormeceu profunda e pacificamente às minhas costas não ajudou em nada.

25
Sr. Manipulador

STEPHAN

Fui acordado após uma breve soneca de trinta minutos, mas ainda não sabia se conseguiria voltar a dormir. Eu não podia deixá-la sozinha, embora soubesse que não deveria tentar interferir novamente.

Então eu fiquei. Comi e joguei videogame, mandei uma mensagem para Javier e fiquei preocxupado. Não gostava de ser uma pessoa apreensiva, mas, sempre que Bianca estava envolvida, eu simplesmente não conseguia evitar. Se ela estava bem, eu estava bem, e se ela não estivesse...

Lembrei-me da primeira vez que a vi. Ela usava jeans folgados e um casaco com um capuz que cobria a maior parte do cabelo, mas não conseguira disfarçar o fato de ela ser incrivelmente bonita, com traços elegantes e uma aparência perfeita.

Nós passamos por um abrigo, mas nenhum de nós ficou. Na nossa idade, se você ficasse muito tempo perto de pessoas que queriam ajudá-lo, era inevitável que tentassem te convencer a encontrar seus pais. Eram sempre bem-intencionadas, mas sentíamos quase como um insulto. Não estaríamos vivendo nas ruas se tivéssemos outra escolha aceitável... Mas mesmo isso era injusto, eu sabia. Algumas das crianças perdidas não estavam realmente perdidas. Às vezes, elas estavam chateadas ou tentando preocupar seus pais, ou apenas tentando provar que não precisavam de ninguém.

Eu soube só de olhar que ela não era uma dessas. Sim, ela tinha uma tendência a inclinar o queixo delicado para cima, de forma orgulhosa, mas não era uma criança mimada. Ela era como *eu*. Não tinha para onde ir. Estava perdida. Eu a seguia, mantendo distância, instintivamente querendo ter certeza de que estava segura. Se ela fosse como eu, talvez pudéssemos nos ajudar. Ela parecia ter a minha idade. Talvez pudéssemos fazer companhia um ao outro. Pensar nisso me encheu de uma patética esperança.

Fiquei afastado, apenas observando, mas não demorou muito para que eu visse o velho perseguindo-a.

Eu sabia aonde ela estava indo. Havia um armazém não muito longe. Era um local popular para invasores. Ninguém, a não ser os desabrigados, estava interessado naquele lugar.

Eu os segui até lá.

Estava ficando escuro, e eu não reconheci o homem grande que entrou no meu caminho. Olhei cautelosamente para aquele que tinha interrompido minha caminhada, tentando fazê-lo sair do breu.

— O velho Sam tem uma luta para você — disse o homem, e eu vagamente me lembrei de quem se tratava. Estava quase certo de que seu nome era Mike.

— Agora não é um bom momento — respondi, desviando dele e retornando ao meu caminho. Eu não estava confortável em deixar a garota sozinha perto daquele homem nem por um minuto; não na escuridão, onde ninguém se importaria com o que estava acontecendo.

Comecei a andar rapidamente em direção ao armazém, meus olhos se movendo freneticamente, tentando enxergar todas as formas nas sombras.

— Você vai se arrepender se contrariá-lo! — Mike gritou para mim.

Eu o ignorei completamente.

Estava quase na porta lateral quando ouvi um som fraco vindo do beco. Fora um grunhido abafado, feminino, e foi o suficiente para que eu saísse correndo sem hesitação.

Vi o velho pervertido primeiro, já que ele estava de costas. Já estava com as calças abaixadas ao redor dos tornozelos e tentava abrir a calça dela com uma mão. A outra estava sobre a boca da garota.

Ele xingou, tirando a mão da boca dela para golpeá-la na parte de trás da cabeça ao mesmo tempo em que ela gritou.

Corri com um rugido furioso. Minha visão ficou vermelha por um bom tempo, e não consegui formar um pensamento coerente até que senti um toque suave no meu ombro.

— Você pode parar. Ele não vai me incomodar mais — ela disse, com uma voz suave e gentil.

Parei de bater a cabeça dele no chão, começando a olhar para minhas mãos ensanguentadas.

Ela puxou minha camisa, tentando me fazer ficar de pé.

— Vamos. Eu conheço um lugar onde você pode se limpar. Não deve ficar com esse sangue imundo em suas mãos.

Ela pegou meu braço e começou a me levar para trás do prédio daquele jeito gentil. Cada toque dela era como uma pergunta. Ela tinha certeza de suas ações, mas eu não achava que fosse capaz de ser mandona.

Olhei para ela, com medo do que iria ver em seus olhos.

Ela encontrou meu olhar, e o dela estava cheio de gratidão e compreensão, sem um pingo de medo.

— Muito obrigada. Eu não sabia que ainda existiam homens legais no mundo. Pensei que era uma lenda, mas você me salvou.

E foi assim. Eu me perdi.

— Eu sou a Bianca — disse com um sorriso triste e os olhos um pouco perdidos, enquanto me limpava.

— Eu sou o Stephan — respondi, sentindo-me entorpecido. Fazia tanto tempo desde que alguém se importara comigo, ou me tocara de alguma forma, que eu me sentia quase em choque com suas ações.

— Você é como eu — falou baixinho, ainda esforçando-se gentilmente para lavar o sangue das minhas mãos e pulsos. Ela não olhou para cima.

Tive que pigarrear para falar.

— O que você quer dizer com isso?

Ela olhou para cima, encontrando meus olhos diretamente. Vi muita força neles, além de uma resolução tranquila.

— Você não pode voltar para casa.

Minha mandíbula se apertou, e eu assenti devagar.

Ela nunca demonstrou sentir medo de mim, e, quanto mais a conhecia, mais eu percebia que, considerando seu passado, teria todo o direito de sentir.

Nós nunca perguntamos se ficaríamos juntos, e nunca nos separamos.

— Você nunca vai ter que se preocupar comigo... nunca vou tentar o que aquele velho tentou. Eu sou gay, então, não será um problema — eu disse a ela na primeira noite que dormimos juntos amontoados, compartilhando um cobertor fino.

Não foi apenas para aliviar seus medos que contei a ela. Se minhas preferências pudessem fazê-la afastar-se de mim com nojo, eu queria saber.

Ela apenas se aproximou.

— Eu não estava preocupada, Stephan. Em nenhum momento, pensei que você tentaria me machucar. Você é um cara bom, um herói. Nunca tive uma certeza maior do que essa na minha vida. Sinto-me muito segura com você. Mais segura do que *jamais* me senti.

Suas palavras me provocaram uma sensação cálida no peito, e meus olhos se encheram de lágrimas estranhas. Pela primeira vez em anos, senti uma feroz alegria em meu coração. Talvez eu tivesse encontrado uma pessoa que pudesse me amar. Talvez eu tivesse encontrado uma família.

Fiquei aliviado quando James reapareceu cerca de duas horas depois de terem subido as escadas, embora eu tivesse ficado mais se Bianca estivesse junto. Ele usava apenas um short preto esportivo e estava coberto de suor. Seu cabelo estava amarrado, e seus olhos pareciam assustadores. Carregava um pequeno laptop na mão.

Engoli em seco. Queria ver Bianca, precisava saber se aquela coisa assustadora em seus olhos era mais do que ela poderia suportar, mas sabia que ela confiava em mim para não interferir, e eu valorizava essa confiança.

— Precisamos conversar — ele me disse.

Assenti. Pegaria qualquer informação que pudesse conseguir. Ele sentou-se ao meu lado e abriu o laptop, colocando-o no meu colo.

Um vídeo estava sendo reproduzido na tela. Assisti por talvez um minuto antes de ter que me afastar, corando profusamente. Entreguei o laptop de volta para ele com uma careta.

— Jesus! Por que está me mostrando isso, James?

— Então, Bianca não mencionou isso para você?

Fiquei lívido em um piscar de olhos, pronto para dar um soco nele.

— Você mostrou isso a ela?

— Não! Claro que não.

Meus olhos se arregalaram ao compreender.

— Está on-line?

Ele assentiu, parecendo sentir-se miserável e furioso ao mesmo tempo.

— Eu não sei como. Estou investigando. Mas preciso saber se ela já viu. E preciso da sua opinião. Ela vai me abandonar se chegar a vê-lo?

Esfreguei minhas têmporas.

— É antigo, eu suponho. De antes de você conhecê-la.

— *Claro*. Eu nem sabia que existia até algumas semanas atrás.

— Vai ser perturbador. E ela é tão assustadiça... Só não tenho ideia do que fará, James. Ela é muito diferente com você. Quando te deixou da primeira vez, eu tinha quase certeza de que nunca lhe daria outra chance. Todas as regras mudaram quando você entrou em cena. Simplesmente não consigo prever o que ela fará com você. Mas não a deixe ver este vídeo. Isto certamente não vai ajudar. Saber e ver são duas coisas diferentes.

— Como posso impedi-la? Você a conhece. Ela vai querer ver por si mesma. Eu sei. Isso está me matando, Stephan. O que eu posso fazer?

Balancei a cabeça.

— Então é por isso que você está tão chateado? Não é porque ela saiu sem segurança?

Vi seus punhos se apertarem e senti os meus copiando o movimento.

— É pelas duas coisas. Você sabe o que ela fez? Foi sozinha encontrar o irmão. *Sven Karlsson*. Ele até tem o mesmo nome, e ela foi vê-lo sozinha.

Senti meu estômago se revirar.

— O que aconteceu? Ele é como o pai dela?

James balançou sua cabeça.

— Eu não sei. Acho que não. Mas vou descobrir. Não se preocupe com ele, Stephan. Vou me certificar de que seja bem investigado antes que respire o mesmo ar que ela novamente. Eu juro.

Assenti. Sabia que ele faria exatamente isso. E vi que estava errado em duvidar dele. Mesmo com aquele clima perigoso, ele ainda estava pensando apenas em Bianca. Fora assim desde o início, e por isso foi tão fácil, para mim, compartilhá-la com ele. Havia algo de muito firme a seu respeito. Ele invadiu nossas vidas com um tipo de autoridade muito benevolente. O garoto bagunçado e ferido que ainda morava dentro de mim ansiava por sua aprovação, e ele também era generoso com isso. Achava que eu era incrível — ele me dizia isso tantas vezes — e me achava digno de ajudá-lo a cuidar da Bianca, que eu sabia que ele adorava mais do que a própria vida; não demoramos para nos entendermos. Ele preencheu um papel de amigo e mentor para mim que eu nem sabia que estava me faltando, o que tornou ainda mais difícil a ideia de brigar com ele. Mas, quando tinha a ver comigo e com Bianca, ele sabia que ser bom para ela era o mesmo que ser bom para *mim*. Nunca poderia haver dúvidas sobre *isso*.

— Me desculpe por ter tentado interferir, James. É tão difícil para mim.

— Tudo bem — me cortou com impaciência. — Temos mais uma coisa para discutir.

Balancei a cabeça para que continuasse, aliviado por ele não parecer guardar rancor.

— Sei que sua primeira inclinação será me dizer não, mas lembre-se de que isso é para Bianca. Eu a quero fora daquela casa. Ele sabe onde é, ela foi *atacada* lá, e, toda vez que fica lá sem mim, eu enlouqueço. Ela não vai sair daquele lugar até que você também saia. Eu sei disso. Preciso que você venda a sua casa.

Pisquei para ele, sentindo-me jogado em um *looping*.

— Há uma propriedade ao lado da minha que acho que combina bem com você, e você seria nosso vizinho. Ela precisa disso. Você *sabe* que sim. Vou comprar essa casa para você. E você precisa me ajudar a convencê-la a vender a dela. Ela vai resistir à ideia, mas isso é importante. Ela precisa sair de lá. Minha propriedade é muito mais segura.

Ele parecia sentir meu desconforto.

— Vou te dar tempo para pensar sobre isso, mas verá que estou certo. Eu sei que está desconfortável em pensar que vou comprar uma casa para você, mas literalmente me custará quase *nada*, então, se você não puder fazer isso por si mesmo, faça pela Bianca.

Ele era um homem manipulador. Generoso, mas manipulador. Honestamente, eu achava que não conseguia evitar; estava muito acostumado a fazer as coisas do jeito dele. Mesmo sabendo disso, considerei a ideia.

Jogar pelas regras dele significava ficar perto dela para sempre. Quando me dei conta disso, percebi que não me restavam mais dúvidas.

26
Sr. Desesperado

BIANCA

Acordei com James me penetrando. Eu estava tão molhada que seu pênis deslizava suave como seda. Estremeci e ofeguei de prazer antes que o sono conseguisse abandonar meu corpo completamente. Aquela era, sem dúvida, a minha maneira favorita de acordar.

— Bom dia, meu amor — James falou asperamente, seu rosto logo acima do meu, mas seu peito se mantinha cuidadosamente afastado dos meus seios.

Estudei seus olhos, enquanto minha mão livre agarrava seu cabelo macio e sedoso. Eu queria ter um vislumbre do homem que amava naqueles olhos intensos, e fiquei aliviada em vê-lo ali, no calor daquelas profundezas turquesa. Ele agira com tanta frieza antes. Eu precisava de garantias e respostas. Precisava de calor. Mas primeiro precisava do que ele estava me dando...

Ele investiu em mim com golpes deliciosamente longos. Suas mãos abriram minhas pernas até deixá-las dolorosamente afastadas, combinando com suas estocadas perfeitas. Engoli em seco quando ele saiu de dentro de mim, e quando, em seguida, enterrou-se ao máximo, repetidas vezes.

Contraí-me ao redor dele durante o orgasmo matinal mais delicioso, mas ele apenas continuou, investindo sem pausa, esforçando-se para me levar a outro orgasmo, enquanto eu ainda estava me recuperando do primeiro. Choraminguei seu nome quando voltei a mim.

Segurei seu rosto e observei com olhos cobiçosos enquanto ele gozava longos momentos depois.

Nossos olhos ficaram presos enquanto ele pairava sobre mim, permanecendo dentro enquanto me observava. Era um dos nossos impasses silenciosos, e eu o quebrei primeiro.

— Você vai me dizer por que está tão preocupado que eu vá deixá-lo? Tão preocupado que me manteve amarrada na cama enquanto dormíamos?

Sua mandíbula se apertou, e seus olhos hesitaram, mas ele assentiu.

— Um... vídeo meu foi divulgado esta manhã. Está tudo na internet. Não há como controlá-lo. Fiquei sabendo dele há cerca de uma semana e tenho tentado ao máximo evitar que vaze, mas falhei. Quem estava por trás disso não pensava em ganhar dinheiro.

Engoli em seco, uma pequena bola de pavor se formando nas minhas entranhas.

— Um vídeo de sexo — imaginei.

Ele quebrou o contato visual, olhando para os nossos corpos juntos.

— Sim. Eu sinto muito. Logo quando estou tentando limpar minha imagem, limpar minha vida, *isso* acontece. Estou enojado de mim mesmo, se isso faz você se sentir melhor.

Não fazia.

— Quando este vídeo foi feito?

Ele saiu de dentro de mim, e eu ofeguei com a sensação crua. Seu cabelo caiu sobre seu rosto bonito quando ele olhou de volta para mim.

— Cerca de três anos atrás, eu acho, ou talvez mais perto de quatro. Foi gravado sem o meu conhecimento, estou envergonhado de admitir. Foi uma armadilha. Uma das poucas vezes em que eu não estava em uma das minhas propriedades. Sinto muito. Meu passado parece não querer desaparecer. Por favor, me diga que não vamos terminar por isso.

Eu o estudei, tentando imaginar como sua mente funcionava.

— Claro que não estou feliz, mas dificilmente o abandonaria por isso.

Não consegui falar por um longo minuto porque ele me apertou contra si até me arrancar o fôlego. Arfei com a sensação dolorosa que causou nos meus mamilos sensíveis.

Ele recuou quando ouviu o gemido, murmurando um pedido de desculpas. Abaixou-se novamente para me abraçar, com mais cuidado desta vez.

— Obrigado — murmurou no meu ouvido.

— Eu sei sobre o seu passado — continuei quando ele se afastou. — Você me falou sobre sua promiscuidade. Mas deveria ter me contado sobre isso uma semana atrás, quando ficou sabendo. Você tem estado mal-humorado e estranho, e eu não gosto de ficar no escuro. Você já deveria saber disso. Se vamos fazer este relacionamento funcionar, você não pode esconder coisas assim de mim. O que mais me fez confiar em você foi sua honestidade. Eu preciso dessa honestidade, James. Entende?

Ele assentiu com a cabeça enterrada no meu cabelo.

— Eu estava tão apavorado que você fosse fugir novamente.

Agarrei com força uma mecha do seu cabelo.

— O que vai me impedir de fugir é você ser honesto comigo.

— Sim, está bem. Compreendo.

Respirei fundo, odiando a próxima parte, mas não o suficiente para não perguntar.

— Quem está no vídeo com você?

Ele ficou tenso contra mim.

— Jolene.

Assenti. De alguma forma, eu sabia, embora não tenha tornado mais fácil.

— Então ela fez o vídeo e o vazou. Obviamente.

Ele balançou sua cabeça.

— Eu não posso descartar isso completamente. E, sim, ela obviamente ajudou na coisa toda. Mas eu simplesmente não consigo imaginá-la vazando-o, não com a quantidade de dinheiro que eu estava oferecendo para mantê-lo em sigilo. E isso vai arruinar o relacionamento dela com Scott. Ela é mercenária demais para fazer algo apenas por maldade e sem nada a ganhar.

Acreditei em suas palavras, já que ele, claro, a conhecia melhor do que eu.

Ele afastou o cabelo do meu rosto, e a luz captou as cicatrizes em seus pulsos. Peguei sua mão, trazendo-a aos meus lábios, e beijei o interior do seu pulso suavemente.

— Você vai me contar o que são essas coisas?

Seus olhos ganharam um certo brilho vulnerável que eu estava começando a reconhecer. Seria um relato complicado, embora eu já imaginasse que as cicatrizes em seus pulsos eram feridas profundas.

— Spencer usava algemas afiadas. Elas me cortavam. Foi uma das primeiras coisas que notei. Esses cortes nos meus pulsos começaram a aparecer primeiro. Eu os escondia, porque é um lugar claramente visível e embaraçoso para se ter um corte, especialmente quando se tem 14 anos e se sente autoconsciente de cada coisinha. Não posso dizer se ele usava esse tipo de restrição para me fazer ficar quieto, ou se só queria me fazer sangrar. Se estava tentando me impedir de lutar, não funcionou. Se eu pudesse ter cortado minhas mãos para ficar longe dele, eu juro que teria feito isso. Eu certamente tentei.

Ele me deixou traçar as minúsculas cicatrizes, depois beijar cada centímetro delas com muito cuidado. Lágrimas deslizaram silenciosamente pelo meu rosto. Eu não conseguia ouvir o que ele estava dizendo e não ser afetada por suas palavras.

James traçou minhas lágrimas com um dedo suave.

— Foi nessa época que me tornei realmente promíscuo. Não passei um dia sem transar indiscriminadamente. Eu não tinha noção disso na época, mas suponho que estava tentando recuperar algum controle, já que perdi muito anteriormente. E o fato de eu ter uma libido gigante não ajudou na época. Tudo apenas foi piorando, e, quando me tornei adulto, também não melhorou. Eu preferia o sexo mais casual, então, quase sempre procurava mulheres gostosas que eu sabia que não me sentiria mal em abandonar, o que acho que explica Jules e Jolene, embora eu não ficasse exclusivamente com cadelas furiosas.

Tive que segurar um comentário sobre isso. Ele estava confessando, e eu queria que ele exorcizasse tudo. A última coisa que eu queria era que ele parasse o fluxo de informações.

— Nunca fiz sexo baunilha, mas a coisa realmente bizarra se desenvolveu com o tempo. Eu sabia que gostava de coisas um pouco mais pesadas do que o normal, e estava sempre dando um passo adiante.

Por volta da idade que um garoto normal estaria animado para dirigir seu primeiro carro, eu administrava uma cadeia de hotéis em todo o mundo, aprendendo obsessivamente a dar nós e fodendo cada mulher que surgia. Eu melhorei quando comecei a ir à terapia. Fiquei mais focado, mais controlado, mas isso levou tempo. Entrar na cena BDSM quando eu tinha 18 anos ajudou muito também. Havia regras lá, e pessoas que estavam dispostas a me orientar sobre como fazer o certo, e eu recebi um treinamento adequado.

Isso foi um choque para mim, embora talvez não devesse ter sido. Eu não tinha experiência com a cena, mas o controle dele era tão perfeito que eu já deveria ter imaginado que ele passara por algum tipo de treinamento.

— Foi quando eu conheci Frankie. Ela era três anos mais velha do que eu e sabia das coisas. Eles não te aceitam nessa cena até que você complete 18 anos, por razões óbvias, então, os três anos que ela passou comigo foram três anos de experiência com BDSM. Eu bati nela no começo, tentei transformá-la em uma sub, tentei torná-la hétero, mas ela riu na minha cara. Mesmo depois disso, porém, esforçou-se para me orientar, para me ensinar regras. Nessa comunidade, você nem tem permissão de se aproximar de uma mulher até ser devidamente treinado. Até hoje, ela é uma das minhas melhores amigas.

"Eu ainda permaneci indiscriminadamente promíscuo por anos, mas o BDSM era muito mais satisfatório para mim, e eventualmente eu caí de cabeça, mas até mesmo minhas submissas contratadas eram relacionamentos puramente sexuais. Há outra entrada para o quarto andar além do meu elevador, e a maioria delas nem tinha permissão para entrar na minha casa. Você não pode imaginar a anomalia que você significava para mim, Bianca. A intimidade era insuportável antes de eu pôr os olhos em você. Você mudou muitas coisas, e nunca sonhei que poderia ser um sentimento tão maravilhoso. Sinto como se tivesse sido trazido à vida, como se eu fosse uma pessoa real agora, em vez de um mentiroso."

Eu sabia muito bem como era. Duvidava que muitas pessoas além de mim pudessem entender perfeitamente o que ele quis dizer com isso.

— Sim — sussurrei, observando aqueles olhos primorosamente sombrios. — Eu também me sinto assim. Sei exatamente o que você quer dizer.

Ele me lançou um olhar desesperado.

— Sei que você entende. Eu disse desde o início que fomos feitos um para o outro, e realmente acredito nisso. As coisas vão ficar mais difíceis por um tempo, por causa deste vídeo, particularmente com a imprensa. Estou *implorando*, Bianca, por favor, fique comigo. Não se afaste, não dê um tempo. Nem mesmo um pequeno.

Doeu um pouco sentir que ele não confiava em mim, mas eu sabia que era minha culpa. Meus olhos e voz estavam firmes.

— Não vou fazer isso, James. Vou ficar. Eu te amo.

Seu rosto ficou um pouco lívido, como se as palavras ainda fossem um choque para ele.

— Obrigado. Eu também te amo. Mais que a vida, Bianca.

Eu não gostei da última parte. Soou muito como um autossacrifício, o que trazia à mente meus recentes pesadelos sombrios.

27
Sr. Estrela Pornô

Decidimos nos exercitar, já que dormimos a maior parte do dia, e eu teria que voar cedo na manhã seguinte. A ideia era eliminar o excesso de energia que uma soneca longa havia me dado.

Eu não me importava em malhar, mas peguei leve, ficando principalmente na bicicleta ergométrica e observando James enquanto ele usava todos os equipamentos de sua grande academia. Ele era uma visão e tanto sem camisa enquanto se exercitava. Fiquei completamente boquiaberta quando ele fez flexões de dar água na boca na barra, seus shorts pendendo baixo na cintura. Concluí que eu poderia ter encontrado uma nova razão para gostar de malhar.

Ele sorriu para mim enquanto se dirigia aos halteres.

— Continue me olhando assim se quiser ser fodida em uma bicicleta ergométrica, amor.

Eu não me importaria nem um pouco, então, continuei olhando. Ele me observou através dos espelhos que cobriam as paredes da sala. Corri meus olhos por seu corpo. Até as panturrilhas dele eram sexy, pensei. Tão longas e esguias, mas com aquele conjunto rígido de músculos sob a superfície.

Ele largou os pesos.

— Já chega. Venha aqui.

Caminhei até ele sem hesitação.

Ele me levou a um ponto na frente do espelho e começou a tirar as minhas roupas sem dizer uma única palavra. Eu deixei, observando nossos reflexos enquanto ele se inclinava sobre mim. Amei o olhar em seu rosto enquanto ele fazia isso. Sempre parecia tão terno e quase pacífico enquanto cuidava de mim.

Quando fiquei nua, ele ergueu meus braços. Estávamos ao lado de um equipamento e havia uma barra acima da minha cabeça. Era ajustável, e ele a abaixou até que eu pudesse alcançá-la.

— Segure-a.

Estendi a mão para agarrá-la. O movimento repuxou cruelmente os meus seios doloridos, mas eu não disse uma palavra, porque não queria que ele parasse...

Ele se posicionou às minhas costas, olhando-me no espelho. Suas mãos percorreram a frente do meu corpo enquanto observávamos nossos reflexos. Ele segurou a parte inferior dos meus seios com muito cuidado, mas rapidamente os soltou. Uma mão moveu-se para o meu quadril, e a outra serpenteou para baixo, ao longo das minhas costelas, passando pela minha barriga e para o meu sexo. Ele me tocou, mas parou abruptamente. Ergueu seus dedos molhados.

— Você está sempre molhada para mim. Sempre. Porra, como eu amo isso — disse asperamente.

Seus shorts caíram no chão, e ele se posicionou por trás. Separou minhas pernas com as mãos, puxando-me contra ele. Observei seus joelhos dobrarem e então se endireitarem enquanto seu pênis desaparecia dentro de mim.

— Ahhh — ofeguei quando ele me penetrou.

Observei enquanto ele saía de dentro de mim. Foi um processo longo e demorado, e eu tive um vislumbre soberbo de sua excitação maciça entre minhas pernas por trás.

— Está conseguindo se segurar firme? — perguntou, voltando-se para mim. Tive que engolir em seco para responder, meus olhos ainda colados em seu pênis magnífico.

— Sim — consegui falar.

— Que bom. Olhe para mim, Bianca. Eu vou te foder com muita força. Preciso que me diga se suas mãos escorregarem.

Balancei a cabeça, encontrando seus olhos.

Ele mordeu o lábio e começou a investir com ímpeto. Eu choraminguei, amando a mistura de prazer e dor enquanto ele me fodia com tanta força que chegava a doer. Eu ansiava por isso, pensei.

Minhas mãos começaram a escorregar no final, e eu disse isso a ele sem fôlego. Ele mal fez uma pausa.

— Solte — disse-me, suas mãos se movendo para os meus quadris.

Ele me carregou para perto do espelho, imprensando-me lá até meus seios tocarem o vidro. Ele gemeu com a visão. — Mãos no espelho — falou, e eu fiz o que ele mandou. Seus quadris bateram contra mim com a força dos seus impulsos.

Meus olhos permaneceram abertos, mas ficaram um pouco nublados quando eu me despedacei, apertando-me em torno do seu membro.

— James — choraminguei quando gozei.

Ele estremeceu, gemeu e enterrou-se ao máximo, seu pênis se contorcendo dentro de mim quando gozou.

— Tão perfeita — ele me disse simplesmente, beijando meu ombro.

Minhas pernas tremiam quando James saiu de mim, mas ele permanecia firme, então, ajeitou-me em seus braços.

— Hora do banho — declarou com um sorriso.

— Hum, não deveríamos nos vestir?

A academia ficava no segundo piso, e teríamos que passar pelo corredor, subir as escadas, depois andar por outro corredor, pelados, só para chegarmos ao nosso quarto.

Ele deu de ombros.

— Eu vou caminhar rápido.

Eu ri.

É claro que Stephan nos viu quando James estava me carregando pelas escadas.

— Hum, oi — ele chamou do primeiro andar. — Eu acho que vocês se resolveram na academia, não foi?

Nós dois rimos.

— Tudo está perfeito — disse James, ainda subindo as escadas. Certamente, Stephan estava tendo uma visão espetacular da sua bunda.

— As roupas estavam atrapalhando, hein? — Stephan gritou de volta, começando a rir.

— Sim — disse James. — Boa noite.

— Boa noite.

— Boa noite — falei, entre risos involuntários.

Tomamos banho e havia comida do lado de fora quando saímos. James me deu na boca, afastando minhas mãos quando tentei pegar o garfo. Era uma espécie de suflê de vegetais. Estava delicioso, e eu estava morrendo de fome, então, comi uma porção enorme antes de gesticular que não queria mais.

Ele assentiu, colocando a bandeja de volta do lado de fora, e voltou para a cama, puxando-me contra ele.

— Você está cansada o suficiente para dormir?

Balancei a cabeça.

— Eu já dormi muito hoje.

Seus dedos serpentearam entre as minhas pernas, me tocando.

— Quer foder até que ambos desmaiemos? — perguntou com um sorriso.

Eu ri.

— Você é insaciável, e estou dolorida.

Ele afastou os dedos, me lançando um olhar arrependido. Então, suspirou.

— Bem. Então, vamos nos vestir e descer para assistir TV.

Acabamos assistindo filmes com Stephan a maior parte da noite. Os rapazes insistiram para que assistíssemos *A Princesa Prometida* novamente.

James se inclinou para mim em uma certa cena do filme e sussurrou no meu ouvido: "Como quiser, Princesinha".

Dei uma olhada nele. De repente, lembrei que ele tinha dito isso antes, algumas vezes, na verdade, e o que isso significava no contexto do filme, mas nós só nos conhecíamos há alguns dias na primeira vez que aconteceu...

— Você é louco — eu disse em voz baixa.

Ele assentiu, sorrindo.

— Completamente fora da casinha — concordou.

Ele pegou o meu voo para Vegas na manhã seguinte, mantendo sua fama de perseguidor milionário. Mostrou-se ainda mais atento do que de costume no voo naquela manhã, raramente tirando os olhos de mim, como se tivesse medo de que eu simplesmente desaparecesse. Como parecia ser seu hábito, seu humor mais distante era completado pelo mais atento.

Ainda assim, fiquei ocupada desde a decolagem até a aterrissagem, com apenas um momento para dar atenção a ele, além do serviço esperado. Um bom vento de cauda acelerou nosso tempo de voo, assim a viagem foi agradável e rápida.

Ficaríamos na minha casa. Peguei carona com Stephan. Um carro cheio de seguranças nos seguiu de perto. James iria nos encontrar na casa.

Ele já esperava na garagem, e parecia estar gritando com um paparazzo quando chegamos.

— Merda — Stephan xingou. — É melhor evitar a porta da sua garagem. Nós vamos diretamente para a minha, e você pode pular a cerca de trás para o seu quintal. Você não deveria ter que lidar com essa porcaria.

Suspirei.

— Minha equipe de segurança terá dificuldade se eu for a qualquer lugar antes de o local ser vasculhado, até mesmo a sua garagem.

— Ah, sim — disse ele. — Eles têm me dado tratamento real. Você sabia que eu também tenho um guarda-costas quando saio agora?

Eu não sabia. Apenas olhei para ele, estupefata. Andava tão alheia ultimamente. Mas senti uma onda instantânea de alívio e meu peito se preencheu com a sensação mais calorosa. Eu amava aquele homem louco. Muito.

Stephan estacionou em sua garagem, e demos à equipe segurança bastante tempo para flanquear o carro antes de sairmos. Stephan e eu compartilhamos um olhar antes de saltarmos do carro. O olhar dizia: "Isso é loucura".

James, pelo menos, parou de gritar com o fotógrafo quando nos aproximamos da casa. Ele me viu e caminhou até nós. Clark estava bloqueando o paparazzo com muita habilidade. Então, na verdade, eu nem consegui ver o homem.

James pegou meu braço, seu rosto tenso em aborrecimento, e acenou para Paterson seguir em frente para a minha casa. Um segurança que não reconheci já estava indo para a casa de Stephan.

Esperamos do lado de fora enquanto Paterson revistava o primeiro quarto.

— Bianca! Como você se sente vivendo com uma estrela pornô? Quando você planeja lançar seu próprio vídeo? — o paparazzo gritou alto às nossas costas.

Eu me virei para James antes que o homem tivesse terminado de gritar. Ele ficou tenso, e eu sabia o que queria fazer. Joguei meus braços em volta do seu pescoço. Ele me abraçou em torno das costelas, mas sua cabeça estava virada na direção do homem desagradável.

— Vamos entrar. Alguém abra a porta! — eu disse em voz alta.

— Você gosta de ser espancada também, Bianca? Eu posso espancá-la sempre que quiser! — o homem tolo gritou.

Meu abraço se transformou em um aperto de morte. James teria que me levar com ele se fosse atrás do homem. Lancei um olhar selvagem para a nossa equipe de segurança, já que todos pareciam inúteis para mim naquele momento.

— Se James bater naquele cara, eu vou demitir todos vocês! — gritei para eles. — Levem-nos para dentro ou tirem esse homem daqui!

Finalmente e felizmente, entramos na casa. James acabou me carregando para dentro, já que eu não o soltaria.

Não percebi que Stephan não estava conosco até soltar James. Olhei ao redor.

James ainda estava fervendo, mas parecia mais calmo ao falar.

— Você *me* parou, mas é uma pessoa só, e eu não fui o único que ficou irritado.

Eu estava prestes a sair novamente antes que James percebesse minha intenção. Ele me pegou do lado de fora, envolvendo os braços nos meus ombros. Não havia necessidade disso, no entanto.

Stephan e Clark estavam andando na nossa direção, sorrindo.

— O que aconteceu? — perguntei a Stephan. Não havia sinal do fotógrafo.

Stephan deu de ombros.

— Fui dar uma mão a Clark com aquele babaca, mas ele já tinha lidado com tudo.

Todos nós olhamos para Clark.

Ele encolheu os ombros.

— Só expliquei algumas coisas, e ele foi embora. Alguns outros paparazzi podem vir até aqui, mas *esse* cara não voltará.

— O que você disse a ele? — perguntei, muito curiosa. Era difícil abalar aqueles fotógrafos.

Clark riu. Ele tinha uma ótima risada.

— Apenas expliquei o que eu faria com ele se *não* fosse embora, e que isso o afetaria pelo resto da sua vida, enquanto *eu* pegaria somente de cinco a dez anos de cadeia. E expliquei que os milhões de dólares que estariam esperando por mim depois dos cinco a dez, combinados com o humor em que ele me colocaria, fariam com que valesse a pena para mim. Ele meio que sumiu depois disso. — Ele gesticulou com as mãos enquanto falava.

Nós rimos, e a tensão que aquele homem horrível criara desapareceu. Não tinha percebido que Clark era tão engraçado. Ele normalmente era tão direto, mas sorria livremente agora. Talvez Stephan e eu o estivéssemos conhecendo melhor.

A casa foi vasculhada, e chegamos ao meu quarto sem mais nenhum incidente.

— Estou surpresa que você tenha conseguido vir a Vegas de novo tão rapidamente — eu disse a James enquanto estávamos nos despindo em frente ao meu armário. — As coisas estão indo bem em Nova York?

— As coisas estão indo bem. Mas eu teria vindo mesmo que não estivessem.

Olhei-o de volta.

Ele me lançou um sorriso triste.

— Não consigo mais dormir sem você, amor. E deixar você ficar aqui nesta casa, onde aquele homem te atacou, bem, eu simplesmente não conseguiria fazer isso de novo.

— Há uma equipe inteira vigiando o local.

Ele deu de ombros.

— Eu disse isso a mim mesmo, e até deixei você ficar aqui sem mim em um final de semana, mas conheço os meus limites, e não posso fazer isso de novo, não depois de ele ter matado aquela mulher.

— Talvez devêssemos ficar na sua casa, pelo menos até ele ser pego. Eu me pergunto se poderíamos convencer Stephan a ficar lá conosco. Eu me sentiria...

James me empurrou contra a parede do armário, enroscando-nos em nossas roupas, e me beijou.

— Obrigado. Eu posso lidar com Stephan. Podemos tirar uma soneca aqui e ir para minha casa hoje à noite, depois de você ter uma reunião com Danika. Ela precisa da sua aprovação para algumas coisas e ficará na cidade por um dia.

Nós tiramos uma soneca de três horas, acordando preguiçosos. Entre o sexo no chuveiro, e James fazendo um sexo oral em mim no meu closet, enquanto eu tentava escolher as roupas, demoramos bem mais de uma hora até estarmos prontos para ir ao cassino.

Eu usava uma saia lápis azul-marinho e preta, que combinei-a com uma blusa de seda azul royal folgada com mangas três quartos. Eu não sabia o que Jackie acharia, mas ela não tinha mexido nas minhas roupas naquele armário, e eu gostei do conjunto.

Depois que arrumei meu cabelo e me maquiei rapidamente, calcei saltos brancos e fiquei observando enquanto James acabava de se arrumar.

Terminei antes pela primeira vez, e foi um show que valeu a pena assistir. Ele estava abotoando as calças enquanto fiquei sentada na cama, com os olhos colados nas mãos dele. Ele arqueou uma sobrancelha para mim quando encolheu os ombros para vestir uma camisa branca.

— Aproveitando o show? — perguntou enquanto abotoava a camisa. Assenti.

Ele sorriu.

— Sinto como se devesse estar dançando para você. Você está com um brilho inconfundível nos olhos, Bianca. Eu não sou um pedaço de carne, sabe.

Eu apenas sorri de volta, observando cada movimento dele.

Ele enfiou a camisa dentro da calça, vestindo um colete cinza-escuro combinando. Colocou uma gravata amarela em volta do pescoço, seus dedos ágeis agindo rapidamente, antes de abotoar o colete perfeitamente costurado.

— Eu amo suas mãos.

— Estamos atrasados — ele murmurou.

Deixei que meus olhos mostrassem o quanto eu não me importava. Demoramos outra meia hora antes de sairmos pela porta da frente.

James me acompanhou até a galeria antes de ir ao seu escritório para assinar alguns papéis. Ele cumprimentou Danika com um sorriso.

— Vá ao meu escritório quando terminar — James me disse. — Blake ou Danika podem te informar onde fica. — Ele me deu um beijo afetuoso na testa antes de se despedir.

Danika observou-o ir embora e sorriu para mim.

— Ele é tão diferente com você. É uma coisa adorável de se ver.

Sorri de volta.

Danika usava uma roupa muito moderna, um terninho feminino, com short plissado cinza-ardósia e uma camisa masculina branca folgada com um cinto. Parecia delicada e adorável. Cheguei à conclusão de que ela era a mulher mais elegante que eu já havia conhecido. Seu cabelo estava partido no meio, e, quando ela se abaixou para mostrar-me alguns detalhes do planejamento, ele caiu sobre seu rosto como uma cortina preta sedosa. Perguntei-me de novo o que teria acontecido entre ela e Tristan, mas afastei esses pensamentos inúteis. Nós tínhamos muito trabalho a fazer, e eu não podia perguntar.

Trabalhávamos bem juntas. Danika não era insistente, mas ela finalmente conseguiu que eu marcasse uma data para a exibição. Nós a agendamos para a primeira sexta-feira depois que minha licença começasse. James ficaria em êxtase. Eu estava nervosa — tão nervosa que me senti um pouco enjoada só de pensar.

— Você tem outros grandes planos para depois da sua licença?

Sorri, lembrando dos nossos planos. Isso era algo que me deixava muito animada.

— James e eu vamos ao Japão.

Ela ergueu as sobrancelhas elegantes em surpresa.

— Nossa, isso é bem excitante. Minha mãe era metade japonesa. Eu não a conheci bem, mas sempre tive um fascínio pela cultura nipônica.

Sorri.

— Eu não tenho laços de sangue, mas sempre me interessei pela cultura também. Nós vamos para lá porque James pediu que eu escolhesse um lugar no mapa, e eu logo soube exatamente aonde queria ir.

Ela sorriu de volta, inclinando a cabeça.

— Bem, divirta-se. Aposto que os locais vão se divertir com vocês dois.

Eu ri.

— Não é que é verdade? Acho que não vamos conseguir nos misturar.

Ela franziu os lábios.

— Alguma vez vocês se misturam? Não vejo muitos casais de supermodelos caminhando juntos por aí.

Franzi o nariz para ela.

— James é o supermodelo.

Sua adorável testa franziu em consternação.

— Então é assim, né? Você vai precisar trabalhar sua autoestima para ficar com um homem como ele, garota, ou isso pode ser o fim de vocês dois.

Pisquei para ela. O tom fora suave, mas firme, então não me ofendi. Só não concordava.

— Eu não tenho baixa autoestima. Só sei que não estou neste patamar.

Ela balançou a cabeça com teimosia, o cabelo preto sedoso movendo-se sobre os ombros com o movimento, a boca rosada franzindo.

— Isso é ridículo. Responda uma pergunta para mim: você já foi abordada por um olheiro de modelos?

Eu corei.

— Nenhum sério. Algumas pessoas disseram algo assim, mas eu sabia que estavam apenas tentando me enganar.

Ela me deu um olhar simpático.

— Sério, como alguém que tem uma verdadeira paixão hétero por você, insisto que precisa trabalhar sua autoestima. Você é impressionante; precisa apenas reconhecer o fato e superar isso.

Toda aquela conversa me deixou desconfortável.

— Hum, obrigada. Então, falta algum outro detalhe para a exibição?

Ela suspirou e balançou a cabeça.

— Não. Vamos pegar Frankie e comer alguma coisa. Não posso vir à cidade e não a encontrar. Ela me mataria.

Tivemos um almoço de garotas improvisado. Eu não tinha certeza se era um almoço tardio ou um jantar adiantado.

Frankie me cumprimentou com um abraço, um beijo na bochecha e um enorme sorriso. Ela usava sua habitual camiseta cortada com estampa de margaridas, exibindo sua miríade de tatuagens.

— Acabei de falar com o James — ela nos disse. — Ele precisa trabalhar por algumas horas e me disse para mantê-la entretida. Otário. — Ela esfregou uma mão na outra como um personagem de desenho malvado. — Tenho planos para você.

Danika gargalhou.

— Oh, Deus. Ele ficará em apuros, hein?

Frankie assentiu. Tentei seguir a estranha conversa.

— Primeiro nós comeremos — ela nos disse.

Fomos ao restaurante mexicano do cassino. Nós fizemos os pedidos e começamos com tacos e molho.

— Você se importa se eu levar Tristan para a exposição da Bianca? — Frankie perguntou a Danika, estudando-a de perto.

Danika não hesitou.

— Por que eu me importaria? Leve quem você quiser.

— Bem, eu sei que você não está falando com ele...

— Isso não é verdade. Ele e eu não temos absolutamente nada para conversar, mas não o estou evitando.

Frankie assentiu.

— Que bom. Porque haverá um evento com tapete vermelho para o meu programa. Será aqui na cidade, na próxima semana, e quero que você vá. Eu estava preocupada de você não ir, já que Tristan estará lá, mas agora não pode usar isso como desculpa.

Danika apenas deu de ombros.

— Se você me quiser lá, eu irei. Tristan e eu vamos ficar longe um do outro.

Frankie suspirou.

— Vocês costumavam ser melhores amigos. Eu gostaria que vocês pelo menos voltassem a se falar.

Danika lançou-lhe um olhar duro.

— Não se intrometa, Frankie. Confie em mim quando digo que você não quer me pressionar com esse problema. Posso ser civilizada, mas ele e eu *nunca* mais nos aproximaremos. Somos péssimos um para o outro, mesmo como amigos. Coisas ruins acontecem quando estamos juntos.

— Você se sentiria melhor se o perdoasse...

— Eu o perdoei. Nós passamos por muitas coisas quando ele estava na reabilitação. Eu superei, mas perdoar não significa que estou disposta a cometer todos os mesmos erros estúpidos novamente.

— Você sabe que ele está apaixonado por você, certo?

Danika riu, e foi um som amargo.

— Por favor. Não me faça rir. Esse homem não é capaz disso. Agora chega, Frankie, antes que eu vá embora.

Frankie ergueu as mãos em derrota, retorcendo a boca.

— Ok, ok, me desculpe. Considere o assunto terminado.

A comida chegou, e as duas fingiram que toda a conversa estranha não ocorrera.

Segui o exemplo, embora estivesse mais do que curiosa sobre o que acontecera entre Danika e Tristan.

28
Sr. Enfurecido

Nós nos empanturramos de *enchiladas* de queijo e *chiles* apimentados. Fiquei muito satisfeita ao terminar; tinha acabado de encontrar meu novo restaurante favorito.

A refeição transcorreu tranquilamente depois do pequeno confronto, e as mulheres riram e brincaram como velhas amigas. Estávamos terminando de comer quando Frankie olhou para mim com um sorriso malicioso, esfregando as mãos.

— O que você acharia de tatuar o James no seu corpo? Apenas algo pequeno. *Ele* fez isso por você. Não quer retribuir o favor?

Eu deveria saber que isso era o que ela estava planejando. Ela era uma tatuadora, afinal. Considerei a ideia, não descartando-a de imediato. Aos poucos, eu ia encontrando novas maneiras de me surpreender diariamente.

— O que você tem em mente? — perguntei cautelosamente.

Ela gesticulou para que Danika saísse do seu assento.

— Posso pegar emprestado suas costas por um momento, Danika? — pediu alegremente. Danika apenas se levantou e se virou, como se fizesse isso todos os dias.

Frankie circulou um pequeno ponto no ombro da outra mulher.

— James. Bem aqui. Tamanho, cor e estilo idênticos aos da Bianca no peito dele. O que você acha?

Fiquei chocada ao me ver gostando da ideia. Eu sabia que James tinha feito algo tão extremo para provar seus sentimentos para mim, e talvez ele precisasse que eu provasse o mesmo a ele.

Respirei fundo.

— Do mesmo tamanho da dele?

Frankie comemorou, sentindo a vitória.

— Sim, mas nas costas. Eu conheço James bem o suficiente para saber que ele não gostaria de um seio tatuado. Vamos fazer isso!

Frankie teve que ter uma breve, mas firme, conversa com a equipe de filmagem e a produtora que gravava seu reality show. Eles não iam gravar essa tatuagem.

Blake insistiu em revistar o lugar, mas fiquei surpresa quando ela não tentou se intrometer ao perceber o que estávamos prestes a fazer. Ela apenas ficou do lado de fora da área cortinada e esperou por mim.

Em um tempo surpreendentemente curto, eu me vi deitada de bruços na mesa de Frankie, minha blusa de seda puxada por cima do meu ombro, meu sutiã solto. A posição pressionava meus mamilos recém-perfurados, mas não reclamei. Imaginava que essa dor se tornaria imperceptível quando ela começasse a usar a agulha.

— James vai me *matar* — Frankie murmurou enquanto traçava o contorno nas minhas costas. — Ele vai ficar com raiva de mim por um tempo só de ver e tocar essa parte da sua pele.

Danika estava rindo enquanto assistia, uma clara parceira no crime.

— Sério? — perguntei a Frankie, não tendo certeza se ela estava falando sério.

— Oh, sim.

— Por quê?

— Ele colocou uma coleira em você, Bianca. Isso é algo muito sério. Ele é possessivo demais com cada centímetro seu.

— Mas é uma tatuagem. Eu sei que ele vai ficar irritado no começo, mas se sentir possessivo por você tocar minhas costas parece tão irracional.

Ela riu.

— Se acha que há algo razoável em relação a um Dom, você foi mal informada, minha amiga. Ele vai ficar *enfurecido* com isso, mas vai superar, e eu sei que, eventualmente, vai adorar ter seu nome em você.

Suspirei, pensando que ela provavelmente estava certa.

A tatuagem foi um processo mais curto do que eu pensava que seria, embora *fosse* pequena.

Doeu, mas a dor não foi tão ruim quanto eu imaginei. Depois que ela trabalhou na área por apenas alguns minutos, tudo se tornou uma espécie de picada latejante e, no final, até gostei da sensação. Consegui entender por que alguns dos meus amigos achavam que as tatuagens eram viciantes.

Frankie me mostrou quando ela terminou, e eu me senti emocionada ao ver o nome dele na minha pele. *Eu poderia me acostumar com isso*, pensei. O que era bom, porque era algo permanente.

Ela espalhou o gel na área e cobriu-a com um pequeno filme plástico.

— Fique sem camisa o máximo que puder, em casa. Deixe entrar ar. Um prêmio de consolação para James, eu acho. Você tem seios fabulosos.

Lancei-lhe um olhar. Ela nunca tinha visto meus seios, mas, ok, eu tomaria isso como um elogio.

Ela pegou sua pequena bolsa, sorrindo para nós.

— Vou sumir daqui. Ele não vai querer me ver por alguns dias, então, vou desaparecer. Vejo vocês no evento do tapete vermelho do meu programa.

— Covarde! — Danika gritou para ela quando a viu sair correndo.

Danika me acompanhou pelo cassino e pelos escritórios executivos, com Blake e Henry nos seguindo em silêncio. Eu tive que parar e olhar quando passamos por um dos auditórios do hotel. Havia um pôster gigante dentro do teatro, que mostrava uma longa fila de dançarinas, chutando as pernas para o alto, mostrando todos os seus atrativos, e, bem no meio da foto, com o braço ao redor de duas das show girls, estava um James sorridente.

Danika balançou a cabeça quando viu.

— Se faz você se sentir melhor, essa foto foi tirada anos atrás.

Dei de ombros, mas não pude deixar de me perguntar com quantas mulheres daquela fila ele tinha transado.

— Parece que muitas das coisas que ele fez no passado continuam aparecendo — eu disse, com um tom neutro. Eu não me sentia neutra, no entanto.

Ela fez uma careta.

— Aquele vídeo de sexo... fiquei sabendo. E logo quando ele está tentando se assentar. A vida é engraçada assim, fazendo-nos pagar pelos mesmos erros idiotas, até depois de termos aprendido com eles.

Soou como uma declaração pessoal. Eu a estudei, ainda morrendo de vontade de saber o que havia acontecido entre ela e o extremamente sexy Tristan. Não iria me intrometer, no entanto. Talvez nós tivéssemos mais chances de sairmos juntas, e algum dia ela pudesse me contar sobre isso.

Danika me acompanhou até a recepção do escritório antes de se despedir. Marcamos outra reunião para a semana seguinte.

Ela iria voltar para Vegas só para me encontrar de novo, mas não parecia se importar com isso.

A recepcionista me levou diretamente ao escritório de James, mas vi que ele estava ocupado ao telefone quando entrei. Blake só me seguiu até a porta. Ela não precisou revistar o escritório, já que James estava lá.

Sentei-me na cadeira em frente à sua mesa, cruzando as pernas e observando-o. Estava em dúvida sobre quando falar sobre a tatuagem. Devia apenas deixá-lo encontrá-la? Talvez fosse melhor fazer dessa maneira, já que estaríamos à beira de fazer sexo, o que o deixaria em um humor melhor...

James olhou para cima, ainda com o telefone no ouvido. Seus olhos mudaram quando ele me viu, passando de uma pessoa séria e profissional para alguém mais caloroso em um piscar de olhos. Eu adorava colocar aquele olhar em seus olhos só com a minha presença.

Ele levantou um dedo para mim para mostrar que a ligação duraria apenas mais um minuto. Apenas balancei a cabeça, observando-o. Eu nunca me cansava daquela visão.

Ele desligou o telefone e sorriu.

— Nós vamos para a minha casa daqui. Stephan está fora, mas disse que vai dormir lá esta noite. Ele não se importa de ficar conosco até ter passado o perigo.

Fiquei aliviada, embora não achasse realmente que Stephan iria dificultar as coisas.

A tatuagem simplesmente não foi mencionada, ou melhor, eu não tive coragem de falar, até que ele a encontrou por si mesmo naquela noite.

Frankie previu bem a reação dele. Ele ficou completamente indignado.

Estava deitado às minhas costas, tirando minha camisa quando a viu.

Eu sabia o que estava por vir, então enrijeci um pouco antes de ele terminar de me despir. Seus olhos avaliaram minhas costas por longos momentos antes que ele começasse a xingar, sucinta e fluentemente. Terminou seu discurso com um passional:

— Eu vou matá-la.

— Ela imaginou que você ia falar isso.

Isso só o fez praguejar ainda mais.

— Mal posso acreditar que não imaginei que isso iria acontecer, quando ela me ligou dizendo que vocês iam sair juntas, e que eu deveria continuar trabalhando. Eu sabia que ela estava doida para colocar as mãos em você.

Lancei-lhe um olhar exasperado.

— Você realmente acha que ela fez tudo isso só para poder me tocar por alguns instantes? Ela foi completamente profissional, James.

— Eu deveria ter imaginado que ela iria tentar, mas não posso acreditar que você concordou. No que estava *pensando*?

— Você fez o mesmo por mim, para provar alguma coisa. Queria que eu visse que era realmente dedicado e que queria um compromisso de longo prazo. Só tentei fazer o mesmo por você. Queria que visse que estou comprometida. Não foi algo para te deixar irritado. *Marquei* seu nome no meu ombro, e tudo que você consegue fazer é ficar com ciúmes de alguém que estava segurando a agulha. Não fiz isso porque Frankie me disse para fazer. Fiz por você. Nós pertencemos um ao outro, James, e agora ambos temos a tatuagem para provar isso. Achei que você adoraria ver seu nome em mim.

Em matéria de desarmar sua raiva, funcionou como mágica. Ele me abraçou forte por trás, murmurando em meu ouvido.

— Eu realmente adorei. Como poderia ficar bravo quando você diz coisas maravilhosas para mim? Então me diga, Bianca, o quão comprometida você está? Comprometida o suficiente para usar o meu nome e minha aliança? Dedicada o suficiente para gostar do som de Bianca Cavendish?

Meu coração pareceu querer sair do peito. Eu sabia que ele não estava brincando, mesmo estivesse falando em um tom leve. E porque não entrei em pânico só de ouvi-lo dizer uma coisa dessas. Agora, uma imagem começava a se formar na minha mente, algo real e sustentável para nós. Talvez o que aconteceu com a minha mãe não tivesse arruinado definitivamente o meu próprio felizes para sempre. O pensamento era tanto encorajador quanto aterrorizante.

James não esperou que eu respondesse. Ele me conhecia muito bem.

Ele beijou meu pescoço.

— Comece a se acostumar com a ideia, amor, e tente não dar nós em sua cabeça, se questionando. Tente lembrar de que estou completamente apaixonado por você e que nunca cheguei nem perto de dizer essas palavras para outra pessoa.

— Eu também te amo — sussurrei de volta, amando-o mais naquele momento do que eu pensava ser possível. Como eu poderia imaginar que o Sr. Magnífico poderia ser tão incrivelmente sensível às minhas necessidades? Era como se ele me conhecesse desde sempre.

Se fiquei surpresa com a rapidez com que ele deixou morrer o assunto da tatuagem, também *não* fiquei surpresa por ele não ter feito o mesmo com Frankie. Uma semana depois, no evento do tapete vermelho do programa, em Vegas Strip, James ainda a estava tratando com frieza.

James usava um smoking preto com uma camisa preta e gravata borboleta branca. Era um traje muito elegante, muito moderno, muito de supermodelo.

Eu usava um vestido branco frente única com detalhes prateados. Era curto o suficiente para ser apropriado para Vegas, com um decote que eu achava generoso, embora as costas fossem altas a ponto de cobrir minha nova tatuagem. Ao contrário de James, eu não pretendia mostrá-la para o mundo logo de cara.

Saltos vermelhos brilhantes tiraram toda a inocência da cor do vestido, e James pareceu um pouco estupefato quando saí do closet com aquela roupa sexy. Seu olhar me disse que eu tinha feito a escolha certa.

O clima do tapete vermelho era de uma vibração divertida, em oposição ao mais tenso que eu já havia participado antes. As pessoas se vestiam de forma elegante, mas era um tipo de vestimenta mais sexy, própria de Las Vegas, para um baile de gala. Até mesmo Frankie decidiu abrir mão da sua camisa rasgada habitual e do short curto, e usava um minúsculo vestido vermelho que parecia pecaminoso.

Era a noite de Frankie, e ela fora atenciosa o suficiente para estender o convite a Stephan e Javier. James comprara-lhes trajes sob medida, e os dois homens sorriam de orelha a orelha enquanto caminhávamos juntos pelo tapete vermelho.

Frankie correu para abraçar um James completamente rígido assim que ela nos viu no evento.

— Você, pelo menos, vai conversar comigo? Não pode me dar gelo para sempre, James — disse ela, colada em sua bochecha.

— Ah, nós vamos conversar — ele respondeu ameaçadoramente.

Ela apenas sorriu, parecendo considerar isso um bom sinal. Cumprimentou Stephan e Javier como se fossem todos velhos amigos, antes de se virar para mim. Intencionalmente, ela nem tentou me abraçar, apenas se curvou em uma pequena reverência.

— Bianca, a domadora de leões — declarou, sorrindo para James. Coloquei a mão no braço dele, desejando que simplesmente deixasse passar. Mas James era James, e ele chegaria lá em seu próprio tempo.

Frankie parecia conhecê-lo bem o suficiente para perceber isso e lhe deu espaço.

Encontramos Tristan em seguida. Ele estava vestido com elegância em um smoking preto enquanto posava para fotos. Os fotógrafos pareciam estar em um frenesi para tirar fotos dele. Lancei a James um olhar confuso.

— Ele é famoso ou algo assim?

James sorriu e depois gargalhou.

— Algo assim. Ele estrela um show de mágica no hotel Cavendish, e é o vocalista de uma banda que teve dois singles de sucesso no ano passado. Não fico nem um pouco triste que você não seja fã dele.

Tristan se virou para nós no instante em que terminou de ser fotografado e deu seu sorriso malicioso de orelha a orelha quando me viu. Aproximou-se como se fosse me abraçar assim que conseguiu chegar perto de nós, mas James já estava esperando por isso e se colocou entre nós, pegando-o em um abraço de urso e dizendo algo em seu ouvido que eu não consegui entender.

Tristan apenas jogou a cabeça para trás e riu.

Os dois eram da mesma altura, mas Tristan ganhava de James em massa muscular. Enquanto James era sarado, mas elegante, Tristan parecia um zagueiro de futebol americano usando um terno.

James se afastou dele e me puxou muito obviamente para si, formando um escudo. Achei uma atitude ridícula, mas acabei sorrindo.

Cumprimentei Tristan com um meneio de cabeça.

Ele se inclinou em uma reverência solícita, seus olhos maliciosos não deixando o meu rosto, e seu sorriso não vacilou. Mostrou uma de suas covinhas perigosas na minha direção.

— Então, nada de tocar — disse ele, com sua voz profunda e rica. — Posso pelo menos ver a tatuagem? Fiquei sabendo sobre ela. Fiquei sabendo também que ela tem costas adoráveis, assim como todo o resto.

Ele estava claramente provocando James, mas ainda arrancou uma risadinha inesperada de mim. O homem era ultrajante.

James concordou comigo, e não estava tão chateado com os comentários do outro homem quanto eu pensava que ficaria.

— Bastardo ultrajante — ele murmurou, mas de forma quase calorosa. Talvez ser deliberadamente provocado fizesse com que ele percebesse o quanto era possessivo. Ou talvez os dois homens fossem mais amigos do que eu pensava. *Quem saberia, em se tratando do Sr. Magnífico?*

Nós apresentamos Tristan para Stephan e Javier. Claro que Stephan sabia quem ele era. Ele era o conhecedor dos famosos de nós dois. Eu não sabia como podia ser tão ignorante a respeito da identidade dele. Se fazia um show em Las Vegas, devia haver outdoors dele por todos os lados. Fiz uma nota mental para ficar de olho nestas propagandas.

Minha suspeita de que James e Tristan eram realmente amigos íntimos foi confirmada pelo modo como os dois brincavam e como ficaram provocando um ao outro por uns vinte minutos em meio ao caos do tapete vermelho. Apenas bons amigos conseguiam agir sem nenhuma cerimônia sem que alguém ficasse magoado. Tristan provavelmente sabia sobre o vídeo, como todo mundo parecia saber, mas não o mencionou. A maioria de suas provocações envolvia falar sobre o quão bonito James era, o que não o incomodava.

James não mencionou Danika, e percebi de imediato que este era o ponto crítico para Tristan. A maioria das provocações contra Tristan eram comentários sobre "mágicos cantores", que só pareciam fazer Tristan rir ainda mais.

Em determinado momento, Tristan passou a mão pelo cabelo e depois checou o relógio, que parecia familiar.

— Já acabou de me assediar, menino bonito? — ele perguntou.

James praguejou, então estendeu a mão.

— Me devolva meu relógio.

Tristan balançou o relógio para ele.

— É quase meu aniversário. Não podemos fingir que estamos quites?

James balançou a cabeça, sorrindo.

— Eu não gosto tanto assim de você.

Tristan devolveu o relógio enquanto sua expressão ficava séria, seus olhos se movendo para olhar para algo atrás de nós. Algo selvagem movimentava-se no fundo daquelas profundezas douradas que pareciam impossivelmente tristes para um homem tão carismático.

Olhei para trás.

Danika se aproximou. Ela estava olhando para nós, não para Tristan, mas parecia diferente do que eu já conhecia dela, mais rígida, com seu mancar mais pronunciado. Se eu não soubesse que aqueles dois tinham uma história, eu teria rapidamente percebido pela maneira como mudavam seus comportamentos quando estavam próximos um do outro.

Ela usava um longo vestido prateado que abraçava seu corpo perfeito como uma luva. Seu cabelo preto e liso estava partido ao meio e caía nas costas. O estilo severo e simples destacava a elegância do seu rosto, os lábios em formato de botões de rosa, as maçãs do rosto salientes e aqueles belos olhos cinza-claros.

Danika veio direto para mim, dando um beijo na minha bochecha. Ela estava séria, mas educada até os dedos dos pés.

— É muito bom ver você de novo, Bianca.

Ela acenou para James, que a apresentou a Stephan e Javier.

— Olá, Danika — Tristan disse suavemente, depois de todas as apresentações terem sido feitas.

Ela balançou a cabeça na direção dele, mas não o olhou.

— Olá, Tristan.

— É ótimo ver você — ele continuou. — Você está maravilhosa, como sempre.

Ela deu um sorriso forçado.

— Claro.

Um homem se aproximou dela por trás, passando o braço em volta da sua cintura e sorrindo calorosamente. Ele era da minha altura, com cabelos castanhos médios e uma constituição delgada. Era bonito, de uma maneira um pouco óbvia, mas eu achava que ele combinava bem com Danika. Formavam um casal elegante.

Ela tocou o ombro dele de leve.

— Pessoal, este é Andrew.

— Namorado dela — Andrew acrescentou.

Ela sorriu constrangida e, em seguida, apresentou o grupo a ele.

Dei uma olhada para Tristan, mas a forma como ele estava olhando para Danika era tão descarada e selvagem que eu rapidamente desviei o olhar. Estar perto dos dois era como ouvir a pior briga de um casal. Era como se todos nós devêssemos nos desculpar e deixá-los sozinhos para resolverem as coisas, incluindo Andrew.

Danika e Andrew rapidamente pediram licença e seguiram em frente.

Tristan logo seguiu o exemplo.

— Se vocês me derem licença, eu preciso dar um soco em alguma coisa agora, para não ceder ao desejo de dar um soco em alguém. — Com esse comentário, ele se afastou.

— Será que há uma rixa entre Tristan e Andrew? — perguntei.

James deu de ombros.

— Acho que eles nem se conheciam. Suponho que seja a mesma rixa que Tristan teria com qualquer homem que Danika namorasse. Ele é apaixonado por ela desde que o conheci. Há cinco anos, pelo menos. Pobre coitado.

29
Sr. Atormentado

James ficou ao meu lado o tempo todo por uma semana inteira. Se eu não estivesse trabalhando, ele estava por perto, e eu não poderia dizer que me importava, embora começasse a suspeitar do motivo.

Ele estava com medo de que eu assistisse ao vídeo dele e de Jolene. Não me pediu para não o assistir, mas me conhecia bem o suficiente para suspeitar que gostaria de ver o que o mundo inteiro também poderia ver.

Então não consegui ficar sozinha por quase uma semana após sair o vídeo. James trabalhou bastante naquela semana, mas só quando eu também estava trabalhando ou quando tinha alguém me fazendo companhia. Lana me levou às compras; Stephan me fez companhia enquanto eu pintava. Marnie e Judith voaram para Nova York para passar a tarde comigo. Danika apareceu uma tarde para dar uma olhada nos meus projetos atuais. Eu recebia uma enxurrada constante de amigos para me fazer companhia quando James precisava ir trabalhar e eu não, e não achei nem por um segundo que se tratava de uma coincidência.

Eu estava no apartamento de Nova York, pintando, quando me dei conta de que estava realmente sozinha pela primeira vez.

Olhei para o computador no meu estúdio, mas continuei a pintar. No entanto, uma vez que o pensamento veio, achei difícil me concentrar em qualquer outra coisa. Eu sabia que teria que assistir ao vídeo eventualmente, e parecia melhor acabar logo com isso. Tinha a impressão de que todo mundo já o tinha assistido, e ele era o *meu* devotado amante, então por que *eu* não deveria assistir?

Sentei-me de frente para o computador e busquei on-line antes que pudesse hesitar novamente. Digitei "vídeo erótico James Cavendish" no mecanismo de busca. Foi muito fácil.

Meu estômago deu um nó dolorido no momento em que passei o mouse sobre o botão de play. Todos os meus instintos me diziam para desistir. Algumas coisas não podiam ser desvistas, e assistir James transando com outra mulher, uma mulher que eu conheci, uma de quem eu abertamente não gostava, não poderia ser uma coisa saudável para o nosso relacionamento. Ainda assim, assisti.

Não fora gravado em nenhum lugar que eu reconhecesse, mas eu já esperava por isso. Era um pequeno quarto com uma cama grande, e a câmera devia estar escondida em algum lugar no teto, apontada para baixo e em um canto.

O cômodo ficou vazio por longos momentos antes de Jolene entrar e se ajoelhar no chão em frente à cama.

Ela estava usando uma peça preta transparente que pendia de seus quadris e não cobria nada. Reconheci a peça, ou pelo menos o estilo dela. Parecia um tapa na cara perceber que ele tinha feito com que eu usasse algo tão parecido. Não foi um bom começo, não que houvesse alguma maneira de aquele vídeo horrível *tornar-se* divertido.

Ela ficou ajoelhada ali, com todos os seus gloriosos atributos exibidos, seus mamilos perfurados destacando-se por momentos prolongados antes de James se juntar a ela no quarto. Quem quer que tenha sido a pessoa que liberou o vídeo, ou dono do site onde eu estava assistindo, tinha adicionado comentários sarcásticos. Diretamente abaixo de Jolene, **"A VADIA MAIS GATA DA HISTÓRIA!"** estava rabiscado em rosa choque.

James surgiu sem camisa, vestindo apenas calças desabotoadas. Seu corpo estava sarado e espetacular, embora estivesse um pouco mais magro naquela época; o cabelo, um pouco mais comprido, os fios loiros amarrados para trás.

Seu rosto era uma máscara de fria indiferença, e eu só conseguia enxergar sua persona dominante. Ele disse algo para ela, fazendo-a curvar-se. Não havia áudio, além de um rap que falava sobre ser um cafetão experimentando o produto, cortesia do editor do vídeo.

Ele puxou-a pelos cabelos e levou-a pela curta distância até a cama. Ela manteve os olhos baixos o tempo todo. A cama era uma versão menor das que James tinha em suas casas, com uma estrutura robusta e um encosto projetado para prender amarras. Esta cama tinha barras alinhadas no topo.

James amarrou os braços dela acima da cabeça com movimentos rápidos. Eu não conseguia distinguir as palavras que ele dizia, e ele não falava muito, mas, quando o fez, Jolene estremeceu de prazer. Ela me lembrou um gato no cio, com as costas arqueadas e o corpo balançando, respondendo a todos os seus movimentos. Eu odiava assistir, mas não parei. Senti-me compelida a terminar, uma parte de mim querendo ver se ele mostraria a ela uma parte da ternura que demonstrava a mim em nossos momentos apaixonados.

Ele ficou atrás dela assim que a viu firmemente amarrada. Pressionou-se contra ela e precisou abaixar-se para dizer algo em seu ouvido. Pensei, mesquinhamente, que ela era muito baixa para ele. A diferença de altura parecia ridícula. Ela mal chegava ao peito dele.

Ela estremeceu, e ele se afastou. James saiu do quarto sem olhar para trás, retornando depois de um breve tempo com um objeto em uma das mãos.

Era um chicote gato de nove caudas, com pequenas bolas de prata nas pontas. Parecia brutal e não era nada que já tivesse usado em mim. Ele disse algo para ela pouco antes de começar os trabalhos.

Logo no primeiro golpe, a música no vídeo mudou para *Smack My Bitch Up*. Quem quer que tenha editado o vídeo parecia ter se divertido.

Ele trabalhou nela por completo, sem mostrar misericórdia. Jolene manteve a cabeça inclinada para a frente, os olhos baixos o tempo todo. Parecia uma pessoa diferente da Jolene que eu conheci.

Seu corpo se contorcia, seus grandes seios tremiam com cada golpe duro. A carne da sua bunda e coxas estava coberta de vergões rosados quando ele terminou.

Senti como se estivesse assistindo em câmera lenta quando ele soltou o chicote e começou a desabotoar as calças. Minhas mãos se fecharam em punhos, minhas unhas cravando com força nas palmas. Assistir àquilo iria me machucar. Ainda assim, não consegui desviar o olhar.

Ele libertou seu pênis enorme.

— **"PUTA MERDA, QUE PAUZÃO!"** — surgiu ao longo da parte inferior da tela.

Eu desprezava com fervor quem quer que tivesse editado aquilo.

Achei que acabaria vomitando enquanto ele se acariciava, mantendo-se logo atrás dela.

Ele tirou um preservativo do bolso, rasgando-o e colocando-o com movimentos suaves e experientes.

Posicionou-se melhor atrás dela, sua enorme ereção parecendo ainda maior contra as formas delicadas de Jolene. Eu sabia que era totalmente irracional, mas, Deus, eu a odiava.

Minha mão cobriu minha boca enquanto ele a penetrava. Mesmo antes de dar play no vídeo, eu sabia que seria horroroso para o meu coração assistir tudo aquilo, mas estava pensando nisso novamente.

Ele a fodeu com tanta força que deve ter doído, embora eu supusesse que essa era a intenção. Ela estremeceu quando gozou, e ele saiu de dentro dela, ainda duro, enquanto ondas de prazer se agitavam no corpo dela.

Ele a virou e percebi que, por mais difícil que tivesse sido assistir, estava prestes a piorar.

Ela começou a levantar os olhos quando ele a penetrou, mas James disse algo e seus olhos baixaram novamente. Senti o punho que se fechava em volta do meu coração ficar um pouco mais frouxo. Não houve contato visual enquanto ele a penetrava daquele ângulo. James a fodeu duramente até que a fez gozar mais de uma vez.

Novas palavras surgiram ao longo da parte inferior da tela: **"RICO, LINDO E FODE COMO UMA MÁQUINA. COMO NÃO AMAR?"**.

Mais uma vez, tive alguns pensamentos desagradáveis sobre o editor.

James saiu de dentro dela bruscamente, e vi seu pênis se contorcer dentro daquela borracha apertada enquanto ele gozava. Infelizmente, o vídeo tinha uma qualidade boa o suficiente para que eu pudesse ver todos os detalhes, até mesmo a ponta do preservativo enchendo-se de esperma.

Pelo menos, ele não gozou dentro dela. E usou camisinha. Eu sabia que era ridículo sentir-me possessiva com um corpo que eu nem conhecia na época do vídeo, mas saber disso não mudava o sentimento.

Ele a deixou amarrada na cama e saiu do quarto. Quando voltou, estava completamente vestido em um terno. Eles não trocaram uma palavra sequer, e ela nunca levantava os olhos para ele, nem mesmo conforme era desamarrada e se deitava na cama. Ela aconchegou o corpo em um travesseiro enquanto ele saía do quarto. James nem olhou para trás.

Meu coração estava acelerado quando o vídeo terminou. Doeu assistir, mas senti que tinha aprendido algo importante. Eu sabia que James fora promíscuo antes de me conhecer. Por mais que as imagens no vídeo tivessem me incomodado, não houve um instante de interação, em que ele tivesse qualquer coisa além do seu corpo e seu frio domínio sobre ela. Não havia nada que eu teria chamado de intimidade entre os dois.

Ele me disse uma vez que o sexo fora apenas uma função corporal para ele antes de me conhecer, e eu tinha visto a prova disso. Sabia que era perverso, mas me sentia enojada e aliviada ao mesmo tempo.

Um movimento capturado pelo canto do meu olho me chamou a atenção. Virei-me para olhar.

James estava parado na porta.

Seu rosto estava magoado, seus olhos, sombrios, enquanto ele olhava para a tela do computador. Perguntei-me há quanto tempo ele estava ali, mas obviamente fora tempo suficiente para ver o que eu estava assistindo.

Tarde demais, eu fechei a janela daquele vídeo horrível. Olhei para ele, mas James não estava olhando para mim. Seus olhos estavam vidrados e cegos, ainda colados no computador. Ele deu um passo para trás e fechou a porta, deixando-me sozinha.

Fiquei sentada ali por alguns minutos, minha mente ainda processando o que eu tinha visto. Precisava de um minuto para me recompor antes de conversarmos, se houvesse alguma coisa a dizer.

Então ele fez sexo com aquela mulher horrível, provavelmente tantas vezes que era impossível contar. Assistir, pelo menos, me trouxe alguma clareza. Um James mais irritado, mais frio, mais furioso; ele nunca fora para mim o que foi para Jolene. Eles foram apenas um Dom e sua sub, nada mais.

Embora eu não tivesse percebido na época, James sempre foi diferente comigo. Olhando para trás agora, James demonstrava uma ternura profunda e um amor que pertenciam apenas a mim, desde a nossa primeira vez juntos. Percebi que precisava valorizar isso mais, porque era mais precioso do que eu me permiti enxergar. Ele era meu Dom, e eu era sua sub, mas nosso amor o transformou em muito mais do que vi naquele vídeo. Sim, James fora um hedonista e um promíscuo antes de me conhecer, mas eu tinha acabado de ver que fui seu primeiro amor. Ele mudou suas regras por mim. Cedia por mim constantemente. Porque ele me amava.

Fiquei pensando por uns dez minutos antes de me levantar e segui-lo.

Achei que o encontraria no nosso quarto. Estava vazio. Peguei meu telefone e liguei. Ele não atendeu. Procurei-o em todo o enorme apartamento, até chegando a me aventurar timidamente no quarto andar.

Finalmente, pensei em ligar para Blake.

— Senhorita Karlsson — ela respondeu prontamente.

— Blake, você sabe onde James está? Ele saiu do apartamento?

— Sim, senhora. Ele saiu apenas alguns minutos depois de chegar.

— Você sabe aonde ele foi?

— Não...

— Pode descobrir? — perguntei, começando a entrar em pânico.

Eu queria vê-lo. Não queria que pensasse o pior sobre a minha reação ao assistir ao vídeo, como eu sabia que aconteceria.

— Farei algumas ligações, Sra. Karlsson.

— Obrigada.

Ela desligou.

Ligou de volta cerca de dez minutos depois.

— Não consegui localizá-lo, Srta. Karlsson. Clark não está atendendo, e ele é o único com o Sr. Cavendish. A única resposta que consegui dos outros é que ele saiu.

30
Sr. Pervertido

Tentei ficar apenas esperando depois disso, mas estava inquieta e preocupada. Não tinha ideia de para onde ele poderia ter ido. Não sabia aonde ele costumava ir quando estava chateado. Eram apenas duas da tarde. *Será que ele tinha voltado ao trabalho?* Eu não fazia a menor ideia.

Esforcei-me para esperar pacientemente que ele voltasse. Tentei pintar, mas não adiantou. Tentei assistir TV, mas estava desesperadamente distraída. Liguei para Stephan, que estava em Vegas com Javier, mas ele não tinha notícias de James. Contei a ele o que tinha acontecido.

— Você está bem? — perguntou. — Quer falar sobre isso?

É claro que meus sentimentos seriam sua primeira preocupação.

— Estou bem — garanti. — É uma droga, mas James nunca guardou segredo do seu passado. Se tiver valido de alguma coisa, ao menos o vídeo me fez ver que o que ele fez com as outras mulheres não é a mesma coisa que fazemos. Estou preocupada com ele, não comigo. O olhar em seus olhos, Stephan... Sinto como se tivesse partido o coração dele novamente. Preciso encontrá-lo.

Embora também não soubesse para onde James podia ter ido, Stephan fez o que fazia de melhor. Conversamos por horas, sobre tudo, mas principalmente sobre James, e me senti melhor quando desligamos.

Essa sensação boa durou apenas uma hora, porque ainda não havia nem sinal de James. Eram quase sete da noite quando comecei a ficar desesperada.

Eu estava usando um vestido curto, sem sutiã. Era um tipo de roupa "para ficar em casa em dias quentes de verão". Coloquei um sutiã e calcei um par de sapatos confortáveis que combinavam com o vestido sem mangas off-white, e liguei para Blake enquanto pegava a minha bolsa. Eu já estava no topo das escadas quando ela atendeu.

— Vou sair — falei, antes que ela pudesse dizer uma palavra.

— Vou encontrá-la no elevador.

E ela estava lá, rápida como um raio.

O resto da equipe de segurança estava esperando por nós no lobby. Eles não substituíram Johnny, e eu fiquei satisfeita com isso. Percebi que, se todas aquelas pessoas não conseguissem me proteger, eu seria uma causa perdida.

Ninguém me perguntou aonde estávamos indo até que estávamos todos dentro do grande SUV preto que fora designado para mim.

— Para o Hotel Cavendish. — Era apenas um palpite, mas quase podia vê-lo indo ao escritório, estando tão chateado.

A equipe de segurança me acompanhou até as suítes do escritório e achei que meu palpite estava certo, pois vi que sua recepcionista ainda estava trabalhando. Ela assentiu quanto entrei no escritório, como se tivesse sido instruída a isso.

Ninguém me seguiu quando abri a porta timidamente.

James estava lá, sentado à sua mesa, olhando fixamente para o computador, a mão imóvel no mouse. Entrei e fechei a porta suavemente atrás de mim. Andei até ele, mas ele não me olhou.

Ainda assim, vi uma sombra ferida e vulnerável se mover no fundo daqueles olhos sombrios quando me aproximei.

— James — eu disse suavemente.

— Eu sinto muito — respondeu, sua voz entrecortada, não mais do que um sussurro. — Eu só te desaponto. Se faz você se sentir melhor, estou começando a odiar o homem que fui antes de te conhecer.

Acariciei o cabelo dele.

— Claro que isso não me faz sentir melhor. Até onde eu sei, você sempre foi maravilhoso, mesmo durante seus dias de promiscuidade.

— Sinto que a vida era mais fácil antes de te conhecer, porque eu não me importava — disse em uma voz áspera, inclinando-se contra a minha mão. — *Nada* importava antes de te conhecer. Eu era um mentiroso brincando de viver com dinheiro de Monopoly. Eu não *sentia* nada. Nada mudava porque *eu simplesmente não me importava*. E agora que realmente importa, agora que tudo é importante, é muito mais difícil, porque as coisas têm peso e minha vida tem substância. Você pode ferir uma coisa com substância. Eu me tornei vulnerável, e nada poderia me machucar antes. Meus erros, mesmo os do passado, terão consequências agora.

Aproximei-me, puxando sua cabeça para o meu peito. Ele se aninhou ali, me fazendo cambalear com a força do seu afeto. Beijei o topo da sua cabeça ternamente.

— Eu entendo completamente, James. Lutei contra meus sentimentos por você por muito tempo por esse motivo. Deixar você entrar significava me abrir para uma dor contra a qual eu pensava ser imune, porque me congelei para tudo isso. Fui injusta com você e até mesmo com alguns dos meus amigos. Você estava certo quando me disse que tenho espaço em meu coração para mais pessoas além de Stephan. Você me lê tão bem sem que eu tenha que dizer uma palavra sequer. Isso me surpreende. Talvez tenhamos sido feitos um para o outro. Você está me fazendo acreditar, meu amor.

Ele passou os braços em volta de mim.

— Sinto muito que você teve que ver aquele vídeo, Bianca. Tentei impedir que saísse.

Esfreguei a bochecha em seu cabelo sedoso.

— Você não me obrigou a assistir. Eu assumo a responsabilidade por isso. E aprendi algo importante com o vídeo. Doeu ver você com ela, mas acho que valeu a pena, de certo modo.

Ele se afastou o suficiente para me lançar um olhar genuinamente confuso.

— Por quê?! Como?

Sorri levemente e mantive nosso contato visual firme.

— Descobri que você pode ter fodido muitas mulheres, James, mas eu sou seu primeiro amor.

— Sim — ele murmurou, beijando-me como se fosse meu dono. Eu amei esse beijo e, sim, essa sensação de propriedade.

— Você é tão diferente comigo — falei, quando ele se afastou tempo suficiente para me puxar para cima dele. Montei em seu colo. — Você sempre foi, desde o início.

— Sim — sussurrou, abrindo a calça para liberar aquele pênis delicioso. Estava duro como uma pedra e pronto para o sexo, como sempre.

— Eu já te disse isso. É uma pena que você tenha precisado ver o meu pior lado para acreditar. — Ele arrancou minha calcinha enquanto falava, fazendo as palavras soarem duras e cruas.

Ele me empalou com força, sem verificar se eu estava pronta, não me deixando responder. Não importava. Estremeci com o prazer e a dor da sua posse.

Ele não se moveu quando chegou ao meu limite, mas me segurou ali, olhando para mim com o coração em seus olhos. Eu amava muito aqueles olhos.

Segurei seu rosto.

— Você é tão diferente comigo — repeti. — Nunca me fez olhar para baixo; nunca me obriga a desviar o olhar de você. Você nunca se afastou de mim.

Ele balançou a cabeça.

— Nunca.

— Seus olhos foram o que amei em primeiro lugar — disse a ele, repetindo suas palavras de algumas semanas atrás, porque era verdade, e porque nós éramos duas metades de um todo, desde o princípio, e ele fora muito inteligente por perceber imediatamente. Eu costumava pensar que era insanidade, mas agora eu estava começando a pensar que era puro brilhantismo. — Também vejo, James. Vejo a outra metade da minha alma em você.

Ele estocou de repente, movimentando-me contra ele. Não quebrou o contato visual em nenhum momento enquanto investia em mim.

Encostou minha testa na dele, me dando um sorriso malicioso.

— Bem, isso é embaraçoso. Sinto-me como um adolescente. Vou ter que compensá-la.

Eu sorri de volta, longe de estar chateada com isso. Eu amava afetá-lo tão poderosamente que ele perdesse o controle assim.

— Não tenho nenhuma dúvida de que você fará isso — eu disse, falando sério. Se fôssemos contabilizar os orgasmos, eu estava na liderança por quatro a um, pelo menos. O homem sabia tocar meu corpo como se fosse um instrumento.

Ele deslizou a mão entre nossos corpos, movendo o polegar em círculos suaves sobre o meu clitóris, rebolando seus quadris para mover seu pênis grosso dentro de mim em uma cadência inebriante.

— Toque-me — pediu asperamente. Aproveitei a chance. Frequentemente, era ele quem me tocava, não o contrário.

Corri minhas mãos desde seu peito até os ombros e segurei seu rosto antes de deslizar meus dedos famintos para os botões da sua camisa. Abri-a desajeitadamente, arrancando alguns botões desafortunados no processo. Gemi quando me deparei com o peito exposto o suficiente para que eu pudesse acariciar a perfeita pele dourada.

Ele me fez gozar assim, com os leves movimentos dos seus quadris e o polegar experiente, sua pele sob minhas mãos. Foi uma suave onda de sensações.

Ele agarrou meus quadris com firmeza e empurrou mais forte enquanto eu ainda tremia ao redor dele. Suas investidas se tornaram mais brutas. Ele me ergueu, tirando-me do seu pênis antes de me encaixar de volta. O que tinha começado gentil se transformou em uma viagem deliciosamente rude enquanto eu ainda me recuperava do primeiro orgasmo.

Seus olhos, antes suaves, entre um impulso e outro, assumiram um brilho possessivo. Ele nem precisava dizer nada. Eu sabia o que ele queria.

— Eu sou sua, James. Sua.

Aquelas profundezas sombrias brilhavam para mim quando ele me fez chegar ao limite novamente. Ele não desistiu, investindo em mim até que eu ficasse deliciosamente dolorida, dominando-me por inteiro, controlando os movimentos do meu corpo sem dizer uma palavra. Eu amava isso, a forma como ele conseguia me colocar sob seu controle e, pelo menos aqui, desta forma, ele sempre sabia exatamente do que eu precisava.

Ele me fez gozar de novo e ficou observando meus olhos enquanto eu entrava em colapso antes que ele se deixasse derramar dentro de mim com aquele gemido áspero que eu tanto amava.

James estava saindo de dentro de mim quando congelou. Seus olhos dispararam para os meus, preocupados.

— Você está sangrando.

Fiz uma careta.

— Ih! Estou ficando menstruada. Desculpa. Acho que, talvez, tenhamos adiantado as coisas.

Ele riu, parecendo aliviado.

— Desde que eu não tenha te machucado. E não se desculpe. Eu não me importo.

James empurrou meus quadris para trás, colocando-me na borda da sua mesa, subindo meu vestido. Tentei afastar as mãos dele.

Ele riu novamente.

— Vai começar a impor limites agora? Nunca vou entender por que algumas coisas são mais tabus do que outras.

— E é isso que te torna tão pervertido, o fato de você não entender a diferença.

Ele apenas deu de ombros, parecendo em paz com sua parte pervertida.

— Levante a perna. Deixe-me olhar para você.

Bati nele de novo, encolhendo-me quando vi o sangue em seu terno.

— Eu nem quero saber o preço do terno que acabamos de destruir.

Ele olhou para si mesmo e encolheu os ombros.

— Não dou a mínima para o terno. Estou mais interessado neste olhar escandalizado no seu rosto. Você tem que entender que isso é como sangue na água para mim.

— Literalmente — murmurei, ainda afastando suas mãos.

— Suba na mesa — disse com um sorriso. — Quero fazer sexo oral em você enquanto cora assim.

Olhei para ele, extremamente envergonhada. Só o pensamento já me deixou congelada de tão mortificada.

— Eu vou fazer sexo oral em você — declarou, com uma voz severa, embora o sorriso que ainda brincava em sua boca meio que estragasse tudo. — Na mesa ou no chuveiro. Vou te deixar escolher desta vez.

— Chuveiro — respondi rapidamente. Parecia muito preferível. Pelo menos, não haveria sujeira.

Ele me puxou para o banheiro, despindo-nos e deixando as nossas roupas empilhadas no chão.

Ele não hesitou, me empurrando contra a parede de azulejos e ajoelhando-se sob o jato de água quente. Enterrou o rosto na minha vagina, posicionando minha coxa por cima do seu ombro. Agarrei seu cabelo, deixando-o sustentar a maior parte do meu peso enquanto ele movimentava aquela língua inteligente em mim. E se sua língua era inteligente, seus dedos eram *brilhantes*. Ambos trabalharam em mim, atingindo nervos diferentes, arrancando gemidos de mim e levando-me ao limite muito rápido. Perdi qualquer lembrança do meu próprio embaraço sob seu toque perfeito.

James se levantou, investindo com força em mim, enquanto se endireitava. Choraminguei, enquanto ondas de prazer me deliciavam. Ainda me sentia um pouco dolorida, mas, condicionada como estava, aquela dor só aumentava o prazer.

Ele me beijou com força, enfiando a língua na minha boca enquanto movimentava seu pênis de forma desenfreada dentro de mim. Provei-me em sua língua, sentindo o gosto do cobre. Era diferente, mas não desagradável.

— Veja — disse, dirigindo-se para mim, pressionando-me contra a parede, minha coxa pendurada sobre seu braço, investindo com força. — Você ainda pode gozar quando está sangrando. Seu botão de orgasmo não se desliga tão facilmente.

Tentei lançar-lhe um olhar exasperado, mas era difícil ter algum controle enquanto ele me fodia até me deixar sem razão.

— Eu-eu não... mmm... acho... isso é...

— Seu corpo pertence a mim, Bianca, não importa o período do mês — rosnou contra mim. Só ele poderia encontrar uma maneira de usar minha menstruação como uma maneira de demonstrar sua posse. Este foi o meu último pensamento antes de ele chegar até o fundo, e eu gozei de novo, ofegando em sua boca. Ele continuou investindo, finalmente arqueando bem alto, me empurrando para cima com um movimento quando chegou ao limite. Ele grunhiu e estremeceu, sua mão agarrando meu cabelo enquanto me deixava ver o que o prazer que sentia provocava naquelas profundezas turquesa. Amei cada segundo disso.

Nós nos secamos e nos vestimos antes de ele falar alguma coisa de novo, de costas para mim.

— Acho que ganhei minhas asas vermelhas. — Havia um sorriso em sua voz.

Corei até os dedos dos pés.

31
Sr. Domesticado

A questão do vídeo erótico ainda corria solta pelas manchetes, mas, no que dizia respeito a mim e a James, era uma notícia antiga. Nós seguimos em frente. Tomei isso como um sinal encorajador. Éramos bons juntos. Resolvemos as coisas, e elas ficaram para trás, ao invés de aparecerem de novo e de novo, como parecia acontecer em tantos relacionamentos tóxicos que eu tinha observado.

Aquela sexta-feira marcou nossa última parada em Nova York. A tripulação queria sair, é claro, mas James queria almoçar com Parker e Sophia. Não havia motivo para não fazermos as duas coisas.

Sophia nos encontrou na porta do seu apartamento de luxo, com uma criança se contorcendo em seus braços. Concluí que era um menino, embora o cabelo fosse quase longo, e seu rosto, tão bonito que foi difícil dizer só de olhar.

James pegou a criança dos braços dela e a colocou sobre os ombros sem dizer nada.

— Este é Elliot — ele me disse com seu sorriso mais encantador. — Elliot, esta é Bianca. Diga: "prazer em conhecê-la, Bianca".

Sorri para o menininho bonito. Ele tinha cabelos negros como o pai, mas com os adoráveis cachos da mãe, e olhos cinzentos em um tom de ardósia, que me estudaram atentamente.

— Pázê em conhecê, Banca — falou, com um aceno de cabeça. Ele abraçou o topo da cabeça de James, esfregando sua bochecha contra aquele cabelo dourado escuro. — Tava com xôdade de você, Jamesh.

James estendeu a mão e fez cócegas no joelho do menino. Elliot se apertou mais contra ele, dissolvendo-se em risadinhas incontroláveis.

Parker cozinhou para todos nós, o que achei encantador. Eu sabia que ele era importante no mundo dos negócios, o herdeiro do lucrativo império de sua família, mas você jamais diria isso pela maneira como ele cozinhou e nos serviu.

Claramente, ele e Sophia estavam loucamente apaixonados. Era algo que você poderia dizer só pelo jeito como se olhavam. Agiam como recém-casados, embora estivessem juntos há anos.

Ficamos por horas conversando e brincando com Elliot. James era maravilhoso com ele, rolando no carpete como se fosse uma criança.

Não que eu não gostasse de crianças; achava o pequeno Elliot fofo de morrer. Só não achava algo adequado para mim. Eu tinha muitos pensamentos e medos sombrios sobre a vida, com os quais as pessoas normais não lidavam, e eu não queria passar minha bagagem distorcida para outra geração.

Realmente gostei de Parker e Sophia. Pareciam genuinamente agradáveis, e pareciam se importar de verdade com James. Também achei particularmente encorajador que as pessoas decentes em sua vida estivessem superando as cadelas loucas.

Sentia-me preocupada quando saímos, no entanto. Ver James interagindo com Elliot só deixou muito claro que ele queria ter filhos.

— James, eu não tenho certeza se ser mãe é algo tenha a ver comi...

Ele me puxou contra ele, cobrindo minha boca com a mão. Suavizou o gesto, beijando o topo da minha cabeça. Então, murmurou no meu ouvido, pouco antes de a porta do elevador se abrir:

— Não importa, amor. Temos todo o tempo do mundo para decidir, e deixarei a decisão a seu cargo. Não posso viver sem você. Isso é tudo que há para dizer sobre isso.

Eu queria que fosse assim tão simples, mas ele obviamente desejava ter filhos. Pensar que eu poderia ser a única coisa que o impediria de ser pai me encheu de culpa. Eu não poderia ser tão egoísta.

A louca celebração no Red mais tarde naquela noite foi exatamente o que eu precisava para me tirar desse tipo de pensamento. Todos estavam de bom humor. Nossa equipe inteira, sem Melissa, estava lá para ver Stephan e eu, já que éramos os únicos a aceitar a licença de imediato, e todos eles brindaram e nos desejaram boa sorte, fazendo com que nos sentíssemos bem, mas tristes ao mesmo tempo, por termos que deixar um grupo tão divertido. Ainda assim, nada disso me fez pensar duas vezes.

Sabia que o que eu estava fazendo só tinha sentido para mim, considerando todas as coisas.

O fim da minha carreira como comissária de bordo foi estranhamente anticlimático. Trabalhei no meu último turno no domingo e, na segunda-feira, deixei de ser comissária em tempo integral para ser aspirante a pintora em tempo integral. Era assustador, mas estimulante.

Stephan e Javier, que era de outra equipe, acabaram pegando a licença também, graças à rara oportunidade de abrir seu próprio bar em um dos cassinos mais badalados da Strip. Tinham muito trabalho pela frente, mas poucas pessoas conseguiam um financiamento como eles tinham conseguido, sem muitas perguntas. Todos nós agradecemos a James por proporcionar algo tão transformador para eles.

Partimos para L.A. uma noite antes da exibição na galeria, ficando hospedados no Resort Cavendish, que estava convenientemente localizado ao lado da Galeria Cavendish.

Recebi uma prévia da exposição naquela noite e fiquei impressionada com as maravilhas que Danika conseguira fazer. Minhas pinturas estavam expostas maravilhosamente, os quadros parecendo requintados, a iluminação em todos eles simplesmente perfeita, e as pinturas agrupadas por cores, exibidas para se complementarem da melhor maneira possível.

Danika fez um tour pela galeria conosco, por cada sala que exibia meu trabalho. Precisei abraçá-la quando terminamos, agradecida e maravilhada com o que ela fez.

Senti ansiedade e nervosismo percorrerem meus pensamentos até mesmo durante o evento, mas acabou sendo uma noite agradável. Eu já tinha determinado que não iria ler nenhuma das críticas ruins sobre o meu trabalho. Ninguém era mais crítico do que eu, e sabia que iria causar estragos na minha criatividade se ficasse obcecada com o negativo, então, curti o evento pelo que era: uma noite para conhecer novas pessoas e uma chance de rever alguns rostos amigáveis.

Eu usava um vestido frente única cinza-escuro que valorizava meu corpo, e James, um smoking combinando com uma gravata azul-clara.

James ficou ao meu lado durante toda a noite, uma escolha perfeita e atenta. E, claro, o guarda-costas mais caro da face da Terra.

Até vendi algumas pinturas, o que achei altamente improvável quando vi o preço delas. Algumas das maiores passavam de cinquenta mil dólares. Surpreendeu-me tanto que fiquei um pouco chocada quando Danika me deu a notícia. Ela catalogou cada pintura vendida, me dizendo quem havia comprado o quê e por quanto.

Ela me abraçou, radiante. Tornara-se a maior líder de torcida do meu trabalho, e eu estava muito grata por isso. Era um tipo firme de mulher, e obviamente uma com substância, com influência no mundo da arte. Ter alguém assim cuidando do meu trabalho com tanta honestidade foi um reforço de confiança que eu precisava de uma forma muito fundamental nesta fase da minha carreira. James e Stephan eram fãs do meu trabalho, mas ter uma profissional me apoiando, alguém que não era meu melhor amigo ou meu namorado, foi uma benção da qual eu jamais poderia esquecer.

Algumas das pinturas menores foram vendidas por cerca de dez mil dólares. Danika nos informou sobre isso com um aviso:

— Isso é porque esta é a sua primeira exibição. Na próxima, seu trabalho ganhará preços maiores, eu garanto. Você verá pelo menos o dobro ou o triplo do que estamos vendo hoje à noite. — Fiquei de pernas bambas. Eu já achava que os preços estavam muito altos *daquela* vez...

Frankie estava lá. Levara Tristan, e sua namorada, Estella, como prometera. Lembrei-me da descrição que Tristan fizera de Estella como uma latina gostosa de temperamento explosivo e logo concluí que era apropriado. Ela tinha cabelos negros grossos e ondulados, que caíam quase até a cintura, um corpo de ampulheta e uma atitude atrevida que era divertida, paqueradora e exagerada. Ela e Frankie tinham uma química visível, compartilhando olhares e comentários que poderiam fazer até mesmo James corar.

Tristan, Frankie e Estella se deram bem com Stephan e Javier, e os cinco passaram a maior parte da noite conversando e rindo, tornando o evento mais divertido.

Observamos alguns momentos voláteis em que Danika e Tristan precisaram compartilhar o mesmo ar, mesmo que apenas de passagem, e foi tão intenso quanto na primeira vez que os vimos juntos. James e eu trocamos olhares quando Danika saiu de perto dele da sua forma rígida e educada. Por mais que ela quisesse que fosse diferente, ainda havia fortes sentimentos entre os dois. Mas o passado pode ser uma coisa poderosa e os sentimentos nem sempre são suficientes.

Convidei meu meio-irmão, Sven, e sua namorada, Adele, e fiquei lisonjeada e satisfeita por terem conseguido comparecer. Adele parecia mesmo uma modelo, com a altura e a constituição corretas, mas não a mais bonita. Não era como Lana. Ela tinha aquele tipo de aparência indescritível que provavelmente lhe garantia muitos trabalhos, pois a tornava mais versátil. Seu cabelo era castanho-claro, caindo sobre os ombros, e os olhos eram de um castanho suave e agradável.

Ela tinha um sorriso doce e parecia feliz por estar exatamente onde estava. Gostei dela. Quando Sven me disse que namorava uma modelo, logo imaginei o tipo narcisista, de olhos vazios, mas Adele excedeu em muito minhas expectativas, por mais injustas que pudessem ter sido.

Blake e companhia não estavam seguindo todos os meus passos, já que a lista de convidados era muito exclusiva, então, ficaram guardando as entradas e saídas obstinadamente. Achei que era bom finalmente poder ir ao banheiro sem ter uma sombra me seguindo, embora James fizesse quase a mesma coisa, acompanhando-me até o banheiro da galeria e me esperando diligentemente na sala de exibição mais próxima.

Eu já estava terminando quando a porta do banheiro abriu, fechou e, em seguida, abriu novamente.

— Agora você está me seguindo? — perguntou uma voz feminina agitada. Reconheci instantaneamente como sendo de Danika.

— Se essa é a única maneira de você falar comigo, então, sim — respondeu um homem.

A voz profunda e grave era de Tristan.

— Não temos nada para conver... — Danika começou.

— Eu ainda penso em você *todos os dias* — Tristan interrompeu-a duramente. — Vamos falar sobre *isso*.

Eu me mantive perfeitamente imóvel, oficialmente escutando de dentro de uma cabine de banheiro.

— Oh, por favor. Pegue sua culpa e saia de perto de mim, Tristan. Não *quero* me envolver nisso.

— Não é sobre a culpa que estou falando — disse ele, com uma voz baixa e crua. — É em você que eu penso. *Sempre* em você.

Ela bufou deselegantemente. Era algo que não combinava com Danika.

— Por favor! Você parou de tentar me ligar anos atrás. Eu não soube nada de você desde a sua reabilitação, quando entrou nessa maré de arrependimento.

— Eu não confiava em mim, Danika. Precisava da minha sobriedade. Não sou nada sem isso, e você foi um gatilho adorável para mim. Aquele olhar em seus olhos, depois de tudo que eu fiz... O jeito como olhou para mim como se eu fosse a escória, sabendo que eu merecia toda a sua antipatia. Eu sabia que, se você olhasse assim de novo para mim, eu chegaria ao fundo do poço, e, dessa vez, não voltaria.

— Estou com alguém, Tristan — disse ela bruscamente.

— E se não estivesse? Estaria disposta a falar comigo, passar um tempo comigo, se *não* estivesse saindo com alguém?

— *Não!* Coisas ruins acontecem quando ficamos juntos, Tristan. Você e eu não somos nada além de problemas. O tempo não mudou isso. Por favor, fique longe de mim.

Ouvi um movimento e depois o sussurro agonizante de Tristan.

— Danika, sinto muito. Eu nunca vou deixar de sentir sua falta. Você era minha melhor amiga. Pode me perdoar pelo que fiz?

A resposta de Danika foi rápida, segura e definitiva.

— Eu te perdoei há muito tempo, Tristan, mas *nunca* vou esquecer. Por favor, mantenha distância.

A porta se abriu e fechou. Duas vezes. Esperei mais alguns minutos antes de sair, me sentindo culpada por ser tão intrometida. Deveria ter dito alguma coisa no segundo em que os ouvi conversando, mas, em vez disso, ouvi a conversa dolorosa e íntima para poupar todos nós de um momento embaraçoso, e também porque eu estava curiosa.

Agravei ainda mais meus pecados contando imediatamente a James o que eu tinha ouvido. Queria ouvir a opinião dele sobre isso.

Ele franziu o cenho e balançou a cabeça.

— Eu realmente não sei o que aconteceu entre eles. Frankie é amiga íntima de ambos, mas nem ela fala sobre isso. Suponho que tenham namorado, porque Tristan é obviamente apaixonado por ela, mas até mesmo isso é especulação da minha parte. E eu sei que ele teve algo a ver com a lesão que a deixou mancando, mas isso é tudo. Não sei o que causou a lesão, ou qual foi a parte dele na culpa. Ele só mencionou para mim uma vez que Danika costumava ser uma bailarina incrível, e que ele arruinou tudo para ela.

— Isso é horrível.

Ele assentiu.

— Sim. Há muita coisa ruim no passado deles, mas o que ele contou a você na hora do almoço no outro dia foi o máximo que já o ouvi falar sobre isso de uma vez só. Nenhum deles parece disposto a contar. Então, nós provavelmente nunca conheceremos todos os detalhes sombrios da história.

Eu sabia que ele devia estar certo.

— Você se importa se eu for verificar se ele está bem? — James perguntou.

— De jeito nenhum — assegurei-lhe, pensando que ele era o homem mais doce e atencioso do mundo.

Danika se aproximou de mim, parecendo mais séria do que na maior parte da noite. Todas as vezes que me procurara antes, estivera radiante, em êxtase, para me dar a notícia de alguma venda.

— Sinto muito que você tenha ouvido aquela pequena discussão no banheiro — disse, olhando-me nos olhos com firmeza.

Provavelmente, corei até os dedos dos pés.

— Sinto *muito* por isso.

Ela gesticulou para que eu não me preocupasse.

— Não foi sua culpa. Você estava apenas usando o banheiro. Mas eu vi seus sapatos debaixo da cabine e quis me explicar. Eu provavelmente soei como uma vadia insensível.

Eu a impedi, segurando sua mão.

— Nada disso. Eu entendo completamente. Às vezes, proteger o coração é a única maneira de manter a sanidade.

Ela assentiu com a boca firme.

— Sim, exatamente. Não vou me deixar levar por ele novamente, e me recuso a deixá-lo entrar no meu coração. Quando eu era mais jovem e estúpida, achava que ele era a coisa mais maravilhosa e excitante do mundo.

Apaixonei-me louca e estupidamente. Foi como pular de um precipício. Ou estar apaixonada por um tornado. E, quando ele terminou comigo, senti como se *realmente* estivesse em um tornado. Levei anos para recolher todos os cacos nos quais ele me transformou, mas eu consegui, e não vou voltar. Atualmente, quero estabilidade na minha vida. Preciso disso.

Assenti. Poderia entendê-la muito bem. Quando se passa pelo inferno, a estabilidade parece o paraíso.

Ela percebeu que a compreendi, deu-me um tapinha no ombro e foi embora.

Blake aproximou-se quando James foi procurar por Tristan. Como sempre, ela conseguiu me levar até ele.

Ele estava do lado de fora, falando com Frankie e Tristan em um pátio privado. James estava de costas para a porta, com as mãos nos bolsos.

Me aproximei dos três timidamente, não querendo intrometer-me.

Tristan estava fumando um cigarro como se sua vida dependesse disso, com os olhos arregalados para Frankie enquanto ela jogava os braços para o ar e falava com ele em voz baixa, obviamente dando-lhe um sermão. Ele tirou o paletó do smoking e afrouxou a gravata. As mangas brancas da camisa foram enroladas, revelando antebraços tatuados. Ele ficou todo certinho e elegante por algumas horas, mas seu lado bad boy obviamente tinha vindo à tona.

Tristan me viu primeiro e respirou fundo.

— Bianca, me ajude! Frankie está agindo como uma megera. Por favor, diga a ela que um cigarro não vai me matar.

James se virou para me olhar, seus olhos quentes recaindo sobre mim. Ele agarrou meu braço quando o alcancei, colocando minhas costas na sua frente e beijando o topo da minha cabeça.

Um dos dedos minúsculos de Frankie cutucava o enorme peito de Tristan.

— Isto não tem nada a ver com um cigarro. Trata-se de ter uma breve conversa com ela e retornar a um hábito que você abandonou há cinco anos. Você precisa ligar para o seu padrinho neste exato segundo!

Tristan revirou os olhos, dando outra longa tragada no cigarro.

— Você sabe que ficar irritado pode ser um gatilho.

— Isso não é uma piada — ela fumegou, soando tão aflita quanto irritada. — Estou preocupada. Você está agindo de forma estranha, e a primeira coisa que tentou fazer foi ficar sozinho. A última coisa que precisa agora é ficar sozinho.

— Não estou no modo suicida, Frankie. Estou fumando uma porra de um cigarro e depois vou voltar, ok? Se está tão preocupada, talvez você e sua garota devessem dormir comigo esta noite. Eu não deveria ficar sozinho na minha enorme cama vazia.

Ela jogou as mãos para o ar.

— Como se você tivesse alguma dificuldade para encontrar corpos ansiosos para aquecer sua cama.

— Você mesma disse. Estou vulnerável agora, e eu deveria estar cercado por pessoas que amo. Então, venha dormir comigo, Frankie.

Ela bateu com força no braço dele.

— Quando a "tentativa de fazer a lésbica dormir comigo" vai envelhecer? Eu *adoraria* saber.

Ele sorriu, mostrando aquelas profundas covinhas para ela. Estava tentando se mostrar durão, mas ainda parecia estar sofrendo.

— Você não é qualquer lésbica, é *minha lésbica* favorita. E eu só estava falando sobre dormir de conchinha. Sua mente suja fez o resto.

Ela suspirou, parecendo derrotada.

— Bem. Eu vou dormir abraçada com você esta noite, se isso significar que não estará sozinho. Mas não toque na minha namorada.

Eles formavam um par engraçado. O topo da cabeça de Frankie mal alcançava o peito de Tristan, e ela não parecia nem um pouco impressionada com o fato de que ele se elevava sobre ela e pesava pelo menos duas vezes mais.

Tristan terminou seu cigarro como se fosse o último da Terra, aproveitando a última tragada. Ele e Frankie voltaram para dentro juntos, mas James me impediu de segui-los.

Ele segurou meu rosto, sorrindo para mim.

— Já que finalmente estamos sozinhos, eu queria te dizer uma coisa: estou muito orgulhoso. Você já sabe que sou seu maior fã, mas queria que soubesse que esta noite foi uma grande conquista. Sei que está convencida de que fui eu que te proporcionei tudo isso, mas não é verdade. Eu marquei a exibição. Só. No momento em que Danika viu o seu trabalho, ela se apaixonou por ele, e você conseguiria essa exibição com ou sem a minha ajuda. Aquelas pinturas foram vendidas porque as pessoas as queriam e as valorizaram. Você tem um talento que me deixa de joelhos. Obrigado por compartilhá-lo com o mundo.

— Obrigada — eu disse a ele, sentindo meus olhos marejarem. O maldito homem me deixava tão emotiva. E ele tinha um jeito com palavras que me pegava todas as vezes. — Eu te amo loucamente, James.

Seus olhos sorriram para os meus.

— Sim. Eu te amo tanto assim. O mundo deixou de ser preto e branco para ganhar cores quando pus os olhos em você, meu amor. Não há como voltar atrás.

Foi um momento tão perfeito que tive que reprimir as dúvidas malignas em minha mente que me diziam que algo tão perfeito acabaria chegando rapidamente a um final ruim. *A vida pode ser boa*, eu disse a mim mesma. *Esse sentimento ruim não é uma premonição. Nada de mal vai acontecer conosco.* Eu andava tendo que me convencer muito disso ultimamente.

No final da noite, Tristan comprou meu maior quadro de paisagem e uma natureza-morta menor. Frankie comprou uma pintura também. Era uma aquarela do gato gordo do meu quintal. Ela disse que ia colocá-lo em sua loja de tatuagem para o mundo ver. E ainda provocou James dizendo que ele deveria dar a ela o autorretrato que inspirou a tatuagem em suas costas. Ele aceitou bem, o que me fez acreditar que a tinha perdoado pela tatuagem nas *minhas* costas.

Sven comprou uma das minhas pequenas pinturas acrílicas de uma flor do deserto.

Insisti repetidamente que ele não tinha que comprar nada.

— Eu quero — ele me disse com firmeza. — Significaria muito para mim ter algo que você pintou pendurado em minha casa, e eu amei esta pintura.

— Eu posso pintar uma de graça para você! Não tem que pagar treze mil dólares por isso. Não é tarde demais para mudar de ideia.

Ele balançou a cabeça.

— Não. Esta é perfeita. No entanto, se você quiser pintar alguma coisa para mim, certamente não vou dissuadi-la!

Isso aqueceu meu coração, e fiquei envergonhada por todo mundo me dar tanto apoio.

Quando a noite chegou ao fim, eu me senti zonza ao perceber que realmente tinha me divertido. A exposição excedeu em muito minhas expectativas. Meus nervos não me permitiram ansiar pelo lançamento da minha nova carreira, mas eu adorava o fato de poder relembrar minha estreia com alívio e prazer. Finalmente tinha acabado e, na verdade, fora um sucesso.

Houve apenas um pequeno problema mais tarde, quando saímos da exposição.

A galeria ficava em um grande edifício de três andares, em uma área da moda e situado ao lado do Hotel Cavendish de L.A., com o qual compartilhava um estacionamento. Saímos pela frente, por onde havíamos entrado. Um pequeno tapete vermelho fora montado para fotos antes do evento. Uma multidão bastante educada de fotógrafos tirara fotos de nós entrando. Uma multidão maior se reuniu no momento em que saímos, muito tarde da noite. Fiquei surpresa que eles tivessem esperado por tanto tempo. E ainda mais estranha para mim foi a multidão de espectadores reunidos atrás deles, apenas observando nossa saída.

James se posicionou para ele ficar mais perto da multidão, embora houvesse uma barricada que os separava, e jogou um braço em volta dos meus ombros, a mão oposta se movendo para o aro de diamante preso à minha gargantilha.

Havíamos dado seis passos quando houve um suspiro coletivo da multidão, e me virei a tempo de ver Blake saltar alguns centímetros e pegar um grande copo de plástico em pleno ar. A tampa da coisa saiu, e um refrigerante escuro e um pouco de gelo voaram em todas as direções, mas, ainda assim, foi uma captura impressionante. Fora destinado a James, a mim ou a ambos, mas nem uma gota sequer chegou até nós. Blake ficara encharcada. Ela pareceu imperturbável com sua camisa e rosto molhados. Jogou o copo no chão e examinou a multidão, com uma expressão muito hostil.

Era como se o lançamento da bebida tivesse aberto uma comporta, e as pessoas começaram a gritar comentários indecentes. Não consegui compreender todos, mas os mais altos pareciam vir de mulheres e apontavam para James.

— Você é tão gostoso! — gritou uma mulher.

— Com um pau tão grande, você pode me espancar a qualquer momento! — exclamou outra.

Era tudo tão bobo que uma risadinha me escapou quando Clark nos conduziu para a limusine. Blake nos seguiu.

— Boa captura, Blake — elogiou James. — Vou te dar um aumento por não deixar uma única gota daquilo cair em Bianca.

Ela assentiu solenemente.

— Estava apenas fazendo o meu trabalho, senhor.

Sua resposta me fez cair na real quando comecei a pensar em qual era a sua função. Se tivesse sido uma bala em vez de uma bebida, ela provavelmente teria feito a mesma coisa. Eu odiava isso. Não queria me machucar, mas pensar em alguém sendo prejudicado no meu lugar parecia ainda pior para mim.

32
Sr. Cupido

Mal respirei entre meu último voo e a nossa viagem ao Japão. Eu estava mais animada do que nunca enquanto nos preparávamos. Sempre viajei muito pelo trabalho, mas sempre viagens curtas com escalas curtas, mais trabalho do que diversão, e algo tão frívolo quanto duas semanas inteiras de turista seria um grande prazer. James teria que trabalhar um pouco, ele me disse, já que iríamos visitar suas propriedades em Tóquio, mas estaria de folga durante a maior parte da viagem.

Eu sabia que era um voo muito longo — poderíamos ficar no avião por até 14 horas, e essas horas pareceriam dias, mas minha mente já estava em Tóquio quando embarcamos no jato.

James estava exercendo seu controle habitual de me afivelar quando me informou de um pequeno desvio.

— Vamos almoçar em Maui primeiro — ele disse, seu tom casual.

Franzi a testa. Parecia um pouco fora do caminho...

— Maui?

Ele deu de ombros e me deu seu sorriso mais encantador.

— Eu quero que você adivinhe por quê.

Só uma única coisa me fazia pensar em Maui.

— Algo a ver com Lana? — supus.

Ele deu de ombros novamente.

— Não posso evitar. É a primeira vez que ela se abre sobre isso. Marquei um almoço com esse tal de Akira. Sei que estou me intrometendo, mas alguém precisa fazer isso.

Eu o estudei e senti que me apaixonava um pouco mais. Ele tinha uma alma tão romântica. Conforme ia conhecendo-o, ele *me* tornava mais romântica. Era um estado de espírito contagiante.

— O que você pretende dizer a ele?

Ele beijou a ponta do meu nariz quando o avião começou a se mover.

— Não muita coisa. Primeiro, eu só quero dar uma olhada nele e ver se é digno de alguém tão forte quanto Lana. Se ele for, vou apenas dizer que precisa ser homem. Um homem apaixonado tem que dar o primeiro passo. É o mínimo que ele pode fazer.

Sorri para ele. Um sorriso muito suave.

— Então você é do tipo cupido? — Isso me lembrou muito de Stephan. — Vai ajudar nos relacionamentos de todos os nossos amigos?

Ele retribuiu o meu sorriso suave.

— O amor é assim. É como um incêndio no meu sangue, e, agora que eu sei como é, ele me tornou generoso. Sinto que o mundo deveria ter o mesmo privilégio. E se eu puder ajudar alguém de quem gosto, então, certamente tentarei.

— É muito doce da sua parte — disse a ele sinceramente.

Ele sorriu com os olhos, mas seu sorriso não era nada doce.

— Você não vai pensar que sou um doce em cerca de dez minutos, quando amarrá-la na minha cama e te foder até fazê-la perder os sentidos.

Senti as partes baixas do meu corpo se apertarem.

— Você está com um humor tão romântico. Não vai chamar de fazer amor hoje?

— Que tal chamarmos de foder carinhosamente até estourar seus miolos?

Eu ri. Combinava mais, pensei.

James me esgotou por horas antes de me liberar por tempo suficiente para eu tirar uma soneca. O homem redefinia a palavra insaciável. Eu mal tinha conseguido dormir, e ele já estava me acordando de novo.

Paramos no Middleton Resort para nos refrescar antes do nosso almoço com Akira. James trocou-se, vestindo algo mais casual, que consistia em uma blusa branca leve com decote V, que deixava seus músculos e sua pele dourada perfeitos. Usava bermuda cargo cinza-clara e mocassins sem meias. Avaliei seus tornozelos com um fascínio singular.

— Se alguém tivesse me dito que tornozelos poderiam ser sexy antes de te conhecer, eu teria dito que essa pessoa estava louca.

Ele sorriu.

— Eu sempre achei que os seus eram sexy. O primeiro marco no meu caminho do chão até o paraíso, amor.

Eu ri. Claro que ele levou por este caminho.

Troquei minha roupa para uma regata cor-de-rosa e short cinza-escuro que era quase curto demais. Calcei chinelos brancos, em busca de conforto.

James olhou para as minhas pernas e segurou minha coleira distraidamente.

— Mesmo sem saltos, você tem as pernas mais sexy do planeta.

Tínhamos acabado de fazer sexo, mas eu ainda sentia aquela sensação inebriante de desejo, que só ele conseguia provocar, invadir o meu corpo.

Encontramos Akira no bar do Middleton Resort. No instante em que o vi, entendi a atração. Ele era enorme. Nunca tinha visto James de pé lado a lado com alguém mais alto do que ele, mas percebi, quando ele apertou a mão do outro homem, que ele era uns cinco centímetros mais alto. Era um homem intimidador, mas, Deus, era uma senhora visão.

Tinha características havaianas clássicas, com sobrancelhas grossas e escuras sobre belos olhos castanhos, e uma boca generosa com uma curva maldosa. Tinha cabelos pretos ondulados, e tudo nele era grande, mas tudo puro músculo. O homem cuidava bem de si mesmo, a julgar pelos músculos volumosos que se moviam inquietos sob o terno.

Ele me tratou com deferência educada desde o começo. James, nem tanto. Ele não teve escrúpulos de intimidá-lo desde o início.

— Você saiu com Lana. Vi você com ela nos jornais uma vez. — O tom de Akira não podia ser confundido com amigável ou indiferente.

James sorriu. Perversamente, percebi que James via a hostilidade de Akira como um bom sinal. E, perversamente, achei que ele estava certo.

— Somos amigos há anos. Sempre vamos juntos a eventos sociais.

— O que isso significa exatamente? Li um artigo que dizia que vocês namoraram.

James estudou o outro homem.

— Por que a pergunta? É apenas curiosidade ou você está com ciúmes?

Akira não respondeu, apenas olhou para James como se quisesse estrangulá-lo.

— Quero saber por causa de Lana. Gostaria de saber o que você sente por ela. — James estava longe de se sentir intimidado.

Akira silenciosamente se irritou. Era fácil ver que era um homem volátil, mas também sabia como controlar seu temperamento.

James suspirou.

— Você é difícil. O oposto de Lana. Ela tem um jeito muito tranquilo, então, é claro que se apaixonaria por um barril de pólvora ambulante. A vida é engraçada.

Eu teria jurado que a pele escura de Akira estava ficando vermelha.

— Vou facilitar as coisas para você, Akira. Lana não namora, ela nunca namorou, então, certamente nunca namorou comigo. Ela está presa a você há tanto tempo e tão apaixonada que nem sequer deseja namorar. Ela anseia por você há anos. Então, vim dar uma olhada em você. Você é solteiro, hétero, então, qual é o seu problema? Não se importa com ela?

Akira corou. Com muito cuidado, colocou os punhos cerrados em cima da mesa.

— O que diabos você quer? — ele rosnou.

James se inclinou para a frente, sem se deter.

— Eu me importo com Lana, e sei que ela nunca falará com você por si mesma. É hora de agir, Akira. Se você a ama, *deve* demonstrar isso a ela.

Akira bateu o punho gigante na mesa, que estremeceu um pouco, porque uma simples batida de um homem do tamanho dele era como um soco de outro homem comum.

— Como você propõe que eu faça isso? Duvido que ela atenda às minhas ligações, e ela nunca mais voltou à ilha desde que foi embora.

— Ligue para o pai dela. Ela é viciada em trabalho. Faça com que ele a mande aqui a negócios. Se você não conseguir que ela fique, a culpa é sua.

Akira aceitou isso melhor do que eu esperava, apenas deixando a boca transformar-se em uma linha dura e assentindo pensativamente.

— Você jura que nunca a tocou?

James jogou as mãos para cima.

— Eu nunca nem tentei. Eu juro! Esta é provavelmente a razão pela qual nos mantivemos amigos tão próximos.

Almoçamos e nos despedimos de Akira. Ele foi severo, mas educado quando nos separamos. Era um tipo de sujeito daqueles que não dá para compreender, mas percebi que tinha se afeiçoado a James pelo menos um pouco até partirmos. Comigo, ele foi perfeitamente educado, mas isso porque eu nunca fui romanticamente ligada a Lana na imprensa, como aconteceu com James.

A próxima etapa do voo foi mais longa, embora dividir um jato particular espaçoso com James por mais de oito horas não tenha sido difícil.

O jato não fora projetado com cabines normais. Nada era normal, na verdade. Os comissários de bordo e nossa segurança tinham seu próprio espaço fechado entre nós e a cabine de comando, onde podiam ter privacidade e nos dar alguma também. James aproveitou isso ao máximo.

O avião mal tinha atingido 10 mil pés, e ele logo se ajoelhou em frente ao meu assento, inclinando-se para beijar minhas coxas, esfregando a carne entre elas e abrindo-as ainda mais enquanto enterrava o rosto no meu sexo. Eu ainda estava de short enquanto ele provocava meu clitóris com o nariz.

Ele tinha ido de estar sentado inocentemente com o cinto afivelado ao meu lado para fazer-me ofegar por ele em segundos. Tirou meu short e minha calcinha, e eu agarrei seu cabelo em meus punhos enquanto fiquei nua e ele se preparava para trabalhar em mim.

— Você é insaciável — arfei quando ele me lambeu como se nunca fosse parar.

— Sim — murmurou contra a minha pele. — Eu nunca vou me satisfazer com você, e nunca vou deixá-la esquecer disso, mas você dificilmente irá reclamar, amor.

R.K. Lilley

33
Sr. Indulgente

A propriedade Cavendish ficava no distrito de Ginza, em Tóquio. Levei comigo todos os folhetos turísticos que encontrei a respeito da cidade, mas James também tinha uma riqueza de informações, já que aparentemente passara bastante tempo em Tóquio. De acordo com meu livreto turístico e James, Ginza era um dos principais distritos comerciais da cidade.

Recebemos um tratamento VIP a partir do momento em que entramos pela porta. Estava começando a me acostumar com isso, embora os japoneses levassem aquilo a um nível totalmente novo. Ainda estava me acostumando com a maneira japonesa de se curvar em respeito um ao outro. Achei seus modos encantadores e tentei imitá-los rapidamente, tencionando me misturar à cultura o máximo possível, embora, é claro, fosse impossível me misturar ali. Ainda assim, eu queria muito evitar me destacar como estrangeira grosseira.

James tinha modos perfeitos, como se visitasse aquele lugar frequentemente. Até onde eu sabia, ele fazia exatamente isso. Ele até falava razoavelmente bem a língua. Eu a tinha estudado, mas fui irremediavelmente superada. Uma frase em japonês saiu da sua boca, e eu fiquei perdida, apenas observando-o com admiração e sem entender uma palavra. As pessoas pareciam não ter problemas com isso, no entanto.

Discutimos por semanas sobre que tipo de viagem eu tinha imaginado quando pensei em visitar Tóquio. James parecia achar encantador que eu só estivesse pensando em uma turnê turística pela cidade. Eu queria usar o metrô, visitar todos os templos, santuários e parques, e todas as atrações populares. Basicamente, eu queria ver o máximo possível da cidade peculiar. O plano era passar nove dias por lá, depois outros quatro nas áreas ao redor do monte Fuji, e depois um dia no topo da montanha. Até sugeri a James acampar por uma noite. Foi fácil convencê-lo, considerando que ele nunca acampara de verdade antes. Eu não era especialista em acampamentos, mas era uma especialista em viver em situações precárias, e uma noite em uma tenda no topo de uma montanha famosa soava divertido para mim. A ideia surgiu na minha cabeça, e James nem tentou me dissuadir.

— Claro, vou providenciar suprimentos. — Foi tudo que ele disse, abrindo um sorriso indulgente.

Nós começamos nosso primeiro dia de turismo em Tóquio ao raiar do sol. Usamos shorts, camisetas e sapatos confortáveis, como os turistas que éramos, e partimos a pé para nosso primeiro destino. Kyokyo, o Palácio Imperial, ficava a apenas vinte minutos do nosso hotel, então fomos lá primeiro. Nossa segurança nos seguiu a uma distância um pouco discreta, e quase me esqueci que eles estavam lá a maior parte do dia. Os terrenos do palácio ocuparam a maior parte da nossa manhã.

Primeiro, nós encontramos a pista pitoresca de corrida que cercava as áreas do palácio. Eu estava lendo em voz alta sobre a trilha, em um guia turístico na noite anterior, então, James sorriu quando apontou para mim.

— Quer fazer uma corrida? — perguntou.

Balancei a cabeça e sorri. Eu não era uma grande corredora. Mesmo quando eu malhava, geralmente fazia algo de menor impacto do que uma corrida real, mas me pareceu perfeito.

Nós corremos por uns dez minutos. James manteve o ritmo ao meu lado, antes que eu diminuísse para uma rápida caminhada.

Fiz uma careta para ele.

— Sei que isso não será um choque, mas você está em muito melhor forma do que eu.

Ele me lançou um olhar lascivo.

— Discordo. Acho a *sua forma* muito melhor, amor.

Eu ri. O homem poderia transformar qualquer coisa em uma frase sugestiva.

Passamos horas caminhando na trilha e cobrindo cada metro dos jardins exuberantes. Era um cenário romântico, e James, com sua alma romântica, usou cada pedaço dele a seu favor, apertando minha mão e sorrindo ao olhar nos meus olhos. Se já não estivesse perdidamente apaixonada por ele, apenas uma manhã como esta, e eu jurava que ele teria mudado isso.

Nós levamos algum tempo explorando o palácio, e, quando terminamos, encontramos outro parque encantador a poucas quadras. As crianças jogavam algum tipo de futebol em um campo de terra batida. As pessoas que encontramos tinham demonstrado o máximo da educação até aquele momento, nem mesmo nos encarando, embora devêssemos parecer tão diferentes para todos ali. Apenas as crianças com menos de quinze anos agiam diferente. Elas nos olhavam descaradamente, parando de jogar enquanto passávamos. Ao nos aproximarmos deles, todos os jovens adolescentes ergueram as mãos no ar, como se tivessem planejado, e começaram a aplaudir. Eu ri com a estranha reação, olhando para James.

— O que foi isso? — perguntei a ele.

Ele estava sorrindo.

— Acho que acabamos de encontrar alguns novos membros do seu fã-clube.

Revirei meus olhos, ainda rindo. Meninos eram estranhos.

Passeamos pelo grande parque circular, parando quando avistamos um concerto improvisado. Uma multidão estava reunida para assistir a uma pequena orquestra tocar.

James me puxou para seus braços, me conduzindo com maestria e galanteio, certamente uma combinação rara. Ele se movimentou em uma valsa leve, sorrindo ao olhar nos meus olhos.

— Que cidade encantadora — eu disse a ele, sorrindo de volta, aproveitando a novidade de uma dança no parque pela manhã.

Ele assentiu.

— Estou me apaixonando novamente por esta cidade. Por tudo. Você tornou o mundo um lugar novo e excitante para mim.

Corei de prazer, acreditando em cada palavra inebriante que ele disse.

Caminhamos calmamente do distrito do Palácio Imperial para o distrito de Ginza e fizemos algumas compras, mas principalmente exploramos a cidade fascinante. Fomos a um shopping e usamos um guia turístico para tentar encontrar um dos grandes jardins da cidade na Baía de Tóquio que eu havia marcado.

Estávamos tentando decifrar o mapa há talvez cinco minutos, rindo da nossa confusão, quando Clark se aproximou. Ele ficou ao lado de Blake, seguindo-nos a uma distância discreta durante todo o dia.

— Os Jardins Hamarikyu, certo? — perguntou ele, espiando nosso mapa.

Assenti.

Ele apontou para uma rua.

— Por aqui. — Aparentemente, ele já tinha estado aqui antes. — Vamos passar pelo mercado de peixes, que está fechado hoje, mas o palácio fica apenas alguns quarteirões depois.

Nós agradecemos e começamos a caminhar. James estava com um braço em volta da minha cintura, me segurando perto, indiferente ao calor e à umidade.

— Teremos que ir ao mercado de peixes amanhã de manhã — disse James. — Vale a pena. É o melhor sushi do mundo.

Eu não tinha certeza se era a hora do dia, ou o dia da semana, mas os belos jardins estavam quase desertos; havia apenas um pintor ocasional que capturava um dos marcos do parque. A beleza dos jardins bem conservados contrastava com os arranha-céus do distrito adjacente de Shiodome. Circulamos o grande parque sem pressa, parando muitas vezes para apreciar a vista do jardim pitoresco e as águas da baía ao lado.

— Não deixe de me dizer se você se interessar por algo para pintar — James me disse, quando passamos por outro artista. — Posso importar suprimentos imediatamente, se você gostar de algo. Este lugar parece inspirar artistas.

Sorri para ele, amando que tentasse tanto me entender. Estava mesmo pensando que gostaria de passar uma manhã ali pintando.

— Você é tão doce.

Ele sorriu, e me pareceu tão terno quanto poderia ser.

— Eu estava apenas tramando onde poderia fodê-la aqui. Você tem ideias estranhas sobre o que é doce.

Eu ri. Tinha a sensação de que conhecer o mundo com James me daria ideias estranhas sobre muitas coisas.

— Como você propõe que façamos isso?

Seus olhos pareciam em chamas ao olhar para mim.

— Deixe que eu me preocupo com isso. Há uma casa de chá em uma pequena ilha no centro dos jardins. Você gostaria de participar de uma tradicional cerimônia de chá japonesa?

Fiquei encantada com a ideia.

— Não há nada que eu gostaria mais de fazer. Exceto, talvez, seus outros planos.

Ele piscou para mim, me dando um sorriso maroto.

— Não há razão para não fazermos os dois.

A casa de chá era singular, mas eu a achei incrivelmente bela, com as janelas abertas com vista para os jardins como uma moldura para uma foto perfeita. Nós nos sentamos de pernas cruzadas em uma esteira de bambu, enquanto uma mulher japonesa muito conservada passou pelo ritual meticuloso e elegante. Assisti com muita atenção, fascinada com todos os detalhes, porque tudo era perfeitamente orquestrado. Os movimentos mais simples tornaram-se arte, conforme a mulher experiente movia-se com fluidez, as mangas do seu quimono rosa-claro mal ondulando enquanto seus braços se moviam.

James inclinou-se para ela quando foi servido, soltando uma frase fluida em japonês que eu mal consegui entender, mas ele obviamente estava elogiando-a.

Senti uma onda de ciúme completamente irracional. Afastei a sensação, sabendo que era insana. Mas ouvir seu elogio dirigido a qualquer pessoa, que não fosse a mim mesma, me deixava um pouco incomodada.

A mulher corou com o elogio, deixando sua beleza pálida ainda mais pronunciada.

Curvei-me para ela enquanto recebia o chá, tropeçando no meu agradecimento em japonês. A mulher era o epítome da graça, o que me fez sentir um pouco desajeitada só de olhá-la.

Ela nos deixou sozinhos depois que o longo ritual acabou, liberando a casa de chá para nós. Eu sabia que a privacidade deferente era o efeito de James Cavendish.

Lancei a James um olhar de soslaio, ainda tomando meu chá. Ele estava me observando, e o olhar em seu rosto me fez contorcer-me. Tinha um leve sorriso nos lábios, mas seus olhos estavam cheios daquela expressão de Dom.

— Você ficou com ciúmes, só de me ver observando-a realizar a cerimônia do chá, não foi? Você tornou-se possessiva em relação a mim.

Franzi meu nariz, desejando que ele não fosse capaz de me ler tão bem. Era embaraçoso que ele soubesse o quanto eu poderia ser ciumenta. Assenti. Não havia sentido em esconder, já que ele percebera claramente.

— Ela é linda, e você ficou fascinado por ela. — Não consegui conter as palavras. — Você a deseja? — questionei, sabendo que era uma pergunta estúpida. Eu não queria saber se ele a desejava, não queria que ele mentisse, então, era apenas uma pergunta masoquista.

Seus olhos suavizaram um pouco.

— Não, amor. Isso nem passou pela minha cabeça. Ocorreu-me, porém, que eu adoraria que você aprendesse a fazer isso. O pensamento de ter você me servindo com tal restrição de movimentos é inebriante...

— Eu nunca poderia fazer como ela. Ela é perfeita.

Ele passou a língua sobre os dentes.

— Não quero que você faça como ela. Quero que faça do seu jeito. O que acha? Gostaria de um quimono e algumas lições de cerimônia do chá?

Balancei a cabeça sem hesitação.

— Eu adoraria.

Ele sorriu, estendendo a mão para segurar a parte de trás da minha cabeça, e aproximou-se mim.

— Vamos dedicar uma manhã a isso, então.

Ele me beijou e me empurrou para o chão, movendo-se grosseiramente para cima de mim. Pressionou sua dura ereção em mim, ainda completamente vestido, enquanto arrebatava minha boca. Não mostrou nenhuma delicadeza quando agarrou meus quadris e se moveu contra mim, mordendo com força meu lábio inferior. Era como se quisesse ser o mais selvagem possível, um contraste perfeito com nosso ambiente refinado.

Ele se afastou, sentando-se para me observar. Sua boca bonita parecia um pouco cruel quando sorriu para mim, passando a mão pelo cabelo.

— Levante-se e tire suas roupas. Cada peça — ordenou o Sr. Cavendish.

Olhei ao redor, um pouco chocada com a perspectiva, embora eu já não devesse me chocar com mais nada em relação a ele. Talvez fossem os perfeitos modos de todos que encontramos, mas parecia um pouco errado fazer algo tão grosseiro naquela casa de chá tão serena. Além disso, havia janelas abertas por toda parte e uma boa chance de sermos vistos ou ouvidos.

— Podemos? — perguntei sem fôlego.

Isso o fez rir, e, quando seus olhos dominadores estudaram meu rosto, eu soube que ele adorava loucamente o olhar escandalizado que eu lhe lançava naquele momento.

— Faço qualquer coisa que me agrade — disse. — Essa é uma das *primeiras* coisas que você deveria ter aprendido sobre mim. Agora tire suas roupas, ou eu farei algo que realmente te envergonhe.

Obedeci, apressando-me porque me sentia constrangida.

Ele inclinou a cabeça, inclinando-se para trás e apoiando-se nas mãos.

— Lentamente. Uma por uma. E toque seu corpo para mim, como se o estivesse demonstrando.

Puxei a blusa sobre a cabeça lentamente, desabotoando a frente do sutiã para libertar meus seios.

— Acaricie-se. Mostre-me o quanto você gosta que eu seja rude com eles.

Espalmei os seios firmemente, empurrando-os e unindo-os, evitando meus mamilos ainda doloridos, mas amassando a carne ao redor deles. Eu gostava quando eram tocados com rudeza, mas as mãos de James eram muito mais adequadas do que as minhas.

— Tire o short e a calcinha agora, mas não se toque.

Descalcei os sapatos e deslizei o short e a calcinha em um movimento suave.

— Venha aqui. Quero que você coloque o pé no meu ombro. Preciso ver o quanto está molhada antes mesmo de eu tocá-la.

Obedeci com cuidado, inclinando-me um pouco para manter o equilíbrio. A casa de chá era iluminada apenas com luz natural, mas nunca tinha me sentido tão nua enquanto olhava para fora das janelas abertas, examinando para ter certeza de que ninguém estava nos observando.

Ele gemeu em aprovação.

— Já está tão molhada. Deixe-me ver como você se toca. Esfregue seu clitóris por mim.

Assim o fiz, mas um pequeno som de desapontamento escapou da minha garganta. Eu queria que *ele* me tocasse.

— Não reclame. Diga "sim, Sr. Cavendish", ou não vou te deixar gozar.

— Sim, Sr. Cavendish — murmurei, tentando não soar ressentida. Ele que tinha me estragado, afinal. Seu toque era uma droga da qual eu nunca poderia me recuperar.

Circulei meu clitóris com um toque leve, rebolando os quadris enquanto fazia isso. James observou atentamente, suas pálpebras ficando pesadas. Ele se inclinou, segurando meu pé em seu ombro para me manter firme. Estremeci quando senti sua respiração em mim.

— Fique de quatro — instruiu enquanto eu começava a trabalhar em mim mesma em um ritmo febril.

Eu o obedeci, e ele ficou apenas me observando por um tempo. Ouvi o farfalhar da sua roupa, o movimento do seu zíper e, em seguida, o som dele se deslocando ligeiramente sobre o tapete de bambu.

— Arqueie suas costas — ele me disse. — Abra suas pernas um pouco mais. Vou te foder com tanta força que você vai ficar com os joelhos doloridos e a boceta sensível quando eu terminar.

Gemi e arqueei. Ele agarrou meu cabelo asperamente, puxando minha cabeça para trás enquanto me penetrava com força. Estabeleceu um ritmo brutal, um contraste gritante com o nosso ambiente elegante, e eu adorei tanto quanto ele sabia que aconteceria.

Ele conhecia os movimentos mais suaves do mundo, mas não usou nenhum deles, penetrando-me com um propósito severo e evidente. Eu jurava que ele já tinha me feito gozar de todas as maneiras existentes, mas a forma como gozei daquela vez foi tão violenta, alimentando tanto a minha necessidade de prazer e dor, que cheguei ao orgasmo com um soluço irregular, sentindo-me punida e saciada da mesma forma.

Meus joelhos estavam doloridos no momento em que ele chegou ao clímax, puxando com força o meu cabelo quando tocou bem fundo em mim com um movimento áspero dos quadris.

— Oh, Bianca — ele gemeu, e havia uma coleção de elogios em sua voz, como se só eu pudesse desmontá-lo assim, então, fechei meus olhos com esse pensamento prazeroso.

Ele se inclinou contra mim, beijando seu nome nas minhas costas e, em seguida, fazendo o mesmo com meu pescoço.

— Tão perfeita — disse, ainda se contorcendo dentro de mim. — Cada centímetro seu foi enviado para mim do céu.

Sorri com aquele pensamento. Ainda me pegava desprevenida, às vezes, o quão fantástico e romântico ele podia ser, especialmente depois do que tínhamos acabado de fazer.

— Só você poderia transformar nossa foda animalesca em algo romântico — falei com uma risada.

Ele saiu de dentro de mim emitindo o mais delicioso barulho.

— E por que não deveria ser? O que há de não romântico em encontrar alguns momentos perfeitos de felicidade com a mulher que eu amo?

Não consegui pensar em nada para respondê-lo.

Caminhamos pelo resto dos jardins sem pressa, de mãos dadas e compartilhando toques demorados e olhares ternos. Seu olhar ficou particularmente ardente quando olhou para os meus joelhos cor-de-rosa. Ele adorava deixar sua marca em mim.

Fomos ao Mercado de Peixes de Tsukiji na manhã seguinte, e provamos alguns dos melhores sushis no mundo lá, em um almoço adiantado. Passamos a tarde inteira no famoso Parque Ueno e no Zoológico, curtindo, vendo as pessoas e passeando.

Nos dias que se seguiram, visitamos todos os santuários, templos, museus e locais interessantes da cidade. Clark ou Blake tiravam fotos de nós em frente a todos os marcos famosos. Tiramos pelo menos mil fotos nos primeiros cinco dias da viagem.

Ficamos fazendo compras por horas no enorme outlet em volta do Templo Senso-ji, e comemos vários tipos de comida de rua. Experimentei tudo corajosamente, mas, às vezes, eu pegava James cerrando os punhos quando me via comendo alguma coisa.

— O quê? — perguntei com uma risada. Ele pareceu carrancudo quando dei uma mordida em um bolinho de polvo frito.

— Se você ficar doente por comer isso, vou torcer o pescoço do vendedor de rua.

Não fiquei surpresa. O homem nunca era capaz de controlar completamente sua tendência à proteção.

James me seduziu nos Jardins Koishikawa Korakuen uma manhã, em um pequeno santuário, em uma pequena clareira particular. Certamente, Clark ou Blake deviam estar de prontidão para nos proteger de intrusos, porque ele demorou muito tempo comigo, enquanto raios de sol nos banhavam por entre as frondosas árvores que guardavam nosso pequeno pedaço do paraíso.

Dedicamos um domingo inteiro à rua Harajuku e ao santuário Meiji, uma vez que eram vastos, mas ficavam a uma curta distância um do outro.

Tentei não ser intrometida, mas não pude deixar de observar, enquanto uma das intrincadas procissões de casamento atravessava o Santuário Meiji.

James me abraçou por trás. Fiquei assistindo por um bom tempo, fascinada pelo espetáculo adorável. Olhei para James quando saímos dali. Estava esperando que ele fosse fazer algum comentário sobre casamentos, mas ficou estranhamente silencioso durante o tempo todo.

— Foi lindo — eu lhe disse.

Ele apenas balançou a cabeça, franzindo os lábios e olhando para as nossas mãos unidas.

A rua Harajuku era tudo que eu imaginava e muito mais. Parei e assisti todas as vezes que uma das garotas de Harajuku passava, às vezes em bandos, vestidas como lolitas e lolitas góticas, e algumas em cosplay completos. Sempre me empolgava quando reconhecia o anime que elas estavam interpretando. James achou adorável, me dizendo isso com seu sorriso mais indulgente.

Encontrei algumas camisetas em uma loja de anime. Eram versões de uniformes escolares de um anime que eu gostava. Uma era preta, a outra, branca. Eu as peguei e fiquei surpresa quando James tirou sua própria camisa. Não me importei em observar seu peitoral dourado liso quando ele vestiu a camisa branca de anime. Ficou apertada como uma luva.

Usei um provador para vestir a minha versão preta da mesma camisa. A menina da loja estava olhando abertamente para James enquanto ele pagava, e eu não podia culpá-la. Ele acabara de protagonizar um espetáculo para ela. James mostrando tanta pele era algo de dar água na boca, não importava o motivo.

Achei muito doce da parte dele que estivesse disposto a me satisfazer vestindo a camiseta pelo resto do dia. O tecido era macio e fino, e eu não conseguia manter minhas mãos longe do peitoral dele enquanto caminhávamos pela rua movimentada. Ele não se importou.

Passamos uma noite em Akihabara, a Cidade Eletrônica, passeando por um dos mais famosos maid cafés, com garçonetes vestidas de empregadas vitorianas e tratando os clientes como mestres. Havia garotas japonesas fofas que pareciam jovens demais para trabalhar servindo comida, além de gatinhos vagando pelo café. Um deles até pulou na nossa mesa para ser acariciado. Era encantador, mas teria sido ainda mais, se não fosse pelos homens mais velhos que pareciam estar lá para assediar as meninas muito jovens.

James fez um grande sucesso entre as garotas, é claro. A moça que nos serviu nem conseguia olhar para ele sem corar, e várias pediram para tirar fotos com ele antes de sairmos, embora houvesse uma placa em inglês afirmando claramente que tirar fotos com *elas* custava 4.700 ienes.

No momento em que saímos da cidade para o Monte Fuji, senti que tinha visto e participado de todas as atrações turísticas imagináveis.

R.K. Lilley

34
Sr. Para Sempre

Pegamos um trem para Hakone, para desfrutar de um dia e uma noite de fontes termais antes de escalarmos o majestoso Monte Fuji. James alugou uma propriedade inteira para passarmos o dia. Não era como uma das propriedades Cavendish, mas era impressionante. Era tão grande que eu sinceramente não sabia se deveria ser alugada como hotel ou como uma casa.

A propriedade ostentava estruturas tradicionais japonesas, e a parte de trás estava alinhada com o lago e pontilhada com inúmeras fontes termais naturais.

Foi o dia mais relaxante que tivemos desde que chegamos ao Japão. Nós ficamos em casa e fizemos amor o dia inteiro.

Não ficamos dentro da casa nem por trinta minutos antes de James me arrastar para as fontes termais, despindo-nos enquanto caminhávamos. A água quente era deliciosa, principalmente porque o clima perto da montanha era mais frio do que em Tóquio. Ele me seguiu enquanto eu entrava na água, deslizando até a beira da piscina para contemplar a vista espetacular.

Ele fez amor comigo lá, me pressionando com força contra a lateral da piscina e deixando-me com uma visão perfeita da montanha enquanto ele me fodia até que eu ficasse sem razão.

Nós começamos tarde nossa escalada ao Monte Fuji no dia seguinte. James me garantiu que não precisávamos começar cedo, já que iríamos acampar, e que a vista era ainda mais bonita no sol da tarde de verão. Assim, demos mais um mergulho e, então, almoçamos vagarosamente antes de finalmente sairmos.

— O Monte Fuji é melhor no verão — James disse quando começamos a escalar. — Mas precisamos voltar ao Japão na primavera para que você veja flores de cerejeira.

Caminhamos lado a lado até a trilha pronunciada de pedras. Eu carregava o menor kit de hidratação. James não quis que eu carregasse qualquer outra coisa, mas ele e Clark pareciam muito pesados com suprimentos de acampamento.

— Existe alguma coisa no mundo que você ainda não tenha visto? — perguntei. — Eu adoraria ir a algum lugar que seja realmente novo para você.

Ele parou para me lançar um dos seus olhares mais intensos e emocionados.

— Tudo parece novo, agora que eu tenho você. O mundo tornou-se colorido agora, e quero ver tudo de novo com você.

Passamos bons momentos na montanha, já que estávamos todos em boa forma, e os que foram sobrecarregados com mochilas pesadas estavam em grande forma. Paramos frequentemente para apreciar a vista, mas compensamos as paradas com um ritmo mais acelerado.

James me entregou uma bebida energética de arroz com lichia em uma embalagem prateada. Era uma refeição estranha e dificilmente se encaixava em seus padrões habituais de dieta, sendo composta principalmente por açúcar e carboidratos simples, mas ele andava bem relaxado durante as férias.

Tomei toda a bebida estranha, que era basicamente uma explosão de calorias, e apreciei a vista.

Fiquei profundamente admirada enquanto observava a grande sombra da montanha se mover pela terra. O mundo parecia tão grande ali, e eu, tão pequena, mas isso era uma coisa boa. Muitas vezes, na minha vida, o mundo parecera muito pequeno, como se todos os meus problemas ainda pudessem me devorar, não importava aonde eu fosse. Senti o oposto disso ali — meus problemas se tornaram pequenos demais para que eu me preocupasse com eles.

Peguei James me observando, com um olhar confuso no rosto.

Sorri para ele.

— Amo isso aqui.

Um canto da sua boca bonita se curvou com ironia.

— Espero que sim, porque vamos passar a noite aqui. Devo dizer que fiquei surpreso ao descobrir que você era do tipo que gosta de acampar.

Dei de ombros.

— Não sou, na verdade. Só fiz isso algumas vezes com amigos, mas foi bem fácil, então, achei muito tentador fazer isso aqui.

— Quando foi a última vez que você acampou, então?

Tive que pensar um pouco.

— No verão passado, em Mount Charleston, com a nossa equipe.

Ele arqueou uma sobrancelha.

— Alguém que eu conheço?

Suspirei.

— Murphy e Damien, e algumas pessoas que você não conhece.

Sua mandíbula apertou.

Lancei-lhe um olhar exasperado.

— Sério, James. Você precisa parar de ter ciúme dele.

— Suponho que não tenham compartilhado um saco de dormir.

Revirei os olhos, raiva começando a se agitar dentro de mim.

— Não. Compartilhei uma barraca com Stephan.

Ele assentiu.

— Não tenho mais ciúme dele. Ou, pelo menos, estou cuidando disso.

Eu o estudei, perplexa.

— O que isso significa?

Ele sorriu, sua expressão dura começando a desaparecer.

— Decidi ajudá-lo. Se estiver feliz no amor, talvez não pense muito em você.

Isso arrancou uma risada de mim.

— Vai atacar de cupido de novo? Você eleva a palavra "controlador" a um novo nível. Suas tendências de controle e o charme Cavendish são uma combinação perigosa para a vida amorosa dos nossos amigos.

Ele apenas deu de ombros.

— Eu sei que ele é seu amigo, e até gosto do cara, mas imaginar que tipo de pensamentos ele deve ter sobre você, considerando a maneira como ele se sente, estava me enlouquecendo. Para lidar com isso, tive que elaborar uma estratégia para lidar com ele. Vê-lo com Jessa foi como uma luz acesa. Ele está a fim dela, embora não perceba, mas está tão preso a você por tanto tempo que ficou cego para isso. Não me entenda mal, eu simpatizo com isso. Ser obcecado por você de maneira não razoável se tornou um dos meus passatempos favoritos, mas que eu seja amaldiçoado se mais alguém receber esta honra.

Pensei em Damien e Jessa.

— É um casal que faz sentido para mim.

— Um velho amigo meu precisa de uma nova tripulação para seu jato particular. Recomendei Murphy e Damien como pilotos, e Jessa como comissária de bordo. Ele vai colocar os dois para trabalhar juntos com frequência. Tudo que podemos fazer é torcer para que isso seja suficiente.

— Quanta consideração da sua parte. Eu estava preocupada por Damien e Murphy não poderem mais trabalhar juntos, e quão triste isso seria.

Ele piscou para mim, e isso fez meu estômago se revirar.

— Sei que você estava. Estou de olho em empregos para seus amigos, já que muitos ficarão desempregados ao longo do ano.

Deus, eu o amo, pensei, pela milionésima vez.

— Obrigada por isso.

Ele acariciou meu rosto.

— Eu amo seu coração mole. A missão da minha vida é cuidar dele.

Continuamos a subir rapidamente a trilha. Mesmo parando frequentemente para apreciar a vista incrível, fizemos a subida em pouco mais de quatro horas.

Tivemos uma visão espetacular do pôr do sol conforme alcançávamos a cratera ao topo da montanha.

— Não poderíamos ter cronometrado mais perfeitamente — falei, admirada com a visão. Era, sem dúvida, o mais belo pôr do sol que eu já tinha visto.

— Sim, eu sei — ele disse sucintamente.

Dei uma olhada nele.

— Você calculou o tempo?

— Sim. Eu queria que hoje fosse especial. Queria que fosse perfeito.

Continuei admirando a vista enquanto James falava, mas senti que ele me estudava. Lancei-lhe outro rápido olhar.

— O que há de tão especial hoje? — perguntei, porque o tom sério da sua voz alertou-me para o seu humor.

Meu coração parou e, em seguida, fez uma curva lenta no peito quando ele se ajoelhou na minha frente.

— Eu queria que você tivesse uma visão perfeita do mundo que quero colocar aos seus pés, meu amor — começou. Seus olhos estavam claros e incrivelmente bonitos com o que só poderia ser uma súplica.

Meus olhos se encheram de lágrimas quando vi o que ele estava fazendo, e quão meticuloso fora seu esforço para que tudo fosse perfeito.

Ele tirou uma pequena caixa de dentro do bolso, e eu ofeguei em um soluço. Abriu-a, mostrando-me um anel com um grande diamante lapidado com corte princesa, cercado por safiras. Percebi imediatamente que devia ser o anel de noivado da sua mãe, pois combinava com os brincos que ele já tinha me dado.

— Eu vou te amar até morrer, Bianca. Case-se comigo. — Não havia dúvida em sua voz. Estava tudo ali em seus olhos, uma vulnerabilidade à qual era tão difícil resistir quanto era sua dominação.

Eu tanto temia quanto antecipava esse momento. Ele me dera um aviso claro, porque me entendia muito bem. O casamento representava muitas coisas assustadoras para mim, sempre foi assim, e era difícil mudar a maneira como eu pensava a respeito disso. Era difícil, mas não impossível, afinal, desde que James entrara na minha vida, virou tudo de cabeça para baixo e mudou minhas ideias sobre muitas coisas.

Fiquei chocada com a rapidez com que estendi minha mão trêmula para ele.

— Sim — sussurrei. Falei de novo, tornando minha voz mais firme, mais estável: — Sim, James, eu quero me casar com você.

Tracei uma lágrima que deslizava pelo seu rosto com uma mão, enquanto ele colocava o anel no meu dedo. Ajustou-se perfeitamente. Ele se levantou e me puxou para o seu peito em um movimento rápido, beijando-me com uma ternura áspera. Eu o beijei de volta com uma fome que nunca seria saciada. Não havia dúvidas em minha mente de que eu o amaria até morrer. *Como não amar?*

Fizemos amor sobre a terra, ao lado da grande cratera da montanha e com o glorioso pôr do sol ainda nos banhando com sua luz.

Nem pensei que seríamos vistos quando ele rasgou minhas roupas. A temperatura esfriara à medida que subíamos, e rapidamente fomos vestindo cada vez mais camadas de roupa. Ele despiu essas camadas ainda mais rápido. Arrancou minhas calças e apenas abriu minha blusa. Despiu-se ainda menos, só retirando seu pênis rígido e me empalando com um golpe áspero. Moveu-se dentro de mim, demonstrando um mundo de necessidades cruas, desejo e gratidão em seus olhos. Provavelmente tinha duvidado da minha resposta, mas mesmo assim fez o pedido.

James moveu-se com uma precisão severa, atingindo todos os pontos sensíveis perfeita e repetidamente, e com força impiedosa. Ele me deixou à beira do orgasmo antes de falar.

— Diga, Bianca.

— Eu sou sua, James.

— Para sempre — acrescentou.

— Para sempre. Oh, sim, sou sua para sempre, James.

Ele gozou, arqueando alto. Ainda fez pequenos movimentos dentro de mim ao terminar, e um polegar talentoso tocou meu clitóris, fazendo-me chegar ao clímax logo em seguida.

Nós nos vestimos, sorrindo um para o outro como tolos.

Encontramos Clark e Blake montando nossas barracas um pouco abaixo na trilha, ao lado de uma das pequenas estruturas que pontilhavam a superfície do topo da montanha. Clark deu seu maior sorriso quando viu como estávamos felizes.

— Parabéns — ele nos disse com um aceno de cabeça.

— Obrigada.

— Obrigado.

— Oh — eu disse de repente, apenas alto o suficiente para que James pudesse ouvir. — Preciso contar a Stephan imediatamente. Ele ficaria arrasado se não fosse um dos primeiros a saber.

— Vamos contar o mais rápido possível — respondeu calmamente, pegando minha mão para me levar para ver os últimos minutos gloriosos do pôr do sol.

— Ele vai ficar tão feliz — eu disse a James em voz baixa, me sentindo um pouco triste. Não queria me afastar de Stephan, mas nossas vidas estavam mudando tão rapidamente e de formas tão estranhas que não pude deixar de ter medo de que as coisas não fossem as mesmas para nós. Ele fora a coisa mais importante da minha vida por tanto tempo...

— Bianca, meu amor, deixe-me fazer uma promessa — James falou calmamente, estudando meu rosto com cuidado. — Não importa onde viveremos, não importa o que faremos, vamos mantê-lo perto de nós.

— Você não acha que ele e eu somos irremediavelmente codependentes? — Eu já sabia a resposta. Nós éramos, mas nenhuma parte minha estava preparada para mudar isso.

Ele apenas sorriu com carinho.

— Eu sei que vocês são, mas acho que, às vezes, como em um casamento ou com as pessoas certas, isso não é um problema. Vocês dois não são tóxicos juntos. Não é esse tipo de codependência. Vocês dois sobreviveram juntos; prosperam juntos. Eu não sonharia em obrigá-la a mudar isso. Estou tentando me juntar à sua família, não destruí-la, amor.

Acho que nada do que ele tivesse me dito poderia me fazer perceber o quão profundamente eu o amava. O medo do que acontecera com a minha mãe não era a única coisa que me assustava em um compromisso. Perder Stephan, mesmo que em pequenas quantidades, também era um medo. Estava muito grata e aliviada por poder esquecer esse medo para sempre.

R.K. Lilley

35
Sr. Apaixonado

Fomos a uma festa de caridade na noite em que a notícia do noivado foi divulgada, o que talvez tenha sido um erro. O tapete vermelho foi puro caos.

Por pura coincidência, a revista divulgou sua capa e espalhou James por todos os lados naquele mesmo dia. Tudo correra lindamente, mas eles usaram várias das fotos de nós dois. A foto da capa que eles usaram foi, na verdade, uma das que James foi pego de costas para a câmera, e eu estava claramente rindo em seu ombro. Meus olhos sorridentes eram visíveis por cima do seu ombro, e seu rosto estava inclinado para acariciar meu ouvido, capturando o canto de um sorriso apaixonado.

Desnecessário dizer que a divulgação das fotos românticas, combinada com a primeira aparição de suas tatuagens malucas e o anúncio do nosso noivado, atraíram a atenção da mídia, e fomos bombardeados no segundo em que saímos do carro. Não conseguíamos nem ouvir o que os paparazzi estavam nos perguntando, pois eles gritavam muito alto uns sobre os outros. Dois fotógrafos chegaram a trocar socos.

Assim que os punhos começaram a voar para todos os lados, nossa segurança nos conduziu direto para a festa.

Jackie escolhera um vestido longo para mim, e precisei levantá-lo bem alto para me mover rapidamente quando fomos levados para dentro. Tinha um corpete de seda champanhe que pendia artisticamente dos meus ombros, mas logo abaixo dos meus seios se esvaía em uma longa e esvoaçante saia carmesim. Ela o combinara com sapatos de couro envernizado vermelhos, e eu achei que era o meu vestido favorito até aquele momento. Eu me senti feminina e sexy, e bonita o suficiente para ter o mais lindo homem do mundo me conduzindo pelo braço.

James usava um smoking preto clássico, com uma camisa de cor champanhe e uma gravata borboleta preta. Ele tinha um lenço vermelho no bolso do peito. Eu não tinha certeza se fora Jackie ou James que nos vestira combinando para aquela noite. Porque ninguém teria adivinhado.

Lá dentro, estava ainda mais confuso, tanto que eu esperava que não fôssemos ficar muito tempo, principalmente porque a primeira pessoa que avistamos foi um irado Scott. Nós o vimos surgindo do outro lado da antecâmara da festa, e notei novamente que ele parecia estranhamente familiar.

— Por que ele me parece tão familiar? — perguntei a James, que estava estudando o outro homem com intensidade afiada.

James riu.

— Ele é um tenista muito famoso. Presumi que você sabia quem ele era, porque é muito conhecido. Eu nunca vou deixar de amar o fato de você não se impressionar com as celebridades.

Dei de ombros, pensando que não tinha muito a ver com não ficar impressionada, mas mais por não acompanhar os assuntos atuais.

— Espero que esteja feliz, James. Jolene e eu nos separamos por causa do seu vídeo *pornô* — Scott começou alto no segundo em que chegou perto de nós. Foi um mau começo para a conversa, e não pude deixar de perceber que a sala inteira ficou quieta enquanto tentavam ouvir o que os dois homens famosos diziam.

James deu um passo, colocando-se à minha frente em um gesto protetor instintivo. Não imaginei que qualquer coisa pudesse me machucar ali, além de palavras, ainda mais com nossa segurança de prontidão para o evento.

— Isso não me deixa feliz, Scott, embora eu ache que você pode conseguir alguém melhor do que uma mulher que só está interessada no seu dinheiro, e provavelmente nem é capaz de ser fiel. Não há motivos para que esse vídeo termine com seu relacionamento. Foi gravado há pelo menos três anos, antes mesmo que vocês ficassem juntos.

Scott mordeu o lábio, estudando James atentamente.

— Você sabia sobre isso há três anos e nunca se incomodou em me contar?

— Não. Eu não sabia até algumas semanas atrás. Foi gravado sem o meu conhecimento. Eu nunca teria concordado. Ninguém na minha posição o faria.

— Bem, isso não importa. Eu não poderia ficar casado com uma mulher que o mundo inteiro viu fazendo sexo com você. Uma mulher que divulgou um vídeo de sexo com outro homem enquanto era casada comigo.

— Se for de alguma ajuda, eu não acredito que ela tenha alguma coisa a ver com o vazamento do vídeo. Ela não tinha nada a ganhar com isso e tudo a perder. Tudo que o vídeo fez foi queimar seus contatos. Jolene é muito pragmática para fazer algo tão emocional sem nada a ganhar.

Scott o olhou com desconfiança.

— Quem mais poderia ter sido?

— Ainda não sei, mas estou determinado a descobrir. Quer que eu te avise quando tiver respostas? Isso ajudaria?

Scott assentiu.

— Isso está me destruindo, e sei que você não entende, mas estou achando impossível esquecê-la. Sabendo que ela não está tão presa a você que faria algo assim apenas por maldade ajudaria. Eu acho que a ideia de que ela seria capaz de divulgá-lo, não se importando se isso iria nos afetar, é o que mais me incomoda.

— Gosto não se discute, mas posso muito bem entender estar obcecado por uma mulher e não conseguir esquecê-la, Scott. Eu te desejo o melhor. Talvez ela tenha mudado.

— Eu sei que ela não é um anjo, mas *gosto* dela pelo que ela é. Se eu pudesse fazer com que gostasse mais de mim, como eu gosto dela, acho que poderíamos ter um bom casamento.

Não consegui ver seu rosto, mas claramente vi James dar de ombros.

— Não tenho certeza se funciona assim, mas sei que as pessoas são capazes de mudar, e espero que, por sua causa, ela mude para você. Eu te desejo o melhor, Scott. Sempre desejei.

Scott hesitou por um momento, parecendo inseguro, antes de finalmente assentir.

— Eu acho que sei disso. Acho que soube o tempo todo. Foi mais fácil te culpar, sabe? Avise-me se descobrir alguma coisa. — Ele foi embora antes mesmo de terminar de falar, suas palavras se arrastando para nós enquanto se afastava.

Pareceu-me que Scott poderia ter se desculpado, sendo que ele admitiu que estava errado sobre James, mas eu não disse nada. Amizades podem ser complicadas, e eu não sonharia em entrar em cena quando não entendia a deles.

Scott e Jolene talvez se merecessem, mas mantive esse pensamento para mim também.

Fiquei feliz quando os próximos rostos familiares que vimos foram amigáveis. Tanto Sophia quanto Parker me abraçaram calorosamente, falando sobre o noivado. Corei de prazer e, para ser honesta, com um pouco de receio. Uma parte de mim gritava que tudo estava acontecendo rápido demais, toda vez que me lembrava que tinha aceitado.

— Você já contratou uma organizadora de casamentos? Já sabe o local? — Sophia perguntou, sorrindo para mim.

Eu a achava adorável, com seus cachos loiros e seu entusiasmo, mas sua pergunta me intimidou para caramba.

— Não — eu disse finalmente. — Nem pensei nisso.

Sophia pareceu sentir meu desconforto e tocou meu ombro levemente.

— Não há pressa. E você pode ter um casamento do tamanho que quiser. Só não se esqueça de nos convidar.

Balancei a cabeça, minha mente ficando um pouco vazia com a ideia de planejar um casamento.

— Claro. Pequeno ou grande, você certamente estará na lista de convidados. Não posso dizer o mesmo da sua cunhada.

Ela riu.

— Espero que não. Ela tentaria queimar o lugar, aquela idiota louca.

Isso me fez rir. Idiota louca parecia uma maneira perfeita de descrever Jules, e eu tinha certeza de que Sophia devia estar ainda mais farta dela do que eu, já que tinha se casado com seu irmão.

Nós nos misturamos por um tempo, mas me separei de James quando vi um banheiro. Blake me seguiu, ficando do lado de fora da cabine, mas eu estava me acostumando a isso. Seu estoicismo implacável começava até a me agradar.

Eu não demorei muito no banheiro, mas ouvi algum tipo de comoção fora da minha cabine logo antes de sair. Blake estava tão perto de outra mulher que eu nem a reconheci a princípio. Percebi que a atendente do banheiro estava ausente antes de conseguir ver o suficiente da mulher para descobrir quem era.

— Jules — eu disse friamente quando a vi. — Blake, você pode soltá-la. Estou preparada desta vez, e ela não trouxe sua parceira de crimes.

Jules vestia uma vestido preto de um ombro só. Parecia elegante e bonita, mas isso nada significava, se seu interior era todo podre e mimado.

Jules estava sorrindo, uma aguda malícia em seus olhos quando consegui olhá-la completamente. Conhecendo-a, isso era sinônimo de problemas.

— Eu só queria trocar uma palavra, Bianca. É realmente patético que você esteja com tanto medo de mim que precise de um segurança.

Blake saíra do caminho, mas estava preparada para atacar a outra mulher.

Sorri para Jules. Foi um sorriso desagradável. Ao menos, pareceu desagradável. Mas eu estava de saco cheio de aguentar suas ceninhas loucas.

— Parabéns pelo noivado. Mas você deve saber que nunca vai durar com James. Ele vai cansar de você antes que a tinta esteja seca, mas boa sorte com isso.

— Isso era o que você queria dizer? Que desperdício do nosso tempo.

— Não. Esse foi um conselho, na verdade — Jules respondeu, parecendo visivelmente mais agitada com a minha resposta. — O que vim aqui dizer é que fui eu que liberei o vídeo de sexo. Eu o roubei de Jolene anos atrás, com medo que ela fizesse algo imprudente. Ela me contou sobre ele uma noite, quando estava chapada, e eu sabia que ela tinha uma língua solta. Na época, eu queria salvar a reputação de James, pois não podia deixar meu futuro marido ser visto sob essa luz. Eu só queria que você soubesse que fui que o vazei. Já que ele seguiu outro caminho, baixando o nível ao ficar com você, então a reputação dele já está na merda, por isso eu *quis* espalhar a merda.

Fiquei tão enojada com ela que senti minha boca se mover em um sorriso de escárnio. Eu nem sabia que tinha tanta raiva dentro de mim.

— Você é patética, sabia disso? Ele nunca foi nem mesmo seu namorado, muito menos seu futuro marido. — Ergui a mão, mostrando a ela o meu anel de noivado. — James não é sutil. Ele teria sido bem direto se tivesse alguma intenção de se casar com você. O que você ganhou com isso?

Ela encolheu os ombros.

— Eu desperdicei muitos dos meus melhores anos...

— Em uma *ilusão* — interrompi, incapaz de me conter.

Ela parecia pronta para cuspir.

— Vingança. Fiz isso por vingança. Foi simples assim. E me senti muito bem.

Ela pareceu tão presunçosa ao dizer isso, como se tivesse feito algo grandioso, que eu acabei por perder a razão.

— Bem, não funcionou. Ele ainda está de pé. Agora arrume uma merda de vida para você. — Comecei a me aproximar enquanto falava. Ela e Jolene haviam me pegado desprevenida quando me encurralaram antes e conseguiram me vencer em uma briga física, mas eu tinha passado por um verdadeiro inferno, e não tinha dúvidas de que poderia lidar com aquela cadela mimada.

Agarrei-a pelos cabelos antes que ela percebesse a minha intenção, e ela mal reagiu enquanto eu a arrastava pelo banheiro para uma cabine. Mergulhei sua cabeça no vaso sanitário enquanto ela segurava meu pulso, tomando muito cuidado para não molhar minha mão. Segurei-a por um, dois, três, quatro, cinco segundos antes de puxá-la para cima e arrastá-la para fora da cabine. Então, a empurrei para longe de mim, ainda tocando-a apenas pelos cabelos.

Ela se virou para mim, parecendo chocada, assustada e furiosa.

— O que diabos há de errado com você?

Sorri para ela, mostrando muitos dentes.

— Vingança. Fiz isso por vingança. Foi simples assim. E me senti muito bem — eu disse, citando suas palavras ridículas.

— Vou te denunciar! Eu... Eu vou te processar! — gaguejou.

Eu ri. A cadela era uma amadora.

— Você se livrou da sua única testemunha para se vingar de mim. Não há uma única marca em você, e realmente acha que minha guarda-costas vai agir como testemunha ocular contra mim? Sugiro que você saia o mais rápido e silenciosamente possível, para que eu não fique tentada a fazer isso novamente. Foi um desperdício do seu tempo e do meu. Então, vá e viva sua merda de vida.

Ela me lançou mais um olhar cheio de ódio antes de sair correndo como se o lugar estivesse em chamas.

Olhei para Blake. Ela estava sorrindo, e isso me fez rir de novo.

— Você acha que ela vai me deixar em paz agora? — perguntei, querendo sua opinião profissional.

Ela assentiu.

— Andar pela festa daquele jeito é provavelmente a coisa mais humilhante pela qual a princesa já teve que passar, então, eu acho que sim, ela provavelmente estará fora do seu caminho.

Assenti.

— Que bom. Esse era o ponto. Me divertir foi apenas um bônus.

Blake reprimiu uma risada.

Eu ainda estava lavando minhas mãos, querendo tirar todos os resquícios de Jules, quando Lana e um frenético James irromperam pela porta. Eu apenas arqueei uma sobrancelha para eles.

— Você está bem? O que aconteceu? — James perguntou, obviamente preocupado.

— Vimos Jules correndo, o cabelo molhado e a maquiagem bagunçada — acrescentou Lana, me estudando cuidadosamente.

Dei de ombros.

— Ela roubou aquele vídeo da Jolene e o colocou na internet. Veio aqui para me dizer. Eu não lidei bem com isso.

James lançou a Blake um olhar interrogativo, aproximando-se de mim.

— O que aconteceu?

— Eu afundei o rosto dela no vaso sanitário. Então, ela se foi. Acho que não vai me incomodar novamente.

James me alcançou, passando a mão pelo meu cabelo com um toque suave. Sua testa franziu por um momento enquanto ele processava o que eu disse.

Piscou algumas vezes, depois, jogou a cabeça para trás e riu.

R.K. Lilley

36
Sr. Destruído

James não queria que eu fizesse isso, mas, alguns dias depois que retornei para Vegas, voltei à minha antiga casa para pegar algumas coisas. A maior parte seria encaixotada e levada para a casa maior, mas eu mesma queria fazer isso ao invés de deixar que estranhos lidassem com a tarefa.

Fui de carro com Stephan e Javier, que fizeram a mesma coisa na casa de Stephan. Ter Stephan por perto durante o caminho serviu para aliviar a minha mente do controlador Cavendish sobre a coisa toda. Não que pudesse ter me impedido, mas ele não saiu do trabalho para me acompanhar, uma vez que descobriu que Stephan iria também. Não sei o que ele achava que Stephan poderia fazer que minha escolta de guardas armados não pudesse, mas era assim mesmo. Os dois homens se conectaram em um nível profundo que nem eu mesma entendia completamente. Mas isso só me deixava grata.

Levei etiquetas para marcar para onde eu queria que minhas coisas fossem movidas, já que alguns dos móveis e artigos domésticos seriam armazenados, e outros, enviados para a caridade. James obviamente tinha um estoque de todas aquelas coisas em suas propriedades.

Eu só tinha algumas caixas pequenas para embalar naquele momento, e elas foram lentamente preenchidas com lembranças e fotografias.

Blake ficou dentro da casa, perto de mim, enquanto Paterson patrulhava diretamente do lado de fora, com Henry patrulhando o bairro.

Williams teve uma emergência familiar na Califórnia, e por isso estava tirando uma licença. Eles não conseguiram encontrar um substituto com apenas um dia de antecedência, que foi uma das razões pelas quais James estava tão nervoso em me deixar voltar àquela casa sem ele, mesmo no meio do dia.

A reação nervosa do seu chefe a esse passeio mundano pareceu deixar Blake no limite. Ficava apreensiva apenas de olhá-la. Ela ficou andando pela casa, olhando pela janela sem nenhuma razão evidente.

— Está tudo bem? — finalmente perguntei.

Ela assentiu, mas seus lábios estavam rígidos.

— Sim, estou um pouco nervosa hoje, eu acho. Não estou vendo Paterson por aí, mas isso é normal. Ainda não é hora de ele entrar para nos checar. Eu não sei qual é o meu problema.

Esse foi o máximo de palavras que eu já a tinha visto dizer e só me deixava *mais* nervosa, porque era um relato do seu próprio nervosismo. Fosse qual fosse o humor estranho que deixou uma mulher tão imperturbável tão ansiosa não foi bom para a minha paz de espírito.

Voltei a arrumar fotos antigas, sorrindo quando encontrei algumas de Stephan e de mim. Tiramos várias na minha festa de vigésimo primeiro aniversário, e sorríamos como dois bobos. Alguém tirara cerca de uma dúzia de Stephan me carregando nas costas, andando pelas fontes do Caesar's Palace. Estávamos vestidos e realmente parecíamos um pouco doidos, com a parte de baixo da calça molhada e meus saltos arrastando na água. Eu sorri ao olhar para a foto. Era uma lembrança gostosa, bem da época em que as coisas realmente começaram a melhorar para nós. O sorriso no rosto de Stephan aqueceu meu coração, tanto naquela época quanto no presente. Ele estava sorrindo para a câmera, e eu estava sorrindo para ele; a certeza de que ele era a coisa mais querida do mundo para mim descrita em cada linha do meu rosto.

Guardei a pilha de fotos na minha bolsa, pensando que teria que dar algumas para Stephan e encontrar um lugar de honra em minha nova casa para colocar ao menos uma.

Estava acabando de enfiá-las na minha bolsa, ainda sorrindo por causa das memórias, quando meu telefone começou a tocar. Verifiquei a tela.

Era o James.

— Ei — eu disse ao telefone, ainda sorrindo. — Como anda o trabalho?

— Poderia estar melhor, mas, pelo menos, está quase pronto. Meus advogados e o agente de Tristan estão fazendo algumas revisões, mas isso não deve demorar mais de trinta minutos, e então terminaremos, graças a Deus. Tristan está tentando levar o cassino à falência só por causa de alguns truques baratos de mágica. — James entrara em reunião para acertar alguns detalhes do novo contrato de Tristan, e imaginei, pelo seu tom de voz, que o outro homem devia estar por perto, e que ele estava tentando provocá-lo.

— Diga a Tristan que eu disse oi.

— Bianca disse oi — ele retransmitiu do outro lado da linha. — Vou passar aí quando acabar — explicou James para mim. — Você já está terminando?

Olhei ao redor do cômodo. Com certeza, eu tinha conseguido fazer tudo que queria fazer, mas daria uma outra olhada, só para garantir.

— Sim. Está quase tudo pronto.

— Tristan jantará conosco hoje à noite. Como se eu não estivesse pagando o suficiente para que os coelhos desapareçam, agora tenho que alimentá-lo.

— Eu tenho um novo truque: posso fazer CEOs bonitos desaparecerem — Tristan disse em voz alta do outro lado.

Eu ri.

— Você avisa aos rapazes que eles também estão convidados? — James perguntou.

Eu podia ouvir um sorriso em sua voz.

— Vai ser divertido — eu disse, falando sério. Havia algo de muito brincalhão e travesso em relação a Tristan. Nunca havia um momento de tédio quando ele estava presente. — Vou supor que Tristan conseguiu um bom contrato para os shows do ano que vem — acrescentei.

— Ele assinou um contrato por mais um ano, mas tivemos que dobrar o pagamento desse desgraçado — falou sem rancor. Disse alguma outra coisa, mas um barulho do lado de fora me distraiu naquele momento. *O que teria sido?* Não fora particularmente alto, apenas algo batendo contra o concreto, mas o som me desviou o suficiente para que eu me desligasse completamente de James, enquanto ele continuava a falar do outro lado da linha.

— Bianca? — perguntou, arrancando-me da minha distração momentânea.

— Humm? Oh, desculpe — eu disse, tentando me concentrar. Poderia ter sido qualquer coisa. Vi um vizinho trabalhar em uma reforma em seu quintal mais cedo, e ele estava fazendo muito mais barulho do que aquele pequeno baque. *Por que aquele barulho estava me incomodando tanto?*

Mantive meu telefone no ouvido enquanto me movia pela casa, procurando por Blake. O barulho provavelmente não era nada, mas imaginei que me sentiria melhor se ela fosse verificar.

Ouvi o som de novo quando me dirigi à cozinha. Daquela vez, foi mais alto, e eu poderia jurar que fora acompanhado por um baixo grunhido de dor.

— Blake — chamei, certa de que algo estava errado.

Ela irrompeu na cozinha quando James começou a soar um pouco frenético do outro lado do telefone.

— Bianca, o que foi? — ele disse. — Tem alguma coisa errada? Fale comigo, amor.

Abri a boca para responder, meus olhos encontrando os de Blake, quando ouvi um barulho que fez meu sangue gelar e meu coração parar. Foi um *boom* que ecoou alto, um som que eu conhecia muito bem, e isso me fez congelar de terror. Um suspiro escapou da minha garganta, e minha mão livre voou para o meu peito.

Blake se mexeu instantaneamente, me empurrando para o chão, com a arma em posição.

— Fique abaixada, Bianca — ela disse. — Não se mova, e, aconteça o que acontecer, não saia desta casa. Eu volto já.

Ela desapareceu na frente da casa, embora eu achasse que o som vinha da parte de trás.

Fiquei prestando tanta atenção no que estava acontecendo nos fundos que levei um tempo para lembrar que James ainda estava no telefone, o que foi surpreendente, já que ele mantinha um diálogo constante e desesperado o tempo todo.

— Diga-me o que está acontecendo, Bianca! O que foi aquele barulho? Por que Blake disse para você ficar abaixada? Aonde ela foi? Eu preciso saber o que está acontecendo!

Pisquei, mas minha mente estava muito chocada com o barulho e as memórias que me trouxe. Como James não sabia que barulho era aquele? Será que soava tão diferente do outro lado da linha?

O ruído temido soou novamente, e meu corpo estremeceu como se eu tivesse sido atingida, mesmo que estivesse segura lá dentro.

— Estamos indo para aí, amor, e já ligamos para a polícia, mas preciso que você me diga o que está acontecendo. O que foi aquele barulho?

Engoli em seco, tentando me concentrar naquela voz amada. Fechei meus olhos com força.

— Eu te amo, James — disse a ele baixinho.

Ouvi-o respirar de forma instável.

— O que está acontecendo aí? — ele perguntou asperamente. Sua voz falhou em meio às palavras.

Balancei minha cabeça, mas claro que ele não podia ver.

O barulho soou novamente, e eu choramimguei.

— Eu amo você, James — falei de novo, com o rosto colado no linóleo da cozinha. Eu estava muito feliz, muito aliviada por ele não estar perto o suficiente para se machucar com o que estava acontecendo no meu quintal.

— Fale comigo. Eu tenho que saber o que está acontecendo. Estamos no carro agora. Estaremos aí em menos de vinte minutos, mas você precisa *falar comigo*. O que é todo esse barulho?

Eu não queria falar. Era completamente ridículo, mas falar tornaria tudo mais real. O barulho soou de novo e eu estremeci, indefesa, no chão.

— Isso são tiros? — James perguntou com sua voz mais desesperada. Eu poderia dizer, apenas pelo seu tom de voz, que ele já estava certo da resposta; provavelmente adivinhara no primeiro tiro.

— Sim — sussurrei. — No meu quintal, eu acho. Estou com medo, James. Preciso que você me diga que você me ama também. Por favor. Só para prevenir.

— Não — ele sussurrou. — Estou chegando aí. Todas as portas estão trancadas? Apenas fique escondida e abaixada. Você vai ficar bem. Estarei logo aí...

Fechei os olhos, só querendo ouvir a voz dele até o perigo passar. Como se fosse magicamente acabar depois de tantos tiros...

Eu estava indo muito bem, apenas planejando ficar exatamente onde estava, quando ouvi outro som que mudou tudo. Um grito áspero soou na parte de trás. Era um pequeno ruído, e deveria ter sido indistinguível de todos os outros sons, mas, de alguma forma, eu sabia com absoluta certeza de quem tinha sido. Lutei para respirar, porque, de repente, senti como se estivesse me afogando. Esse grito havia mudado tudo. Transformei-me em um instante de um pequeno rato assustado para alguém desesperadamente apavorado, e comecei a ficar de pé sobre pernas trêmulas.

Outro tiro soou e depois outro. Um grito áspero, que rasgou meu coração em pequenos pedaços irregulares, foi interrompido em algum lugar em meio aos dois sons fortes.

Comecei a me mover resolutamente pela casa. Não esqueci que ainda segurava o telefone. Passei de estado de choque a um tipo desesperado de clareza.

— Eu te amo, James — disse a ele novamente. — Muito. Eu sinto muito. — Desliguei o telefone, sentindo-o cair da minha mão antes de chegar à porta dos fundos. Respirei profundamente antes de abri-la. Resolutamente, atravessei-a.

37
Sr. Trágico

STEPHAN – Minutos antes

Consegui finalizar minha tarefa de empacotar as coisas em um curto espaço de tempo, até o momento em que encontrei uma caixa de fotos. Javier e eu estudamos a primeira pilha e rimos. Era uma pilha grande, de uma festa de Natal da empresa de talvez três anos atrás. Foram tiradas com uma câmera superbarata, então, nossos olhos estavam muito vermelhos, mas traziam boas memórias, e nós nos sentamos na minha cama e as examinamos cuidadosamente.

Javier deu uma risadinha, virando uma foto para mim. Eu ri tanto que tive que me sentar. Murphy estava sem camisa e tentava fazer um espacate, sem absolutamente nenhum sucesso. Era engraçado, mas o destaque na foto era, de longe, o olhar no rosto de Damien ao fundo. Era uma mistura de admiração, horror e confusão. Eu devo ter tirado a foto, porque Bianca estava bem ali, com o corpo dobrado de tanto rir, e eu não estava ao lado dela.

Javier me entregou outra foto, ainda sorrindo amplamente. Era um close de uma Bianca sorridente. Seus olhos estavam brilhando enquanto ela olhava diretamente para a câmera. Era uma ótima foto, embora ela sequer notasse ou se importasse com o quão linda parecia em um vestido verde brilhante naquela noite, seu cabelo pálido caído suavemente ao redor dos ombros. Fiz uma nota mental para tirar uma cópia para James, que adoraria uma foto dela rindo assim, tanto quanto eu adorava. Às vezes, eu pensava que o fato de eu ter me dado tão bem com aquele homem fora como se juntar a um clube composto por homens que pensavam que Bianca Karlsson era a mulher mais perfeita do planeta.

Javier me entregou outra foto, rindo mais do que nunca. Eu me juntei a ele para olhar para a imagem.

Esta era de Murphy deitado de costas no chão. Seus braços estavam erguidos para cima, seu paletó e gravata amassados no chão ao lado dele.

Lembrei que tinham ficado assim durante seu strip-tease improvisado.

Marnie estava ao seu lado na foto, capturada em meio a uma reverência. Javier me entregou outra foto.

Murphy estava fazendo um grande esforço para erguer o corpo da pequena mulher.

Javier me entregou mais uma. A mesma mulher minúscula desmoronou sobre ele, e ambos estavam rindo do seu fracasso. Rimos ainda mais com a lembrança.

— Vou sentir falta desse emprego — eu disse melancolicamente.

— Bem, não precisamos perder contato com as pessoas, que são ótimas. Quer apostar que Damien e Murphy serão fregueses regulares do nosso bar?

Eu sorri para ele.

— Você tem razão. Provavelmente teremos que expulsá-los todas as noites na hora de fechar. — O pensamento me encheu de animação. Nossas vidas estavam mudando, sim, mas para melhor.

Javier estava mais brincando do que me ajudando, e eu não me importava nem um pouco. Não me importava de fazer tudo sozinho, e queria a companhia dele, ajudando ou não.

Estendi a mão para puxar uma caixa do alto do meu armário e senti seus braços em volta de mim por trás. Ele se aninhou no meio das minhas costas, propositadamente fazendo cócegas em mim com o nariz, e eu me virei para ele com uma risada, empurrando-o até que a parte de trás dos seus joelhos tocasse a cama. Ele caiu para trás com uma risada, e eu me inclinei sobre ele.

Javier tentou se levantar, mas ele começou, e eu pretendia terminar. Fiz cócegas sem piedade, lutando com ele na cama, fotos e roupas caindo com nossa brincadeira.

— Trégua — ele gritou, ainda rindo. — Trégua.

Eu parei, beijando-o, e ele praticamente derreteu embaixo de mim. Amei aquilo. Podia sentir o quanto o afetava, e eu valorizava isso. Afastei-me, acariciando seu rosto enquanto olhava em seus olhos.

Ele abriu a boca para dizer alguma coisa, mas um estrondo fez sua respiração travar.

Fiquei tenso por um longo momento, ainda olhando-o, antes de entrar em ação.

Eu me levantei, apontando para ele.

— Fique aqui abaixado, ok?

Ele engoliu em seco.

— Isso foi um tiro? — perguntou em um sussurro.

— Não tenho certeza do que foi — menti. — Mas preciso checar Bianca.

Eu já estava caminhando para a porta do quarto antes de ele falar de novo.

— Não vá, Stephan. Por favor. Eu te amo. Não se coloque em perigo.

Olhei para ele, com o coração nos meus olhos.

— Também te amo. Fique abaixado. Tenho que ter certeza de que ela está segura, Javier. Eu não suportaria se ela estivesse ferida.

Tentei parecer calmo quando fechei a porta do quarto atrás de mim, mas saí da casa como um louco no segundo em que ela se fechou. Um segundo e terceiro tiro soaram quando cheguei à porta dos fundos. Meu coração estava tentando sair do meu peito de medo. Eu não poderia perdê-la. Eu era um sobrevivente por natureza, mas sabia que não sobreviveria a *isso*.

Destravei, abri e corri porta afora em um instante, alimentado pelo terror cego. Se aquele monstro a tivesse machucado, se ele ao menos encostasse um dedo nela, juro que o mataria com minhas próprias mãos.

Um quarto tiro soou pouco antes de eu saltar sobre a cerca alta desesperadamente, arranhando minhas mãos com o esforço. Aterrissei do outro lado, observando a cena sangrenta diante de mim com choque e horror.

O pai de Bianca se erguia sobre o corpo caído de Blake. O peito dele estava sangrando, círculos escarlates avolumando-se em sua camisa, mas ainda estava de pé. Segurava uma pequena pistola em sua mão corpulenta. Era tão pequena dentro daquelas mãos enormes que quase parecia um brinquedo.

Outro corpo estava no quintal. Paterson, pensei, mas não consegui nem dar uma olhada nele quando Sven apontou a arma para Blake, com o objetivo de dar outro tiro.

— Não! — gritei, correndo em sua direção.

Ele se virou incrivelmente rápido para um homem tão grande e sorriu para mim com os dentes ensanguentados, enquanto apontava para o meu peito e disparava.

Meu último pensamento foi de alívio. Bianca não estava entre as vítimas.

BIANCA

Saí de casa e deparei-me com um pesadelo sangrento, meus olhos indo diretamente para o corpo caído de Stephan. Não emiti nenhum som, mas meu rosto rapidamente ficou molhado de lágrimas.

Ele tem que ficar bem, eu disse a mim mesma. Eu poderia sobreviver a muitas coisas, mas sabia que perder Stephan não era uma delas.

Eu estava tão firme neste pensamento que, por um bom tempo, nem olhei para o monstro em meio à carnificina. Já tinha me aproximado de Stephan antes de olhar para aqueles olhos azul pálidos que pareciam muito com os meus.

Era como olhar nos olhos de um animal raivoso, sua maldade estampada em cada linha tensa do seu rosto. Era difícil imaginar que tivesse algum dia sido uma pessoa sensata, observando-o agora. Mas será que *alguma* vez ele foi são? Eu não poderia dizer. Talvez a sanidade nunca tivesse sido a questão. Ele não era nem humano para mim, mas um demônio monstruoso que me destruiu e aterrorizou. E o único que fora capaz de me proteger contra ele agora estava caído aos meus pés, com círculos vermelhos em seu peito. Ele finalmente conseguiu. O monstro me destruiu.

Meu instinto foi congelar, e assim eu assisti, sem me mover, enquanto ele se aproximava, com uma expressão horrível que tinha a forma de um sorriso desenhando-se em seu rosto.

Eu não tinha aquela coisa violenta dentro de mim, como meu pai. Nunca senti vontade de machucar ninguém, não por um motivo qualquer. Eu nem sequer compreendia esse desejo. Ao menos achava que não — até ver Stephan caído aos meus pés.

Meus olhos se moveram daquele rosto horrível para a pequena pistola ao lado do meu pai. Eu a enxerguei como uma tábua de salvação, deixando-o ver para onde eu estava olhando, para o que eu estava olhando fixamente.

Ele riu, uma gargalhada seca, e a loucura daquela risada me fez notar, de um jeito distraído, que ele não estava sóbrio. Algum tipo de droga agia em sua mente, tornando-o mais louco, mais forte, anestesiado tanto para a dor quanto para o medo. O homem já era um monstro *sem* droga alguma, então, esta não era uma descoberta tranquilizadora.

— *Eu te avisei*, sotnos. Avisei que, se fosse à polícia, ninguém poderia te proteger de mim, mas você não acreditou. E agora seu amigo está morto. Valeu a pena?

Eu choraminguei, um som totalmente involuntário. *Ele não pode estar morto*, disse a mim mesma. Precisava acreditar nisso, ou simplesmente cairia no chão e nunca mais levantaria.

Meus olhos ainda estavam colados na pequena pistola na sua mão.

Ele riu de novo, acenando para mim.

— Você não consegue tirar os olhos disso aqui. Acha que vai te ajudar? Você não tem coragem, assim como sua mãe. Não pode ferir nem uma mosca. Mulheres inúteis que só choramingam.

Ele segurou a arma bem na frente do meu rosto, sorrindo sombriamente, com seus olhos loucos e vermelhos colados nos meus, um brilho maníaco me congelando.

— Pegue, se você tiver coragem. Veja o que acontece, *sotnos*.

Não afastei meus olhos dos dele. Não conseguia me lembrar de uma época em que não o tivesse odiado, mas sentia agora como se fosse uma ferida nova. Eu poderia matá-lo sem remorso, percebi. Ele tinha feito isso comigo, finalmente me destruíra. Eu não me arrependeria se ele estivesse morto, mesmo que pelas minhas mãos. Eu me tornaria uma fera só para assassiná-lo. O único arrependimento poderia ser pelo que ele conseguiu fazer antes de ser parado.

Eu não era minha mãe, embora desejasse que fosse parecida apenas com ela. Por mais que quisesse fugir da ideia, havia o suficiente do meu pai em mim, pelo menos para isso. Não era nem uma questão, nem houve uma única fração de segundo de indecisão, não com Stephan deitado imóvel aos meus pés. Eu tinha cometido um grave erro em manter seu segredo, vivendo com medo. Seria muito melhor se ele tivesse me matado naquela época quando tentei entregá-lo do que deixá-lo causar toda essa destruição agora. Esse era o meu arrependimento, e eu o senti profundamente quando olhei para o meu pai, cercado por suas vítimas.

Se ao menos eu tivesse olhado além do meu próprio medo e pensado em tudo que ele ainda era capaz de fazer... Sim, manter o meu silêncio por todos esses anos era o meu arrependimento, mas era o meu único arrependimento. Dessa coisa que estava prestes a fazer, eu não me arrependeria, nem por um segundo.

Eu não tinha palavras para ele. Nada faria justiça ao meu ódio, e, além disso, ele não as ouviria. Ele nunca me valorizou, e ninguém ouve uma pessoa que não valoriza. Minhas palavras não poderiam afetá-lo. Então, eu não me incomodei em dizer a ele como me sentia. Preferi mostrar.

Ele entregou a arma para mim sem hesitação, sem medo, e eu a peguei, virando-a para ele com o mesmo movimento. Enterrei-a com força em seu peito, apontando para o coração. Apertei o gatilho, mal sentindo o recuo da arma na minha mão quando disparou.

Tolamente, eu pensei que seria o fim de tudo.

O monstro riu, arrancando a arma da minha mão. Atirei em seu peito, um peito já marcado pelo seu próprio sangue, mas ele apenas riu. Tive uma noção repentina e louca de que ele realmente não era humano. *Como ainda estava de pé?*

Ele abriu a boca para falar, e sangue espirrou no meu rosto.

— Minha vez, *sotnos*.

Ele agarrou meu cabelo, puxando minha cabeça para trás, segurando-a imóvel. Comecei a lutar, mas não adiantou.

Ele colocou a arma dentro da minha boca sem nenhum esforço, posicionando minha mão no cabo, com o sorriso maníaco ainda fixo em sua face.

Balancei meu rosto de um lado para o outro, preso entre a mão dele no meu cabelo e a arma na minha boca. Eu ainda estava sacudindo a cabeça desesperadamente quando dois tiros simultâneos soaram. O mundo ficou escuro.

STEPHAN

Meu peito estava em chamas. Cada respiração era pura agonia, mas eu consegui abrir os olhos só de ouvir sua voz. Claro que ela veio por mim.

Não, não, não, pensei em desespero quando vi Sven aproximando-se dela.

Demorei muito tempo para virar a cabeça para o lado. Blake estava imóvel, a menos de um metro de distância.

Senti uma enorme onda de alívio quando percebi que havia uma arma ao lado dela. Eu sabia que deveria me mover silenciosamente enquanto me arrastava até ela. Era uma corrida contra o tempo, e eu não podia deixar a dor me atrapalhar.

Outro tiro disparou antes de eu chegar no meio do caminho, e eu tive que evitar chorar de angústia ou olhar para ver o que tinha acontecido. Não havia tempo para olhar. Eu precisava pegar aquela arma e atirar.

Agarrei-a com a mão trêmula assim que a tive ao meu alcance. Rolei de costas, a agonia do movimento fazendo minha visão ficar turva por momentos preciosos.

Mirei na cabeça do pai dela e disparei.

Não, eu pensei em agonia, quando vi que estava apenas um segundo atrasado demais. Assistir Bianca cair ao mesmo tempo que seu pai era uma visão que eu nunca me esqueceria. *Não. Por favor, não.*

Apaguei.

338
R.K. Lilley

38
James

JAMES – Minutos Antes

Normalmente, eu gostava muito de uma boa negociação. Mesmo sabendo que poderiam haver resultados não favoráveis, eu sabia contorná-los. Não hoje, no entanto. Sentia uma estranha tensão me corroer. Eu gostava de provocar Tristan, como sempre fiz, mas até a brincadeira estava um pouco sem graça.

— É melhor que você tenha alguns bons truques extras com cartas — eu disse a ele enquanto os advogados faziam outra revisão no contrato.

Foi por pura provocação que eu disse isso a ele. O homem era um gênio em seu trabalho. Em apenas alguns anos, ele fez seu nome no mundo dos grandes shows de mágica de Vegas. Trouxera um novo e deslumbrante frenesi para uma indústria que precisava desesperadamente de uma renovação, e fez isso só com seus truques. A melhor parte era que eu sabia que ele nem tinha começado a nos mostrar todos eles, e constantemente aparecia com algo novo. E, como esperado, o homem sabia o quanto valia, e nós o pagávamos de acordo.

Tristan sorriu, mostrando os dentes brancos para mim. Ele checou o relógio em seu pulso com uma sobrancelha erguida, obviamente mostrando meu Rolex. Eu olhei para o meu pulso nu e xinguei. Ele estava à distância de uma mesa inteira de mim.

— Como você fez isso daí?

Ele apontou para os advogados que estavam negociando com seu agente.

— Acredito que o contrato estipule que não posso falar sobre coisas desse tipo. Segredos comerciais e tudo mais. Seus advogados provavelmente teriam que fazer uma nova revisão se eu te contasse. Você realmente tem tempo para isso? — Ele bateu no meu relógio para dar ênfase ao que disse.

Eu ri. Era difícil não fazer isso. Ele era um filho da puta desagradável, mas infinitamente divertido.

— Vamos ter que revisá-lo de qualquer maneira, se você pretende dar a si mesmo um relógio de cinquenta mil dólares como bônus.

Ele estendeu a mão sobre a mesa, o relógio aparecendo em sua palma em um borrão. Eu me inclinei para pegá-lo, mas o relógio apareceu em meu pulso com a mesma velocidade. Balancei a cabeça para ele. Desgraçado astuto.

— Parabéns pelo noivado. A notícia está em todo lugar. Como você conseguiu que ela concordasse? Eu teria jurado que Bianca era mais esperta.

Olhei fixamente para ele, mas foi um olhar fraco, na melhor das hipóteses. A simples menção do meu casamento me fazia querer sorrir como um idiota.

— Implorei tão pateticamente que ela finalmente teve pena de mim.

— Foi legal da parte dela. Ela poderia conseguir alguém melhor. Sem ofensa.

Eu apenas ri, porque ele disse sem ofensa, mas tentando descaradamente fazer isso.

— Não fiquei ofendido. Eventualmente, ela acabou por descobrir que era preferível ceder ao homem que a perseguia tão implacavelmente. Prometi que ela poderia colocar um sino em mim.

Tristan sacudiu a cabeça.

— Coitada. Ela nunca nem teve uma chance. Você provavelmente a cortejou com sua abordagem de aquisições hostis.

Revirei os olhos.

— Eu nem mesmo trabalho com aquisições hostis. Fique com seus truques mágicos, Tristan. Seu conhecimento do mundo dos negócios é embaraçoso. — Eu o achava incrivelmente competente no lado comercial do seu trabalho, mas era assim entre nós. Era bom poder provocar alguém que era tão insensível quanto eu quando me sentia insultado.

Tristan sorriu.

— Claro, chefe. Você vai me convidar para jantar? Se eu assinar este papel, espero que você pelo menos me prepare o jantar. E quero ver sua noiva novamente.

— Porra, por que não? Claro, venha jantar, se você puder evitar roubar os talheres. — Peguei meu telefone. — Deixe-me ligar para Bianca. Vamos convidar os rapazes.

Bianca atendeu prontamente.

— Ei — disse ela, um sorriso em sua voz. — Como anda o trabalho?

— O sorriso em sua voz me fez sorrir, e a voz me deixou excitado entre uma respiração e outra. Só de ouvi-la emitir uma palavra, proferida naquele timbre suave, me afetava mais do que qualquer outra mulher em minha vida. Imagens de todas as maneiras como eu a havia possuído, de todas as formas como eu planejava fodê-la até enlouquecê-la, passaram pela minha mente, me distraindo como nada mais era capaz de fazer. Porra, eu a desejava. Só pensar nela já era mais erótico para mim do que fazer sexo real com outras mulheres. Senti isso desde o começo, e apenas aumentava com o tempo.

— Poderia estar melhor, mas, pelo menos, está quase pronto — eu disse a ela, tendo que me concentrar para fazer isso. Obriguei-me a parar de pensar em estar dentro dela, por causa de uma inocente conversa telefônica, mas foi difícil. Meu pau se contorceu, inquieto, e fiquei agradecido por ele estar escondido debaixo da mesa. — Meus advogados e o agente de Tristan estão fazendo algumas revisões, mas isso não deve demorar mais de trinta minutos, e então terminaremos, graças a Deus. Tristan está tentando levar o cassino à falência só por causa de alguns truques baratos de mágica. — Olhei para Tristan, sorrindo enquanto dizia isso.

Ele me mostrou o dedo do meio.

— Diga a Tristan que eu disse oi — disse ela.

— Bianca disse oi — avisei a Tristan, não gostando de nome dele saindo dos seus lábios, mas deixando meu ciúme escandaloso de lado. Esse ciúme se tornaria um problema para nós se eu não o controlasse. E eu compreendia isso. Minha necessidade de trabalhar a nosso favor ajudou-me a tentar guardar esse sentimento para mim mesmo quando percebi que ele era irracional. — Vou passar aí quando acabar. Você já está terminando?

Não importava se ela estava ou não. Sentia-me impaciente para vê-la, e poderia esperar, se necessário. Torcia para que ela não se cansasse da minha companhia, porque tínhamos ficado separados por apenas algumas horas, e eu estava desesperado para vê-la.

Já estava imaginando como poderia fodê-la naquela pequena casa, quando ela respondeu.

— Sim. Está quase tudo pronto.

Achei que seria perfeito transar com ela uma última vez lá, mesmo que tivesse acabado de fazer as malas. Queria me enterrar dentro dela onde quer que estivéssemos. Talvez eu pudesse curvá-la sobre o balcão da cozinha ou a levasse para a mesa da sala de jantar. Precisei afastar o pensamento. Ela tinha colocado um feitiço em mim, e eu sabia que não me livraria dele tão cedo. *Ou nunca,* pensei com um sorriso. A Sra. Cavendish tinha um anel bem bonito para provar isso.

— Tristan jantará conosco hoje à noite. Como se eu não estivesse pagando o suficiente para que os coelhos desapareçam, agora tenho que alimentá-lo.

— Eu tenho um novo truque: posso fazer CEOs bonitos desaparecerem — Tristan disse.

Bianca riu no meu ouvido. Eu amava essa risada.

— Você avisa aos rapazes que eles também estão convidados? — pedi, sorrindo.

— Vai ser divertido — disse ela. — Vou supor que Tristan conseguiu um bom contrato para os shows do ano que vem.

— Ele assinou um contrato por mais um ano — contei, olhando para Tristan com uma sobrancelha erguida —, mas tivemos que dobrar o pagamento desse desgraçado. É engraçado que ele tenha demorado tanto tempo para esquecer quem descobriu esse bundão idiota.

Bianca ficou subitamente muito quieta do outro lado. Meu corpo inteiro tensionou, como se estivesse se preparando para um golpe e não sabendo de onde poderia vir. Distraidamente, cocei as cicatrizes em meus pulsos, meu mais nervoso tique. Achei que já tinha parado com aquele hábito. *O que havia de errado comigo naquele dia?*

— Bianca? — eu chamei. Só ficaria bem se ouvisse a voz dela novamente.

— Humm? Oh, desculpe — ela disse, e o novo tom distante de sua voz me deixou mais agitado.

— Amor, aconteceu alguma coisa?

Levantei-me e comecei a andar, incapaz de ficar parado.

— Você parece preocupada.

Ela não respondeu por momentos intermináveis. Comecei a ficar desesperado quando sua voz soou novamente.

— Blake! — ela chamou, um fio claro de pânico em sua voz.

Não, eu pensei, meu coração tentando sair do peito.

Eu me virei, e meu olhar encontrou Clark. Ele era tão bom em interpretar minhas expressões que já estava com o telefone na mão.

— Polícia?

Assenti. Poderia não ser nada, mas eu não me importava. Se fosse grave, quanto mais cedo eles estivessem a caminho, melhor.

— Bianca, o que foi? — indaguei. — Tem alguma coisa errada? Fale comigo, amor.

Um estrondo ecoando do outro lado da linha fez meu sangue gelar. Bianca ofegou no meu ouvido.

Não, pensei, e comecei a me mexer.

— Fique abaixada, Bianca. — Ouvi Blake dizer. — Não se mova, e, aconteça o que acontecer, não saia desta casa. Eu volto já.

Não. Um punho cruel agarrou meu coração.

Eu podia ouvi-la respirar, mas, enquanto eu falava e implorava que me contasse o que estava acontecendo, ela se absteve de falar por longos momentos. Lembrei-me daquela terrível tarde há alguns meses, quando vi a ambulância levá-la, meu coração em pedaços enquanto esperava em agonia para ver se ela estava bem.

Clark me seguiu sem dizer nada enquanto eu caminhava pelos escritórios e para o elevador. Vi o andar em que estava e desci pelas escadas, sem vontade de esperar, com o telefone ainda no ouvido. Voei pelas escadas em alta velocidade.

— Diga-me o que está acontecendo, Bianca! — tentei novamente, passando pelo cassino agora. — O que foi aquele barulho? Por que Blake disse para você ficar abaixada? Aonde ela foi? Eu preciso saber o que está acontecendo!

Outro tiro alto soou, e eu morri um pouco por dentro só de ouvir.

Esforcei-me para parecer calmo, mas foi difícil.

— Estamos indo para aí, amor, e já ligamos para a polícia, mas preciso que você me diga o que está acontecendo. O que foi aquele barulho? — Eu estava me agarrando a vãs esperanças, sabia disso, esperando que, de alguma forma, eu tivesse ouvido o som de um escapamento de motor. Duas vezes...

— Eu te amo, James — ela disse muito suavemente.

Isso me quebrou, e uma sensação de desamparo e pavor me preencheu.

— O que está acontecendo aí? — perguntei asperamente. Mal notei que minha voz falhou ao pronunciar as palavras.

Outro tiro soou do outro lado da linha, e ela choramingou. Isso me destruiu. Eu queria socar meu peito e uivar de medo, mas, ao invés disso, eu corri, determinado a chegar até ela.

— Eu te amo, James — ela disse novamente. A resignação em sua voz não era nem um pouco tranquilizadora.

Clark manteve o ritmo comigo e tomou a frente quando chegamos às portas, conversando freneticamente com o manobrista, solicitando o carro o mais rápido possível. Ele sentou atrás do volante, e eu peguei o assento do passageiro. Clark acelerou antes que eu pudesse terminar de afivelar o cinto.

— Fale comigo — pedi desesperadamente. — Eu tenho que saber o que está acontecendo. Estamos no carro agora. Estaremos aí em menos de vinte minutos, mas você precisa *falar comigo*. O que é todo esse barulho?

Outro tiro soou, e fechei meus olhos com medo.

— Isso são tiros? — perguntei miseravelmente. Nunca me senti tão impotente e inútil em toda a minha vida.

— Sim — ela sussurrou. — No meu quintal, eu acho. Estou com medo, James. Preciso que você me diga que você me ama também. Por favor. Só para prevenir.

O maior terror que já conheci agarrou meu peito. Eu não era um homem supersticioso, mas senti, de repente, que, se dissesse isso a ela agora, poderia ser a última vez, e eu simplesmente não conseguiria. Era ilógico, mas eu não seria capaz de repetir aquelas palavras até que a tivesse nos meus braços.

— Não — sussurrei, e essa recusa brutal fez meu peito doer. — Estou chegando aí. Todas as portas estão trancadas? Apenas fique escondida e abaixada. Você vai ficar bem. Estarei logo aí para lhe dizer essas palavras.

Ela ofegou de repente, sua respiração mudando, como se estivesse se movimentando. O pânico me tomou, e continuei apenas ouvindo inutilmente quando mais dois tiros soaram ao fundo. Dois soluços irregulares escaparam de sua garganta como se tivessem sido arrancados dela.

Não, não, não, pensei.

— Eu te amo, James — repetiu, sua voz soando firme. De alguma forma, isso me apavorava mais do que qualquer outra coisa. — Muito. Eu sinto muito.

Eu estava gritando quando ela desligou.

346
R.K. Lilley

39
Sr. Desolado

JAMES

Eu poderia ter desejado que aqueles minutos fossem apenas um borrão para mim, mas é claro que não foram. Foi a viagem mais longa da minha vida. Morri um milhão de pequenas mortes no trajeto, minha mente vagando pelos lugares mais obscuros.

Até me peguei amaldiçoando Deus, embora sempre tenha sido a alma mais agnóstica. *Por que ele me odeia tanto?*, perguntei-me com raiva. Primeiro, ele levou meus pais, que eu adorava, e agora eu tinha encontrado um lar e uma família novamente, uma que cobicei e cultuei com um único objetivo. Eu não suportaria pensar em perdê-la pouco tempo depois de tê-la encontrado. Rejeitei este pensamento. Isso não poderia estar acontecendo. Se o pai dela a tinha atacado, certamente a equipe de segurança o havia subjugado antes que ele pudesse tocá-la. Não havia alternativa aceitável.

Fiquei observando o relógio no painel durante toda a viagem. Clark avançou os sinais vermelhos, atravessou o trânsito e dirigiu como se sua vida dependesse disso. Ele foi rápido, e chegamos ao bairro de Bianca em menos de quinze minutos.

Pulei do carro antes que ele parasse, correndo para a porta da frente. Estava trancada, e eu praguejei, enquanto pegava minhas chaves.

Distraidamente, notei que Clark tomava outro caminho, pulando a cerca para o quintal enquanto eu entrava na casa. Era onde ela estava quando nos falamos, então, decidi olhar lá dentro primeiro.

Os primeiros cômodos estavam vazios e ouvi sirenes se aproximando enquanto eu examinava a cozinha.

Clark surgiu em frente à porta do quarto que levava para o quintal quando entrei nele. Minhas entranhas se apertaram, quase me fazendo cambalear. A porta do quintal estava aberta...

Corri até ela, mas Clark se moveu para me impedir. Ele me segurou antes de eu chegar à porta.

Lutei com ele seriamente. Não havia segundos a perder.

— Por favor, James — disse, em uma voz suave que eu mal reconheci como vinda dele. — Você não quer ver o que está lá atrás. Ninguém deveria ter que ver aquilo. Os paramédicos estão aqui. Vamos deixá-los trabalhar.

Ouvi um gemido horrível vindo de longe, mal notando que havia escapado da minha própria garganta.

Ele só diria uma coisa dessas se não houvesse nada a fazer, e claramente Bianca não estava na casa.

— Ela está lá atrás? — perguntei, minha voz falhando. Parecia que todas as minhas partes estavam se despedaçando.

Ele assentiu, e uma lágrima deslizou por seu rosto.

— Você não pode fazer nada por ela, James, mas pode se poupar da dor de vê-la daquele jeito.

Claro que não consegui ficar afastado. Recusei-me a aceitar o que suas palavras significavam, mesmo quando senti meu rosto ficar molhado de lágrimas.

— Deixe-me ir — pedi, um tremor em minha voz. — Tenho que ficar com ela.

Ele baixou a cabeça e me deixou passar, vendo a minha determinação.

A visão que me recebeu me deixou literalmente de joelhos. Não houve um segundo desde que a conheci que sentisse como se a tivesse garantido. Eu a amava, valorizava, cobiçava e adorava cada centímetro dela, mas ainda não parecia suficiente. Eu tinha errado com ela, estraguei tudo, mas estávamos trabalhando nisso. A vida poderia ter sido perfeita. Tudo que precisávamos era de mais tempo...

Rastejei até ela, notando que seu corpo não era o único caído no pequeno quintal.

Ela estava de costas, a cabeça virada para o lado, com um lado do rosto obscurecido. O lado à mostra estava estranhamente intacto, quase pacífico. Seu cabelo estava espalhado ao redor dela, os fios loiros pálidos agora molhados e tingidos de vermelho. Tentei dizer a mim mesmo que ela poderia estar bem, que poderia sobreviver a isso, mas eu conseguia enxergar claramente onde o sangue se acumulava, do que deveria ser uma ferida na cabeça.

Sons crus de angústia saíram de dentro de mim a cada movimento quando aproximei-me dela.

Levemente, com cuidado, como se ela fosse feita de vidro, segurei sua mão e solucei. Eu não sobreviveria a isso. Não queria sobreviver a isso. Não haveria nada no mundo que pudesse me fazer querer viver depois de passar por algo assim.

Pela primeira vez na minha vida, comecei a orar. Por sua vida ou minha morte, eu não sabia. Eu teria aceitado qualquer uma das duas opções.

Nem olhei para cima quando os paramédicos chegaram a ela. Só reparei no corpo que estava deitado ao seu lado quando foi deslocado para longe. Aparentemente, os paramédicos não tentariam ajudar aquele, já que sua cabeça estava destruída. Seu torso enorme estava cheio de buracos e percebi que se tratava do pai dela. Sua morte não me deu satisfação. Não foi o suficiente e, certamente, ele não tinha morrido a tempo de poupá-la.

Como isso aconteceu?, eu me perguntei miseravelmente.

Minha visão estava embaçada, e eu simplesmente não conseguia me concentrar em nada além da mão dela. Estava mole na minha, mas ilesa, e, se olhasse para cima, sabia que teria uma boa chance de encontrar respostas que não estava disposto a aceitar. De alguma forma, a incerteza era algo em que se apegar quando o pior cenário era muito mais provável do que a alternativa.

Um paramédico estava agachado do outro lado dela, mas eu não conseguia olhar diretamente para ele, não podia me deixar ver o que estava concluindo enquanto rapidamente checava seus sinais vitais.

O paramédico gritou em voz alta. Não entendi o que ele disse. Minha mente não estava processando palavras. Ainda estava focado naquela adorável mão. Não havia como dizer por quanto tempo fiquei lá agachado, imóvel, com medo, tentando prolongar os momentos, dizendo a mim mesmo que ela ficaria bem, mas cheio de uma desolação que tornava difícil até mesmo respirar.

O paramédico disse outra coisa, e não percebi que ele estava falando comigo até que alguém me cutucou impacientemente por trás. Pisquei para o homem, realmente não conseguindo enxergá-lo, enquanto tentava ouvir o que ele estava dizendo.

— Por favor, saia daí, senhor. Precisamos colocá-la em uma maca. O senhor está atrapalhando.

Eu me movi automaticamente. Embora estivesse desacostumado a receber ordens, obedeci instintivamente, sabendo que ninguém ousaria me dar uma ordem se não fosse importante.

Mas logo me movi de volta, quando uma maca começou a ser empurrada persistentemente contra mim até que recuei o suficiente para dar espaço para eles trabalharem.

Eu me afastei com desespero quando percebi que iriam colocá-la na maca.

Não vou deixar que a levem para longe de mim, pensei. *Eu morrerei antes de deixar que a coloquem em um saco.*

Braços fortes me cercaram por trás, me puxando de volta.

— Deixe-os trabalhar, James — Tristan disse gentilmente no meu ouvido. Eu nem percebi que ele tinha nos seguido até ali.

— Senhor, cada segundo que você nos atrasar pode ser crucial para a sobrevivência dela — o outro paramédico explicou, com clara impaciência em seu tom.

Deixei Tristan me puxar para trás enquanto tentava processar essas palavras.

Sobrevivência, ele disse, como se ela tivesse uma chance. Eles não a estavam colocando em um saco; eles estavam estancando o fluxo de sangue da sua cabeça e movendo-a.

Ele disse sobrevivência, pensei novamente. Eles não a estavam levando embora porque ela estava morta. *Eles pensavam que podiam ajudá-la.*

Fiquei por perto, e meus pensamentos foram se tornando lentamente mais coerentes quando comecei a perceber que ela não estava morta, e, se Deus quisesse, poderia sobreviver. Com desespero, comecei a esperar, sentindo cada centímetro meu tremer.

Dei-lhes espaço para trabalhar, mas fiquei o mais perto possível, desesperado para ver o que fariam, temendo que, se olhasse para longe, pudesse perdê-la.

Fiquei me movimentando ao redor dela, tentando me aproximar sem atrapalhar, e então vi quando o primeiro paramédico moveu sua cabeça o suficiente para pressionar a ferida. Choraminguei quando vi o buraco sangrento na lateral do rosto. Estava perto do ponto onde sua mandíbula encontrava o ouvido, ou pelo menos achei que fosse. Era difícil dizer com todo aquele sangue.

Não tirei os olhos dela, nem do que eles estavam fazendo para ajudá-la, mas comecei a ouvir outros sons no quintal enquanto mais paramédicos chegavam. Ouvi outro homem soluçando. Já vinha acontecendo há um tempo, mas eu realmente não tinha notado; eu mesmo estava fazendo muito barulho.

Javier, pensei, e um sentimento de horror me obrigou a procurá-lo. Ele pairava sobre a forma caída de Stephan. Um paramédico estava ocupado em estancar o fluxo de sangue no peito de Stephan, preparando-o para colocá-lo em uma maca, com outro homem ajudando-o. *Não*, pensei, *por favor, não*. Ambos tinham que sobreviver.

Segui a maca de perto conforme eles a moviam, e ninguém ousou me dizer para não os acompanhar. Observei seu peito movimentar-se, enquanto ela respirava fracamente durante a longa viagem para o hospital. É um milagre, pensei. *Ele colocou a arma na boca de Bianca e puxou o gatilho; se ela sobreviver, estarei testemunhando um milagre.* Fiz promessas malucas a Deus durante a longa viagem, prometendo dar a Ele minha alma em troca desse milagre.

Não fui eu mesmo enquanto segui sua forma inconsciente dentro do hospital. Sentia-me desconectado da realidade enquanto eles trabalhavam nela.

Comecei a brigar quando não me deixaram entrar na cirurgia. Clark e Tristan tiveram que me segurar. Até o mundo voltar ao foco, não tinha percebido que estava em estado de choque.

— James, você precisa ser forte — Tristan estava me dizendo, sua voz e seus olhos firmes. — Sua influência pode ajudá-los. Eu garanto isso. Você não pode segui-la para a cirurgia, mas pode pedir alguns favores.

— Compre a porra do hospital se quiser que eles deem a Bianca, Stephan e Blake o melhor tratamento — acrescentou Clark.

A enfermeira colocou um cobertor sobre os meus ombros, dizendo coisas reconfortantes, e lançando a Tristan e Clark olhares perplexos. Tristan me entendia bem, porém, e sua tática não poderia ter sido mais brilhante.

Não havia tempo para lamentar a situação, e certamente nenhum para remoê-la. O que eu precisava era de ação. Quanto mais melhor. Havia coisas que eu poderia fazer para ajudar.

— Consiga os telefones do conselho e do diretor do hospital — disse a Clark. — Se eles perguntarem do que se trata, diga-lhes que alguém está disposto a doar uma quantia obscena de dinheiro para conseguir tratamento especial.

Ele assentiu e se afastou, com um pequeno e satisfeito sorriso enfeitando sua boca. Lembrei que ele também mencionara Blake. Fiquei aliviado que ela pelo menos tivesse uma chance. Eu também sabia que os nomes que ele não mencionou estavam certamente mortos. As vidas de Paterson e Henry haviam sido ceifadas em seu dever de proteger Bianca. Fiz uma nota mental para fazer uma doação para as famílias dos dois. Era o menor consolo, mas, pelo menos, nenhum deles deixara filhos ou esposas.

Minha primeira ligação foi para os meus escritórios em Vegas e depois para Nova York, para o segundo no comando. Coloquei toda ajuda à minha disposição para fazer as coisas andarem mais rápido.

40
Sr. Desamparado

BIANCA

Acordei com um puxão violento, com meus pensamentos indo imediatamente para Stephan. Era como se a visão dele deitado lá, sem vida, com buracos sangrentos no peito, estivesse circulando em minha cabeça enquanto eu me mantinha inconsciente. Lembrei-me de tudo como se tivesse acontecido apenas instantes antes, embora eu soubesse muito bem que estava em um hospital com sons e cheiros familiares.

Virei a cabeça bruscamente, procurando por James. O movimento curto a fez doer, e o lado do meu rosto queimou intensamente.

Senti minha mão na dele e sabia que ele tinha ficado ao meu lado durante toda a provação. Vi em seu rosto cansado e sofrido o quanto aquilo lhe custara, pelo que ele havia passado.

— Stephan? — Foi a primeira palavra que eu disse. Foi uma agonia tentar conversar. Tive que falar por entre os dentes, já que mal conseguia abrir a boca. Ignorei a dor, concentrando-me em James, desesperada por uma resposta.

James ergueu os olhos vermelhos e agonizantes para os meus. Aquelas profundas íris turquesa nunca pareceram tão aliviadas. Ele ofegou, como se estivesse em busca de ar, e piscou para mim várias vezes antes de encontrar a própria voz.

— Ele está se recuperando de uma cirurgia.

Eu só ouvi a voz dele em um ouvido e me perguntei vagamente se tinha perdido a audição do outro. Mas isso não importava. Nada importava para mim, apenas descobrir sobre Stephan.

— O quanto ele ficou ferido? Ele vai ficar bem? Preciso vê-lo agora — falei, tentando me sentar.

Ele hesitou por um longo tempo para escolher suas palavras, e isso me assustou mais do que tudo.

— Ele está na UTI. Ficou gravemente ferido. Ninguém pode vê-lo...

Puxei o soro do meu braço, sentando-me. A dor na minha cabeça e no meu ouvido escureceu temporariamente minha visão, e um zumbido surdo começou no ouvido que estava funcionando.

— Eu preciso vê-lo *agora*.

Mal percebi a comoção que causei até que fui forçada a voltar para a cama e vi a quantidade de pessoas que se reuniram para me conter.

Meus olhos procuraram James enquanto uma enfermeira enfiou uma agulha no meu braço. Senti-me terrível ao ver as lágrimas escorrendo por sua face e o olhar desamparado em seu rosto.

— Por favor, James. Eu tenho que vê-lo.

Finalmente, ele assentiu.

— Por favor, não faça isso de novo. Vou dar um jeito de você vê-lo, mas precisa ficar na cama.

Balancei a cabeça, fechando os olhos em alívio. Ele faria o que prometeu. Sempre fazia.

Eu não dormi, mas não abri os olhos novamente até sentir minha cama começar a se mexer. Uma equipe de enfermeiras me cercou, James à minha direita, segurando minha mão, enquanto seguia ao lado da cama de hospital.

— Quem mais sobreviveu? — perguntei, preparando-me para a resposta.

— Blake foi ferida gravemente, mas me disseram que ela vai sobreviver.

— Então isso significa que... — Engoli em seco, achando difícil terminar a frase.

— Paterson e Henry morreram antes de os paramédicos chegarem. Seu... pai também.

Processei isso, piscando os olhos marejados.

— Você não acreditaria quantos buracos ele tinha no peito, e ainda assim ele continuava vindo...

— Foi um tiro na cabeça que acabou com ele — James me disse. — Stephan conseguiu ter tempo para matá-lo. Agora tenho mais uma dívida com ele que nunca poderei pagar.

Meu peito queimava, e fechei os olhos, deixando lágrimas horríveis escorrerem pelo meu rosto. Claro que Stephan sobrevivera por tempo suficiente para me salvar. *Meu herói.* Eu não podia perdê-lo. Meus olhos se abriram quando um pensamento ocorreu.

— Ele viu meu pai atirar em mim?

— Deve ter visto. Eles deduziram que seu pai deve ter disparado pouco antes de Stephan atirar. Disseram que você deve ter lutado, e que foi isso que te salvou. Ele atirou em sua bochecha. Houve danos, mas ele errou o alvo.

Tentei tocar o lado enfaixado do meu rosto.

— Como...?

— Você perdeu uma porcentagem significativa da audição de um ouvido e teve que fazer uma cirurgia no queixo. Haverá cicatrizes ao longo da sua mandíbula e bochecha, mas nos certificaremos de que sejam minimizadas o máximo possível. Você terá os melhores cirurgiões plásticos do mundo à sua disposição.

Ele continuou a falar, mas eu mal o ouvi, minha mente ainda em Stephan. Eu não me importava com as cicatrizes, com o queixo ou até com a perda da audição. Eu estava viva. O resto eram detalhes.

Mas Stephan... Stephan tinha que sobreviver.

— Quanto tempo eu fiquei inconsciente?

— Quatro dias.

— Conte-me sobre os ferimentos de Stephan.

— As duas balas erraram o coração por pouco, mas uma perfurou um pulmão, e ele teve um sangramento interno que persiste. O médico que realizou a cirurgia disse que foi um sucesso, mas que Stephan não estará fora de perigo até que seus sinais vitais estabilizem. É uma questão de esperar. Disseram que ele melhorou, depois teve um declínio, mas está recebendo o melhor tratamento disponível, e é um jovem saudável, então, podemos ter esperanças, mesmo que ainda não esteja estabilizado.

— Se eu o vir, se falar com ele, vai ajudar — eu disse, mais esperançosa do que certa. — Se ele souber que eu sobrevivi, vai superar. Ele deve ter ficado arrasado ao assistir meu pai atirar em mim. Isso vai ajudar.

Minha visão estava completamente borrada de lágrimas quando posicionaram minha cama ao lado da de Stephan. Eles me colocaram o mais perto possível, meus pés apontados na direção do seu encosto de cabeça. Foram atenciosos o suficiente para aproximarem nossas mãos livres.

Javier estava do outro lado dele, a cabeça inclinada sobre a mão com a intravenosa.

Agarrei seus dedos, apertando-os.

— Eu consegui, Stephan. Estou bem. Você me salvou de novo, mas precisa acordar agora. Foi ferido, mas não é nada que você não possa sobreviver. *Por favor*, acorde. — Minha voz foi ficando mais alta enquanto falava, rouca de emoção.

Ele não se mexeu. Olhei para seu monitor de frequência cardíaca, mas não consegui entender nada. Olhei para a enfermeira mais próxima.

— Os sinais vitais dele melhoraram?

Ela franziu os lábios.

— Não se alteraram.

Eles me deixaram ficar mais alguns minutos, e fiquei murmurando coisas suavemente para Stephan. Ele não respondeu, não se mexeu. Eu realmente não pensei que isso iria acontecer, mas senti um esmagadora decepção quando me levaram para longe dele. Alguma parte de mim arrogantemente esperava que o som da minha voz e a certeza de que eu tinha sobrevivido seriam o suficiente para despertá-lo. Ele fora meu último pensamento quando apaguei, e meu primeiro ao acordar. Conhecendo-o como eu conhecia, imaginava que o mesmo tinha acontecido com ele.

Talvez, acordar estivesse além do seu controle. Esse pensamento me derrotou mais do que tudo.

Adormeci enquanto me levavam de volta para o meu quarto, e eu sabia, pela sensação de estar flutuando, que era um sono induzido por remédios.

Quando acordei de novo, James estava esperando por isso, e falou comigo no instante em que meus olhos se abriram.

— Ele melhorou. Menos de duas horas depois que você falou com ele, Stephan abriu os olhos pela primeira vez, e me disseram que seus sinais vitais finalmente começaram a estabilizar. O médico chegou a dizer que há uma boa chance de que ele sobreviva.

— Quanto tempo eu dormi?

— Apenas quatro horas. A primeira palavra de Stephan foi seu nome. Ele ficou frenético para vê-la, mas não estava em condições de tirar a própria intravenosa.

Havia uma reprimenda em sua voz, e eu mal podia culpá-lo. Avaliei-o, tentando ver o quanto ele fora danificado por todos aqueles acontecimentos, porque eu sabia com certeza que ele estava destruído.

— Você estava certo — disse a ele —, eu não deveria ter voltado para casa. — Eu tinha certeza de que ele estava exagerando, mas, de alguma forma, seus instintos eram certeiros. Nunca sonhei que meu pai ainda poderia me atingir com tantas pessoas me protegendo, mas ele conseguiu vencer todas as probabilidades razoáveis. — Você está furioso comigo?

Sua expressão ficou um pouco confusa, como se a pergunta o tivesse pegado de surpresa.

— Nunca nem pensei nisso. Não há espaço em mim para fúria. Depois de pensar que você estava morta e perceber que você viveria, só sinto alívio. Talvez tenhamos que começar a ir à igreja.

— Igreja? — perguntei, perplexa.

— Sim. Eu rezei por um milagre, e você sobreviveu.

Supus que tudo fosse realmente um tanto milagroso, e eu estava mais grata pela minha vida do jamais tinha sido, mas eu tinha mais perguntas.

— Meu pai estava drogado? Ele sofreu tantos danos, mas mesmo assim continuou de pé — falei devagar e cuidadosamente. Falar ainda seria doloroso por um tempo, e eu sabia que minhas palavras eram difíceis de entender.

James assentiu.

— Sim. Ele tomou várias coisas. Alguma mistura de metanfetamina e sais psicoativos para banho. Seu pai emboscou Henry, depois o espancou até a morte com uma pedra grande a poucos quarteirões da sua casa. Ele roubou sua arma e caminhou até a casa. Pulou a cerca de trás e atacou Paterson, que atirou nele. Ele atirou de volta, um tiro à queima-roupa no peito. Eles disseram que isso matou Paterson quase que instantaneamente, principalmente por causa do tipo de bala e a distância do tiro.

"Blake o confrontou e atirou de novo em seu peito. Deduziram que isso fez com que ele largasse a arma. Ele então pegou a de Paterson, uma arma menor, com munição mais leve, com a qual ele atirou em todos vocês, o que é mais provável, porque você sobreviveu. A arma de Henry foi a que Stephan encontrou e usou para atirar no seu pai na cabeça. Digamos que a arma tenha mais efeito sobre um homem gigante e louco por drogas, especialmente porque Stephan tinha uma mira tão boa. Os guarda-costas foram treinados para atirar no coração, mas Stephan escolheu um tiro na cabeça."

Balancei a cabeça, grata por ele ter me dado uma explicação completa, mas devastada por todas as perdas sem sentido.

— Aqueles pobres homens.

James assentiu gravemente.

— Sim, eu sei. Muitas coisas deram errado. É difícil imaginar que um homem tenha causado tanta confusão quando estava em desvantagem, mas disseram que a mistura de drogas deu a ele uma explosão de força sobre-humana. Nenhum de nós considerou essa possibilidade, o que me deixará eternamente arrependido.

Apertei sua mão, que envolveu a minha calorosamente. Busquei seus lindos olhos, sabendo que ele sentia uma culpa tão esmagadora quanto a minha.

— Eu sinto muito, James. Se eu tivesse alguma idei...

— Não — me interrompeu. Ele suavizou sua voz e seu olhar. — Por favor, não. Não podemos voltar atrás, assim como não poderíamos ter previsto o futuro. Tudo que podemos fazer é agradecer por não ter sido pior. Quando entrei pela primeira vez no quintal, estava convencido de que meu pior pesadelo havia se concretizado. Nunca vou deixar de ser grato por você ter sobrevivido a isso. Temos uma sorte indescritível por mais vidas não terem sido perdidas. Vocês estiveram em estado crítico há poucos dias e estão agora no caminho da recuperação.

Passaram-se vários dias até que Stephan fosse transferido da UTI, e nós dois estarmos acordados para nos vermos. Tivemos um reencontro cheio de lágrimas, apertando nossas mãos e soluçando como bebês.

— Eu estava com tanto medo de que você não se recuperasse — ofeguei.

Ele deu uma meia gargalhada estrangulada junto a um meio soluço.

— *Você* estava com medo? Eu vi quando ele atirou na sua cabeça. Acho que nunca vou me recuperar totalmente da visão.

Estremeci só de pensar.

— Mas você me salvou.

— Sempre, Princesinha. — Apertou minha mão com força. — Sempre.

Ele continuou a falar, mudando rapidamente para um assunto mais leve.

— Seria ruim eu ficar noivo só uma semana depois de você?

Procurei por Javier, surpresa com a pergunta, mas estávamos completamente sozinhos; até mesmo James nos dera um momento de privacidade.

— Você está noivo?

Ele balançou a cabeça, abrindo seu sorriso mais infantil.

— Não, mas pretendo propor. Queria ter sua bênção primeiro.

Dei-lhe um olhar exasperado, depois ri.

— Sim. Se você precisava agir como um bobo e pedir minha bênção, então você a tem. Sempre. Nada me faria mais feliz.

— Vai ser mais fácil daqui em diante, Bi. Nós vencemos.

Retribuí seu sorriso despreocupado, esperando que ele estivesse certo.

360
R.K. Lilley

Epílogo

QUASE UM ANO DEPOIS

Respirei fundo. Contei até dez. Obriguei todo o meu corpo a relaxar. Estava nervosa — muito nervosa, mas muito menos do que pensava que estaria neste dia.

— Respire fundo, Princesinha — instruiu Stephan gentilmente. Eu não conseguia olhar para ele. Stephan, mais do que qualquer um, me deixava emocionada hoje. Havia tanta alegria em seus olhos, tanta excitação mal reprimida. Isso me fazia querer gritar como um bebê, e eu tinha acabado de passar por um processo de maquiagem meticulosamente elaborado. Sem mencionar que meu objetivo para o dia era *não* desmoronar na frente de quatrocentos convidados do casamento.

— Se você a fizer estragar a maquiagem agora, eu te chuto — Lana disse a ele, mas seu tom era de puro carinho. Stephan e Lana se deram tão bem quanto, bem... quanto Stephan e eu. Ela ameaçava roubá-lo de mim quase todas as vezes que nós três nos reuníamos.

Lana estava deslumbrante, como sempre, em um vestido lavanda que fazia seus olhos violeta se destacarem ainda mais. Ela havia escolhido a cor. Como era seu costume, ela assumiu toda essa parte do processo. Eu não recusei. Pelo contrário, só fiquei aliviada. Este tipo de evento estava bem fora da minha área de conhecimento. Nunca sonhei com isso, muito menos cheguei a pensar em planejar as coisas. Agradecidamente, aproveitei toda a ajuda que recebi.

— Bianca, você precisa saber que eu fui posta de guarda pelo seu noivo determinado. Ele disse que, se você tentasse fugir, eu poderia te enfrentar.

Isso me fez rir e aliviou um pouco a tensão, como era realmente a intenção.

— Não sei se alguém te disse isso — continuou —, mas tenho a reputação de ser uma lutadora incrível em Maui, então, eu não testaria, se fosse você.

Não só eu, mas *todos* sabiam dessa história. A avó e a tia de Lana, e até mesmo Akira, adoravam contar essa história com grandes detalhes frequentemente. Apenas uma luta, e já pensavam que ela era a campeã peso-pena...

Lana não tinha acabado de me arrumar, mas se afastou de Stephan e de mim e apontou um dedo elegante para as duas fadinhas travessas que usavam vestidos iguais aos dela.

— E *vocês*. Dupla Pervertida. É melhor ficarem longe do meu irmão na festa. Eu vi o jeito que estavam olhando para ele. Nem pensem nisso. Eu tenho planos que envolvem ele finalmente se estabelecer, e vocês duas acabariam convidando-o para um ménage à trois!

Eles apenas riram, completamente imperturbáveis.

— Nós já cuidamos dele — Marnie arfou.

— Ficamos com ele depois do jantar de ensaio! — disse Judith.

— Ele foi incrível — acrescentou Marnie.

Lana esfregou as têmporas.

— Oh, Deus! Eu não sei quem tem menos futuro. Ele ou vocês duas.

— Elas — Jessa acrescentou de onde estava terminando de fazer o cabelo. — Eu as conheço há anos. Definitivamente, elas.

— Elas me contaram uma história sobre terem seduzido um padre uma vez — Danika disse a Lana, lançando-lhe um olhar simpático. — Seu irmão é fácil, mas essas duas são *ninfomaníacas*. Então, se estamos falando sobre alguém não ter jeito, eu voto nelas.

— Eu juro que as vi olhando para o ministro que vai realizar a cerimônia — acrescentou Sophia, ajustando a manga do seu vestido lavanda.

— Estou quase certa de que estavam tentando dar em cima do meu pai na noite passada, antes de desaparecerem com o irmão da Lana — Jackie acrescentou de onde estava, trabalhando na minha barra. Olhei-a enquanto ela continuava. — Meu pobre pai é viúvo há cinco anos e está chegando aos sessenta. Ele poderia ter tido um ataque cardíaco.

Marnie e Judith apenas riram, curtindo a brincadeira.

Tudo isso ajudou. Eu precisava de distração. Não que eu tivesse dúvidas sobre James. Disso, eu estava mais do que certa, tinha certeza de que precisava dele e de que ele era bom para mim. Era apenas a parte do casamento que me assustava. E aquela festa tão grande, que tinha começado tão pequena, não estava ajudando em nada. Ela tinha crescido e se transformado naquela coisa que eu não conseguia mais controlar, apesar de não ter certeza se poderia. *Nós deveríamos ter fugido...*

Nunca pensei que teria mais damas de honra do que poderia controlar, mas lá estavam elas. Eu tinha aberto meu coração para outras pessoas além de Stephan, e ele se abrira como uma represa se quebrando. Agora, havia tantas pessoas que eu valorizava na minha vida. Meu coração não era mais um bloco de gelo com uma parte descongelada apenas para Stephan. Estava cálido dentro do meu peito agora. Sentia-me viva como nunca poderia ter sentido se não tivesse conhecido James. Ele estava certo desde o começo. Fomos feitos um para o outro, e ele me tornou uma mulher melhor, mais completa, quando eu o deixei entrar no meu coração.

Sentia-me consideravelmente mais calma quando Javier enfiou a cabeça dentro do quarto.

Tínhamos decidido por um casamento ao ar livre no final da primavera, porque nós dois amamos a ideia de um casamento em meio a flores desabrochando. James escolhera Wyoming, insistindo que não havia outro lugar onde pudéssemos fazer nossos votos, já que fora nesse lugar que ele jurava que eu havia me apaixonado por ele. Alegou que eu tinha me apaixonado, em primeiro lugar, por suas perfeitas habilidades equestres... Não fui capaz de mudar sua opinião — e até admiti quão rapidamente me apaixonei, mas ele não ouviu nada disso. Eu realmente não me importei. Não conseguia pensar em um lugar melhor para celebrar um dia tão lindo.

O rancho fora transformado para o grande evento, e a enorme clareira na frente da casa fora meticulosamente aperfeiçoada para a cerimônia. Era uma visão belíssima de uma grama alta e flores silvestres, bem cuidada, onde os convidados estavam sentados, com flores plantadas ao longo de todo o espaço, mas o resto continuava selvagem com flores silvestres brancas e violeta.

Grandes tendas haviam sido instaladas ao lado da propriedade para a recepção que se seguiria.

Uma das áreas perto da frente da casa tinha sido transformada na estação de preparação da minha festa de casamento. Os padrinhos esperavam do lado de fora, no vestíbulo cheio de luz, pelas damas de honra.

— Hora do show — Javier nos disse, sorrindo.

Stephan e Javier tinham sido mais impulsivos do que nós e haviam se casado no Natal. Tiveram uma linda cerimônia em Bali, com uma recepção depois que se transformou em uma festa de quatro dias, com todos os amigos mais próximos. Toda a viagem fora mágica, e eu nunca vi dois recém-casados mais felizes. Mesmo vários meses depois, os dois ainda estavam radiantes.

Stephan estava mais feliz do que nunca. Dois meses atrás, ele foi contatado por uma de suas irmãs. A moça acabara de completar dezoito anos e saíra de casa para a faculdade. Ela o encontrou no Facebook e enviou-lhe uma mensagem sincera sobre querer conhecê-lo. Desculpou-se pelo modo como ele foi tratado pela família, embora, é claro, ela fosse jovem demais na época para ter alguma coisa a ver com a maneira como as coisas aconteceram. Stephan me dissera que eles estavam se conhecendo devagar, mas que conversavam quase todos os dias.

Javier nos soprou um beijo antes de fechar a porta. Ele acabou fazendo parte do grupo dos padrinhos do noivo. Dividir nossos amigos se transformou em um grande debate. Discutimos até sobre quem ficaria com Stephan. A mera ideia me deixou furiosa.

No final, decidimos não separar por gênero, com Frankie como a madrinha de James, e Stephan, como meu padrinho. Isso fez muito sentido. James argumentou que ele deveria ficar com Lana, e eu briguei para ficar com Javier, mas, no fim, nós deixamos que *eles* escolhessem, então, Javier ficou com ele, e Lana, comigo. Eu sabia que era um sinal de que éramos abençoados, que nossos amigos estavam tão interligados que pertenciam a nós dois.

Um dos maiores dilemas da festa de casamento estava ajoelhado aos meus pés, preocupado com alguns pequenos detalhes na barra do meu vestido. Era difícil me acostumar com Jackie, mas eu tinha conseguido. Nossa amizade acabou crescendo por causa dos incontáveis bilhetes que ela deixava no meu armário. Lana estava certa — ela precisava ser desafiada. Algo em sua natureza tinha uma necessidade constante de desafios, e eu não me importava em aceitar essa tarefa. Primeiro, insisti em apenas usar roupas de novos estilistas por meses, o que a fez querer arrancar os cabelos, mas percebi que tinha adorado a ideia; a descoberta de novos designers apresentara o desafio pelo qual ela ansiava.

Ela aprendeu a me respeitar e, à medida que esse respeito brotou, nossa amizade também cresceu. E, quando começamos a procurar pelo meu vestido de noiva, ela se transformou em um vínculo genuíno. Percebi que havia espaço no meu coração para outra irmã.

Jackie e eu não nos entendemos imediatamente, mas era difícil perceber isso agora. Conforme ela se mostrava obcecada em encontrar o vestido perfeito, eu comecei a contar-lhe pequenos detalhes do que eu poderia gostar, e ela adicionou suas próprias sugestões persistentes. Quando começou a fazer esboços elaborados para o vestido, fiquei impressionada com sua visão e fiz a sugestão implícita de que ela mesma deveria desenhá-lo. Jackie levou essa sugestão a sério e desenhou o vestido perfeito para mim. Eu sabia, pelo seu talento e pela forma como a tarefa pareceu agradá-la, que não seria seu último design próprio.

As mulheres começaram a sair do cômodo, me lançando olhares encorajadores. Os olhares me fizeram sentir como uma mulher louca, já que elas me disseram claramente que todo mundo ainda estava com um pouco de medo de que eu me transformasse em uma noiva fugitiva.

Stephan e eu enfiamos as cabeças na fresta da porta para ver o altar.

James já estava lá, parecendo perfeito demais para ser real em um smoking bem ajustado. Ele usava o clássico paletó preto e calça, com uma camisa de seda branca, colete e gravata. Seu cabelo estava estilosamente penteado para trás. Frankie estava ao lado dele, usando sua própria versão sexy de smoking.

Ele nos viu olhando e sorriu. Ele sabia que eu ficaria nervosa, assim como eu sabia que ele não estaria nem um pouco. Nós compartilhamos um daqueles olhares complexos que demonstravam que entendíamos um ao outro. Seu olhar assumiu a forma de um sorriso indulgente, e o meu, uma careta de dor. Voltei para dentro.

Além de ser meu padrinho, Stephan iria me acompanhar até o altar. Eu nem sequer tive dúvidas sobre isso. Ele usava um smoking quase idêntico ao de James, mas com uma gravata de seda lavanda. Mantinha-se atento ao pessoal lá fora, ao sinal para que pudéssemos ir, narrando a fila nupcial conforme avançava, e mantendo-me atualizada de todos os detalhes, ao estilo Stephan.

— Primeiro, é Elliot. Ele está com o anel no topo da cabeça e está pulando.

Eu ri.

— Agora, são Parker e Sophia. Eles estão bem atrás do menino, para o caso dele fugir. Oops, ele deu uma corrida... Não, está tudo bem agora. Acho que ele estava apenas fingindo.

Nós compartilhamos um sorriso. Elliot era adorável demais.

— Em seguida, vão Lana e Akira. Ele está maravilhoso como sempre, e ela é a imagem da elegância. Vendo-os lado a lado, eles até que fazem sentido, mas você teria que ver para crer, já que são muito diferentes.

Tive que concordar com essa observação.

— Agora, são Murphy e Judith. Eles realmente parecem estar tentando se comportar. Eu estava esperando uma dancinha, no estilo YouTube.

— Murphy me perguntou se podia dançar, e eu falei que não me importava, contanto que ninguém esperasse que eu fizesse o mesmo — eu disse.

— Oh, bem, lá vai ele. Estão fazendo uma dança embaralhada. Definitivamente, parece que praticaram.

Nós compartilhamos uma risada.

— E agora Javier e Marnie — continuou Stephan. — Ele está sexy pra caramba e piscou para mim quando passou pela porta. Está na hora de Jessa e Damien. Eles estão com sorrisos enormes.

Ele parou de assistir, e seu sorriso desapareceu por um segundo.

— Em seguida, vão Tristan e Danika. Dói meu coração vê-los lado a lado.

Eu sabia exatamente o que ele queria dizer. Ainda havia uma sensação de problemas não resolvidos quando os dois se juntavam. Danika não ficou muito entusiasmada com seu par, mas levou na esportiva. Como sempre, porém, ela tratou Tristan com civilidade.

— Sven Jr. e Adele agora. Eles parecem dois modeletes.

— Esta palavra realmente existe? — perguntei de brincadeira.

— Claro. Os últimos são Jackie e Camden — continuou. — Ele deu-lhe um sorriso maroto, e ela segurou o braço dele sem nem olhá-lo. Formam um par estranho.

Tive que concordar. O irmão de Lana, Camden, era o oposto de Jackie em quase tudo que eu conseguia pensar. Ele era alto e musculoso, com cabelos dourados ondulados como os da irmã e os mesmos olhos violeta surpreendentes. Ele superava a pequena figura de Jackie, e era tão brincalhão quanto ela era séria.

Stephan recuou da porta aberta quando o último casal partiu, movendo-se rapidamente para ajustar minha saia, alisando meu curto véu de renda.

O vestido era deslumbrante. De um creme pálido, com intrincadas rendas de fios dourados e detalhes exuberantes ao longo de cada centímetro. Era sem manga, com gola alta da renda mais pura, tão transparente que a minha coleira trancada ficava claramente visível por baixo. Jackie tivera a ideia sensacional de abrir um buraco no aro da gola e funcionara perfeitamente. Minha gargantilha parecia parte do vestido. Por baixo, eu usava uma peça branca lisa sem alças que ia até logo acima dos meus joelhos. O vestido de renda que cobria era mais longo, a barra tocando o chão, a cauda arrastando levemente atrás de mim. Precisei ser convencida a isso, e finalmente concordamos com uma que ninguém teria que carregar para mim.

Stephan me entregou o grande buquê. Era uma linda mistura de lírios violeta, rosas roxas e pequenos lírios brancos. As mesmas flores tinham sido entrelaçadas em uma coroa na minha cabeça, mostrando meu longo cabelo, que fora meticulosamente enrolado em cachos que pendiam nas minhas costas.

Meu amigo tocou meu rosto levemente, com um mundo de alegria em seus olhos azuis cintilantes, antes de me oferecer o braço. Começamos nossa caminhada lenta pelo corredor florido, o sol às nossas costas, nossos movimentos sincronizados perfeitamente.

James era um homem ciumento, o mais possessivo que já conheci. Eu duvidava que houvesse algo em mim que ele não considerasse sua propriedade. Mas ele nunca me fez escolher, nunca me fez questionar ou comprometer alguma coisa em meu relacionamento com Stephan. Ele só aceitou, e muito dessa aceitação deve ter batido de frente com todas as suas inclinações naturais. Achei que, talvez, esse fosse o sinal mais evidente do seu amor por mim — que ele obviamente colocaria minhas necessidades antes das suas. Seu amor era uma coisa tão linda, sempre tão perfeitamente adaptado às minhas necessidades e muito altruísta da sua própria maneira.

Ele me fez acreditar. E eu achava que realmente tínhamos sido feitos um para o outro. A vida não era perfeita, mas estava bem perto disso.

Eu tinha pensado que olhar para Stephan me faria desmoronar, mas, quando nos aproximamos, percebi que o olhar do Sr. Magnífico seria a minha verdadeira ruína. Ele não se incomodou em esconder dos nossos convidados aqueles olhos ternos que demonstrava apenas para mim.

Ninguém poderia duvidar que ele era louco por mim. Eu não sabia como pude duvidar. Embora eu visse o mundo com olhos diferentes naquela época. *Como poderia saber que estava sendo arrastada para o meu próprio conto de fadas?* Nunca acreditei nessas coisas.

Stephan me entregou a James quando nos aproximamos. James me deu seu sorriso mais suave, erguendo uma mão para capturar uma única lágrima que conseguiu deslizar silenciosamente pela minha bochecha.

De repente, ele me puxou para perto e me beijou. Durou um tempo e foi com paixão suficiente para gerar gritos altos e gargalhadas da multidão, além de uma alta pigarreada do ministro. Eu estava sem fôlego quando ele se afastou com um sorriso malicioso.

— Era isso ou eu te arrastaria para o quarto mais próximo. Não poderia vê-la com esse olhar adorável e não beijá-la — ele murmurou, sem vergonha, como sempre.

Ainda estava me recuperando quando o ministro começou a falar. Deixei as palavras oficiais me inundarem, meus olhos fixos, e um pouco úmidos, nos do meu amor.

— Estamos reunidos aqui hoje para participar da celebração mais honrosa da família humana, unindo este homem e esta mulher em casamento — começou o ministro.

Escutei cada palavra da cerimônia com cuidado, tentando absorver tudo, mas meus olhos não se afastaram dos olhos do meu amor.

Recitamos nossos votos, e minha voz pareceu tão firme quanto eu poderia fazê-la soar. Optamos por curtos e tradicionais, porque eu tinha uma forte aversão a falar em público.

Lágrimas deslizaram silenciosamente pelas minhas bochechas durante a maior parte do tempo, mas James se conteve. Isto é, até o final, quando o ministro recitou uma pequena parte que James quis acrescentar.

O ministro a leu, citando a bênção dos apaches.

"Agora você não sentirá mais a chuva,
Pois cada um será um abrigo para o outro.
Agora você não sentirá frio,
Pois cada um proporcionará calor para o outro.
Agora não haverá mais solidão para vocês."

Seu olhar nunca se afastou do meu, nem mesmo quando se encheu de lágrimas, que transbordaram rapidamente, deslizando por suas faces antes que o ministro tivesse terminado a leitura.

Estendi a mão e suavemente sequei-as. Era justo, já que ele passara a cerimônia inteira secando minhas lágrimas.

"Pois cada um será companheiro para o outro.
Agora vocês são dois corpos,
Mas há apenas uma vida diante de vocês."

Havia mais algumas frases naquela linda adição aos nossos votos, mas eu mal as ouvi enquanto observava os lábios trêmulos do meu noivo formarem as palavras "Eu te amo", em um sussurro abafado.

Vagamente, ouvi a famosa frase sobre beijar a noiva, mas nem consegui registrar as palavras antes de James me puxar para um beijo suave e doce. Foi um beijo cheio de delicadeza e prometia uma eternidade. Meus próprios lábios responderam a essa promessa com ansiedade.

Arfei e soltei um grunhido envergonhado quando ele, de repente, me pegou no colo. James riu, girando-me no ar.

Minhas mãos agarraram seus ombros enquanto seus olhos sorriam ao olhar para mim.

— Nós conseguimos, amor — ele me disse baixinho, sua voz radiante. — Você é minha para sempre, Sra. Cavendish.

Balancei a cabeça enquanto ele me colocava lentamente de volta no chão. Sua alegria era contagiante, e eu logo comecei a rir também.

— Você é insano. Eu sou sua desde o início, Sr. Cavendish.

5 ANOS DEPOIS

Acordei com uma sensação estranha na região mais baixa do meu corpo, que havia ficado quase dormente nas últimas semanas.

Dei um tapinha na mão que estava apoiada em minha barriga.

— James — ofeguei.

Senti-o tenso contra mim, acordando instantaneamente.

— Está na hora, Bianca?

Mordi meu lábio, mortificada.

— Eu não sei. Ou minha bolsa acabou de romper ou eu fiz xixi.

O desgraçado riu, e eu lhe dei uma cotovelada forte. Ele ficou de pé do meu lado da cama, começando a sorrir como um bobo no segundo seguinte. Estudou minhas pernas molhadas, e apertei meus olhos bem fechados, mais envergonhada do que já fiquei em minha vida.

— Minha bolsa rompeu?

Ele continuou a me analisar, com a testa franzida.

— Eu não sei dizer. Você não sabe?

Dei de ombros, sentindo-me confusa.

— Estou meio entorpecida no momento. — Engoli em seco, odiando perguntar. — Você poderia cheirar?

Ele não ficou ofendido. Nunca ficava. Era o mais atencioso dos maridos para uma grávida de primeira viagem confusa.

Não consegui olhá-lo enquanto ele tentava checar.

— Sem cheiro. Acho que vamos ter o nosso bebê, amor.

Nós dois sabíamos o que fazer, e James entrou em ação, mas eu não conseguia me mexer, oprimida com o pensamento de que, da próxima vez que voltássemos para casa, estaríamos trazendo um bebê.

Ouvi James falando ao telefone dentro do closet.

— Stephan. Está na hora. Você tem cinco minutos para nos encontrar no carro, ou então terá que nos encontrar no hospital. — Ele fez uma pausa. — Certeza absoluta. A bolsa rompeu. Vamos conhecer nosso bebê hoje.

Ele estava de volta ao meu lado alguns momentos depois, já vestido.

Não consegui ajudar muito enquanto ele tirava a minha camisola e colocava um vestido confortável pela minha cabeça.

— Você consegue levantar? — perguntou gentilmente.

Assenti e fiquei de pé devagar, sentindo-me desajeitada. James me ajudou, seus braços fortes me mantendo firme até que eu conseguisse me firmar sozinha.

Ajoelhando-se aos meus pés, usou um pano molhado para me limpar e trocou minha calcinha sem dizer uma palavra. Envolveu um braço em volta da minha cintura, e o outro segurou firmemente meu braço, enquanto ele me conduzia pelas escadas até a garagem.

Clark e Blake estavam esperando ao lado de um grande SUV preto. Fizemos as malas para o hospital meses antes, cortesia do controlador Sr. Cavendish, mas fiquei aliviada por não ter que me preocupar com isso naquele momento.

James se certificou de que eu estava confortavelmente acomodada e com o cinto afivelado. Minha barriga enorme dificultava tudo, e nunca apreciei tanto seu infinito cuidado quanto durante as provações da gravidez.

Clark deu ré, saindo da enorme garagem antes de parar, com um grande sorriso no rosto, enquanto olhava para nós.

— Os rapazes conseguiram — ele nos disse.

Olhei para trás, vendo nossos dois vizinhos favoritos correndo por toda a propriedade, Stephan deixando Javier no meio do caminho.

James e eu compartilhamos um sorriso feliz.

Segundos depois, Stephan estava entrando no carro, sem fôlego e me lançando olhares preocupados. Ele se acomodou no banco atrás de nós, beijando o topo da minha cabeça antes de se sentar.

— Como você está? Como está o nosso bebê? — me perguntou, olhando para James.

James não parava de sorrir.

— Nosso bebê está pronto para nos conhecer hoje.

Acariciei minha barriga, tentando não me estressar com o desafio que estava por vir. James viu minha reação, e se abaixou para beijar minha barriga, como tinha feito inúmeras vezes nos últimos oito meses e meio.

Acariciei seus cabelos sedosos.

Javier entrou no carro enquanto James ainda estava reverenciando minha grande barriga e sorriu com a visão.

— Não vamos ver isso com tanta frequência depois de hoje.

Dei um tapinha na cabeça de James.

— Vou sentir falta — eu disse suavemente.

James se mexeu para poder olhar nos meus olhos, mantendo seu rosto ainda pressionado suavemente na minha barriga.

— Podemos fazer isso quantas vezes você quiser, Sra. Cavendish.

Estávamos a dez minutos do hospital, e foi um passeio de carro cheio de conversas, de modo que a viagem passou rapidamente, assim como minha internação no hospital, acelerada pelo meu marido rico e implacável. Eles me colocaram em uma cama em um tempo que me pareceu recorde.

A Dra. Lisa nos encontrou lá, parecendo ter sido arrastada para fora da cama, e eu sabia que isso era bem verdade. Ela sorriu para mim de forma tranquilizadora.

— Você vai se tornar mãe hoje — ela me disse, depois de um breve exame.

Era um pensamento assustador.

Várias horas angustiantes depois, mais para James do que para mim, um pequeno pacote de alegria foi colocado em meus braços. Eu tinha certeza de que uma criança iria abrir velhas feridas — abrir as cicatrizes que ainda existiam dentro de mim e que nunca haviam sarado completamente. Mesmo depois de ter certeza de que queria filhos, e durante a gravidez, quando senti os primeiros sinais do perfeito amor de uma mãe, mantive essa dúvida.

Não havia como eu saber que ver o rosto perfeito do nosso filho teria o efeito oposto. Não me destruiu. Não agravou essas feridas. Assim como meu amor por James, só me curou. Como James sempre dissera que tinha acontecido com ele em relação a mim, eu me apaixonei por Duncan Stephan Cavendish à primeira vista.

Fim

Já está sentindo saudades?

Acompanhe todos os personagens do universo Nas Alturas, nos anos após a trilogia, em Sr. Magnífico.

Sobre a Autora:

R. K. Lilley é a autora da série bestseller Up In The Air, entre outros livros.

Mora no Texas com seu marido e seus dois filhos, e já trabalhou em vários lugares, mas jura que só soube o que era trabalho duro quando teve os filhos.

Sempre foi viciada, desde que ela consegue se lembrar, em ler e escrever histórias de ficção e romances. Gosta de viajar, ler, caminhar, pintar, jogar, assistir animações, e aproveitar ao máximo cada dia.

Atualmente está trabalhando em vários livros.

site: https://www.facebook.com/authorrklilley

twitter: twitter.com/authorrklilley

instagram: Authorrklilley

Entre em nosso site e viaje no nosso mundo literário.
Lá você vai encontrar todos os nossos
títulos, autores, lançamentos e novidades.
Acesse www.editoracharme.com.br

Além do site, você pode nos encontrar em nossas redes sociais.

https://www.facebook.com/editoracharme

https://twitter.com/editoracharme

http://instagram.com/editoracharme